Les fêlures

DU MÊME AUTEUR

Et les vivants autour, Belfond, 2020.

Je t'aime, Belfond, 2018 ; Pocket, 2020.

Je sais pas, Belfond, 2016 ; Pocket, 2017.

L'Innocence des bourreaux, Belfond, 2015 ; Pocket, 2016.

Après la fin, Fleuve noir, 2013 ; Pocket, 2015.

Derrière la haine, Fleuve noir, 2012 ; Pocket, 2013.

La Brûlure du chocolat, Fleuve noir, 2010.

Le Bonheur sur ordonnance, Fleuve noir, 2009.

Inconnu, Le Masque, 2007.

La Mort en écho, Le Masque, 2006.

Duelle, Le Masque, 2005.

Un bel âge pour mourir, Le Masque, 2003.

L'Instinct maternel, Le Masque, 2002.

Barbara Abel

Les fêlures

PLON
www.plon.fr

Avec le soutien de la Fédération
Wallonie-Bruxelles

© Éditions Plon, un département de Place des Éditeurs, 2022
92, avenue de France
75013 Paris
Tél. : 01 44 16 09 00
Fax : 01 44 16 09 01
www.plon.fr
www.lisez.com

Dépôt légal : mars 2022
ISBN : 978-2-259-30762-8
Mise en pages : Nord Compo

Aux amoureux qui voient la vie en rose.

« L'amour est une fumée formée des vapeurs de soupirs.
Purifié, c'est un feu dans les yeux des amants,
Agité, une mer nourrie des larmes des amants ;
Et quoi encore ? La folie la plus sage,
Le fiel qui nous étouffe, la douceur qui nous sauve. »

William Shakespeare, *Roméo et Juliette*.

Chapitre 1

Certains réveils sont plus pénibles que d'autres.

Au moment où Roxane ouvre les yeux, malgré le chaos qui règne dans sa tête, elle comprend que les choses ne se sont pas passées comme prévu.

Les souvenirs peinent à refaire surface, ils se désordonnent à mesure qu'ils apparaissent, comme on joue à cache-cache dans l'obscurité. Ce sont des formes confuses, des ébauches d'impressions, ils se dérobent à peine décelés, ils s'échappent sitôt saisis. Sa conscience en profite pour occuper le terrain : sans perdre de temps, elle découvre des crocs redoutables qu'elle plante sans pitié dans sa raison. C'est fulgurant, la jeune femme essuie un premier assaut, dont la violence la laisse pantelante. Elle tente de rassembler ses idées, d'organiser la bouillie qui lui sert de mémoire, de dompter la souffrance qui, déjà, lui ronge l'âme. Peine perdue. Elle n'a pas encore retrouvé son calme qu'elle doit affronter une meute de spectres grimaçants, dont elle devine qu'ils ne lui accorderont aucun répit.

À la douleur de l'esprit succède celle du corps. Comme pour se mettre au diapason, c'est la tête qui endure le premier supplice. Elle explose sous la charge d'une pression féroce, brutale, qui arrache à Roxane une plainte rauque. Elle tousse, et chaque quinte lui écorche les voies respiratoires. Elle tente de se redresser pour atténuer le mal, le

mouvement réveille son estomac qui se tord instantané-
ment et propulse dans tout l'abdomen de virulentes pointes
aiguës, lesquelles la forcent à se recoucher.

— Ne bouge pas, ma petite souris. Je suis là. Tout va
bien.

Cette voix, Roxane l'identifie à la seconde : c'est celle de
Garance, sa sœur. Celle-ci se penche sur elle, sa respiration
lui effleure le front. Cela apaise Roxane durant quelques
secondes, juste avant que ses démons repartent à l'assaut.
Elle veut parler, savoir ce qui se passe, où elle se trouve,
pourquoi, comment ?

— N'essaie pas de parler, on a dû t'intuber.

En croisant le regard de Garance, Roxane lit l'angoisse
tapie au fond des yeux de sa sœur, la peur rétrospective dont
elle est l'otage, une charge émotionnelle difficile à dompter.
Elle devine enfin la pointe de reproche que Garance ne parvient pas à dissimuler tout à fait. Des images commencent
alors à émerger, se révélant à son esprit par petites touches,
une silhouette d'abord, dont elle discerne les contours, et,
avec elle, le souvenir éprouvant des derniers instants, juste
avant que la morphine se rue dans son organisme et prenne
d'assaut une à une ses fonctions vitales.

Martin.

Roxane sonde aussitôt la pièce dans laquelle elle se
trouve, à sa recherche.

— Tu veux quelque chose ? lui demande Garance avec
douceur.

La peur de savoir lui tord le cœur, mais, très vite, l'ignorance l'effraie plus encore.

Posant sur sa sœur un regard inquisiteur, entre terreur
et détermination, Roxane attend.

Il faut quelques instants à Garance pour déceler ce que
cherche sa cadette. Alors, elle s'assombrit et la considère
avec gravité. Le temps s'arrête. Les secondes s'étirent dans
l'immobilité du silence, les deux femmes se contemplent,

l'une en demande, à l'affût du moindre indice, l'autre en retrait, épouvantée par la réponse qu'elle doit formuler. Alors, prenant le parti de contourner l'impossible épreuve, Garance se contente de secouer lentement la tête.

Non.

Ce qui se passe ensuite restera gravé dans la mémoire de Garance. Les traits de Roxane se figent un court instant, voilés d'une obscurité minérale, presque tombale, avant de se décomposer en une grimace déchirante. Terrassée, la jeune femme se recroqueville, on dirait qu'elle se dessèche, se vide, se décolore, soudain diaphane, transparente, presque un fantôme. Elle s'abîme dans un interminable sanglot qui met une éternité à émerger, à expulser le hoquet de peine, celui qui donnera le coup de feu du départ, la permission d'exprimer sans retenue son chagrin et sa douleur.

Garance se tient pétrifiée à côté d'elle. Elle assiste, impuissante, à la déliquescence de Roxane, à sa déchéance, à sa mise à mort. Et lorsque sa sœur plonge dans les flots de sa détresse, lorsqu'elle donne libre cours à ses larmes, lorsque les plaintes emplissent l'espace, déchirées et déchirantes, Garance la prend enfin dans ses bras et la serre contre elle.

Les deux jeunes femmes pleurent longuement, agrippées l'une à l'autre.

— Pourquoi ? demande Garance.

Roxane frémit. Elle s'extirpe de l'étreinte et reste figée. D'une immobilité parfaite, elle tente pourtant de contenir le tumulte qui malmène ses pensées, son cœur, ses muscles, ses tripes.

Pourquoi ?

Comment répondre à cette question ?

Comment raconter, comment expliquer ?

Comment traduire en mots la folie de ce geste ? Roxane tressaille en songeant que son premier juge est là, devant elle, Garance, son âme sœur, et que rien, à ses yeux, ne justifiera la dérive de leurs illusions.

Elle tente d'endiguer les souvenirs qui l'assaillent et ne peut réprimer un frisson d'angoisse. À mesure que la situation se dévoile, à mesure que se révèlent à sa conscience celles et ceux qui lui demanderont des comptes, elle voit se creuser sous ses pas un abîme sans fond dans lequel la tentation est grande de se laisser sombrer. Disparaître, s'évanouir, se désagréger. S'ajoute un sentiment de solitude terrifiant, un étau qui lui enserre la poitrine au point d'entraver sa respiration. Enfin, il y a cette voix qui ricane sous son crâne, la persécute et l'accuse, vomissant une déferlante de reproches, tu croyais quoi, pauvre idiote ? Les mots ricochent dans sa conscience, elle voudrait les chasser, mais comment ? La voix poursuit sa diatribe, implacable. Tu pensais vraiment que ce serait aussi facile, que tu allais t'en sortir comme ça ? Roxane secoue la tête, non, promis, elle ne pensait rien, elle mesure son arrogance, elle comprend son erreur. Elle demande pardon, pitié, elle sait maintenant que tout cela était vain, qu'ils avaient tort, bercés d'illusions.

Elle sait surtout qu'elle ne maîtrise rien et qu'elle doit affronter son destin. Seule.

Jamais démenti

La première fois que Garance et Roxane se sont vues, les choses ont mal commencé. En même temps, tout allait mal à cette époque, pourquoi aurait-ce été différent ?

Pour commencer, il était prévu qu'elles se rencontrent dans la matinée, c'est en tout cas ce qu'on avait dit à Garance. Au lieu de ça, Roxane était arrivée en fin d'après-midi. Garance avait passé la journée le nez à la fenêtre, les nerfs à fleur de peau. Elle avait tenté de négocier avec son impatience, consciente malgré ses quatre ans que cette journée serait déterminante et que, rien, jamais, ne serait plus comme avant.

Elle ne s'était pas trompée.

Lorsque Roxane est arrivée – enfin ! –, Garance était dans un tel état de tension qu'elle a mis plusieurs minutes avant de venir l'accueillir. Elle avait tourné en rond dans sa chambre, ravalant sa rancœur et cherchant au fond d'elle-même un reste de cette fébrilité qui l'animait ce matin encore. Les bruits du salon lui parvenaient par bribes étouffées, la voix de Judith, sa mère, impatiente et agacée, celle de Jean, son père, déjà à cran. Elle se demandait pourquoi ces deux-là prenaient encore la peine de se parler, le moindre mot entre eux dégénérait invariablement, quelle que soit l'heure de la journée, quel que soit le sujet abordé, tournant à l'aigre dans le meilleur des cas, virant au pugilat dans le pire.

Seule dans sa chambre, Garance percevait la tension, une nervosité ambiante qu'elle connaissait par cœur, elle pouvait en prévoir chaque étape. En entendant ses parents se chamailler dès le retour de sa mère, avant même qu'elle n'ait pris le temps de se poser, sans même s'inquiéter d'elle, Garance avait éprouvé une amertume chargée de dépit.

Qu'allait penser Roxane ?

Elle s'était donc résolue à rejoindre le salon, sans grand espoir d'apaiser la dispute qui se cristallisait sous les mots accablants et les paroles blessantes.

Quand elle était apparue, sa mère l'avait gratifiée d'un simple « Ah, tu es là, toi ? » avant de reporter son attention sur son mari à qui elle reprochait l'état de l'appartement, tu as vu le bordel, franchement, tu ne pouvais pas faire un effort, au moins pour mon retour ? Jean s'était retranché derrière son emploi du temps surchargé, tu crois que j'ai eu le temps, sans oublier qu'il a fallu s'occuper de Garance, lui préparer ses repas, la conduire à l'école et aller la rechercher, putain, tu n'es pas là depuis dix minutes que tu fais déjà chier !

Roxane s'était mise à pleurer.

Blotti dans son couffin, le nouveau-né s'agitait dans l'indifférence générale.

La querelle des parents prenait de l'ampleur, mais leurs mots se noyaient dans les pleurs du bébé. Garance s'était avancée, en apnée, navrée pour cet enfant, ça n'a pas l'air terrible comme ça, mais tu verras, il y a parfois de bons moments.

À mesure qu'elle se rapprochait de Roxane, la cacophonie familiale s'était estompée dans les battements de son cœur. Elle avait dû grimper sur la chaise, car le couffin était posé sur la table et elle ne distinguait rien de ce qu'il y avait à l'intérieur. Le temps avait alors endigué sa course, comme s'il lui donnait la possibilité de faire marche arrière, de retourner dans sa chambre comme si de rien n'était, après tout elle n'avait rien demandé à personne...

Bien sûr, Garance n'avait pas hésité.

Elle s'était penchée au-dessus du couffin et avait découvert sa petite sœur.

Le coup de foudre avait été immédiat.

Et réciproque.

Était-ce cette présence au-dessus d'elle, cette odeur d'enfance, cette douceur sucrée, ce regard à la fois étonné et déjà fasciné, cette menotte qui s'était approchée et avait effleuré sa joue ?

Au contact de la fillette, Roxane s'était tue, aux aguets.

Les yeux froncés, encore fermés au monde qui l'entourait, le teint laiteux, la peau plissée et duveteuse, elle s'était aussitôt apaisée tandis que Garance lui murmurait de jolis sons, une berceuse improvisée dans les replis de ses espoirs.

C'est ainsi que les deux sœurs avaient fait connaissance. Roxane ne se rappelle pas, bien sûr, mais Garance lui a tant de fois raconté cette première rencontre qu'elle a la sensation de se souvenir de chaque seconde.

Vingt ans plus tard, cet amour ne s'est jamais démenti.

Chapitre 2

Garance sort de la chambre et se presse vers les ascenseurs. Elle a besoin d'air, elle a envie de fumer, elle doit passer un coup de fil, prévenir son père que Roxane est réveillée.

Tandis que les portes se referment sur elle, Garance découvre son reflet dans le miroir. Ses traits sont creusés, son teint est gris, elle semble à peine plus vaillante que Roxane. Elle prend une grande inspiration et se pince les joues pour en raviver les couleurs. Le résultat est décevant mais elle s'en contentera.

Dehors, elle tire une cigarette de son paquet, l'allume et aspire longuement la fumée qu'elle garde quelques secondes dans ses poumons. Elle attend de l'avoir recrachée pour s'emparer de son smartphone. Quatre appels en absence, tous de son père, dont deux avec message qu'elle n'écoute pas. À la place, elle compose directement son numéro.

La discussion est éprouvante. Il lui reproche d'emblée tout un tas de choses, de ne pas l'avoir prévenu plus tôt, et d'ailleurs de ne pas répondre au téléphone, de ne rien savoir de plus, de ne pas avoir vu le médecin. Il tourne en rond depuis des heures, il devient fou, vouloir mourir à vingt ans, ça n'a pas de sens ! Garance lui fait remarquer qu'elle est dans le même état que lui, qu'elle se pose les mêmes questions, ce n'est pas la peine de passer ses nerfs sur elle. Jean soupire, il s'excuse, oui, désolé, il est à cran. Garance se justifie comme d'habitude, et, comme d'habitude, son père ne l'écoute pas. Il l'informe qu'il n'a pas pu annuler la répétition de cet après-midi, mais qu'il a trouvé un vol dans la soirée et qu'il sera là demain matin, au plus tard à 10 heures. La discussion s'achève, tendue, Garance raccroche, et soudain la fatigue s'abat sur elle, une fatigue extrême qui la laisse sans force, le cœur vide. Elle devrait rentrer chez elle, se reposer quelques heures, mais la hantise d'être seule sans personne pour détourner ses pensées la décourage. Elle sait que cet instant viendra, forcément, et que les événements éprouvants des dernières vingt-quatre heures la hanteront jusqu'au petit matin. Comme pour confirmer ses craintes, le souvenir de la chambre de Roxane et Martin envahit son esprit, ce moment étrange où elle pressent le drame, l'obscurité à cette heure matinale, les deux silhouettes couchées dans le lit, le silence malgré ses appels et ses questions, il y a quelqu'un, Roxane, Martin, vous êtes là ?

Et puis...

Et puis l'horreur, le cauchemar, glaçant, indescriptible. Elle les voit tous les deux, ils sont là, allongés sur le lit, immobiles et muets. Elle s'approche, ne comprend pas pourquoi ils ne l'entendent pas, pourquoi ils ne bougent pas. Elle se penche sur eux, elle tend la main pour réveiller sa sœur, Roxane, c'est moi, c'est Garance. Elle allume la lampe de chevet...

Alors seulement elle découvre son visage figé, son regard déjà absent, ses lèvres trop pâles, son teint cireux. Garance se glace, son cœur dégringole dans son estomac. Elle pousse un cri d'épouvante, se jette sur sa sœur, l'appelle, la secoue, la supplie. Elle panique, se tourne vers Martin pour lui demander son aide... L'effroi lui agrippe les tripes, il est plus livide encore. Elle se précipite hors de la chambre, court jusqu'au salon où elle a laissé son sac, y plonge la main, y fouille avec frénésie à la recherche de son téléphone. Elle appelle les secours dans un état second, bafouille de pauvres mots dépourvus de sens. Elle invective la voix à l'autre bout du fil, l'implore de venir tout de suite, d'être déjà là, ne comprend rien à ce qu'on lui demande. L'adresse ? Elle hurle le nom de la rue, le numéro de l'immeuble, hystérique, doit recommencer, la voix ne saisit pas le numéro, trente et un, merde, c'est pas compliqué !

L'attente débute, longue, lente, interminable. On lui a assuré que les secours étaient en route, mais Garance ne voit rien, n'entend rien. Le silence s'abat sur elle avec une violence qui la laisse étourdie. Elle se morfond, hébétée, puis regagne la chambre, se précipite vers le lit, empoigne sa sœur par les épaules, la redresse de force tout en la stimulant, tiens bon, Roxane, l'ambulance va arriver, je t'en supplie, tiens le coup ! Elle parvient à la stabiliser et la retient dans un semblant de posture assise. Roxane ressemble à une poupée à taille humaine, repliée sur elle-même, dont la tête tombe lourdement sur la poitrine. Ses longs cheveux blonds lui mangent la figure. Garance ne distingue pas ses traits. Elle la presse contre elle et la frictionne, c'est idiot, elle ne sait pas pourquoi, il semble que c'est ce qu'elle doit faire, conserver la chaleur du corps, solliciter chaque parcelle de sa peau, chaque cellule, chaque nerf. Elle voudrait sentir sa sœur bouger, percevoir une résistance dans ses muscles, une énergie, un mouvement... Mais dès qu'elle lâche la jeune femme, celle-ci manque de s'affaisser d'un côté ou de l'autre. Garance la retient avec plus de détermination encore, à tel point qu'elle ne sait plus très bien qui maintient qui à la verticale, laquelle empêche l'autre de tomber.

Alors qu'elle sombre dans l'intensité de l'étreinte, tout entière absorbée par cette communion rédemptrice, son attention est attirée par une enveloppe posée sur la table de nuit, juste à côté de Roxane. Une alerte hurle dans son cerveau. Elle reconnaît tout de suite l'écriture de sa sœur. « Garance ». Elle tourne instinctivement la tête vers la table de nuit du côté de Martin… Une enveloppe y est également posée.

Quelque chose se brise en elle, comme un verre éclatant sur le sol, fracassé en mille morceaux. Elle sait, elle a compris. Les mots que renferment ces enveloppes seront difficiles à lire, impossibles à accepter. Ils engendreront des interrogations, des remises en question, des jours noirs et des nuits blanches. Elle tend malgré tout la main vers la lettre de Roxane, c'est plus fort qu'elle, la saisit et la ramène vers elle.

« Pourquoi ? », murmure-t-elle en enfouissant son visage dans le cou de la jeune femme.

Elle presse sa sœur contre elle, et ce corps glacé la brûle, la consume, lui ronge le cœur et l'âme. Elle se sent aspirée vers des fonds dérobés, des rivages parallèles auxquels seuls ceux qui souffrent accostent, et dont certains ne reviennent jamais. Déchirée par une insupportable douleur, elle lâche prise, se dit tant pis, à quoi bon, s'enfonce peu à peu…

Dehors, le lointain écho de l'ambulance la ramène brutalement dans la chambre.

Garance sursaute et prend une grande bouffée d'air. Elle repose Roxane à l'horizontale et se précipite dans l'entrée. Elle sort de l'appartement, dévale les deux étages qui la séparent du hall de l'immeuble et déboule sur le trottoir, hors d'haleine, échevelée, au bord de l'hystérie. Les gyrophares des véhicules tournoient dans la nuit, donnant à la rue des allures de scène de tragédie. Les secouristes n'ont pas le temps de descendre de l'ambulance qu'elle les apostrophe déjà puis les guide jusqu'à la chambre.

Ensuite, l'éternité s'installe. Des gens envahissent les lieux, parmi lesquels des policiers. On lui demande de rester à l'écart pour ne pas entraver le bon déroulement des opérations. Au sinistre silence du trépas succède le tourbillon des urgentistes. Garance se retranche dans la cuisine, perdue, éperdue, impuissante. Elle entend des bruits de machine, des sons, des mots, sans parvenir à en retirer une information concrète. Elle trépigne, tourne en rond, se sent de trop, pas à sa place, elle devrait être auprès de sa sœur, Roxane a besoin d'elle, elle le devine, elle le sait. Alors elle avance dans le couloir en direction de la chambre, c'est plus fort qu'elle, elle se dévisse le cou pour voir, pour savoir... La cohue générale se mêle au chaos de son esprit, les gens s'agitent autour du lit, certains lancent des ordres, d'autres y répondent.

Un homme annonce que c'est fini.

Les boyaux de Garance se soulèvent, elle expulse un cri de détresse et bondit vers le lit. Un infirmier la retient de justesse et l'empêche d'avancer, tente de la contenir, de la raisonner. Garance n'entend rien, elle se débat, rugit, elle veut voir sa sœur, le répète sans cesse dans une litanie sourde. L'infirmier l'entrave, cherche à attirer son attention sur autre chose, sur lui, sur ses mots, laissez-nous la sauver, madame, nous faisons le maximum, nous...

« On a un pouls ! »

La phrase a jailli dans un cri au-delà du tumulte. Chacun se tend une demi-seconde avant de replonger dans la fièvre du sauvetage. On ne lâche rien. Garance se fige, en apnée, tous les sens aux aguets. L'infirmier sollicite son regard, lui promet qu'ils vont la sauver, mais que, pour ça, il faut les laisser faire. OK ? Vous avez compris ? Vous entendez ce que je dis ? Madame ?

Garance sursaute. Elle braque les yeux sur lui, tout étonnée de le trouver là, si près. Elle le dévisage tandis que les mots parviennent à sa conscience. Alors seulement elle hoche la tête, elle comprend, oui, bien sûr...

Ensuite tout se mélange dans son esprit. Elle sait juste que les choses sont allées très vite, ils ont chargé Roxane sur une civière avant de filer vers l'entrée, les escaliers, la rue, l'ambulance. Elle leur a emboîté le pas, cavalant à côté de sa sœur, la sommant de ne pas lâcher, lui défendant de mourir, tu entends, je te l'interdis !

— Tiens bon, ma petite souris ! a-t-elle hurlé dans un sanglot déchiré.

Au moment où elle a voulu sortir de l'immeuble, un policier l'a alpaguée, lui demandant de le suivre pour répondre à des questions. Garance l'a regardé comme s'il était fou, sans comprendre ce qu'on lui voulait, elle s'est défendue, impérieuse, laissez-moi passer, je dois rester avec ma sœur... Il a insisté, mais elle s'est dégagée.

— Si vous voulez me poser des questions, rejoignez-moi à l'hôpital !

Puis elle a suivi le mouvement sans ralentir sa course, sans quitter Roxane des yeux, s'accrochant à la certitude que, tant qu'elle sera près d'elle, sa sœur aura une chance de s'en sortir.

Parce qu'elle n'osera jamais mourir devant elle.

Chapitre 3

De retour dans l'ascenseur, Garance se ressaisit. Roxane est à présent hors de danger, c'est tout ce qui compte. Le reste est dérisoire, elle peut tout affronter, faire face à toutes les vérités, même les plus éprouvantes. Elle espère recevoir les résultats des analyses sanguines, avoir un début de réponse et, sinon comprendre, du moins en apprendre plus sur la façon dont les choses se sont déroulées. La seringue trouvée à côté des corps et envoyée au laboratoire de la police scientifique pour examen va bientôt révéler ses secrets.

En débouchant dans le couloir du quatrième étage, la jeune femme ralentit le pas. À hauteur de la chambre de sa sœur, deux hommes discutent avec le docteur Moreau, qui s'occupe de Roxane depuis son admission. Elle se hâte de les rejoindre et, tandis qu'elle approche, reconnaît le policier qui voulait l'interroger sur les lieux du drame.

Garance étouffe un juron : elle l'avait oublié, celui-là. Elle a lu la lettre laissée par sa sœur, sans parvenir à associer les mots qui y figurent ni à en dégager tous les détails qu'elle recèle. Les larmes, l'émotion et la douleur l'ont empêchée de mettre du sens dans tout ça. Elle sait juste que les deux jeunes gens ont cherché à mettre fin à leurs jours pour des raisons qui lui échappent encore. Roxane parle de décision réfléchie, de choix commun, elle supplie sa sœur de ne pas lui en vouloir, s'excuse mille fois du chagrin qu'elle va lui causer. Elle la charge de toute une série de messages pour les uns et les autres, leur père et quelques-uns de ses amis. Elle lui dit adieu et s'excuse encore. Elle lui dit qu'elle l'aime.

Garance ignore tout du contenu de la lettre de Martin. Elle la présume pareille à celle de Roxane, avec quelques nuances concernant les messages personnels adressés à ses proches. Elle frissonne en songeant que, si sa sœur a pu être sauvée, Martin n'a pas eu cette chance. Ou cette malchance, c'est selon. La réaction de Roxane à son réveil l'a bouleversée, son désespoir était palpable, celui de n'être pas partie avec son compagnon. Sans doute aussi celui de devoir maintenant affronter la vie sans lui. Leur geste demeure inexpliqué, Garance a beau chercher une raison, elle ne comprend pas ce qui les a poussés à une telle extrémité. Elle n'ose imaginer la détresse de la famille de Martin, tout en éprouvant le soulagement infini de ne pas être à leur place.

Ses sentiments à leur égard sont complexes : sans vraiment se connaître, le courant n'est jamais passé entre eux. En vérité, tout les oppose, à commencer par leur milieu social, dont la différence, du côté de la famille de Martin Jouanneaux du moins, semble poser un problème : ils sont riches, terriblement protecteurs de leurs privilèges que – ils en sont persuadés – le monde entier leur envie, et nourrissent une méfiance maladive envers Roxane, convaincus qu'elle n'aime Martin que pour sa fortune et sa position sociale. La mère surtout, Odile Jouanneaux, a toujours marqué le fossé qui les sépare, acceptant avec difficulté que son fils cadet s'amourache d'une fille d'artistes, des bohèmes, des saltimbanques. Les rares occasions au cours desquelles les deux familles se sont réunies ont été empreintes d'une froide courtoisie, à peine plus cordiale qu'un repas d'affaires. Et d'affaires, il était chaque fois question, Odile Jouanneaux ne manquant jamais de rappeler tous les avantages de Martin, dont Roxane n'était pas la dernière à profiter : un appartement dans le centre historique, que Martin occupait et dans lequel Roxane s'était installée quelques mois auparavant, une villa en Espagne, une autre en Provence, un confort matériel indéniable, une sécurité pour l'avenir. Si elle a commencé par s'opposer à cette union, elle a dû peu à peu accepter la présence de Roxane au sein de la famille. D'après celle-ci, les rapports s'étaient améliorés avec le temps, il lui arrivait même parfois de partager une certaine complicité avec la mère de Martin. Après tout, cela faisait maintenant un peu plus d'un an que les deux tourtereaux étaient ensemble.

Garance arrive au niveau de la porte de la chambre de Roxane. Le docteur Moreau l'aperçoit et lui sourit avec complaisance. Il s'adresse alors aux enquêteurs :

— Justement, voici Mlle Leprince, la sœur de Roxane Leprince.

Les deux policiers se tournent vers elle, et l'un d'eux l'aborde aussitôt en lui tendant la main :

— Capitaine Cherel, en charge de l'enquête sur le décès de Martin Jouanneaux. Nous nous sommes vus sur les lieux du drame. Et voici le lieutenant Blache.

Garance les salue d'un bref signe de tête. Elle veut demander au médecin s'il a reçu les résultats des analyses, mais le capitaine ne lui en laisse pas le temps.

— Nous avons des questions à vous poser, l'informe-t-il sur un ton qui, à présent, ne souffre pas la discussion. Si vous voulez bien nous suivre…

Garance masque son trouble et suit les deux policiers jusque dans une chambre inoccupée.

Maintenant seule avec eux, elle tente de se ressaisir. Leur présence l'oppresse. Elle se sent mal à l'aise, comme fautive par défaut. Elle est toujours sous le choc de sa macabre découverte, pas encore remise de la terrible perspective d'avoir pu perdre sa sœur, bouleversée par ce qui les attend, Roxane et elle.

— Nous avons besoin d'établir la chronologie des faits, commence le capitaine Cherel avec pragmatisme.

— Je ne sais pas grand-chose, remarque Garance.

— C'est vous qui avez découvert les corps ? demande-t-il sans plus de détours.

Garance opine du menton en fermant brièvement les yeux.

— Pouvez-vous nous dire tout ce qui s'est passé depuis le moment où vous êtes entrée dans l'appartement ?

Garance tente de mettre de l'ordre dans ses idées avant d'entamer un récit qui suit la progression des événements tels qu'elle les a encore à l'esprit. Le capitaine Cherel l'écoute avec attention pendant que le lieutenant Blache prend des notes.

— Avez-vous une idée de la raison qui les a poussés à vouloir se donner la mort ?

— Non, se contente-t-elle de répondre.

Les deux enquêteurs attendent une suite qui ne vient pas.

— Votre sœur a-t-elle des antécédents suicidaires, un suivi psychiatrique ?

— Non ! Pas du tout !

— A-t-elle un état général dépressif ?

— Non, répète Garance en secouant la tête.

— Et Martin Jouanneaux ?

— Je le connais moins, mais il ne m'a pas semblé...

— Vous n'avez rien remarqué d'inhabituel dans le comportement de votre sœur ces derniers temps ? insiste Blache.

— Rien de significatif...

Une fois de plus, elle choisit de ne pas s'étendre. Cherel décide alors d'aborder le sujet sous un autre angle.

— Que faisiez-vous au domicile de votre sœur si tôt le matin ?

Garance soupire.

— Roxane m'a envoyé un message en me demandant de venir le plus vite possible. Il était 7 h 30, j'ai tout de suite compris que quelque chose n'allait pas.

— Elle vous a dit pourquoi ?

— Non, dit-elle d'une voix tendue. Juste de la rejoindre rapidement. J'ai essayé de l'appeler, mais elle n'a pas décroché. Je lui ai alors renvoyé un texto pour savoir si tout allait bien… Rien.

— Vous étiez inquiète ?

— Bien sûr que j'étais inquiète ! Quand on vous envoie un message à 7 h 30 en vous demandant de venir de toute urgence, c'est inquiétant, non ? Et puis, c'est ma sœur. Dès qu'elle appelle, j'accours. C'est comme ça depuis qu'elle est toute petite.

— OK, concède Cherel. Mais, hormis l'heure matinale et vos codes relationnels, aviez-vous des raisons d'être inquiète ?

Cette fois, Garance met un peu plus de temps pour répondre. Lorsqu'elle se décide enfin, sa voix n'est plus qu'un filet à peine audible.

— Pas à proprement parler. J'avais l'impression que Roxane allait bien. C'est juste que…

Elle s'interrompt, cherche ses mots, hésite…

— Oui ? la presse Cherel.

— Nous nous sommes moins vues ces derniers temps. Ma sœur et moi sommes très proches, nous ne restons jamais très longtemps sans nous voir ou sans nous appeler. Mais, dernièrement, Roxane était moins disponible.

— Depuis quand ? demande le lieutenant Blache.

— Quatre ou cinq mois, environ.

— Il y avait une raison à ça ?

Garance secoue la tête.

— Pas précisément. La vie. Elle est en première année de médecine, ça lui prenait pas mal de temps. Je n'ai pas fait attention, j'étais moi-même surchargée de boulot. On a eu du mal à trouver des moments pour se voir.

Ses yeux se remplissent de larmes, qu'elle peine à refouler.

— J'aurais dû être plus vigilante, ajoute-t-elle dans un sanglot contenu.

Le lieutenant Blache enchaîne aussitôt :

— Comment êtes-vous entrée dans l'appartement ?

— J'ai un double des clefs, répond Garance en se ressaisissant.

Les deux enquêteurs se consultent d'un bref coup d'œil qui n'échappe pas à la jeune femme.

— Nous avons chacune un double des clefs de l'autre, se justifie-t-elle. J'ai sonné à l'interphone mais personne n'a répondu. Du coup, je me suis permis d'entrer.

Cherel hoche la tête, songeur.

— Quels étaient les rapports entre votre sœur et son compagnon ?

Garance laisse de nouveau échapper un profond soupir gonflé de détresse.

— Ils étaient très amoureux l'un de l'autre. Vraiment. Peut-être même un peu trop...

— C'est-à-dire ? demande Blache.

Garance se mordille l'intérieur des joues avant de répondre.

— Roxane et Martin, c'était le couple fusionnel par excellence. Le genre qui ne laisse pas beaucoup de place aux autres. Quand on fait partie de l'entourage proche, c'est parfois difficile à gérer.

— Depuis combien de temps se connaissent-ils ?

— Un peu plus d'un an.

Elle réfléchit avant d'ajouter :

— Je n'arrête pas de me demander si je ne suis pas passée à côté de quelque chose. C'est vrai que je trouvais que Martin prenait beaucoup de place dans la vie de Roxane.

Parfois trop, à mon goût. En même temps, elle était heureuse comme elle ne l'a jamais été.

Elle marque une courte pause avant de continuer :

— Bien sûr, il pouvait y avoir des tensions entre eux, comme dans tous les couples. Mais, chaque fois, c'était pour des raisons secondaires, un malentendu, un manque de dialogue, une incompréhension. Ça ne durait jamais. Ils étaient incapables de rester fâchés très longtemps.

Elle réprime un frisson.

— Je ne sais pas comment elle va faire pour vivre sans lui...

Cherel l'observe avec attention avant de passer à la question suivante.

— Savez-vous s'ils fréquentaient une secte ou des groupes religieux ?

— Ça m'étonnerait ! Ce n'est pas du tout le genre de Roxane, et je vois mal Martin dans ce genre de délire...

— Leur connaissez-vous des ennemis, des gens qui leur veulent du mal ?

La question surprend Garance. Elle dévisage le capitaine, pas certaine de comprendre.

— Pourquoi quelqu'un leur voudrait-il du mal ? C'est... C'est une tentative de suicide, non ?

— Ça reste à démontrer..., se contente de répondre Cherel.

Un silence s'installe durant lequel Garance prend la mesure de cette affirmation.

— Alors ? insiste le policier. Des ennemis ?

— Non, répond aussitôt Garance, déconcertée. Pas que je sache, en tout cas.

— Votre sœur est étudiante en médecine, c'est bien ça ? enchaîne Blache.

Garance acquiesce d'un hochement de tête.

— On a retrouvé un flacon de morphine à côté de la seringue. On ne sait pas encore si c'est en effet le produit qu'elle contenait, on attend les résultats du labo, mais est-il possible que votre sœur ait pu se procurer de la morphine par le biais de la faculté ?

Garance fronce les sourcils.

— Aucune idée. Roxane est en première année, je ne pense pas qu'elle ait déjà des stages ou ce genre de chose. Les cours sont plutôt théoriques à ce stade. Donc *a priori*, non.

— Et M. Jouanneaux ? poursuit le capitaine Cherel. Quel était son secteur d'activité ?

— La finance. Destiné à diriger la société familiale. Une voie en or, un chemin tout tracé.

L'ironie de son ton n'échappe pas aux enquêteurs.

— OK. Une dernière chose : pouvez-vous nous montrer le message de votre sœur, celui qu'elle vous a envoyé ce matin en vous demandant de venir de toute urgence ?

Garance masque son trouble en hochant vigoureusement la tête.

— Oui, bien sûr..., répond-elle en fouillant dans sa poche.

Elle en sort son smartphone et recherche la conversation entre sa sœur et elle, qu'elle tend ensuite aux policiers. Cherel s'en saisit et parcourt l'échange avec attention.

— Ce sera tout pour l'instant, merci, lui dit-il en lui rendant l'appareil. Nous vous prions de rester à notre disposition dans les jours qui viennent et de ne pas quitter le territoire.

Cette injonction glace le sang de Garance malgré elle.

— Je n'ai pas l'intention de quitter le territoire, capitaine, rétorque-t-elle froidement. Ma sœur a besoin de moi ici.

Puis, considérant les policiers avec une attention plus soutenue :

— Vous... Vous ne croyez pas à la thèse du suicide ?

— Disons que nous n'excluons aucun scénario et que, jusqu'à preuve du contraire, tout le monde est suspect, se contente-t-il de répondre en la scrutant avec insistance.

Le regard que lui lance Cherel jette Garance dans un profond désarroi. Elle se sent mise sur la sellette, comme s'il l'accusait d'être plus impliquée dans cette affaire que ce qu'elle prétend.

— Vous... Vous pensez que les choses ne se sont pas passées comme je vous l'ai dit ? balbutie-t-elle, incrédule.

— Nous n'excluons aucun scénario, répète-t-il sans la quitter des yeux.

Un souffle d'amour

Des cris dans le noir.

Si Garance devait décrire l'enfer en quelques mots, ce serait cela : des cris dans le noir.

Elle a huit ans, elle vient de perdre une dent. Bien que la petite souris ne soit jamais passée pour elle, elle l'a mise sous son oreiller. Non pas qu'elle croie à son existence, elle n'y a jamais cru, pas plus qu'au Père Noël ou aux cloches de Pâques. Ses parents n'ont pas entretenu ces croyances enfantines qu'ils qualifient de mensonges inutiles. Non, ce qu'elle espère, ce qu'elle attend, c'est que l'un d'eux vienne échanger sa dent contre une pièce d'un euro. Qu'il pénètre à pas de loup dans sa chambre, le souffle retenu, à l'affût du moindre mouvement. Qu'il glisse sa main sous l'oreiller pour subtiliser la dent et la remplacer par le sou. Qu'il prenne mille précautions pour ne pas la réveiller. Et peut-être même que, pendant quelques instants, il la regarde dormir et veille sur son sommeil.

La chose est mal engagée. Dans la cuisine, ni son père ni sa mère ne se préparent à troquer la dent par un sou, trop occupés à se reprocher jusqu'à leur présence dans la même pièce. La voix de sa mère ressemble à des clameurs aiguës au rythme chaotique, un insupportable déluge de notes stridentes. Par-dessus, son père expectore des paroles de mépris et d'agacement. La fillette ne perçoit pas les syllabes exactes des maux qu'ils échangent, mais, à l'évidence, le combat est âpre et les guerriers ne se font pas de quartier. Dans l'obscurité de sa chambre, ces mots assassins, ces cris de douleur, ces attaques, ces ripostes, ces dégoûts prennent l'ampleur d'un conflit sanglant.

Garance veut bien renoncer aux contes de fées pour peu qu'on ne la plonge pas dans l'horreur des faits divers.

Allongée dans son lit, les yeux grands ouverts, elle suit l'évolution des assauts. Sa mère paraît s'épuiser à brailler sans discontinuer, lançant ses flèches à l'aveugle, sans ordre ni méthode, un cri, une injure, un crachat. Son père est plus organisé, il économise ses forces, profère des propos meurtriers avec une certaine réflexion, alterne insultes et menaces, semble faire mouche si l'on en croit les hurlements d'animal blessé que pousse sa mère.

Garance ferme les yeux et se recroqueville. L'écho des explosions d'obus résonne dans son cœur et, avec lui, le regret de n'être pas plus importante que la guerre qui fait rage dans la cuisine. À l'évidence, aucun des belligérants ne pense à elle, à sa dent, à la pièce. Les attaques redoublent de part et d'autre, les offensives succèdent aux assauts, on se heurte, on se blesse, on se déchire. Garance le sait, l'un des deux va bientôt réclamer la fin des hostilités. En général, c'est sa mère, même s'il est déjà arrivé que son père dépose les armes.

Pas cette fois.

Comme à son habitude, Judith finit par agiter le drapeau blanc : elle éclate en sanglots, et Garance l'imagine se voûter, secouée de pleurs convulsifs, le visage caché dans ses mains. La fillette n'éprouve que du mépris pour cette façon de capituler, sans fierté, sans panache, dévoiler sa faiblesse pour demander pitié, pire, l'exposer, l'afficher comme un infirme exhibe son moignon pour inspirer la compassion des passants et leur soutirer une pièce. Cette pièce, justement, qu'elle ferait mieux de venir glisser sous l'oreiller de sa fille avant de passer quelques instants à la regarder dormir.

Maintenant son père a l'air d'un con avec son sourire victorieux qui déjà se fige, s'étiole et s'efface. La suite n'est pas plus originale, il y a ce silence qui succède au vacarme, quelques minutes suspendues dans le souffle d'une reddition, la trêve annoncée, juste avant que les gémissements de sa mère s'élèvent dans les airs, bientôt scandés par les halètements de son père. Les murmures lascifs prennent de l'ampleur, deviennent éclats de plaisir, ils s'entraînent l'un l'autre dans l'expression de leur volupté, cris et grognements se mêlent dans une mélopée qui remplace le fracas des attaques et des offenses.

Garance se bouche les oreilles. L'armistice la révulse plus encore que la guerre.

C'est foutu pour la petite souris et sa pièce.

Une boule d'amertume se forme dans sa gorge, elle les hait, s'ils savaient, elle se promet de ne jamais oublier chacun de leurs manquements, chacune de leurs trahisons, de leurs absences, de leurs négligences. Elle les accumule dans sa mémoire, toutes leurs incuries, elle les range, elle les trie, elle les ressasse. Ils paieront un jour, elle s'en fait le serment. Ils le regretteront. Ils lui demanderont pardon, pour tout ce qu'ils ont dit ou fait, pour tout ce qu'ils ont raté ou méprisé. Ils essaieront de se disculper en invoquant le manque de temps, le manque d'argent, elle ne leur accordera aucune circonstance atténuante. Ils expieront. Ils souffriront autant qu'elle souffre en ce moment.

À présent, les sanglots de Garance se mêlent aux soupirs de sa mère. La fillette tente de les réprimer, mais c'est plus fort qu'elle, ils se pressent dans sa gorge, forcent le barrage de sa colère et déboulent en vrac sur ses joues. Ses hoquets de chagrin l'étouffent tandis qu'ils nourrissent sa rancœur de mille vengeances qu'elle assouvira un jour, elle le promet, à elle, à Dieu, au diable.

Un mouvement la fait se figer dans le noir et suspend ses larmes un bref instant. Bientôt, un petit corps grimpe sur son lit, une menotte fouille l'obscurité à la recherche de son visage, le trouve, le caresse avec cette maladresse propre aux enfants, si douce, une gaucherie veloutée, une délicatesse malhabile.

— Pleure pas, Garou, murmure Roxane en bécotant les joues mouillées de sa sœur.

— Je ne pleure pas, sanglote Garance dans un déluge de larmes.

La fillette se pelotonne contre le corps recroquevillé de son aînée, elle l'enlace de ses bras trop courts, elle l'étreint d'un amour cristallin, puisant en elle la force d'une adoration absolue, sans réserve ni condition. Garance feint le détachement, une indifférence dont Roxane ne fait aucun cas. Au contraire, elle s'abandonne à sa tâche, celle de tarir les sanglots de sa sœur, la consoler, la rassurer. Elle fait comme celle-ci lui a appris, elle absorbe sa douleur, elle la pétrit et l'émiette, elle la réchauffe, elle la fond.

Garance se laisse peu à peu aller.

Bientôt, la férocité de son tourment s'apaise. Le feu qui consume son cœur et sa gorge d'une rancœur incandescente s'éteint lentement sous le baume des câlins enfantins. Elle ouvre alors les yeux et dévisage sa sœur avec tendresse.

— Ma petite souris, murmure-t-elle dans un souffle d'amour.

Chapitre 4

Odile Jouanneaux ramène contre elle les pans de son gilet, comme on appose une compresse sur un corps mutilé. Elle frissonne pourtant, consciente du caractère dérisoire de ces gestes que l'on accomplit sans y penser, des garde-fous auxquels on s'accroche pour ne pas réveiller la souffrance tapie dans un coin de l'âme.

Faire semblant. De vivre, de bouger, de respirer. Feindre l'impact, simuler l'agonie. En vérité, elle ne ressent rien. Elle est au-delà de ça. À l'annonce de la mort de Martin, son esprit a mis en place un système de défense dont la perfection n'a d'égal que l'efficience. Il a plongé ses émotions dans le coma, il a paralysé toute velléité de riposte nerveuse, il a assommé sa conscience. Elle sait que le monde vient de s'écrouler autour d'elle, mais ce n'est pour l'instant qu'une simple constatation.

Depuis tout à l'heure, elle tourne en rond dans une salle d'attente de l'hôpital, sans comprendre ce qu'elle fait là. On lui a dit que, quelque part dans le bâtiment, le légiste procédait à l'autopsie de son fils et qu'il ne servait à rien de rester. Les informations demeurent abstraites, elle saisit les phrases dans leur ensemble sans parvenir à les rattacher à une réalité tangible.

— Vous serez prévenue dès que le rapport sera rédigé, l'a avertie un infirmier. Rentrez chez vous.

Pourtant, elle n'a pas bougé. Depuis combien de temps est-elle là ? Elle n'en a aucune idée. Rentrer chez elle lui paraît absurde, elle se contente donc de faire les cent pas, les bras croisés sur son gilet, mimant comme elle peut l'attitude d'une mère qui vient de perdre son enfant.

Un bruit de pas la fait sursauter, des chaussures qui claquent sur le linoléum du couloir, qui se pressent et scandent une hâte teintée de détresse. En tournant la tête, Odile découvre, dans l'encadrement de la porte, la silhouette d'Adrien, son fils aîné, qui la rejoint, hagard.

— Maman !

Il fond sur elle puis la serre contre lui avant de s'effondrer, on ne sait pas très bien s'il vient pour soutenir ou être soutenu, sans doute l'ignore-t-il lui-même. Odile ouvre les bras et accueille l'étreinte, à la fois protectrice et absente. Il n'en faut pas plus à Adrien pour éclater en sanglots et prendre à son compte toute la souffrance de la terrible nouvelle. La douleur est intense, il vibre de mille blessures, il ondoie sous des volutes de détresse, il incarne le chagrin qui fait défaut à Odile.

— Dis-moi que ce n'est pas vrai, hoquette-t-il dans un pauvre gargouillis à peine audible.

Odile reste là, dans ses bras, incapable de la moindre parole. Elle observe son tourment avec envie, pourquoi ne parvient-elle pas à pleurer, elle aussi, à gémir, à faire sortir d'elle l'ampleur de la douleur qui devrait normalement la submerger ? Elle maudit ce besoin maladif de toujours tout contrôler, ce cœur dont on lui a si souvent reproché la sécheresse.

— On sait ce qui s'est passé ? s'enquiert ensuite Adrien en mettant fin à l'étreinte.

— Martin et Roxane se sont injecté un produit dans les veines, répond-elle gravement. La police a parlé de suicide, je n'ai pas tout compris. Le légiste est en train de faire l'autopsie de Martin. On en saura plus après.

Le silence qui suit les plonge tous les deux dans une hébétude maladroite. Aucun mot pour combler le vide que Martin leur impose. Les gestes, les regards, les soupirs, les sanglots sont les seuls moyens de communication qui demeurent.

— On fait quoi, maintenant ? demande Adrien au bout d'un long moment.

— On attend.

C'est la seule réponse qui vient à l'esprit d'Odile. Parce que, en effet, c'est ce qu'elle fait : elle attend. Que l'émotion la gagne enfin, que son esprit démantèle les barricades qui protègent sa raison. D'être assiégée par le tsunami qui menace de submerger depuis trop longtemps sa sensibilité, de le laisser enfin s'abattre sur elle.

— On attend quoi ? insiste Adrien.

Odile a envie de lui dire qu'ils attendent Martin, mais elle sait que cette réponse n'est pas la bonne, qu'elle déclencherait l'inquiétude et les commentaires de son fils.

— On attend qu'ils aient terminé l'autopsie.

Ces mots lui arrachent la langue, mais elle n'en montre rien. Elle gère son attitude seconde après seconde. Tant que les questions sont simples, elle y répond avec une patience sincère, soulagée de ne pas être confrontée à des demandes plus complexes. Elle fuit le jugement de son fils, persuadée que celui-ci s'étonne déjà de son manque de réaction, prêt à dégainer les remarques et les critiques. Elle est tentée de vérifier si, comme elle le suppose, Adrien est en train de l'observer...

Leurs yeux se croisent, et dans ceux d'Adrien se reflète le ballet des questions qu'il souhaite encore poser sans oser les formuler.

— Tu es là depuis longtemps ? s'enquiert-il enfin.

— Aucune idée.

— Tu... Tu veux quelque chose, maman ? Un verre d'eau, un café ?

— Non merci.

— OK, murmure-t-il comme si c'était la réponse qu'il espérait.

Odile se dit que c'est bon, tout est sous contrôle, ils vont s'asseoir tous les deux sur un siège et attendre, ça lui laissera un peu de répit, l'occasion de se concentrer sur cette saloperie d'émotion qui la nargue de son absence.

— Et Roxane ? demande soudain Adrien, comme s'il se souvenait d'un détail, ce genre de vétilles qui, en vérité, changent tout.

— Elle est en réanimation.

— Elle... Elle n'est pas morte ?

— Non, ils sont parvenus à la sauver.

Les yeux d'Adrien s'arrondissent, il dévisage sa mère, incrédule. Odile soutient son regard et tente de mettre dans le sien un peu de la douleur qu'elle voit poindre dans celui de son fils. Elle observe les remous qui y fluctuent, entre incompréhension, refus et révolte, toutes les questions qu'il se pose, toutes les réflexions qui s'affrontent.

— Ils se sont suicidés comment, tu m'as dit ? lui demande-t-il encore.

— Injection.

— De quoi ?

— Je ne sais pas.

— Donc c'est Roxane qui l'a faite ?

— Qui a fait quoi ?

— L'injection.

Odile s'apprête à répondre, mais elle s'aperçoit qu'elle n'en sait rien. Est-ce Roxane qui a fait la piqûre mortelle ? Elle hausse les épaules en signe d'ignorance.

— Oui, je suppose, se contente-t-elle de dire.

Adrien ferme les yeux. Même les paupières closes, il parvient à exprimer tous les combats que charrient ses pensées.

Lorsqu'il les rouvre, c'est une blessure à vif que traduit son regard.

— Martin a laissé une lettre ?

— Oui, répond Odile.

— Qu'est-ce qu'il dit ?

— Des choses absurdes, incompréhensibles.

— Écrite de sa main ?

— Oui, écrite de sa main !

— Elle est où, cette lettre ?

— Chez les flics.

Adrien fronce les sourcils.

— C'est la procédure, explique-t-elle.

Cette fois, le jeune homme acquiesce, mais sans conviction.

— Tu penses à quoi ? demande Odile.

— Je me demande juste pourquoi…, commence Adrien d'une voix asphyxiée.

— Pourquoi quoi ?

Le jeune homme secoue la tête, égaré.

— Pourquoi il est mort et pas elle.

Chapitre 5

La nuit est blanche, interminable. Garance s'est finalement résignée à rentrer chez elle, et ce qu'elle craignait s'est confirmé, seule face à ses questions, à ses doutes, à ses peurs : une litanie incessante dans la tête, des images, des souvenirs. La sensation d'un immense gâchis qu'elle n'a pas vu venir. La rengaine grinçante d'une culpabilité dont elle n'arrive pas à se défaire, elle s'en veut, c'est certain...

Très vite, pourtant, un autre sentiment force le barrage de ses émotions.

Elle en veut à Roxane.

Pire, elle nourrit envers elle une rancœur inédite. Ça bouillonne dans son crâne, des reproches fusent de toutes parts et s'y agglutinent, ils macèrent, se gorgent de ressentiments, se transforment en une colère sourde alimentée par une incompréhension profonde, encombrante et tyrannique.

Garance se sent trahie. Roxane lui a jeté en pleine face la preuve d'un insupportable rejet. Le séisme de ce désaveu l'ébranle au point de la faire douter des liens qui les unissent. N'a-t-elle pas toujours été là pour sa sœur ? Depuis leur plus tendre enfance, ne sont-elles pas l'une pour l'autre le pilier central de leur existence ?

Hier soir, Roxane s'est enfermée dans un mutisme désespérant, elle n'a rien pu en tirer. Garance est finalement restée un long moment à ses côtés, sans rien dire.

Alors que l'heure des visites touchait à sa fin, une femme est entrée dans la chambre et a demandé à s'entretenir avec elle, l'invitant d'un signe de tête à la suivre hors de la pièce. Une fois dans le couloir, elle s'est présentée comme psychologue, ou psychiatre, ou neuropsymachin, Garance ne sait plus très bien. Elle lui a proposé une entrevue afin de mettre en place un soutien pour Roxane et ses proches.

— Une évaluation psychologique, familiale et sociale va être rapidement réalisée pour aider votre sœur à surmonter cette épreuve et éviter tout risque de récidive.

Le cœur de Garance a manqué un battement.

— Récidive ?

— Il faut prendre très au sérieux toute tentative de suicide et, au vu des premiers éléments dont je dispose, celle de Roxane n'est pas anodine.

— Quand va-t-elle pouvoir sortir ?

— Pas tout de suite. À moins de signer une décharge, nous ne conseillons pas un retour au quotidien trop rapidement.

Submergée par le présent, Garance n'avait pas envisagé l'après, cette vie qui poursuit sa course envers et contre tout. Elle a dégluti tandis que la psychologue continuait de l'informer :

— Nous préconisons une prise en charge hospitalière durant la semaine qui suit la période de soins aux urgences, puis un séjour en hôpital psychiatrique, a enchaîné la psychologue. Mais nous devons parler de tout cela et mettre en place le mode d'assistance qui conviendra le mieux à Roxane.

— Oui, bien sûr, a acquiescé Garance d'une voix blanche.

— Je suis ici tous les matins de la semaine, à l'exception du mercredi, l'a-t-elle informée en lui tendant sa carte. Mon bureau se trouve à cet étage, à gauche en sortant des ascenseurs. Demain, 10 heures, ça vous va ?

Garance a saisi la carte en hochant la tête avant de lire le nom sur le carton : Annelise Chamborny. Celle-ci lui a souri en guise de salut, elle s'est apprêtée à prendre congé, mais Garance l'a retenue :

— Roxane n'a pas dit un mot... Je ne parviens pas à établir le contact avec elle.

— C'est normal, l'a rassurée Annelise Chamborny. C'est trop tôt. Roxane présente tous les symptômes d'un trouble de stress post-traumatique. J'ignore encore s'il est antérieur à la TS, et donc peut-être son déclencheur, ou bien s'il en découle directement...

— La TS ?

— La tentative de suicide. Il faut comprendre que, quoi qu'il se soit passé, Roxane a voulu quitter ce monde. Parler est une reprise de contact avec ce monde. Se taire, c'est une manière pour elle de refuser ce contact. Il se peut qu'elle garde le silence pendant quelques jours encore.

— Mais elle reparlera ?

— Très probablement.

La psychologue a de nouveau adressé un chaleureux sourire à Garance, qui l'a remerciée avant de rejoindre Roxane et son regard vide, ses lèvres closes, son corps immobile. Elle a encore tenté de la solliciter, sans trop y croire elle-même, déjà épuisée par tout ce mutisme, cette mort latente, tapie dans un coin en attendant son heure.

Découragée, elle s'est enfin décidée à rentrer chez elle.

À présent seule au creux de cette nuit sans fin, Garance se sent dépassée. Elle sait que le chemin sera long et qu'elle devra s'armer de patience, refréner cette envie de secouer sa sœur pour lui ordonner de vivre.

Pour lui demander des comptes, aussi.

Sa rancœur la trouble, son impuissance la rend folle.

Elle passe une partie de la nuit à tourner en rond, incapable de mettre de l'ordre dans ses pensées, encore moins de trouver le sommeil. Elle triture le passé dans tous les sens pour comprendre, débusquer ce qu'elle n'a pas vu, identifier ce qui lui a échappé.

Pour ne rien arranger, une autre rancœur vient ajouter sa pénombre au tableau. Elle lui pèse sur le cœur et dans le ventre, elle s'impose là, au beau milieu de ses entrailles, elle erre dans son corps et dans sa tête, omniprésente. Pourtant minuscule, elle prend toute la place. Elle tyrannise ses humeurs, elle dévore son énergie, elle l'épuise et lui donne la nausée.

Garance est enceinte.

L'affaire n'a rien de joyeux, le cœur qui bat dans son utérus n'est pas le bienvenu. C'est une erreur de parcours, une péripétie dont elle doit s'occuper et, justement, le temps commence à presser. Si ses calculs sont bons, sa grossesse date de trois semaines, elle devrait pouvoir s'en tirer avec une pilule à avaler et une journée au fond de son lit. Elle aimerait éviter l'hôpital, le curetage, l'intervention invasive. Elle avait pris rendez-vous chez le gynécologue, elle aurait dû y aller cet après-midi...

Garance remballe son dépit et se raisonne, ce n'est que partie remise. Elle téléphonera demain matin et s'excusera, elle expliquera, on comprendra. Elle devrait pouvoir obtenir un autre rendez-vous dans la foulée, le jour même ou le lendemain, elle l'espère. D'ici la fin du mois, tout sera réglé, affaire classée. Le géniteur n'est qu'un amant de passage, un corps en transit dont elle ne se rappelle rien, ni le prénom ni le visage. Elle ne veut d'ailleurs rien garder de lui et certainement pas le souvenir encombrant d'une étreinte urgente, un désir fulgurant qu'on assouvit comme un besoin pressant.

Garance se connaît, elle n'attend rien, les lendemains sont faits pour oublier.

Quand son corps veut se rassasier, quand son bas-ventre s'enflamme d'une ardeur impérieuse, elle s'habille de court et sort en quête du feu qui comblera sa fièvre. Pas de réseaux sociaux ni d'applications de rencontres, Garance ne trouve ses partenaires sexuels que dans le vivier de la vie réelle, la meilleure façon pour elle de ne laisser aucune trace, ni nom ni profil. La plupart du temps, elle ne donne même pas son prénom. Le déroulé est toujours le même, ou presque. Elle exhibe sa solitude dans un bar, épaule dénudée et pose lascive. Elle commande une boisson, c'est la seule qu'elle paiera. Elle n'aura pas le temps de l'achever qu'un homme l'accostera, elle jouera l'indifférence avant de se laisser séduire, soi-disant envoûtée par le charme ravageur d'un pilier de comptoir. Quelques verres plus tard, elle se fera sauter dans les toilettes, vite, fort, la jupe relevée et le dos au mur.

Garance ne s'attache à rien ni à personne. Jamais. C'est une loi, une règle à laquelle elle ne déroge sous aucun prétexte. Elle se fout de ces rencontres expédiées, de ce dont elles l'accusent, de ce qu'elles induisent : elles lui assurent un célibat auquel elle tient comme à la prunelle de ses yeux. Ces soirs-là, la jeune femme assume sa dégaine de salope, elle revendique ses désirs et le choix de les assouvir. Et si les hommes qui la pénètrent la prennent pour un objet, elle en pense autant à leur sujet. En vrai, c'est elle qui mène les ébats, elle se fait prendre si elle veut et comme elle veut. À la fin de l'étreinte, pas de temps perdu pour conclure et partir. Pas de risque non plus de subir les dérives d'un sentimental, d'un macho ou d'un psychopathe. Pas d'amour, pas de haine, pas de problème. On n'échange plus rien, ni baiser ni numéro de téléphone.

Elle s'offre sans se donner. Ça la rassure.

Ainsi délestée de toute inquiétude, Garance prend son pied comme personne. Elle s'éclate, elle savoure, elle exulte. Elle jouit. Elle ne pense qu'à son propre plaisir, dont elle explore les faces, dont elle exalte les sensations. La situation l'excite autant que l'acte, parce que l'une donne à l'autre toute l'ampleur qu'il recèle. C'est simple, c'est léger, c'est sans conséquence.

Enfin, normalement.

Le cadeau indésirable laissé par sa dernière étreinte est une sortie de route.

Garance se retient au montant de son lit. Le plus urgent reste cet embryon qui grandit en elle, qu'elle doit chasser comme un nuisible que l'on extermine.

Au creux de cette nuit sans fin, elle mesure l'ironie des circonstances : elle aurait dû donner la mort à un être qui ne demandait qu'à vivre, elle en a sauvé un autre qui voulait mourir.

Chapitre 6

Au petit matin, à bout de forces, Garance décide de jeter l'éponge et de laisser le passé où il est. Elle n'en tirera rien. Du moins pas tant que sa sœur refusera de parler.

Une fois le passé remisé dans les tiroirs de sa conscience, c'est l'avenir qui vient la narguer de ses angoisses tentaculaires.

La psychologue l'a évoqué sans détour : que se passera-t-il lorsque Roxane sortira de l'hôpital ?

Il n'est pas question de retourner dans l'appartement de Martin, les Jouanneaux ne le permettront pas. Très vite, Garance se rend à l'évidence : elle va devoir héberger sa cadette. Elle s'y résout, sans aucune hésitation, elle l'accueillera, la recueillera, la soignera, la nourrira. Elle lui imposera de vivre, envers et contre elle-même. Mais cette expectative la remplit d'angoisse.

Diététicienne fraîchement diplômée, Garance vient de s'installer à son compte et reçoit désormais ses patients chez elle. À gauche dans l'entrée de son appartement, une petite salle d'attente donne accès à un cabinet dans lequel elle consulte. Plus loin, un salon et une cuisine constituent un espace ouvert, sans isolation sonore. On y entend tout ce qui se dit dans son bureau et vice versa, ce qui, en temps normal, ne gêne personne puisqu'elle est seule à y habiter.

À l'autre bout du logement, sa chambre est l'unique pièce qui offre un peu d'intimité – si on fait abstraction de la salle de bains –, mais dont la superficie est plutôt réduite. Garance n'imagine pas demander à Roxane de s'y cantonner chaque fois qu'elle reçoit un patient. Elle a beau retourner le problème dans sa tête, elle voit mal comment faire pour concilier ses impératifs familiaux et ses obligations professionnelles.

À cela s'ajoute l'arrivée imminente de leur père. La jeune femme est déjà épuisée à la seule pensée de devoir gérer ses réactions intempestives. Sous des dehors enjoués et débonnaires, Jean Leprince possède un tempérament immature dépourvu de filtre : diplomatie, tact et bienséance sont des concepts qu'il méprise et qualifie d'artificiels et d'hypocrites. Il dit ce qu'il pense comme il le pense au moment où il le pense, qu'importe la façon dont ses propos sont reçus. Il ne se préoccupe ni de l'impact ni des conséquences de ses actes, encore moins de ses mots. Quand ils sont ensemble, Garance est sans cesse sur ses gardes. Avec lui, tout est possible et, bien souvent, les rôles sont inversés : il est l'insupportable adolescent, elle est l'adulte responsable. Cette fois pourtant, la jeune femme n'est pas certaine d'avoir la patience de maintenir leurs échanges dans les limites de l'amabilité.

Alors que les soucis succèdent aux angoisses, à bout de forces, Garance finit par sombrer dans un sommeil agité aux premières lueurs de l'aube. S'il ne lui apporte pas le repos nécessaire, il lui permet toutefois de ne plus penser à rien durant quelques heures.

Malgré tout, à son réveil, les événements de la veille fondent sur elle et la tourmentent avec plus de force encore.

C'est donc physiquement et moralement épuisée que la jeune femme regagne l'hôpital à 9 h 30. Elle aimerait parler avec sa sœur, lui extirper quelques mots, un début d'explication, l'attendre au détour d'une émotion, dissimulée derrière sa conscience, l'atteindre en tout cas, avant que leur père assiège la pièce et accapare toute l'attention. C'est pourquoi, lorsqu'elle pousse la porte de la chambre de Roxane et qu'elle le découvre là, au chevet de sa fille, Garance doit puiser dans ses ressources de résignation pour ne pas montrer son agacement.

— Et voilà la grande ! s'exclame Jean Leprince à son entrée. Salut, ma belle !

Il se lève et vient à sa rencontre. Derrière lui, Roxane regarde dans le vide, une sorte d'apathie qui serre le cœur de Garance. Sa sœur est toujours hors d'atteinte.

Jean se penche sur elle pour l'embrasser, détournant son attention. Garance lui rend son baiser.

— Salut, papa. Tu as fait bon voyage ?

— Pas pire qu'un autre.

Il désigne Roxane d'un mouvement de tête.

— J'essaie de comprendre ce qui lui est passé par la tête pour faire une telle connerie... C'est comme si je pissais dans un violon.

— C'est étonnant, persifle Garance. D'habitude, elle te raconte tout, non ?

Elle traverse ensuite la pièce et va embrasser sa sœur.

— Tu te sens comment ? lui demande-t-elle d'une voix soucieuse.

Roxane se contente de tourner les yeux vers la fenêtre.

— Visiblement, tu n'es pas non plus sa grande confidente ! réplique le père.

— On a reçu le résultat des analyses ? s'informe Garance sans tenir compte de sa remarque.

— Quelles analyses ?

Elle soupire.

— Le médecin est passé ?

— Pas vu.

Sans plus se préoccuper de lui, Garance s'assoit à côté de sa sœur.

— Il va falloir que tu parles, petite souris.

— Bonne chance ! raille son père derrière elle.

— Papa ! J'aimerais autant que tu te taises. Ou alors va faire un tour, je t'appelle quand j'ai fini.

— Quand tu as fini quoi ?

— Quand j'ai fini de parler avec Roxane, s'agace-t-elle.

— OK. Je peux reprendre l'avion et rentrer chez moi, en somme.

Garance manque de lui dire que c'est la meilleure idée qu'il ait eue depuis longtemps, mais elle se retient et se recentre sur sa sœur.

— Écoute... Je ne veux pas savoir pourquoi vous avez fait ça. Du moins, pas tant que tu ne voudras pas raconter. Mais il faut me parler, Roxane. Il faut m'aider à te sortir de là.

Elle se tait, à l'affût... Le silence assiège aussitôt les lieux et s'y installe, obstiné et encombrant.

— Je vais aller faire un tour, grommelle son père.

Garance patiente jusqu'à ce qu'il ait refermé la porte derrière lui.

— Vas-y, parle-moi, l'encourage-t-elle comme si Roxane attendait qu'elles soient seules pour se livrer.

Mais Roxane fixe la fenêtre.

Une nouvelle fois, le constat de son impuissance dévaste Garance, l'indifférence de Roxane, ce désintérêt dont elle fait preuve et auquel rien ne paraît pouvoir l'arracher.

Garance ne la reconnaît plus.

Difficile d'admettre qu'elle ait changé à ce point. Il s'est forcément passé quelque chose qui expliquerait son geste, ainsi que cet insupportable détachement. Quelque chose que Garance ignore, ou dont la gravité lui a échappé. Un événement, une nouvelle qui a bouleversé le jeune couple au point de les pousser à commettre l'irréparable. Comment savoir ? À qui demander ? Elle ne sait pas si Roxane a gardé des contacts avec ses camarades du lycée et elle ne connaît pas ses nouvelles fréquentations de la faculté. Il y a bien ses deux amis d'enfance, Yann et Léa, qu'elle se promet de joindre au plus vite.

Anéantie, elle reste un long moment sans réaction, les yeux rivés sur sa sœur, tandis que se pressent dans son esprit les mots, les images, les souvenirs. Elle fouille sa mémoire. Il doit bien y avoir, dans son entourage proche, quelqu'un qui pourrait l'aider à comprendre, dégager une piste.

Soudain elle se lève, rejoint la porte à grands pas et sort de la pièce.

Une fois dans le couloir, elle saisit son téléphone et se connecte à Google, trouve facilement le numéro de la faculté de médecine, qu'elle compose dans la foulée.

— Bonjour, pardon de vous déranger, dit-elle à la voix féminine qui lui répond. Ma sœur est élève en première année commune aux études de santé. J'aimerais parler à l'un de ses professeurs, de préférence celle ou celui avec lequel elle a le plus de cours, c'est possible ?

On lui dit de patienter, ce qu'elle fait, le smartphone vissé à l'oreille, les cent pas rythmant l'attente. Quelques instants plus tard, elle obtient un nom, celui du professeur Goossens. Elle demande comment elle peut le joindre. On est désolé, on ne peut pas lui communiquer son numéro privé. Garance insiste, c'est important, elle évoque la tentative de suicide de sa sœur. À l'autre bout de la ligne, on hésite, Garance ajoute qu'elle a juste besoin d'un renseignement, qu'elle n'en a pas pour longtemps. On l'informe alors que le professeur consulte au CHU Saint-Pierre. On lui conseille d'essayer en passant par son secrétariat dont voici le numéro.

Garance remercie.

Un autre coup de fil, une autre interlocutrice, le professeur Goossens est occupé, Garance repart dans ses explications, sa sœur, tentative de suicide, hospitalisation, c'est important.

Enfin, la voix du professeur résonne dans l'appareil.

Garance s'excuse une fois de plus, elle ne veut pas le déranger mais… Elle ressort son couplet familial, sa sœur au plus mal, elle téléphone d'ailleurs d'un hôpital. Elle voulait l'avertir que Roxane n'assisterait pas aux cours pendant un temps encore indéterminé. Gossens lui fait remarquer qu'elle pouvait se contenter de prévenir le secrétariat. Garance acquiesce, oui, bien sûr, mais elle avait besoin d'obtenir certaines informations, peut-il répondre à une ou deux questions, elle promet de faire vite, elle n'en a pas pour longtemps. Le professeur accepte, la mauvaise grâce camouflée sous un emploi du temps surchargé, il a deux minutes mais pas tellement plus. Garance se lance : elle aimerait savoir quel genre d'étudiante est Roxane Leprince, si elle assiste régulièrement aux cours, les notes qu'elle a obtenues, était-elle fondue dans la masse ou au contraire… ?

Goossens l'interrompt. À son tour, il s'excuse, mais des étudiants, il en a des centaines, franchement il ne voit pas du tout qui est Roxane Leprince.

Garance comprend, elle se permet pourtant d'insister. Peut-il au moins lui communiquer ses notes ? Il lui suffit de consulter ses fichiers.

Le professeur soupire mais lui demande de patienter. Elle entend qu'il pianote sur son clavier, lance une recherche, attend le résultat, tape encore, grommelle quelque chose. Puis il reprend le téléphone :

— Je suis désolé, mais je n'ai plus aucune trace de la présence de Roxane Leprince depuis cinq mois environ.

— Pardon ?

— Elle s'est en effet inscrite en début d'année et sans doute est-elle venue quelques fois. Mais elle n'a pas passé la session d'examens de janvier et, depuis, il semble qu'elle ne se soit plus présentée au cours.

Et ne respire plus

Les négociations ont été rudes. Elles ont duré plusieurs semaines au terme desquelles Roxane s'est permis d'espérer : elle pourra peut-être adopter un rat, un jour, éventuellement, si elle est sage, à la condition *sine qua non* de le prendre totalement en charge. Ce qui, pour ses huit ans, représente une sacrée responsabilité. Mais elle est prête à tout. Depuis qu'elle a vu *Ratatouille*, la fillette ne rêve que de cela : un petit compagnon au museau pointu et aux dents longues. Elle se voit déjà se promener dans la rue, la bestiole sur l'épaule, attirant les regards des uns et la fascination des autres. Il lui sera fidèle et ne réagira qu'au son de sa voix. Elle lui apprendra des tours, il répondra à son nom et lui obéira au doigt et à l'œil. Ils seront inséparables. Ses journées se teinteront de cette ferveur irréelle que seules les amitiés uniques sont capables de dispenser. La vie sera belle, elle sera intense, Roxane n'en doute pas.

Elle veut un rat.

Elle supplie sa mère, elle implore son père, elle prie Dieu d'exaucer son vœu.

— Tu ne crois pas en Dieu, lui fait remarquer Garance.

— C'est juste au cas où, se justifie Roxane.

Il va sans dire que Judith en profite pour exercer toutes sortes de chantages, autant matériels qu'affectifs…

— Tu n'as pas encore compris que tant que tu aimes ou que tu as envie de quelque chose, tu donnes des armes à maman pour t'asservir ? l'avertit Garance.

— Ça veut dire quoi, « asservir » ? demande Roxane.

— Quelqu'un qui t'asservit, c'est quelqu'un qui te tient en son pouvoir.

La fillette le conçoit et le concède, mais c'est plus fort qu'elle : elle veut un rat et ne cesse de le faire savoir.

Visiblement, sa mère finit par céder puisque, un après-midi en rentrant de l'école, Roxane trouve une mystérieuse boîte en carton posée sur la table, juste devant sa place. Sitôt le carton ouvert, elle découvre le petit animal qui attend patiemment qu'on le délivre : un rat domestique au pelage gris clair, presque comme Ratatouille *himself*, avec d'adorables oreilles et un regard espiègle. À première vue, comme ça, il ressemble à Bugs Bunny, il en a en tout cas la couleur du poil, et les dents aussi, un peu. En fait, non, pas du tout, il n'a rien de Bugs Bunny, mais, elle en ignore la raison, elle pense à lui dès qu'elle le voit.

Il s'appellera donc Bugs.

Roxane est aux anges, émerveillée par la bestiole qui lui appartient désormais. Son cœur se gonfle d'un amour trop longtemps contenu, l'ivresse d'une émotion jusqu'alors inconnue, avoir le droit de vie ou de mort sur un être vivant et ne lui vouloir que du bien, du tendre, du beau. Étourdie, l'enfant refoule ses larmes. L'appartement est plongé dans le silence, Judith cuve dans la chambre à côté, Garance n'est pas encore rentrée du collège, la fillette appelle, il y a quelqu'un ? Jean se montre alors, il était là, depuis le début, caché dans la cuisine. Roxane se jette dans ses bras, exprimant sans retenue sa joie et sa gratitude.

Lorsque la mère apparaît dans le salon après sa sieste, une heure plus tard, l'œil vitreux et les cheveux en bataille, l'enfant fait de même, euphorique et reconnaissante. Judith ne comprend d'abord pas ce qui lui vaut un tel élan de tendresse. Mais quand elle aperçoit l'animal, ses traits se figent. Elle dirige vers son mari un regard incrédule, et les deux parents se toisent.

L'échange n'échappe pas à Roxane.

La fillette ne demande pas son reste. Elle disparaît aussitôt dans sa chambre, emportant son rat avec elle. Juste avant de sortir du salon, elle observe son père et lui adresse un silencieux merci. Celui-ci lui fait un clin d'œil, pas de quoi, je me charge de la suite.

À peine a-t-elle quitté la pièce que les hostilités éclatent.

Les représailles sont fourbes et longues, elles durent plusieurs jours. Chaque soir, de leur chambre, Garance et Roxane saisissent les bribes étouffées qui leur parviennent en grappes d'insultes et de reproches. Depuis l'arrivée du rat, les éclats de voix résonnent de plus belle, les griefs redoublent, les critiques fusent, les injures pleuvent. Quelquefois, même, des coups s'échappent, s'échangent et se répondent dans les blâmes et les accusations. Tous les prétextes sont bons. On s'accable, on ricane, on riposte.

Plongée dans l'obscurité, son rat lové contre elle, Roxane mesure chaque soir le sacrifice de son père. Elle en conçoit autant de peine pour lui que de rancœur pour sa mère, et tente de compenser toute cette haine par un amour sans limite pour son animal. À côté d'elle, Garance supporte elle aussi les éclats venimeux de leurs parents. Les deux fillettes se rapprochent encore, puisant dans la présence de l'autre le réconfort dont elles ont tant besoin.

Pour le père, en revanche, ce sera la goutte de trop. Trois semaines après l'arrivée du rat, il plie bagage et déménage, cette fois définitivement. Il s'excuse auprès de ses filles, il a tenu bon le plus longtemps possible. Mais là, il n'en peut plus. Pour ne rien arranger, il part pour Marseille, à l'autre bout du pays. Il est engagé comme metteur en scène dans un nouveau théâtre, sans gage de succès, certes, mais il veut y croire. Il parie sur l'avenir. C'est sa chance, il doit la saisir.

— Tu ne vas pas nous laisser avec elle ? s'exclame Garance, soudain paniquée.

— Je suis désolé. Je te promets de tout faire pour vous emmener avec moi, mais c'est mal barré.

— Pourquoi ?

— C'est comme ça, chérie, ce sont les mères qui obtiennent la garde des mômes, en général.

— Pourquoi ?

— Parce que... parce qu'il paraît qu'elles s'en occupent mieux.

Un lourd silence accueille cette réponse. Garance est effondrée, Roxane en larmes, elles portent sur leur père un regard noyé de détresse. Jean les supplie de lui faire confiance, il déplacera des montagnes pour les arracher à l'emprise toxique de leur mère. En attendant, elles doivent faire preuve de patience et ne jamais cesser d'espérer. Les filles se jettent dans ses bras, il les serre contre lui, petits corps secoués de sanglots, il respire leur odeur, le visage dans leurs cheveux. Lui-même ne retient pas ses larmes. Il y a ce parfum de miel qui l'envahit, comme un sortilège, cette enfance qu'elles vont bientôt quitter, Garance d'abord, Roxane ensuite, abandonnant sur la route les serments et le nez qui coule, les genoux crottés et les ongles sales, les pour toujours et les à jamais. Garance a douze ans, déjà elle opère sa mue, il ne sera pas là pour découvrir le cygne qui se cache sous le vilain petit canard, pour l'accueillir et l'apprivoiser. Parce que la femme qu'elle est en train de devenir, il ne la connaît pas. Il espère juste qu'elle ne lui sera pas trop étrangère, qu'il reconnaîtra sous ses atours féminins l'enfant qu'elle est encore un peu aujourd'hui. C'est la vie, il le sait, les fillettes sont condamnées à grandir, à se défaire de leurs oripeaux d'innocence, à renoncer aux tresses de travers et aux dents écartées.

Quand il les quitte, il a la sensation que son cœur se désagrège à mesure qu'il s'éloigne.

Désormais seules, Garance et Roxane s'apprêtent à affronter l'enfer, dépourvues de l'armure qui, jusqu'ici, les protégeait du fiel de leur mère. Mais celle-ci est sonnée. Elle ne s'attendait pas à ça. Son mari qui l'abandonne, ce ne peut être qu'une mauvaise blague. Elle n'y croit pas. Alors qu'à l'annonce du départ de Jean elle lui a ri au nez, lui prédisant son prochain retour, et au galop encore, la queue entre les jambes, elle s'effondre lorsqu'elle comprend que c'est bel et bien fini. Elle sombre dans les abîmes du chagrin, celui de l'amour perdu, parce que, malgré le venin, les cris, les pleurs et les coups, elle croyait qu'ils s'aimaient pour de vrai. Jean reconnaît que leur histoire a été forte, intense et puissante, mais la passion a un prix, désormais trop cher pour lui. Il ne reviendra pas. Il prend le train pour Marseille un mardi matin et disparaît au bout du quai. La mère, elle, n'est plus que l'ombre d'elle-même.

Les trois femmes entament cette cohabitation forcée sous le signe de la reddition. À la grande surprise des filles, Judith fait des efforts pour revêtir sinon le costume du parfait parent, du moins la défroque de la mère qui fait ce qu'elle peut. Elle diminue sa consommation d'alcool, se lève pour leur préparer le petit déjeuner avant leur départ à l'école, fait les courses presque tous les jours, tente de maintenir l'appartement dans un semblant d'ordre. Si les filles n'en reviennent pas, elles restent pourtant sur leurs gardes, guettant le piège : cette miraculeuse transformation ressemble à un mirage, elles n'y croient pas vraiment.

De fait, au bout de quelques semaines, les démons de Judith la rattrapent. Jean est désormais installé à Marseille, il a commencé sa première mise en scène, elle doit à présent faire son deuil. Le gouffre de la détresse se referme sur elle, contre lequel elle n'a plus la force de lutter. Comédienne ratée, elle se noie dans l'ivresse et les larmes, la débâcle d'une défaite éperdue, les débris d'une nostalgie absurde. Pour ne rien arranger, les finances sont au plus bas et la pension alimentaire n'est pas bien grasse. L'alcool a eu raison de sa fraîcheur et de son talent, son téléphone ne sonne plus, les rôles lui échappent les uns après les autres, elle tourne en rond, perdue dans un cercle infernal et vicieux.

Alors les attaques reprennent.

Bientôt, Judith reproche tous ses malheurs à ses filles. C'est leur faute si Jean est parti. C'est la faute du rat, aussi. Elle n'en voulait pas, elle, de cette bestiole, mais Roxane a tellement fait chier tout le monde que Jean a fini par céder. Et maintenant, il est parti, c'est facile, ça ! Il fout la merde et puis il se casse ! Judith ressasse l'injustice de sa situation, elle remplit son verre et vide son sac, elle avale une large gorgée d'alcool, c'est bon, ça descend jusqu'au cœur, ça réchauffe l'intérieur. Un deuxième verre, puis un troisième et, ça y est, elle pleure sur son sort, cherche du réconfort auprès de ses filles, leur demande pardon, elle sait bien qu'elle n'a pas le niveau pour être une bonne mère, elle le sait, elle en est vraiment désolée, elle a essayé mais c'est compliqué, elle n'en voulait pas, elle, des gosses, c'est Jean qui voulait, c'est comme pour le rat, il a fait des gosses puis il s'est cassé, c'est facile, ça !

Le chantage revient en même temps que l'alcool, Judith navigue en eau trouble. La boisson anesthésie sa conscience, elle vomit des horreurs sans même se rendre compte du mal qu'elle fait. Le fossé se creuse, la haine macère, elle fermente comme un alcool trop fort, ça lui brûle la gorge, le cœur et même les tripes, ça la console un peu, ça la consume beaucoup.

Les filles parent les assauts, elles font front, elles font bloc, elles font ce qu'elles peuvent. Judith perd le peu de crédibilité qu'il lui restait et n'a bientôt plus d'autorité. Son seul moyen de pression, désormais, ce sont les ultimatums, dont elle use et abuse, se servant du rat comme d'une monnaie d'échange.

Si tu n'obéis pas, je vire ton rat !

Chaque matin, quand Roxane part à l'école, elle n'est pas certaine de retrouver son animal au retour. Alors elle se soumet. Pour sauver son rat, elle ferait n'importe quoi.

— Tant que tu tiens à quelque chose, elle a un moyen de pression sur toi, lui rappelle sa sœur. Le mieux, c'est de n'aimer rien ni personne.

Garance, elle, a compris. Pour éviter les balles, elle se fond dans la masse. L'air de rien. Elle ne critique pas, jamais, elle est d'accord sur tout. D'elle, on ne sait rien. Elle n'a pas de passion, pas de hobbies, pas d'amis, pas d'ennemis. Elle aime tout et ne déteste rien, ou le contraire. Elle est transparente.

Sa seule faiblesse, c'est Roxane. Son talon d'Achille. Impossible de cacher l'amour qu'elle lui porte. Judith paraît n'y accorder que peu d'attention, même si la complicité entre ses deux filles l'agace souvent. Elle l'interprète comme une alliance contre elle et ne cesse de les observer avec défiance. De son côté, Garance la tient à l'œil. Elle connaît sa mère par cœur et décèle l'instant où Judith bascule dans un délire paranoïaque.

Et puis, il y a ce vendredi en fin d'après-midi, au retour de l'école.

En pénétrant dans l'appartement, Garance accomplit les gestes rituels, sac à terre, chaussures balancées, veste jetée dans le placard. La voilà en chaussettes, jean et tee-shirt. Elle rejoint la cuisine, sonde le frigo, se prépare un goûter. Puis elle s'installe, face à la fenêtre. Son esprit vagabonde dans le calme de l'appartement, sa mère doit être sortie, ou alors elle cuve son vin. Dans tous les cas, elle n'est pas là, c'est ce qui compte.

Les sanglots lui parviennent peu à peu, à la faveur du silence, une guirlande de pleurs et de soupirs qui attire son attention. Garance fronce les sourcils, elle se fige, aux aguets. Cette fois, pas de doute, quelqu'un pleure. Elle reconnaît très vite les plaintes de Roxane, elles ont ce timbre particulier qui n'appartient qu'à sa sœur, des trilles de hoquets, comme des arpèges de lamentations.

Garance se dirige aussitôt vers la chambre qu'elles partagent, pousse la porte...

Roxane est agenouillée devant la cage du rat, les joues baignées de larmes, le corps secoué de sanglots dévorants. Garance ne comprend pas tout de suite, elle la rejoint, s'accroupit, lui demande ce qu'il se passe. Roxane, sa sœur chérie, sa petite souris, lève sur elle des yeux brisés par le chagrin. Garance l'interroge du regard avant de suivre le sien, celui que Roxane tourne vers la cage.

Bugs est là, étendu sur la litière.

Il ne bouge pas.

Et ne respire plus.

Chapitre 7

— C'est Garance, la sœur de Roxane, je te dérange ?

À l'autre bout de la ligne, Léa ne cache pas sa surprise. Léa, c'est l'amie de Roxane. Elles se connaissent depuis des lustres, depuis l'enfance, depuis toujours. Avec les années, elles se sont perdues de vue, se sont retrouvées, se sont de nouveau perdues de vue. En vérité, elles ne se sont jamais vraiment quittées. Elles gardent le contact envers et contre tout, quelquefois proches et intimes, d'autres fois de loin en loin. Mais, quoi qu'il arrive, elles savent comment va l'autre.

Si quelqu'un peut renseigner Garance sur l'état d'esprit de sa sœur avant le drame, assurément, c'est Léa.

— Garance ! s'exclame Léa. Ça fait un bail ! Ça va ?

Garance profite des politesses d'usage pour aller droit au but, justement, ça ne va pas du tout, Roxane a fait une tentative de suicide. La nouvelle se fracasse au milieu du prélude, un silence consterné y fait écho avant que Léa bégaie quelques pauvres paroles de stupeur et de désolation. Garance les balaie d'un merci tendu avant d'enchaîner :

— Je voulais savoir : vous étiez en contact récemment, Roxane et toi ?

— Non, pas vraiment, bafouille Léa, encore sous le choc. Ça fait un petit moment qu'on ne s'est pas parlé.

Garance masque sa déception.

— Combien de temps ? s'informe-t-elle par acquit de conscience.

Léa fouille sa mémoire avant d'évoquer quelques mois, quatre ou cinq selon elle. Garance demande des précisions, cherche les raisons d'un tel délai. Comment était Roxane à cette époque, allait-elle bien ?

À l'autre bout de la ligne, Léa garde le silence. Elle avoue ensuite que leur relation a connu quelques perturbations. Les dernières fois qu'elles se sont vues, Roxane allait très bien, là n'était pas le problème. En revanche, elle, Léa, venait de se faire larguer par l'homme de sa vie, le cinquième en tout cas, et traversait une sombre période chargée de douleurs, de larmes et d'idées noires. Elle avait tant besoin d'une amie pour l'aider à surmonter ces courants dépressifs, lui jeter une bouée et la ramener au rivage. Mais Roxane l'a laissée tomber.

Les propos sont acerbes, ils transpirent encore l'amertume : la négligence de son amie de toujours l'a meurtrie, et Léa ne cache pas son incompréhension. Elle évoque des soupçons à demi-mot, une fille comme Roxane qui s'amourache d'un mec comme Martin, il y a de quoi se poser des questions…

— Tu veux dire quoi par là ? demande Garance, alertée.

— Je parle de ce qui se voit comme le nez au milieu du visage. On ne peut pas s'empêcher de se demander ce qu'elle foutait avec lui, Martin n'est pas vraiment le genre de gars qu'on rêve d'avoir dans son lit. On ne va pas se mentir, Garance : il a du fric, c'est son principal argument de séduction.

Garance ferme les yeux : elle connaît sa sœur, la cupidité ne fait pas partie de sa nature. Il n'empêche. La première fois que Roxane lui a présenté Martin, elle s'est également posé la question : que lui trouvait-elle ?

— Je n'ai pas digéré son abandon, poursuit Léa, surtout pour un mec qui a du fric. J'avais besoin d'elle, et elle,

elle avait mieux à faire, visiblement. Pour tout te dire, ça m'est resté en travers de la gorge. Du coup, je n'ai plus repris contact avec elle. Mais je ne savais pas qu'elle allait mal, sans quoi...

Garance la remercie. Léa se confond en excuses, si elle avait su, promis, elle se serait manifestée, elle aurait balayé le passé, elle aurait été là pour son amie. Comment va-t-elle à présent, peut-on la voir ? Garance abrège les doléances, sa sœur est toujours à l'hôpital et refuse pour l'instant de communiquer.

Lorsqu'elle met fin à l'appel, un malaise sournois la gagne.

Après Léa, elle téléphone à Yann, l'autre grand ami de Roxane, son binôme d'adolescence, son premier émoi sentimental, vite apaisé par un coming out fracassant lors d'une soirée un peu trop arrosée. Malgré ce rapprochement impossible, la tendresse est restée et, avec elle, une amitié à toute épreuve. Ils sont le yin et le yang, à la fois complémentaires et aux antipodes l'un de l'autre.

Tout comme Léa, Yann tombe des nues en apprenant la tentative de suicide de Roxane. Garance l'interroge également, comment la trouvait-il ces derniers temps ? Était-elle déprimée, angoissée ?

À l'autre bout du fil, Yann peine à se remettre du choc. Sans l'écouter, il la submerge de questions, comment, pourquoi, va-t-elle bien, où est-elle ? Garance répond à l'économie et revient sur les informations qu'elle souhaite obtenir.

La voix de Yann se fait confuse : en vérité, ils ne se voyaient plus depuis quelques mois.

Cette fois, les tripes de Garance se nouent.

— Vous n'étiez plus en contact ?

— On s'est un peu perdus de vue ces derniers temps, explique-t-il d'une voix sombre.

— Perdus de vue ? s'étonne Garance. Mais pourquoi ?

La chose lui semble improbable, Yann et Roxane sont indissociables, rien ne peut les éloigner.

— Je t'avoue que je n'ai pas très bien compris moi-même. Je l'appelais régulièrement, comme d'habitude, je lui proposais de faire des trucs ensemble, elle déclinait chaque fois. Au début, je n'ai pas fait gaffe, je savais qu'elle était complètement *in love*, elle ne parlait que de Martin, sérieux, il n'y en avait que pour lui. En même temps, bon, je comprenais, je ne suis pas le dernier à vivre mes histoires de cul à cœur perdu. Mais à la fin, quand même, ça devenait lourd, j'avais vraiment l'impression de l'emmerder. Du coup, j'ai arrêté de l'appeler.

Il fait une courte pause avant d'ajouter :

— Le problème, c'est qu'elle ne m'a jamais rappelé non plus.

Agrippée à son smartphone, les traits de Garance s'assombrissent. Elle lui demande des précisions, cherche à comprendre le rejet de Roxane, s'aperçoit que ce qu'elle pensait n'être qu'une réaction personnelle, un besoin d'indépendance par rapport à elle, sa sœur, ou même, elle y a songé, peut-être une certaine honte envers leur famille, leur histoire, leur milieu social, se révèle en réalité plus général que cela.

— Tu... tu crois qu'elle cherchait à t'éloigner délibérément ? s'enquiert-elle après quelques secondes de réflexion.

— Je n'en sais rien. Ce qui est sûr, c'est qu'elle n'était pas en demande. Pourtant, ce n'est pas la première fois qu'elle est amoureuse, ça ne nous a jamais empêchés de nous voir et d'être complices. Au contraire. Elle me racontait tout. Je ne comprends pas pourquoi, cette fois, ça lui posait tant de problèmes...

Garance non plus. Elle sent que tout lui échappe, le passé, le présent, et que l'avenir n'est pas plus engageant. La voix de Yann continue de résonner dans le smartphone, il s'en veut, il aurait dû comprendre que quelque chose ne tournait pas rond, quel idiot, à quoi ça sert d'avoir des amis si au moindre obstacle ils vous laissent tomber, et d'ailleurs...

— Excuse-moi, Yann, le coupe Garance, je dois passer des appels, prévenir des gens. Je... je te tiens au courant.

Elle raccroche avant même qu'il n'ait eu le temps de réagir.

Les instants suivants s'écoulent au son des voix à l'autre bout du fil. Elles apprennent, éberluées et bouleversées, le terrible geste de Roxane et de Martin. Elles s'exclament, elles n'en reviennent pas, c'est impossible, elles n'y croient pas, comment, pourquoi. Elles posent plus de questions qu'elles n'apportent de réponses, elles cherchent à comprendre l'incompréhensible, parce que toutes s'accordent à dire que ce geste ne ressemble pas à Roxane. Roxane, c'est un condensé de vie, c'est du désordre, c'est du bruit et de la fureur. C'est un volcan d'émotions qui déborde, c'est un tourbillon de projets et de volontés. La mort n'a pas de place dans son histoire. On n'y croit pas une seule seconde.

Au fil des appels, à mesure que les voix s'expriment, Garance a la sensation de s'enfoncer dans un brouillard opaque.

Car toutes racontent la même chose.

Ça fait quatre ou cinq mois que Roxane a coupé les ponts avec son passé.

Le même prix

— Je n'ai pas touché à un poil de cette bête !

L'œil farouche et le rictus hostile, Judith pare les accusations de Garance : elle n'est pour rien dans la mort du rat, elle ne s'est même pas approchée de la cage aujourd'hui. L'adolescente n'en démord pas, le rat n'est pas mort par l'opération du Saint-Esprit, ce à quoi Judith rétorque que, si, souvent, c'est ainsi que ça se passe, on meurt par l'opération du Saint-Esprit.

Garance balaie l'argument :

— Bugs a eu la nuque brisée !

Judith se récrie, elle jure ses grands dieux que ce n'est pas elle, elle serait incapable de faire une chose pareille, quelle horreur ! Garance observe sa mère, le dégoût au bord des lèvres : elle n'en croit pas un mot, son démenti sonne faux. Judith ne cesse de gesticuler, elle brandit son innocence, elle se drape dans sa dignité, offusquée qu'on puisse seulement imaginer...

— Et pourquoi ce serait forcément moi, d'ailleurs ? demande-t-elle soudain sans cacher son indignation.

Garance éclate d'un rire mauvais. Sérieux, elle pose vraiment la question ?

— Ça fait des semaines que tu menaces Roxane de te débarrasser de son rat !

— C'étaient des paroles en l'air, je ne le pensais pas vraiment !

Garance ricane, mais oui, c'est ça, n'importe quoi ! Judith tente encore de la convaincre, elle jure, elle promet, elle crache par terre. L'adolescente suit la trajectoire du postillon avant de relever sur sa mère un œil écœuré.

À bout d'arguments, Judith finit par se taire.

Les sanglots de Roxane leur parviennent de la pièce à côté.

— C'est peut-être toi, après tout ! reprend la mère en pointant sur son aînée un doigt accusateur.

Garance hausse les épaules avant de lui tourner le dos pour rejoindre sa sœur.

— Et pourquoi pas ? poursuit Judith. Si tu voulais la monter contre moi, tu ne t'y serais pas prise autrement !

— Pas besoin de faire ça pour la monter contre toi, riposte l'adolescente en atteignant la porte.

— Ou alors, c'est elle ! continue la mère, emportée par ses propres déductions.

Cette fois, Garance se tourne vers elle, pleine de dédain.

— Tu es vraiment prête à tout pour te défiler !

Chaque mot qu'elle prononce suinte l'aversion. Judith reçoit le reproche comme un coup de poignard, le regard de Garance l'accuse et la salit, elle se sent maculée du mépris de sa fille, poisseuse, infecte.

— Mais bordel de putain de merde ! hurle-t-elle comme pour se défaire de toute cette crasse qui lui tapisse l'âme. Si ce n'est pas moi, et si ce n'est pas toi, c'est qui, hein ? On n'est que trois, ici ! Alors moi je dis que c'est elle ! Et franchement, ça ne m'étonnerait pas ! C'est bien son style, ce genre de truc, vicieuse comme elle est !

Garance s'apprête à sortir sans accorder le moindre crédit aux paroles de sa mère. Judith la rattrape pour la forcer à l'écouter.

— Et tu sais pourquoi ce n'est pas moi qui ai tué cette bête immonde ?

Sans lui laisser le temps de réagir, elle ajoute sur le ton de l'évidence :

— Parce que c'est une bête immonde, justement ! Est-ce que tu m'as vue une seule fois la prendre en main, cette bestiole ?

L'adolescente marque un moment d'hésitation, une seconde interdite, les sourcils froncés sur la question de sa mère.

— Réponds-moi ! insiste Judith.

Garance secoue la tête, c'est absurde, fous-moi la paix. Mais Judith ne lâche rien. L'indignation la transporte.

— Je n'ai jamais touché ce rat de ma vie ! clame-t-elle au bord de l'hystérie. C'est dégueulasse, ce truc, ça me révulse, tu n'imagines pas à quel point. C'est pour ça que je n'en voulais pas. Je...

Elle grimace sous la charge d'une hostilité débordante.

— On lui a brisé la nuque, tu dis ? poursuit-elle dans un rictus nauséeux. Rien que l'idée de le prendre en main et de le serrer, ça me...

Aucun mot ne semble décrire la force de sa répulsion. Judith tressaille, elle étouffe un haut-le-cœur.

Garance la dévisage. Quelque chose l'intrigue dans la façon dont sa mère se défend, la manière qu'elle a de ne pas lâcher l'affaire, elle qui d'ordinaire se moque de tout. Judith cherche ses mots, ne les trouve pas, ça l'énerve, c'est fou qu'il n'y ait pas de termes assez forts pour dire ce qu'elle éprouve.

— Crois ce que tu veux, lance-t-elle alors. Après tout, j'en ai rien à carrer. Mais n'oublie pas qu'il y a un truc qui cloche chez Roxane. Depuis qu'elle est toute petite, elle pense pas droit, cette gamine. Elle est aussi belle à l'extérieur qu'elle est tordue à l'intérieur.

L'adolescente dévisage sa mère. Elle anticipe le trait toxique, cette façon qu'elle a d'attaquer pour se défendre. Quitter la pièce, vite, vite, avant que Judith ne dégaine de nouveau pour lui lancer une autre de ses flèches empoisonnées...

Trop tard. Celle-ci réagit avec une rapidité qui prend Garance de court. Normal, c'est le matin, l'alcool n'a pas encore enlisé ses pensées. Judith pose sur elle un œil torve.

— Tout le contraire de toi, en fait. Toi, t'es droite à l'intérieur. Ça compense pour l'extérieur.

L'adolescente maîtrise son exaspération en fermant les yeux. Le fait est que, en effet, elle n'est pas vraiment jolie. Pas franchement laide non plus, mais à côté de Roxane, c'est sûr, elle ne tient pas la comparaison. Comment deux sœurs peuvent-elles être si différentes l'une de l'autre ? Si la cadette est un éclat, l'aînée est un murmure. Alors que Roxane brille de mille feux et attire tous les regards, Garance se déplace dans l'existence avec la discrétion d'une confidence. Elle est plutôt quelconque, elle possède un visage et un corps sans grâce qu'elle cultive sous une dégaine ordinaire et, en vérité, ça lui convient parfaitement. En observant les réactions que provoque la seule présence de sa sœur, Garance préfère de loin la banalité de sa personne. Ne pas faire de vagues. Passer inaperçue. À longueur de journée, c'est sur Roxane que leur mère se décharge de la frustration de se voir vieillir, et Garance ne peut s'empêcher de penser que la grande beauté de Roxane n'y est pas pour rien. Sa sœur déchaîne les passions, avec son lot de pleurs et de grincements de dents. Les filles comme les garçons nourrissent à son égard des sentiments exacerbés, fascination ou jalousie, adoration ou haine. Jamais personne n'est resté indifférent devant elle. Bien sûr, Garance ne se cache pas que, de temps à autre, elle envie sa cadette de provoquer tant d'émoi. Mais à voir le peu d'avantages que sa sœur en tire, elle rend grâce à sa médiocrité de lui apporter la paix du corps et de l'esprit.

— Et toi, tu es tordue de partout, rétorque-t-elle à sa mère avec dédain.

Judith hausse les épaules, elle s'en tape, même si, en vérité, la riposte lui fait mal.

— Je ne dis pas que c'est elle, ni que c'est toi qui a tué cette bestiole, finit-elle par concéder. Je dis juste que c'est pas moi ! Et que Roxane n'est pas toujours droite dans sa tête. C'est tout ce que je dis.

Sur ce, elle tourne les talons, parce qu'elle n'a rien à ajouter. Et si on ne la croit pas, c'est le même prix.

Chapitre 8

Les rues sont bondées. À travers la vitre de la voiture, Odile observe les gens qui se pressent sur les trottoirs, qui sortent du métro et qui entrent dans les boulangeries (ou le contraire), qui se rejoignent, qui se saluent, qui marchent en parlant au téléphone, qui font le pied de grue à l'arrêt du bus. Le trafic rugit, la ville bat son plein. À côté d'elle, Adrien attend que le feu passe au vert. Le regard d'Odile s'arrête sur un jeune homme, il doit avoir l'âge de Martin, d'ailleurs il lui ressemble un peu : même taille fine et élancée, même coiffure coupée court, cheveux châtains avec un épi sur le sommet du crâne, même dégaine dégingandée, et cette façon de marcher à grands pas tranquilles mais d'avancer à la même allure que ceux qui se hâtent...

Odile sourit. Ce jeune homme dans la rue la ravit, elle ne le quitte pas des yeux. Le temps suspend sa fuite, il ondule au ralenti, rivé aux mouvements de cette silhouette familière.

Elle sursaute quand des klaxons tonitruent derrière eux. Le feu est vert depuis au moins cinq secondes sans qu'Adrien avance, provoquant la fureur des conducteurs qu'il précède. Le vacarme soudain l'a distraite de sa contemplation, elle a lâché le jeune homme des yeux quelques instants à peine. À ses côtés, Adrien grommelle, il passe la première et démarre. Odile recherche des yeux le Martin anonyme parmi la foule, mais déjà le véhicule s'éloigne. Elle tente de le retrouver dans le rétroviseur... Il a disparu.

Martin a disparu.

Bien sûr, elle le sait. Elle sait aussi que son esprit invente des stratégies pour échapper à la conscience de cette perte. Il ruse pour fuir la sentence, gagner du temps, rassembler ses troupes, ses forces, son courage.

« Pardon maman. »

Ainsi commence la lettre de Martin.

Un pardon acquis et pourtant impossible à accorder.

— Tu veux vraiment le voir ? lui demande Adrien, brisant le silence qui, depuis le départ, règne en maître dans l'habitacle.

— S'il te plaît, oui. Seule.

— Comme tu voudras.

La résilience des premiers instants, en assommant sa sensibilité, permet à Odile de maintenir la domination naturelle qu'elle exerce sur son entourage et sur les événements. Depuis hier, elle négocie avec son chagrin. C'est le mieux qu'elle puisse faire pour l'instant. Elle parvient ainsi à diluer la violence du deuil. Le pouvoir n'est pas une absence d'émotions. Le vrai pouvoir, c'est leur maîtrise totale.

Tandis que la voiture roule en direction de l'hôpital, Odile se laisse envahir par les images du passé, ces harpies qui viennent vous ricaner dans l'âme quand celle-ci agonise. Les yeux de Martin se succèdent à différents âges, les taches de son de l'enfance, le sourire édenté de ses sept ans, ses bras trop maigres, ses genoux cagneux. Il a toujours eu l'allure d'un petit chat d'après la Saint-Jean, ces chatons chétifs au pelage famélique. Elle avait beau demander à Maï Ly, leur domestique asiatique, de le nourrir plus qu'Adrien, il restait frêle, une brindille qu'une simple brise menace d'emporter.

Maï Ly, c'est le cinquième membre de la famille lorsque celle-ci était au grand complet. À leur service depuis trente ans, elle a vu naître et grandir les enfants.

Un souvenir s'impose à la mémoire d'Odile. Martin court vers elle, petit garçon aux jambes écorchées, les cheveux en bataille. Ses joues sont baignées de larmes, son nez coule sans qu'il pense à l'essuyer, pas même du revers de la manche. Odile l'accueille, surprise, sans parvenir à cacher complètement son agacement, que se passe-t-il, pourquoi pleures-tu ? Les larmes de ses fils l'ont toujours embarrassée, comme de petites hontes qui viennent tacher son orgueil de mère. Heureusement, Adrien ne pleure que rarement, sans qu'elle sache si c'est par force de caractère ou par pudeur. Ou par obéissance. Qu'importe, le résultat est le même, et Odile enjoint souvent à son cadet de prendre exemple sur son grand frère.

C'est l'heure du goûter, juste après l'école. Martin doit avoir une dizaine d'années, plus vraiment un petit garçon, pas encore un adolescent. Ce jour-là, Odile est à la maison, ce qui est rare à cette heure de l'après-midi. Il se jette dans ses jupes et pleure bruyamment en expulsant de pauvres paroles incompréhensibles. Il faut quelques instants à Odile pour le calmer et comprendre la raison de son chagrin. Il parle de moqueries, des grands l'ont encerclé, l'ont pris à partie, l'ont même poussé. Ils ont ri de lui, raillant sa dégaine, ridiculisant son nom.

Odile se tend.

Le nom des Jouanneaux est prestigieux, il est leur premier bien, leur singularité, leur identité. On le porte avec bravoure et on le défend. Elle interroge son fils : l'as-tu défendu ? Les larmes de Martin redoublent, il a eu peur, ils étaient plus nombreux que lui, et bien plus forts.

Odile domine un soupir irrité. Elle tient la faiblesse en horreur, plus encore lorsque l'un de ses fils en fait preuve. D'un autre côté, que peut-il faire ? En le regardant, là, devant elle, si malingre et tellement fragile, les épaules secouées de sanglots éperdus, Odile abandonne les reproches et les harangues. À quoi bon ? Martin a toujours été à part, oscillant dans son cœur entre la tendresse d'une mère pour le plus faible de ses enfants et le dépit de découvrir en lui un profil qu'elle mépriserait s'il s'agissait de quelqu'un d'autre.

— Ce n'est pas ta faute, lui dit-elle en lui caressant la tête.

Mais le geste est réservé, pas vraiment réconfortant. Martin lève sur elle un regard désespéré. Il connaît sa mère, il devine les sentiments qu'elle éprouve, il lit la déception dans ses yeux. Odile le sait : alors qu'en affaires elle dissimule sans peine ses émotions, elle a beaucoup de mal à jouer la comédie dans la sphère privée.

Martin ne la quitte pas des yeux, il lui adresse une prière muette, il s'excuse, il se confond, pétri de honte. Et tandis qu'il la supplie, cherchant un signe de compréhension, peut-être même de bienveillance, elle, elle est incapable de lui offrir ce geste, ce regard. Elle se détourne de lui et l'abandonne à son opprobre, seul, contrit et misérable.

Aujourd'hui, derrière la vitre de sa voiture, protégée du dehors par les lumières qui s'y reflètent, Odile se souvient de cet instant. A-t-elle été trop dure ? Elle fouille en elle, en quête d'un regret. Elle finit par le débusquer au-delà du souvenir, du moins le croit-elle, à travers cette étreinte qui l'oppresse, ou bien n'est-ce que l'écho d'une déconvenue, l'amertume d'une contrariété ? Elle se raisonne, un nom, ça se mérite, et celui des Jouanneaux plus encore qu'un autre. Les droits ne s'acquièrent qu'en échange de devoirs, et son fils a failli à ceux-ci.

Reste ce regard, celui de Martin, déconfit, éperdu, cet enfant qui la supplie, cette honte qui le ronge.

Aujourd'hui, elle donnerait tout pour lui sourire et le prendre dans ses bras.

Chapitre 9

— Installez-vous.

Garance prend place sur l'une des deux chaises qui font face au bureau de la psychologue.

Annelise Chamborny est une femme d'une quarantaine d'années qui affiche sur ses traits le professionnalisme requis dans ce genre de circonstances : son regard est doux, mais reflète une grande vivacité intellectuelle et un sens du devoir inflexible. Son style trahit un antagonisme entre les impératifs de sa profession et sa véritable nature : coiffée d'un chignon serré dans sa nuque, ses cheveux gardent pourtant la trace de colorations fantaisistes, comme l'attestent quelques mèches aux reflets rose pâle. Elle est vêtue d'un jean délavé, taille basse, ainsi que d'un pull en laine ample et fluide, tous deux visiblement bon marché. Par-dessus, une veste classique bien coupée, cachemire de qualité, à l'évidence de grande marque.

— Je suis passée voir votre sœur ce matin. J'ai tenté d'établir un premier contact…, commence-t-elle d'une voix qui se veut rassurante. Roxane n'est pas encore disposée à communiquer. Comme je vous l'ai dit hier, c'est un processus courant qui, d'ordinaire, se résorbe de lui-même pour autant qu'on n'ajoute pas de la pression à la pression. En d'autres termes, Roxane parlera quand elle l'aura décidé.

— Ça peut prendre combien de temps ?

— Impossible à dire. C'est variable d'une personne à l'autre.

Puis, constatant l'anxiété qui marque les traits de Garance, elle ajoute :

— Quelques jours, tout au plus, ne vous inquiétez pas. L'urgence à présent, c'est de la protéger. En général, après un passage à l'acte, les personnes à tendances suicidaires sont enclines à minimiser leur geste : la pression chute brutalement après la tentative, on appelle ça l'effet cathartique. Mais ils éprouvent également un sentiment de culpabilité et de honte. Par conséquent, ils sont peu motivés par un suivi thérapeutique substantiel et développent une méfiance instinctive vis-à-vis des traitements qu'on leur propose. C'est là que vous aurez un rôle capital à jouer et que nous allons devoir faire équipe, vous et moi.

Garance hoche la tête. Annelise Chamborny consulte brièvement le dossier ouvert devant elle avant de reporter son attention sur son interlocutrice. Elle résume ensuite la chronologie des faits, vérifie les informations dont elle dispose, interroge Garance sur les facteurs déclenchants du drame.

Celle-ci avoue son ignorance et répète sensiblement ce qu'elle a dit la veille aux policiers, elle n'a décelé aucun signe de détresse chez sa sœur, ni chez son compagnon. Cependant, Roxane a abandonné ses études et coupé les ponts avec son entourage il y a quelques mois, ce qu'elle ignorait.

La psychologue insiste, sourcils froncés :

— Vous savez ce qui a motivé une telle décision ?

De nouveau, Garance est incapable de répondre. La psychologue préconise de mettre ça de côté pour l'instant, même si l'information n'est pas anodine. Il sera toujours temps d'interroger sa sœur à ce sujet lorsqu'elle acceptera de communiquer. Elle poursuit ensuite ses investigations et aborde la santé mentale de Roxane : elle pose une série de questions sur ses antécédents psychiatriques personnels et familiaux, s'intéresse à son état physique, Roxane était-elle soumise à un traitement médicamenteux, prenait-elle des drogues, buvait-elle, fumait-elle ?

Rien de tout cela, répond Garance, ni drogues, ni médicaments, ni cigarettes, et, pour ce qui est de l'alcool, uniquement de manière festive. À sa connaissance du moins.

Annelise Chamborny prend note.

— Pouvez-vous me résumer l'histoire de Roxane en quelques mots ? Juste les faits marquants de son existence, le genre d'enfant qu'elle était, son adolescence, la jeune femme qu'elle est devenue...

Garance ne peut s'empêcher de lever les sourcils, marquant l'ampleur de la demande.

— Je ne veux pas tout savoir de sa vie, la rassure aussitôt la psychologue. Juste si elle a vécu des traumatismes, des pathologies ou, au contraire, une enfance sans histoires. J'aimerais seulement me faire une idée de ses forces et de ses faiblesses.

Cette fois, Garance se donne le temps de réfléchir.

— Nous avons eu une enfance plutôt chaotique. Maman était comédienne, papa est metteur en scène, ils...

— Était ? la coupe la psychologue.

— Elle est morte. Il y a six ans. Crise cardiaque.

— Quel âge avait-elle ?

— Trente-huit ans.

Tout en notant quelques mots dans son dossier, Annelise Chamborny esquisse une moue désolée. Puis, relevant la tête, elle encourage Garance à poursuivre.

— On ne peut pas vraiment dire qu'on ait grandi dans une famille saine et unie. Ma mère était alcoolique et diabétique, le cocktail explosif. Elle était soûle tous les jours à partir de 14 heures. Mon père a fait ce qu'il a pu jusqu'au moment où il a jeté l'éponge. Il est parti s'installer à l'autre bout du pays en promettant de revenir nous chercher, ma sœur et moi, ce qu'il n'a jamais fait.

— Parlez-moi du décès de votre mère. Comment Roxane l'a-t-elle vécu ?

— Mal, bien sûr. Malgré tout ce que maman nous avait fait subir, malgré son alcoolisme et la relation toxique qui en a découlé, elle n'en restait pas moins notre mère, et sa disparition brutale a été un choc. Roxane avait quatorze ans à l'époque, et ça ne se passait pas bien entre elles deux. Elles se disputaient à longueur de temps, se reprochaient tout et n'importe quoi, c'était insupportable. Mais quand maman est morte, c'est Roxane qui en a été le plus touchée. D'autant que c'est elle qui l'a découverte, sans vie, sur son lit. Elle était rongée par la culpabilité.

— La culpabilité ?

Garance bafouille avant de se reprendre :

— Ce que je veux dire, c'est que, de son vivant, ma mère la tenait pour responsable de tous ses malheurs. En vérité...

Elle s'interrompt et semble plonger dans ses souvenirs. Au bout de quelques instants, elle revient vers Annelise Chamborny :

— La crise cardiaque de maman a été provoquée par une overdose d'insuline. Le problème, c'est qu'on n'a jamais su si c'était une erreur de dosage ou...

Nouveau silence.

— Ou ? demande la psychologue avec douceur.

— Ou un suicide, achève Garance dans un douloureux soupir.

Les deux femmes échangent un regard lourd de sens.

— Maman ne gérait pas du tout son diabète, explique Garance avec lenteur. Elle faisait n'importe quoi, et son alcoolisme aggravait les choses. Je vous l'ai dit, elle était ivre la plupart du temps. L'explication la plus naturelle à sa crise cardiaque, confirmée par son médecin traitant et ensuite par le légiste, a été l'overdose d'insuline, même si c'est très difficile à démontrer plusieurs heures après la mort. On a tout de suite conclu à une erreur de dosage. Dans son état, maman était capable de s'injecter des doses massives d'insuline. L'enquête a conclu à une mort accidentelle. Mais c'est vrai que par la suite...

Elle jette un regard sombre à la psychologue.

— Par la suite, on s'est posé la question, Roxane et moi. Vu le personnage, on s'est demandé jusqu'à quel point cette overdose était réellement un accident. De toute façon, le résultat était le même.

Annelise Chamborny soutient le regard de Garance. Puis elle demande :

— Quel genre de femme était votre mère ? Avait-elle des tendances suicidaires ?

Garance soupire.

— Pas vraiment, non. Elle était psychologiquement instable, à tendance dépressive. Elle avait un comportement et des réactions complètement déplacés. Elle pouvait passer d'un mode complice, maman-copine, limite puérile, à celui de mère autoritaire et tyrannique, mais sans logique ni structure. Dans ces moments-là, elle était capable de se montrer humiliante, parfois même abusive.

— Vous subissiez également ce comportement ?

— Oui, mais je le gérais mieux que Roxane. Ça me touchait moins, en tout cas. Du coup, ma mère me laissait relativement tranquille. Elle voyait bien qu'elle n'avait pas trop de pouvoir sur moi. J'ai très vite compris que, pour échapper à son influence toxique, je devais ne m'attacher à rien, ni à personne. Elle se servait toujours de nos faiblesses pour nous atteindre. Roxane était entière, elle ne parvenait pas à dissimuler ses ardeurs. Et puis, nos rapports étaient totalement différents. Pour être tout à fait honnête avec vous, je crois que je l'intéressais moins. Entre Roxane et elle, il y avait quelque chose de passionnel dont j'étais totalement exclue.

Garance s'interrompt quelques secondes, songeuse, les yeux perdus dans le vide. Quand elle revient sur Annelise Chamborny, ils brillent d'un douloureux éclat.

— Roxane a-t-elle été aidée à traverser cette épreuve ?

— Vous parlez d'un suivi psychologique ?

Annelise Chamborny acquiesce d'un signe de la tête.

— Non, répond Garance. Ce n'était pas le genre de la maison. Papa était loin et complètement dépassé par la situation et, de plus, on ne vivait plus avec lui depuis plusieurs années déjà. Franchement, il n'a jamais trop su comment faire avec nous.

— Qui s'est occupé de Roxane ?

— Moi. J'étais majeure. J'ai loué un petit appartement et je me suis occupée d'elle. Mon père nous a aidées financièrement, ainsi que d'un point de vue administratif. Ça l'arrangeait bien, car il n'avait aucune intention ni de revenir vivre ici ni d'accueillir Roxane chez lui.

— Vous m'avez dit que c'était Roxane qui avait découvert le corps de votre mère.

— Oui.

— Comment ça s'est passé ?

Le regard de Garance se trouble avant de se perdre dans le lointain de ses souvenirs. Elle se rappelle le texto envoyé par Roxane un vendredi en fin d'après-midi, un message d'urgence, un appel au secours.

« Viens vite, je t'en supplie ! »

En plein cours de biologie à l'université, Garance avait aussitôt remballé ses affaires pour se précipiter hors de l'auditorium sous le regard intrigué de ses camarades. Le trajet jusqu'à la maison avait été d'une lenteur accablante, d'autant que Roxane ne répondait ni à ses appels téléphoniques, ni à ses messages. Arrivée à l'appartement, elle avait cherché sa sœur, en vain, dans la cuisine, le salon, sa chambre...

— Roxane ! Roxane !

Pas de réponse, mais des pleurs qui s'échappaient de la chambre de Judith et venaient se briser contre la porte close que Garance s'était hâtée d'ouvrir.

Roxane était assise sur le lit, dévorée par ses sanglots. Garance n'avait pas tout de suite compris...

— Roxane ?

Elle avait fait quelques pas à l'intérieur de la pièce et vu enfin Judith étendue sur le lit, que le dos de sa sœur lui cachait jusqu'alors. La vision était sinistre et ne laissait aucun doute sur l'état de leur mère : ses traits étaient livides, sa bouche entrouverte, complètement immobile, ses lèvres décolorées, ses yeux grands ouverts, figés sur nulle part. Roxane avait levé sur elle un regard noyé de détresse avant de le reporter sur Judith.

Celle-ci ne bougeait pas.

Elle ne respirait plus.

Chapitre 10

La nouvelle se propage comme une traînée de poudre et, avec elle, les larmes, les compassions et les stupeurs. C'est une déferlante d'émotions à vif, une onde de choc affolée, comme un essaim de douleur qui n'en finit pas de vrombir dans la tête d'Odile. Martin n'est plus qu'une perte immense. Les condoléances affluent, les « si » et les « tellement », on est anéanti, on est de tout cœur. Chaque regard, chaque mot, chaque geste lui rappelle le drame qu'elle affronte. Elle se blinde, elle tient la pitié en horreur, pour elle autant que pour les autres, les regards éplorés, les voix gavées de sanglots qui frémissent en se vautrant dans les méandres de la souffrance.

Son fils est aujourd'hui réduit à sa seule absence.

Malgré tout, malgré sa force et sa rigueur, bardée d'une carapace de mépris, elle ne parvient pas à endiguer la vague de miséricorde qui déferle. Le nom des Jouanneaux se mêle au tumulte du drame, ceux qu'hier encore on enviait et que l'on plaint aujourd'hui, désormais souillés par le scandale. Parce qu'un suicide est un aveu d'incurie. En dépit du malheur qui les frappe, les proches du suicidé deviennent complices, presque responsables d'une si tragique issue : ils n'ont pas été capables d'empêcher le pire, ils n'étaient pas là, ils n'ont rien vu. Ils sont coupables de négligence dans le meilleur des cas, d'incompétence dans le pire. À la fois victimes et bourreaux, ils portent en eux la marque de l'infamie.

On les plaint à grands cris autant qu'on les accuse en silence.

Tandis qu'elle s'engouffre dans l'ascenseur, Odile fait le vide. C'est la première fois qu'elle revient au cabinet depuis le drame, et l'épreuve s'annonce de taille. Il va falloir pénétrer dans le bureau de son fils, fouiller ses fichiers, examiner ses dossiers et les transférer à d'autres pour ne pas endiguer les affaires en cours. Elle a cinq étages pour se recentrer, prête à affronter les regards éplorés de ses employés aussi bien que le silence accusateur de ses collaborateurs. Parmi le personnel, le mot d'ordre a été transmis, sévère et implacable : pas de condoléances, pas d'évocation de Martin, pas même la plus petite allusion.

La vie continue.

Les cinq étages filent à toute vitesse, quelques secondes en apnée, laissant à peine le temps à Odile de se rassembler. Lorsque les portes s'ouvrent, son visage est en tout point semblable à celui des autres jours. Rien ne transpire de ce qu'elle pense, de ce qu'elle éprouve, de ce qu'elle suppose. Elle sort de la cabine et se dirige vers son bureau, affichant un regard souverain, traits impénétrables figés par les impératifs du combat. Ses talons hauts rythment son trajet, tel le tambour de guerre qui scande le pas martial des soldats. Et tandis qu'elle arpente les couloirs de la société, elle adresse à chaque personne qu'elle croise un hochement de tête en guise de bonjour.

Sur son passage, on la salue comme à l'accoutumée. Les employés passent d'un bureau à l'autre, les secrétaires se pressent, dossiers à la main, les téléphones sonnent, les ordinateurs fonctionnent à plein régime. C'est un jour comme un autre.

Juste avant qu'elle pénètre dans son bureau, un quadragénaire fringant la rejoint.

— Bonjour, Odile, lui dit-il d'une voix mesurée. J'ai pu avancer la réunion de 10 heures à 9 h 30 comme vous le

84

souhaitiez. Vous avez rendez-vous aux pompes funèbres à 11 heures. Vous déjeunez ensuite avec M. Sandrelli de Sonecom à 13 heures, chez Lasserre. J'ai réservé votre table. J'ai aussi annulé tous vos rendez-vous de cet après-midi.

— Merci, Louis.

Louis, c'est le bras droit d'Odile, son secrétaire particulier, son indéfectible assistant. Voilà dix ans qu'il travaille à ses côtés, sans le moindre faux pas. Elle lui adresse un regard reconnaissant et entre dans son bureau dont elle referme la porte derrière elle.

Enfin seule. Elle vient de surmonter la première épreuve de cette journée. Elle s'autorise un soupir de soulagement avant de prendre place à sa table. Comme pour l'accabler plus encore, le cadre posé sur son bureau harponne ses souvenirs : il représente Adrien et Martin, bras dessus, bras dessous, les yeux brillants, le sourire complice. Il évoque une époque qui n'existe plus, depuis longtemps déjà, et pas seulement parce que Martin n'est plus.

La présence du cadre sur son bureau n'est pas anodine, elle lui rappelle son ancien secrétaire, Benjamin, congédié à la suite d'un incident auquel Odile ne peut s'empêcher de repenser aujourd'hui.

Ça se passe un mercredi, elle s'en souvient parfaitement. Cela fait sept ans que Benjamin travaille au service des Jouanneaux, sept longues années qu'il partage leur quotidien, leurs défis et leurs audaces. Si la société n'a pas encore l'influence dont elle jouit aujourd'hui, elle est néanmoins en pleine expansion et connaît une croissance soutenue. À l'époque, Adrien a dix-neuf ans. Il a entamé en septembre un cursus de gestion et finance, en même temps qu'il débute tout en bas de l'échelle dans les bureaux de la société. Il apprend son métier ainsi que le fonctionnement d'une entreprise qu'il sera un jour amené à diriger.

Martin, lui, a quinze ans. Il poursuit une scolarité chaotique dans laquelle il montre plus de facilités pour le français que pour les mathématiques. Qu'importe, son grand frère est destiné à prendre la relève, on ne compte pas vraiment sur lui pour poursuivre l'œuvre des Jouanneaux. Pour l'instant, la vie tient ses promesses, Adrien montre toutes les aptitudes requises à la bonne gestion de la société, tout est à sa place.

Elle ignore la raison pour laquelle Martin l'accompagne ce jour-là. Elle a beau fouiller sa mémoire, elle ne s'en souvient pas. C'est la première fois qu'il vient dans les locaux de la société, de cela elle est certaine, elle et son mari n'ont pas pour habitude de mêler leur vie privée à la sphère professionnelle. Adrien est venu plusieurs fois, même lorsqu'il était plus jeune, mais lui, c'est différent. Il est l'élu, c'est déjà son territoire. Marchant derrière elle, Martin découvre l'univers de ses parents, les employés, les collaborateurs, une ruche qui bourdonne en tous sens, téléphone vissé à l'oreille, on achète et on vend, on parle d'inflation, d'actifs, de frais variables et de taux fixes. Ou l'inverse.

Lorsqu'elle pénètre dans son bureau, elle propose à son fils de s'installer à la table de réunion et de s'occuper en silence. L'adolescent s'exécute, il entame aussitôt un roman de Boris Vian. De son côté, elle se plonge dans son travail. L'arrivée de Benjamin les tire tous les deux de leur lecture, l'une de ses mails, l'autre de *L'Écume des jours*.

— Bonjour, Odile ! s'exclame le secrétaire. Je me permets de vous rappeler votre…

Il s'interrompt en apercevant Martin, surpris de découvrir un adolescent installé à la table de réunion.

— Bonjour, Benjamin, lui répond Odile sans lever les yeux de son écran. Je vous présente Martin, mon plus jeune fils.

— Oh ! s'étonne-t-il avec sincérité. J'ignorais que vous aviez un autre enfant.

La remarque laisse un long silence dans son sillage. Martin dévisage le secrétaire avant de tourner vers sa mère un regard intrigué. À l'évidence, il attend une réaction qui ne vient pas. De fait, Odile est toujours concentrée sur son ordinateur même si tous ses sens sont en alerte, cherchant la façon dont elle doit répondre à cette réflexion.

Benjamin, lui, trébuche sur sa gaucherie, il se racle la gorge et poursuit sa tâche, celle de résumer le programme de la journée, vite, vite, comme pour enterrer ses paroles malheureuses sous d'autres, plus formelles, moins déplacées. Il franchit les quelques pas qui le séparent du bureau de sa patronne, y dépose le courrier du jour ainsi qu'un dossier en attente de signature. Odile renonce à réagir à la maladresse de son secrétaire, elle fait comme si de rien n'était, le remercie d'un bref regard. En vérité, elle est consternée, est-il exact qu'elle n'a jamais évoqué l'existence de son cadet devant celui qui organise sa vie professionnelle depuis maintenant plus de sept années ? Ou bien Benjamin est-il d'une telle étourderie qu'il a oublié les quelques allusions qu'elle a forcément faites au sujet de Martin ? La réponse, elle le craint, ne plaide pas en sa faveur : Benjamin n'oublie rien, jamais. C'est même l'une de ses principales qualités.

Qu'importe. La faute est impardonnable, quel qu'en soit le responsable. Elle congédie son secrétaire dès le lendemain, prétextant une incompatibilité d'humeur. Celui-ci tentera une action en justice qui, quelques mois plus tard, le déboutera en appel.

Depuis, la photo d'Adrien et de Martin trône sur son bureau. Quiconque pénètre dans son cabinet constate qu'elle est mère de deux enfants. Elle l'affiche, elle l'expose, elle le placarde à qui veut le voir et le savoir, à la façon d'un certificat de bon parent. Ses fils veillent sur elle depuis le départ de Benjamin, et elle, elle vit sous leurs yeux en même temps qu'elle les regarde chaque jour.

Malgré tout, elle n'abordera jamais cet incident avec Martin, une façon pour elle de nier l'évidence, comme si le renvoi de son secrétaire pouvait réparer des années de silence. Pourtant, le mal est fait. Elle aurait voulu pouvoir dire à son fils que ne pas l'évoquer ne signifiait pas qu'elle ne pensait pas à lui, ou, pire, qu'elle ne l'aimait pas. Mais Odile n'a jamais trouvé les mots. Quand il s'agit d'émotion, ceux-ci se dérobent sans cesse. Ils sont imprécis. À ses yeux, ils ne servent le plus souvent qu'à transmettre des directives ou des informations, des opinions aussi, parfois, et celles-ci se doivent d'être les plus concises possible. Ce qui compte – ce terme n'est pas anodin –, c'est l'efficacité du langage, son rendement. Les paroles sensibles lui sont inaccessibles.

La photo est là, aujourd'hui encore, juste devant elle. Dans les yeux de Martin, il y a cette insouciance qu'elle ne retrouvera plus jamais complètement après l'incident.

Peut-être se fait-elle des idées.

Peut-être sa culpabilité interprète-t-elle les regards qu'il lui lance désormais, avec cette impression particulière qu'il la considère comme une étrangère.

Elle n'en sait rien.

Et, à l'évidence, elle ne le saura jamais.

Trois coups frappés à la porte la tirent de ses regrets.

— Entrez.

La porte s'ouvre et Louis apparaît.

— J'ai contacté maître Lorny au sujet de Roxane Leprince…

Pendant un quart de seconde, Odile l'observe sans comprendre. Puis elle se souvient et lui adresse un coup d'œil de connivence.

— Et ? demande-t-elle ensuite en lui accordant une attention accrue.

Louis hoche la tête d'un air entendu, et un sourire victorieux illumine son visage.

Chapitre 11

— Que faisait-elle pour être odieuse ?

La voix de la psychologue ramène Garance dans son bureau.

— Pardon ?

— Vous dites que votre mère était odieuse avec vous, et plus particulièrement avec Roxane. Que faisait-elle ?

La jeune femme hausse les épaules, comme si la réponse allait de soi.

— Elle la rabaissait sans cesse, elle se moquait d'elle, de son physique, de ses capacités, ce genre de choses.

— Ça se passait comment entre vous ? Vous faisiez bloc, ou bien ce comportement toxique générait de la jalousie dans votre relation ?

Un sourire tendre se dessine sur les traits de Garance.

— Nous avons toujours été proches l'une de l'autre. Roxane et moi, nous avons passé notre enfance à nous soutenir, nous étions inséparables.

— Et aujourd'hui ?

— Aujourd'hui encore. Même si ces derniers temps ont été plus compliqués. J'ignorais totalement qu'elle s'était éloignée de ses proches et qu'elle avait arrêté ses études.

— À votre avis, qu'est-ce qui a motivé ce choix ?

Garance secoue la tête sans cacher son dépit.

— Je n'en sais rien. J'imagine que ses priorités ont changé. Martin et elle ont dû faire des projets de vie qui n'étaient plus compatibles avec ses ambitions. Du moins, c'est ce qu'elle a dû croire. Et, bien entendu, elle s'est bien gardée de m'en parler.

— Pensez-vous que son compagnon ait une quelconque responsabilité dans cette décision ?

Garance affiche un large sourire incrédule.

— Martin ? Ça m'étonnerait ! Ni Martin ni qui que ce soit, d'ailleurs. Vous ne connaissez pas Roxane. Elle possède un tempérament en acier trempé, personne ne l'oblige à faire ce qu'elle ne veut pas.

Annelise Chamborny interrompt sa prise de notes et dévisage Garance par-dessus ses lunettes.

— Les rapports de couple sont complexes, soupire-t-elle en déposant son stylo sur son bureau. Un couple qui va bien ne pense pas à se suicider. De même, on n'arrête pas ses études ou on ne coupe pas les ponts avec son entourage comme ça, du jour au lendemain, sans raison valable. Si Roxane et Martin ont pris ces décisions radicales, c'est que quelque chose les y a poussés. C'est ce qu'il faut déterminer pour aider votre sœur à surmonter cette épreuve et à reprendre goût à la vie.

Garance acquiesce d'un air songeur.

— C'est pourquoi, je vous repose la question, poursuit la psychologue : pensez-vous que son compagnon ait eu une quelconque responsabilité dans la décision de Roxane d'arrêter ses études ?

Cette fois, Garance prend la peine de réfléchir.

— C'est compliqué. Je ne nie pas qu'il y a de petites choses qui me gênent dans cette relation.

Elle corrige aussitôt :

— Qui me gênaient... Le côté fusionnel, par exemple. Tout comme le contraste qui existait entre eux au niveau social et financier.

— C'est-à-dire ?

— La famille de Martin possède une fortune importante, sans compter leurs nombreux biens. Nous n'avons rien.

— C'était une source de désaccords entre eux ?

— Je ne le pense pas. Je dois reconnaître que je n'aime pas trop les Jouanneaux, mais Martin était à part. C'était quelqu'un de sensible et de gentil, un peu dans la lune. Rien à voir avec les gens de son milieu. Il était très amoureux de ma sœur, ça se voyait. Il ne lui a jamais fait sentir leur différence de condition sociale. Pas que je sache, en tout cas.

Elle se tait quelques secondes avant de reprendre :

— Même si certaines choses me gênaient dans leur relation, je dois admettre que Roxane était heureuse avec lui. Vous savez, ma sœur est quelqu'un de complexe. La vie ne lui a pas vraiment fait de cadeaux. Mais depuis qu'elle était avec Martin, elle avait trouvé son équilibre.

Garance soupire, puis ajoute :

— Évidemment, à la lumière de ce qui vient de se passer, ça semble complètement absurde de dire ça.

Elle s'interrompt, gagnée par l'émotion.

— Ne vous reprochez rien, lui recommande la psychologue avec douceur. Ce qu'il faut comprendre lorsqu'un proche attente à ses jours, c'est que la seule raison qui le pousse au suicide est que cet acte lui apparaît comme l'ultime solution pour fuir ses problèmes. Le suicide n'est pas un acte impulsif. On ne se réveille pas un beau matin avec l'envie de se suicider. Il est l'aboutissement d'un processus qui comporte plusieurs étapes, parmi lesquelles certains signaux comportementaux, tels qu'une humeur sombre, un isolement de plus en plus prégnant, une consommation exagérée d'alcool ou de médicaments, ou les deux à la fois, de brusques changements d'attitude... S'ajoutent à cela des choix malheureux qui n'arrangent rien. Le sujet subit une baisse d'énergie significative et n'est bientôt plus en mesure de gérer les problèmes du quotidien. Il maîtrise de moins en moins toute une série de situations pour finalement se laisser déborder par l'accumulation des tâches. Du coup, le stress augmente, il accroît la pression qu'il s'inflige en constatant qu'il est complètement perdu... Et c'est la dégringolade.

Garance dévisage la psychologue. Cette description ne trouve aucun écho en elle. Le visage de sa sœur s'allume dans son souvenir, Roxane qui sourit, Roxane qui parle, ses éclats de rire, ses éclats de voix. Même dans ses mauvais jours, sa sœur avait cette énergie propre aux gens qui vont bien.

— Il ne s'est rien passé de tout ça, objecte-t-elle en fronçant les sourcils.

Annelise Chamborny affiche un rictus dubitatif.

— J'allais y venir... C'est peut-être la deuxième chose à comprendre : même si le suicide n'est pas un acte impulsif et qu'il est en général précédé d'un processus suicidaire, les signaux sont parfois mal interprétés par l'entourage. Ils peuvent également être déniés : c'est toujours compliqué de voir quelqu'un qu'on aime aller mal, et, parfois, c'est plus facile de ne rien voir du tout. Mais...

— Vous ne comprenez pas ! se défend Garance. Ce n'est pas un déni ou une mauvaise interprétation. Roxane allait bien ! Elle était dynamique, elle avait un projet de vie, elle était amoureuse... Je n'arrête pas de me poser la question, je ne vois absolument pas ce qui a pu les pousser à vouloir mettre fin à leurs jours.

Annelise Chamborny marque une pause et réfléchit.

— Peut-être faut-il considérer les derniers mois sous un autre jour ? Certaines personnes parviennent à dissimuler leur détresse derrière une apparence ordinaire. En revanche, si les symptômes ne peuvent s'exprimer de façon psychologique, ils se manifestent autrement : le sujet met en place un mécanisme psychique par lequel il convertit sa souffrance morale en douleurs physiques. Votre sœur a-t-elle récemment souffert de maux de tête, de douleurs musculaires, d'insomnie, de manque d'appétit ?

— Je ne crois pas, non… Elle ne m'en a rien dit, en tout cas.

— Avez-vous remarqué chez elle une métamorphose physique ces derniers temps ? Ou même un changement de comportement ? Par exemple, a-t-elle maigri ? Est-elle devenue plus sensible à certains stimuli, comme le bruit, la lumière ?

— Pas que je sache…

Garance s'interrompt, soudain songeuse.

— Elle s'est plainte il y a quelques mois…, murmure-t-elle d'une voix lente. Ou plutôt…

Nouvelle pause, les souvenirs se pressent, elle tente de mettre de l'ordre, de retrouver les mots de Roxane, de reconstituer la scène.

— Oui ? l'encourage la psy.

— On s'était retrouvées à une terrasse, il y a cinq mois environ. Roxane n'était pas en super forme. Elle disait avoir passé une mauvaise nuit. Au moment de partir, elle a grimacé en se levant, comme si elle avait mal. Je lui ai demandé ce qu'elle avait… Elle a évoqué des douleurs musculaires, les abdominaux, qu'elle a mises sur le compte de la gym qu'elle venait de reprendre. Rien de grave selon elle.

Après avoir griffonné à la hâte quelques mots supplémentaires, la psychologue acquiesce d'un hochement de tête.

— Comment ces douleurs ont-elles évolué ?

— Aucune idée. On ne s'est plus trop revues, juste après ça. Chaque fois que je lui proposais de faire quelque chose ensemble, Roxane déclinait. Elle avait l'air très occupée, apparemment elle avait beaucoup de cours, et plus encore de contrôles.

— Avait-elle déjà arrêté les cours, à ce moment-là ?

— Je ne pense pas, non. Ce qui est sûr, c'est qu'elle m'évitait. Je ne sais pas si cette mise à distance a un quelconque rapport avec cette anecdote. Je vous avoue que, déjà, à l'époque, je me suis posé des questions. C'était peut-être le mécanisme psychique dont vous parlez... Ou autre chose...

— À quoi pensez-vous ? demande la psychologue, intéressée.

Garance secoue la tête, comme si elle chassait une idée absurde.

— Vous croyez que Martin aurait pu brutaliser votre sœur ? s'entête encore la psychologue.

— Non. Justement.

— Pourquoi ? Parce qu'il était d'un certain milieu social ? La violence masculine à l'encontre des femmes existe dans tous les milieux. Même si Martin n'avait pas le profil d'un homme qui maltraite sa femme, il ne faut pas...

— Non, ce n'est pas ça, la coupe Garance. C'est plutôt Roxane qui n'a pas le profil de la femme battue.

— Vous seriez bien étonnée. Le profil type de la femme battue n'existe pas. Il s'agit plutôt de réactions qui varient en fonction de la durée du cycle de violence. Plus la violence est présente depuis longtemps, plus la femme perd sa liberté d'agir et de penser. Il faut également savoir que la violence s'installe de façon progressive et insidieuse. Si leur relation était encore jeune, il est peut-être normal que vous n'ayez rien remarqué. En vérité, les signes de violence conjugale mettent souvent un certain temps à se manifester à la conscience de l'entourage.

Garance se mordille l'intérieur des joues.

— Peut-être, dit-elle dans un soupir. Mais j'ai du mal à assimiler Roxane à une femme battue. Et ce n'est pas une façon de me dédouaner, je vous le promets. C'est juste que... Vous ne connaissez pas Roxane.

Annelise Chamborny lui adresse un sourire confiant.

— Pas encore, du moins.

Elle enchaîne ensuite en refermant son dossier, marquant la fin imminente de l'entrevue.

— Quoi qu'il en soit, il ne faut pas négliger cette information. C'est peut-être le signe d'une dépression, c'est peut-être autre chose, c'est en tout cas une donnée importante. On peut mettre ça sur le compte d'un symptôme d'authentiques pathologies somatiques ou de troubles psychologiques. Comme vous le voyez, les interprétations sont multiples.

Garance soupire, pas convaincue.

— C'est possible. Mais tout ça me paraît complètement fou. Je me dis que je l'aurais vu, si Martin la battait ou s'il avait une emprise quelconque sur elle. Elle me l'aurait dit. Et, en ce qui concerne la dépression, je ne vois pas pourquoi elle aurait fait un déni !

— On parle ici de dépression masquée, la renseigne la psychologue.

— En tout cas, je ne comprends pas pourquoi Roxane aurait enfoui tout ça. Je veux dire, elle était plutôt libre à ce niveau-là, et même assez branchée psychothérapie et subconscient.

Annelise Chamborny esquisse une moue d'ignorance.

— Vous savez, les raisons peuvent être diverses, argumente-t-elle. Soit parce qu'elle n'a pas voulu admettre qu'elle souffrait en effet d'une pathologie psychique qui projetait une image négative d'elle-même. Soit parce qu'elle était persuadée que son entourage ne prendrait pas au sérieux un état considéré comme honteux. Aujourd'hui encore, la dépression n'est pas reconnue comme une véritable maladie. Beaucoup de gens estiment qu'elle est principalement due à un laisser-aller.

— Peut-être, mais ce n'est pas notre cas ! insiste Garance avec véhémence. Je suis diététicienne. Alors je sais bien que ça n'a rien à voir, mais l'approche psychologique et les relations entre le corps et l'esprit, ça fait partie de mon domaine. Roxane sait très bien qu'elle peut venir me trouver pour n'importe quel problème.

— Vous, sans doute. Mais son entourage immédiat, celui de l'homme dont elle partageait la vie ? C'est peut-être à eux qu'elle a voulu dissimuler sa détresse ? Et pour être certaine qu'il n'y ait aucune fuite, elle a pris le parti de la cacher à tout le monde. Y compris elle-même.

Qu'elle crève !

Gravir les marches de l'escalier de l'immeuble et percevoir dès le premier étage les hurlements étouffés de l'orage qui gronde au troisième. Garance reconnaît sans peine les vociférations de sa mère qui se mêlent aux cris perçants de Roxane.

Celle-ci a onze ans. Déjà, elle évolue dans la vie comme une lionne en cage : c'est une enfant farouche, souvent méfiante, toujours sur le qui-vive.

Garance se hâte de rejoindre leur petit appartement. Quand elle passe devant le palier du deuxième, le vieux Corneille entrouvre sa porte et mêle ses croassements au raffut ambiant.

— C'est pas bientôt fini, oui ? Y en a marre des hystériques du troisième !

Garance ne répond pas, elle presse le pas et gravit les marches quatre à quatre.

— Je vais appeler la police, moi, si ça continue ! gronde encore le vieil homme.

Parvenue au troisième étage, l'adolescente introduit sa clef dans la serrure tandis que, de l'autre côté de la porte, sa mère fait écho à la menace du voisin : elle n'en peut plus, elle en a marre, elle va appeler les flics, elle ne voit plus que ça comme solution. Roxane riposte, les décibels au sommet, c'est pas elle, merde !

— Ça va pas, non ? intervient Garance en déboulant dans la cuisine. On vous entend jusque sur le trottoir !

— Tu tombes bien, toi ! rugit sa mère de plus belle. Tu connais la dernière de ta sœur ?

Puis, se tournant vers Roxane :

— Vas-y, dis-lui ! Dis-lui que tu n'es qu'une sale petite voleuse !

Garance reconnaît sans peine les accents de l'alcool. Sa mère savonne déjà ses mots, lesquels s'effondrent dans le vertige de son ivresse.

— Mais putain, j'ai rien fait ! fulmine Roxane. Je sais pas où ils sont, tes vingt euros de merde !

Garance plisse les yeux et serre les dents : elle a beau être habituée au vocabulaire de sa sœur, elle ne peut s'empêcher de grimacer chaque fois que Roxane jure comme un charretier. L'enfant connaît toutes les grossièretés possibles et imaginables. Le contraste entre son visage d'ange et ses manières est choquant. Rien d'étonnant à cela, Roxane imite leur mère et met souvent un point d'honneur à la surpasser.

— Et menteuse, avec ça ! renchérit celle-ci avec mépris. Je te préviens : si tu ne me les rends pas dans la minute, j'annule tes cours de danse !

Une fois de plus, Garance grimace. La danse représente à peu près tout pour Roxane : depuis deux ans, elle rêve de devenir danseuse étoile et ne ménage pas ses efforts pour parvenir à ses fins. C'est également son ticket de sortie, son laissez-passer pour un avenir moins sombre que celui auquel la vie la destine. La fillette suit des cours de danse classique au conservatoire de leur quartier. Son professeur, Mme Piron, a vu en elle de réelles qualités physiques pour envisager, avec beaucoup de travail et de sacrifices, une possible carrière. Aussitôt, Roxane en a parlé à sa mère, l'informant que Mme Piron désirait s'entretenir avec elle. Si sa mère s'est montrée favorable à un tel projet, elle a de surcroît pris conscience de la passion que sa cadette nourrissait pour cette discipline exigeante, ainsi que l'ampleur des espoirs qu'elle caressait.

Grave erreur.

Depuis l'entrevue, Roxane vit un cauchemar : Judith ne rate jamais une occasion d'exercer sur elle le plus odieux des chantages.

— T'as pas le droit ! hurle l'enfant dans un cri de rage.

— Et comment que j'ai le droit ! C'est moi qui paie, c'est moi qui décide !

— Si tu fais ça, je…

— Tu quoi ? la coupe la mère, victorieuse. Hein ? Vas-y, dis-moi ! Tu quoi ?

— C'est moi ! intervient soudain Garance d'une voix sonore.

— Quoi, c'est toi ? demande la mère en se tournant vers elle.

— C'est moi qui ai pris tes vingt euros.

Silence stupéfait de part et d'autre de l'altercation.

— J'en ai eu besoin ! ajoute-t-elle pour se justifier.

— Ah oui ? rugit la mère qui se sent soudain mal à l'aise d'avoir passé la dernière demi-heure à accuser sa cadette. Et je peux savoir pourquoi tu en as eu besoin ?

— J'ai voulu m'acheter un truc.

La mère attend la suite.

Roxane observe sa sœur avec curiosité.

Garance est pétrifiée sur place.

— Un tee-shirt ! achève-t-elle enfin.

— Un tee-shirt ? répète la mère, fielleuse.

— Oui.

— Et il est où, ce tee-shirt ?

— Chez Lola.

— Pourquoi chez Lola ?

— Parce que je ne voulais pas que tu te demandes comment je l'avais eu.

Silence. Dans la stupeur de cet aveu, la mère laisse échapper un rot discret. Une odeur douceâtre d'alcool flotte quelques brèves secondes dans la pièce. Elle observe ses filles, l'œil torve et la bouche tordue, pas convaincue.

— Tu mens, dit-elle soudain à Garance. Tu veux juste protéger ta sœur !

— Je te jure que non ! se défend l'adolescente. Je peux même te dire où il était, ton billet de vingt euros. Il était dans ton portefeuille !

— Oh ! s'exclame la mère dans un rire mauvais. Quelle preuve irréfutable !

— Parfois tu les ranges dans la poche intérieure de ton sac, se justifie Garance.

La mère contient sa rancœur. En vérité, elle est incapable de se souvenir d'où se trouvait son billet.

Elle dévisage son aînée, exaspérée de ne pouvoir la confondre.

Elle jette ensuite un rapide coup d'œil à Roxane, qu'elle vient, semble-t-il, d'accuser à tort...

Puis se tourne vers Garance.

— OK, admet-elle d'une voix aux accents mauvais. C'est donc toi qui seras punie, lui dit-elle.

Tout le monde retient son souffle.

— Plus de sorties pendant un mois.

Le coup est dur : dans quinze jours, Lola organise une soirée pyjama dont Garance parle depuis plus de deux semaines. C'est l'événement de l'année, la fête à ne pas manquer. Tout le monde y sera. Ne pas y aller lui vaudra d'être sur le banc de touche pendant les trois prochains mois.

— S'il te plaît, non ! gémit-elle en implorant sa mère.

Mais celle-ci ne la regarde déjà plus. Elle se tourne à présent vers Roxane.

— Et toi ? Tu ne te sacrifies pas pour ta sœur ? lui demande-t-elle dans les effluves rances de son haleine.

— J'ai rien fait, persiste l'enfant avec entêtement.

— Voleuse, menteuse et lâche, murmure la mère sans cacher son dégoût.

Tant d'aversion retourne le cœur de la fillette. Elle se crispe et lève un regard chargé d'offense, les traits figés dans l'incompréhension. Elle ignore ce qu'elle a fait pour être tant détestée. Elle cherche à maîtriser les larmes qui lui montent aux yeux, à refouler la douleur que le venin maternel lui inflige.

— C'est ça, pleure, postillonne encore la mère. Tu pisseras moins.

— Je t'en supplie, maman, gémit Garance. Pas la soirée de Lola !

— Surtout la soirée de Lola ! Et tu me ramènes le tee-shirt. Demain. Je te ferai passer l'envie de me prendre pour une conne !

Garance ravale ses plaintes : elle sait que plus elle implorera sa mère, moins celle-ci changera d'avis. Malgré le désespoir qui l'accable, elle tente de garder la tête haute mais pas trop, histoire de ne pas sembler provocante. Heureusement, la mère décide de les chasser de la cuisine. L'appel de l'alcool, sans doute.

— Foutez le camp.

Les deux sœurs ne se le font pas dire deux fois. Elles quittent la pièce la tête basse et les dents serrées. De concert, elles se réfugient dans leur chambre. Sitôt seules, Garance éclate en sanglots, Roxane se serre contre elle.

— Pourquoi tu as fait ça ? lui demande la fillette.

Trop abattue, l'aînée met quelques instants avant de répondre.

— J'avais tellement envie de ce tee-shirt…

— Maman, elle croit que tu as inventé ça pour me protéger. Et que c'est moi qui ai pris les vingt euros.

— Je sais.

Les traits de Garance se crispent, se creusent, se tordent, ils suintent la haine.

— Maman est conne. Je la déteste ! Je la déteste tellement ! Je voudrais qu'elle crève !

Chapitre 12

En regagnant la chambre de Roxane, Garance marque un temps d'arrêt sur le seuil de la pièce. La porte est entrouverte, elle aperçoit la silhouette de sa sœur, immobile, le profil découpé sur le contre-jour de la fenêtre. L'image la frappe, Roxane n'est que l'ombre d'elle-même, à peine une empreinte, le vague souvenir de celle qui, auparavant, palabrait sur ses projets, le danger des réseaux sociaux, sa dernière idée déco. Pas de trace de son père, Garance n'a pas la moindre idée de l'endroit où il se trouve et s'en fiche pas mal pour l'instant. Elle force un sourire qu'elle veut à la fois chaleureux et rassurant avant de pénétrer dans la pièce.

— Comment tu te sens ? lui demande-t-elle en se dirigeant vers elle.

Pour toute réponse, Roxane détourne la tête et s'abîme dans la contemplation de la fenêtre.

— Tu as réussi à te reposer un peu ? continue Garance avec cette fois moins d'assurance dans le ton.

Elle s'installe d'une fesse sur le lit et laisse le temps à Roxane de commenter.

Peine perdue.

Garance pousse un soupir dépité. L'indifférence affichée de sa sœur la déstabilise, elle ne comprend rien à ce corps posé là, cette existence par défaut, cette vie qui s'écoule par habitude... Elle se sent soudain étrangère à cette femme que, pourtant, elle connaît par cœur.

— Roxane... Il faut que tu me parles, dit-elle en abandonnant son ton faussement enjoué. Je... Je ne vais pas pouvoir tenir comme ça très longtemps.

Elle attend quelque chose, un signe, un mot, n'importe quoi.

Roxane ne bronche pas.

— Je sais que tu as arrêté la fac, que tu ne t'es pas présentée aux examens de janvier et que tu n'es plus allée en cours depuis. Je sais aussi que tu ne vois plus grand monde depuis quatre ou cinq mois.

Elle se tait, à l'affût d'une réaction. Roxane pince les lèvres très légèrement, ni vraiment une expression, ni tout à fait une moue, à peine une mimique.

— Il s'est passé quelque chose à cette époque ? insiste Garance. Si c'est le cas, il faut me le dire. C'est important, petite souris. Tu dois te faire aider.

Pas de réaction. Le silence se plante dans le cœur de Garance comme une flèche empoisonnée.

— Tu n'as pas le droit de me rejeter comme ça, poursuit-elle dans un soupir amer. C'est injuste. Je ne mérite pas ça. Tu dois m'expliquer, j'ai besoin de comprendre.

Sa voix s'est faite suppliante, et Garance se giflerait.

— Écoute, tente-t-elle encore en consultant sa montre. Papa va bientôt arriver. Je ne sais pas où il est, mais tu peux être sûre qu'il sera bientôt là. Et tu sais comment il est : il ne te lâchera pas tant que tu n'auras pas parlé. Alors je veux bien t'aider avec lui, mais c'est donnant-donnant.

Roxane tressaille. C'est imperceptible, mais Garance perçoit le frisson.

Au bout de quelques secondes, Roxane tourne enfin la tête et porte sur sa sœur un regard chargé de détresse. Il y a tant de désespoir en elle que les tripes de Garance se nouent.

— Ma petite souris…, murmure-t-elle, bouleversée.

Elle se penche vers Roxane pour l'étreindre, mais celle-ci se dérobe dans un mouvement de recul instinctif. La réaction est si spontanée que Garance la reçoit comme une éviction, une gifle à l'âme. Sa gorge se serre, un poids s'installe dans sa poitrine. Elle est tentée de quitter la pièce, parce que le rejet de Roxane lui est insupportable.

Devant elle, sa sœur pince les lèvres dans un rictus que Garance lui connaît bien. La jeune femme arbore la même expression que lorsque, enfant, elle affrontait le monde entier, seule contre tous, déterminée à ne pas faire ce qu'on exigeait d'elle. Roxane, c'est un concentré de volonté pure. Garance l'a souvent comparée à un Chokotoff : plusieurs s'y sont déjà cassé les dents. Pour le reste, la comparaison s'arrête là : elle est blonde, très blonde, aux yeux bleus, très bleus, une beauté immédiate, un visage d'ange. Elle transpire la douceur et semble porter sur le monde un regard d'une candeur infinie. Ses traits sont fins, parfaitement dessinés, elle impressionne par sa distinction naturelle. À première vue, on lui donnerait le bon Dieu sans confession.

En vérité, Roxane est une main en acier trempé dans un gant de dentelle fine. Depuis son plus jeune âge, elle n'a jamais dérogé à l'unique règle à laquelle elle obéit : atteindre son but, quitte à s'opposer aux plus hautes autorités. Du plus loin que Garance se souvienne, sa sœur n'a jamais plié sous la contrainte.

En la considérant aujourd'hui dans son lit d'hôpital, à la fois si lointaine et tellement fragile, Garance frissonne. Elle est fascinée par sa sœur, incapable de détourner son regard. Elle arpente des yeux ses traits, le contour de son visage, sa silhouette, à la recherche d'un vestige, une lueur de ce qu'elle fut autrefois, il y a dix ans, il y a une semaine, hier. Elle ne voit plus qu'un souvenir perdu, un corps en souffrance, un cœur en sursis. De Roxane, il ne reste rien.

Garance se mordille l'intérieur des joues avant de formuler le plus simplement possible la question qui lui brûle les lèvres.

— Tu aurais préféré mourir ?

Une fois de plus, Roxane pince la bouche comme on ferme une porte à clef, un tour de verrou, clac !

Garance observe sa sœur avant d'ajouter :

— Tu m'as appelée à l'aide, Roxane. Tu m'as envoyé un message pour que je vienne. Tu m'as dit que c'était urgent. Tu... Tu voulais vivre !

Roxane se tend, comme si cet épisode lui revenait seulement en mémoire, un détail qu'elle avait oublié. Elle sursaute ensuite lorsque Garance lui prend les mains, la forçant à la regarder.

— Chérie, je peux tout entendre, tu le sais ? Tu... Tu me le dirais si...

Elle prend quelques secondes supplémentaires pour formuler sa question :

— ... si Martin te brutalisait ? achève-t-elle dans un souffle.

Les traits de Roxane s'allument dans un éclair de stupeur. Elle dévisage sa sœur, sans que celle-ci parvienne à interpréter son regard. Surprise ou confirmation, impossible de savoir. Garance s'apprête à insister, à la presser de tout lui dire lorsqu'on frappe à la porte, trois coups brefs.

L'instant d'après, le capitaine Cherel et le lieutenant Blache pénètrent dans la pièce.

— Roxane Leprince ? s'enquiert Cherel à l'intention de la jeune femme.

Puis, sans attendre de réponse :

— Le parquet a enregistré une plainte contre vous. À partir de ce jour, et compte tenu de votre état, vous êtes à la disposition de la justice en attendant de pouvoir être entendue.

Les mots de l'enquêteur restent en suspens, dénués de sens. Ils planent, incertains, au-dessus d'un douloureux vertige. Garance peine à en saisir toute la portée.

— Enregistré une plainte ? s'étonne-t-elle, stupéfaite. Quelle plainte ? Quel parquet ?

Cherel tourne les yeux vers elle.

— Votre sœur est soupçonnée d'homicide volontaire sur la personne de Martin Jouanneaux, déclare-t-il d'une voix grave.

L'annonce est si énorme qu'elle laisse les deux sœurs sans réaction.

— Je dois également vous informer que Mme Jouanneaux s'est constituée partie civile, ajoute ensuite le policier.

Roxane ne bouge pas d'un pouce.

— Ça veut dire quoi ? glapit Garance.

— Ça veut dire qu'Odile Jouanneaux accuse votre sœur d'avoir assassiné son fils.

Chapitre 13

Les minutes qui suivent errent en équilibre dans le temps et dans l'espace. Interloquée, Garance se tourne vers sa sœur et découvre son visage frappé de stupeur. Elle la voit sombrer dans les affres d'une réalité inconcevable, une hypothèse à ce point délirante qu'elle paralyse toute réflexion.

— Dès que le docteur Moreau donnera son autorisation, votre sœur devra se présenter à nos bureaux pour une audition, ajoute Cherel sans laisser le temps à Garance de reprendre ses esprits. En attendant, nous devons procéder à des analyses complémentaires.

— Je croyais que des analyses étaient déjà en cours, rétorque Garance.

— Nous avons besoin de prélèvements supplémentaires pour analyses toxicologiques.

— Pourquoi ma sœur serait-elle considérée comme suspecte ? Pourquoi pas Martin Jouanneaux ?

— *A priori*, ce n'est pas lui qui a procédé à son injection.

— Ah bon ? se révolte Garance. Comment pouvez-vous en être sûrs ? Vous étiez là, dans la chambre, avec eux ?

— Les premières constatations du légiste révèlent une trace de piqûre sur le dos du poignet droit, réplique calmement le lieutenant Blache. Martin Jouanneaux étant droitier, on suppose qu'il n'a pas pu se faire l'injection lui-même.

— Et si elle refuse ?

Cherel et Blache échangent un bref coup d'œil.

— Nous n'avons besoin d'aucune autorisation pour ces analyses. Un refus ne plaiderait qu'en sa défaveur.

— C'est complètement absurde ! poursuit Garance, bouleversée. Vous vous rendez compte de l'énormité de cette accusation ? Je ne sais pas comment...

Elle s'interrompt soudain : sans un mot, Roxane vient de relever sa manche et de tendre son avant-bras à l'enquêteur. Masquant sa surprise, celui-ci la remercie d'un hochement de tête tandis que Blache rejoint la porte, l'ouvre et invite quelqu'un à entrer. Une infirmière pénètre dans la chambre avant de s'installer à côté de Roxane.

— Je suis désolé de vous imposer tout ça, se justifie Cherel.

Puis il ajoute :

— Un policier sera de faction devant votre porte à partir de maintenant, l'informe-t-il. Il vous est désormais interdit de sortir de cette pièce.

— Jetez-la en prison, tant que vous y êtes ! rugit Garance.

— Je vous rappelle que vous êtes attendue pour audition dès l'accord du médecin, dit encore Cherel sans tenir compte de la remarque de Garance. Le docteur Moreau nous préviendra dès que vous serez apte à répondre à nos questions.

Il adresse un salut aux deux sœurs, auquel aucune ne répond. Blache lui emboîte le pas, les deux enquêteurs quittent la pièce.

Restées seules, Garance et Roxane gardent le silence. L'aînée réfléchit à toute vitesse, les pensées se télescopent dans son esprit.

Homicide volontaire.

La jeune femme se répète ces deux mots à plusieurs reprises, histoire d'en mesurer toute la violence. Peu à peu, les syllabes prennent sens dans son esprit, elles colorent sa conscience d'une lueur glaciale, comme la lumière d'un néon qui tressaute dans l'obscurité.

— J'arrive ! dit-elle soudain à sa sœur.

Elle se précipite vers la porte de la chambre qu'elle ouvre à toute volée. Un homme se tient devant l'entrée, vêtu d'un uniforme de police. Il fait barrage de son corps, elle manque de lui rentrer dedans, pile net…

Ils se dévisagent, aussi surpris l'un que l'autre.

L'agent hésite avant de s'effacer pour lui céder le passage. Garance débouche dans le couloir comme un diable de sa boîte et avise un peu plus loin les deux enquêteurs qui s'éloignent en direction des ascenseurs.

— Attendez ! leur crie-t-elle.

Blache et Cherel se retournent, Garance accélère le pas jusqu'à eux.

— Que va-t-il se passer, maintenant ? demande-t-elle une fois à leur niveau. Je veux dire… Odile Jouanneaux accuse ma sœur de meurtre… OK… Mais ça, c'est ce qu'elle pense, c'est juste son délire à elle.

— C'est plus compliqué que cela. Odile Jouanneaux s'est seulement constituée partie civile, c'est le ministère public qui prend la responsabilité de l'accusation. De toute façon, il n'a pas le choix, Martin Jouanneaux serait décédé des suites d'une injection administrée par un tiers, ce n'est que la procédure logique et…

— C'est bon, épargnez-moi votre laïus, le coupe-t-elle, agacée. Vous savez comme moi que les trois quarts des politiques et la moitié de la magistrature dînent régulièrement chez les Jouanneaux.

— Sachez que si Odile Jouanneaux s'est constituée partie civile, c'est avant tout pour avoir accès au dossier.

Garance se force au calme.

— OK, mais ça implique quoi, exactement ?

— En termes juridiques, à partir du moment où nous pouvons établir que votre sœur a injecté un produit dans les veines de Martin Jouanneaux, elle est coupable d'empoisonnement ou de tentative d'empoisonnement.

— Et vous pouvez l'établir sur la seule constatation que Martin était droitier ? s'exclame-t-elle, hallucinée.

— Ce sera beaucoup plus simple que ça, rétorque Blache. Nous avons pris les empreintes digitales de votre sœur. Dès réception des analyses, nous saurons si elles figurent sur la seringue. Si c'est le cas...

— Ça n'a pas de sens ! le coupe Garance, de plus en plus nerveuse. Elle est aussi victime que Martin, vous voyez bien qu'elle n'a pas toute sa tête !

— Ça, c'est ce que l'enquête révélera, l'informe calmement Cherel. D'autre part, les analyses nous apprendront ce que contenait la seringue ainsi que la dose de produit que votre sœur s'est injectée dans l'organisme. Nous devons aussi voir s'il existe des éléments probants qui confortent la thèse de l'homicide.

— Comme quoi, par exemple ?

Cherel hésite un instant avant de répondre.

— Si la dose de produit qu'elle s'est injectée correspond à celle de son compagnon, nous aurons déjà des éléments pour démentir les soupçons de Mme Jouanneaux. Nous devons également savoir comment ils se sont procuré le produit, c'est...

— Si vous soupçonnez ma sœur en raison de ses études, l'interrompt une nouvelle fois Garance, je peux déjà vous dire qu'elle les a arrêtées il y a quatre mois environ.

— OK, très bien, nous en tiendrons compte, acquiesce Cherel.

Garance marque sa reconnaissance d'un bref mouvement de tête.

— Sinon... quoi d'autre ? demande-t-elle ensuite.

— Le mobile. Quel intérêt votre sœur avait-elle à se débarrasser de son compagnon ? Va-t-elle retirer un quelconque avantage de sa disparition ? C'est en répondant à ce genre de questions que nous pourrons envisager si cette accusation est fondée ou non.

— Ils n'étaient pas mariés, si c'est ce que vous voulez savoir, affirme aussitôt Garance. Je peux vous assurer que la mort de Martin n'apporte aucun bénéfice matériel à ma sœur, bien au contraire !

Le capitaine Cherel plisse alors les yeux dans une moue sceptique. Il s'apprête à dire quelque chose mais se ravise soudain. Garance en profite pour enfoncer le clou.

— Elle va tout perdre, en fait. Tout ce qui compose son existence. Aussi bien d'un point de vue émotionnel que matériel. Rien n'est à elle, tout est aux Jouanneaux.

Cherel lui adresse un hochement de tête dubitatif.

— Que se passera-t-il si vous ne trouvez aucun élément qui implique ma sœur d'une manière ou d'une autre ? demande encore Garance.

— La plainte sera laissée sans suite.

— Et dans le cas contraire ?

— La machine judiciaire se mettra en marche : enquête, avocats, auditions, garde à vue.

Le souffle de Garance s'accélère, elle hoche le menton, songeuse.

— OK, murmure-t-elle. On saura quand, pour les analyses toxicologiques ?

— Un jour ou deux, pas plus.

— Et les empreintes ?

— Dans quelques heures…

Elle acquiesce une nouvelle fois d'un signe de tête. Elle s'apprête à faire demi-tour en direction de la chambre de Roxane quand elle pose une dernière question.

— Juste pour savoir… Elle risque quoi, si elle est reconnue coupable ?

Cherel la considère un bref instant avec gravité.

— Vingt ans. Minimum.

Chapitre 14

En remontant le couloir, Garance se force au calme et tente de faire le point. Plusieurs choses la préoccupent. D'abord, la rapidité et la violence avec lesquelles la famille de Martin a réagi. Le ministère public a bon dos, les Jouanneaux ont des relations dans toutes les sphères du pouvoir, ils ont les moyens de s'offrir les meilleurs avocats.

Les pensées succèdent aux questions, elle suit le fil de ses réflexions auxquelles viennent s'agglutiner des hypothèses. Elle repense aux lettres d'adieu, celle que Roxane lui a laissée et qu'elle a lue et relue une bonne partie de la nuit, mais également celle de Martin, dont elle ignore tout.

Parvenue devant la porte de la chambre de sa sœur, elle marque une pause et prend une profonde inspiration. L'agent de faction se détourne légèrement pour la laisser passer. Alors elle pousse le battant et pénètre dans la pièce.

Roxane se tient raide dans son lit, les traits figés dans une expression d'effroi. Son regard se meut en tous sens, on la croirait envoûtée par d'invisibles spectres dont elle suit des yeux la pantomime chaotique.

— Roxane ?

Celle-ci ne réagit pas.

— Roxane…, répète Garance en s'approchant d'elle. Ça va ?

La voix de sa sœur arrache enfin la jeune femme à ses démons. Roxane tressaille. Puis elle semble se rappeler l'endroit où elle se trouve et ce qu'elle fait là.

— Chérie, continue Garance, encouragée par la réaction de sa sœur. Je suis là. Tu m'entends ? Tu n'es pas seule. Je ne te laisserai pas tomber. Nous nous battrons toutes les deux, comme nous l'avons toujours fait.

— Tu étais où ? demande Roxane d'une voix sans timbre.

Au son de sa voix, Garance la dévisage, les yeux arrondis, entre stupeur et soulagement. L'entendre enfin prononcer quelques mots fait déferler en elle un déluge d'émotions. Comme si sa sœur était de retour après une longue absence.

Elle s'assied au bord du lit.

— J'ai parlé à la police, répond-elle en lui prenant les mains. Écoute-moi, c'est important : pour l'instant, on n'est pas encore dans une procédure judiciaire pénale. Mais le ministère public les force à vérifier certaines choses, par exemple la dose de produit que vous vous êtes injectée dans les veines, Martin et toi. J'ai besoin de savoir : c'était la même dose pour tous les deux ?

— De quoi tu parles ?

— La dose qu'il y avait dans la seringue, précise Garance avec patience. C'était la même pour chacun de vous deux ?

— Pourquoi tu me demandes ça ? interroge encore Roxane, les paupières gorgées de larmes.

Ses yeux se troublent et elle porte sur sa sœur un regard dévasté.

— Ça peut tout changer, explique Garance. Si les deux doses étaient identiques, ça prouve que tu n'avais pas l'intention de lui survivre. Ça confirme du coup la thèse du suicide.

Garance sait que le simple fait d'avoir survécu au drame rend sa sœur responsable par défaut. En vivant, Roxane devient coupable de la mort de Martin. Quoi qu'elle fasse, quelle que soit la vérité, elle est condamnée. Comme un piège dont on ne parvient plus à désamorcer le mécanisme.

— Je dois savoir ! insiste-t-elle en se ressaisissant. Je veux être certaine que rien ne peut venir confirmer les délires de cette folle !

Les traits de Roxane se tendent. Elle détourne ensuite les yeux, visiblement anéantie. Tous les sens de Garance sont en alerte.

— Roxane ! insiste-t-elle. Parle-moi ! C'était la même dose ?

— Oui ! s'agace Roxane, meurtrie.

Garance respire sans cacher son soulagement.

— OK, ça, c'est une bonne chose.

Elle patiente quelques secondes avant de reprendre :

— J'ai aussi besoin de savoir comment vous vous êtes procuré la morphine. C'est... C'est toi ou c'est Martin ?

— C'est Martin.

Garance attend une explication qui ne vient pas.

— Où l'a-t-il trouvée ?

Roxane ferme les yeux.

— Il y en avait chez sa mère, répond-elle dans un souffle. Son père en prenait pour soulager ses douleurs quand il vivait encore. Il en restait pas mal dans la pharmacie.

Garance esquisse un début de sourire.

— OK, ce n'est pas toi qui as fourni la morphine. Et comme vous n'étiez pas mariés, tu ne retires aucun intérêt de son décès, commente-t-elle sur le ton de l'évidence. Le dernier problème à régler, et pas des moindres, ce sont les empreintes. C'est toi qui as procédé aux injections ? Je veux dire, celle de Martin, c'est toi qui la lui as faite ?

Roxane acquiesce d'un signe de la tête. Garance grimace douloureusement.

— Là, on est coincées. Si tes empreintes sont sur la seringue, elles t'accusent d'office.

Un silence pesant envahit la chambre. Garance fixe sa sœur, perdue dans l'horreur de la machine judiciaire.

— Il faut que tu mentes ! déclare-t-elle soudain.

Roxane la dévisage d'un œil épuisé.

— Tu m'entends ? insiste Garance. Il faut que tu dises que c'est Martin qui a fait sa propre injection, qu'il a utilisé sa main gauche, tu ne sais pas pourquoi, c'est comme ça, et que, ensuite, tu as pris la seringue, tu l'as essuyée dans les draps car il y avait du produit dessus, et seulement après, tu as procédé à ta propre injection.

Elle attend une réaction qui ne vient pas.

— C'est notre seule chance, lui assure-t-elle avec espoir. Le reste des arguments est spécieux. Les flics vont vite comprendre que cette accusation n'a aucun sens. Sans compter que tout le monde peut témoigner que vous étiez un couple uni et complice. Elle va l'avoir dans l'os, la mère Jouanneaux !

Elle observe sa sœur et tente de lui communiquer un peu du maigre optimisme qu'elle éprouve. Le regard terrassé de Roxane lui déchire le cœur.

— Ça va aller, chérie, lui dit-elle du ton le plus réconfortant dont elle se sent capable. On va s'en sortir.

Mais Roxane secoue la tête dans un mouvement mécanique, plongée dans de lointaines pensées.

— Non, ça ne va pas aller, murmure-t-elle sans force.

— Je te le promets ! réplique Garance avec énergie. Fais-moi confiance. Je sais que ça va être dur, et je sais que tu es malheureuse. J'ignore encore ce qui vous a poussés à faire ça, mais j'espère que tu m'expliqueras. Je ne te lâcherai pas, tu le sais. Nous sommes liées pour toujours. Nous...

— Tu ne comprends pas ! l'interrompt Roxane d'un ton résigné.

Surprise par la réaction de sa sœur, Garance fronce les sourcils.

— Je ne comprends pas quoi ?

Roxane hausse les épaules, comme si tout cela ne la concernait déjà plus.

— On ne gagnera jamais contre les Jouanneaux. Je les connais. Je sais de quoi ils sont capables. S'ils pensent réellement que j'ai tué Martin, ils... Ils seront sans pitié. Ils nous écraseront comme des insectes.

Une dernière hésitation

Roxane vérifie le contenu de son sac. Mme Piron a toujours été très stricte à ce sujet : pas la peine de venir si on n'a pas ses affaires. Son justaucorps, ses pointes et son tutu sont soigneusement pliés, ses bandes sont enroulées, elle n'a rien oublié, pas même son fard à joues rangé dans la petite poche intérieure. L'adolescente se poste ensuite devant le miroir de la salle de bains et entreprend de s'attacher les cheveux en un chignon serré. Elle préfère se préparer à la maison, de sorte de n'avoir plus qu'à vérifier les détails une fois sur place.

La journée est importante. Aujourd'hui, alors qu'elle vient d'avoir douze ans, Roxane passe sa première audition. Le rôle en soi n'a rien de prestigieux, il s'agit plus d'une figuration que d'un véritable rôle : si elle est prise, elle fera partie d'une quinzaine de filles de son âge. Pas la peine d'en faire un fromage.

Malgré tout, elle sent le trac monter. Cette audition, elle y tient, plus qu'elle ne veut bien l'admettre. Si le rôle est sans importance, le lieu en revanche canalise tous ses espoirs : l'Opéra national, rien de moins. Réussir cette audition signifie mettre un pied dans le hall de l'une des plus prestigieuses institutions du ballet et de la danse classique. Qu'importe le rôle qu'on lui assignera, elle assistera aux répétitions, elle travaillera sous les yeux des plus grands metteurs en scène, elle aura l'opportunité de se faire remarquer. L'adolescente le sait, sa chance est là, et elle compte bien la saisir.

Elle ferme son sac, enfile sa veste et sort de la pièce.

En passant dans le corridor, elle perçoit des gémissements en provenance de la chambre de sa mère. Roxane ralentit, l'oreille aux aguets. À l'intérieur de la pièce, Judith semble se lamenter. Elle geint comme le ferait une très vieille femme dont le dernier souffle prépare sa grande entrée.

L'adolescente s'arrête devant la porte et colle son oreille au battant. Les plaintes de sa mère sont rauques, sanglots éraillés et chaotiques, dont le rythme anarchique lui laisse peu de doute : Judith a du mal à respirer.

Roxane consulte son téléphone et réprime un mouvement d'exaspération : elle n'a plus le temps de traîner, elle doit y aller, absolument.

Les lamentations se font rocailleuses, âpres et difficiles.

— Maman, ça va ?

Pas de réponse. Roxane se mord les lèvres, elle hésite à ouvrir la porte...

Si elle entre dans cette chambre, elle n'est pas sûre d'en ressortir à temps.

Personne ne lui fera manquer cette audition, sa mère encore moins que quiconque. Elle s'éloigne dans le couloir, rejoint la porte d'entrée de l'appartement, qu'elle claque derrière elle en sortant.

C'est dans l'avenue, à quelques rues de chez elle, que le doute l'empoigne par la conscience. Il la saisit comme une crampe à la gorge, il la tord, il la tenaille, impossible de s'en défaire. À mesure qu'elle avance, Roxane a du mal à respirer à son tour. Son souffle se fait aussi rauque que celui de sa mère, elle ralentit malgré elle, incapable d'inhaler l'air à fond, de remplir ses poumons puis de les vider d'un oxygène qui, à mesure qu'elle avance, semble lui manquer.

L'adolescente étouffe un juron. Elle s'arrête au milieu du trottoir, à quelques mètres de la bouche du métro. Son cœur en profite pour rythmer son incertitude, et si maman avait vraiment un problème, et si c'était grave ?

Roxane chasse son angoisse, maman a toujours des problèmes, c'est toujours très grave, mais elle s'en sort toujours.

Elle poursuit donc sa route, dévale les marches de la station, passe les portes, se dirige vers le quai. La rame fait son entrée dans la station, et le bruit couvre dans sa tête les paroles rassurantes que lui dicte sa raison. Tout s'embrouille dans son esprit. Elle tente de ne rien lâcher, elle est encore une enfant, elle n'est responsable de rien ni de personne, et certainement pas de sa mère... Mais le rugissement du train envahit sa tête, il prend toute la place, chasse les idées qui réconfortent, celles qui raisonnent et endorment les angoisses. Une poigne d'acier la saisit à la gorge, elle le sait, elle le sent, sa mère est en danger. Elle se fige, hésite encore, secondes suspendues dans les griffes de son effroi...

Soudain, elle fait demi-tour et se précipite vers la sortie du métro. Elle pique ensuite un sprint dans la rue, court à perdre haleine, traverse les avenues comme un bolide, les poumons en feu, le cœur en lévitation dans sa poitrine. Elle achève sa course folle devant la porte de son immeuble, s'y engouffre comme si elle avait le diable aux trousses, grimpe les trois étages à la vitesse de l'éclair et déboule enfin dans l'appartement. En quelques secondes, elle est auprès de sa mère.

En pénétrant dans la chambre, Roxane comprend rapidement : le flacon de médicaments vide à côté du lit ainsi que la bouteille d'alcool, vide également, ne laissent aucun doute sur la situation. Le souffle de Judith est toujours aussi chaotique, mais au moins est-il présent. L'adolescente se jette sur sa mère qu'elle secoue sans douceur.

— Qu'est-ce que tu as fait ? hurle-t-elle, submergée par une fureur viscérale.

Ça explose en elle comme un geyser de rancœur. Elle peut tout supporter, la méchanceté de Judith, sa malveillance, son immaturité, ses moqueries, ses humiliations. Mais pas cette lâcheté. Pas cet abandon qu'elle reçoit comme un crachat en pleine figure. Entre ses mains, Judith ressemble à un pantin désarticulé, ballottée par la colère de sa fille. Sa tête valdingue d'un côté à l'autre, retombe sur sa poitrine, le teint blafard, les traits amorphes. Pourtant, par-delà sa torpeur, au gré des chocs et des cahots infligés à son corps avachi, ses yeux frémissent, ils s'ouvrent sur la furie qui la malmène, vitreux mais encore bien mobiles.

Roxane mesure enfin l'urgence de la situation. Elle lâche sa mère qui s'affale lourdement sur le lit, saisit son smartphone et compose le numéro des urgences. Elle résume les circonstances, répond aux questions, déchiffre le nom du médicament indiqué sur le flacon, fait une estimation du nombre de cachets que sa mère a pu ingérer.

À l'autre bout du fil, on lui promet de faire vite.

Roxane raccroche.

Silence. On n'entend plus rien si ce n'est le souffle de Judith qui rugit entre les rocailles qui lui servent de poumons. L'adolescente se demande ce qu'elle doit faire. Elle vérifie l'heure sur son téléphone et se dit que, peut-être, rien n'est perdu. En partant maintenant, elle peut encore arriver tout juste, passer l'audition et espérer pouvoir entrer à l'Opéra national. Elle regarde sa mère qui gît sur son lit, défaite, lamentable, visqueuse. Elle détaille ses traits marqués par la dépression, son teint diaphane, l'expression de son visage, comme si plus rien ne pouvait l'atteindre, déjà loin, si loin de tout ce qui la dévore ici. Roxane comprend soudain qu'elle aurait dû la trouver morte à son retour d'audition. Garance passe l'après-midi chez une copine, hormis sa mère, il n'y a qu'elle dans l'appartement. L'adolescente réprime un haut-le-cœur : la femme inerte devant elle n'a eu aucune peine à concevoir que sa propre fille de douze ans puisse la découvrir sans vie dans son lit. Et c'est pour elle qu'elle raterait son audition ?

— Je dois y aller, dit-elle soudain. Les secours vont arriver d'une minute à l'autre, je laisse la porte ouverte. Essaie de ne pas crever d'ici là.

Elle se redresse et s'apprête à quitter la pièce lorsque sa mère la retient par le poignet. Roxane sursaute, elle ne s'attendait pas à une poigne si énergique. En baissant les yeux sur Judith, elle la découvre tendue vers elle, l'implorant du regard, les lèvres sèches, craquelées, qui frémissent dans le souffle d'une prière.

— Ne p... pa... Ne pa...

— Hein ?

— Ne pars pas, parvient-elle à articuler.

— Je dois y aller ! J'ai mon audition.

Elle veut se dégager, mais Judith se met à gémir, une plainte qui ressemble à un chant funèbre. Elle s'agrippe à elle avec plus de désespoir encore, ses mains la happent, gestes fébriles et désordonnés, comme un poisson hors de l'eau sur le point de se noyer dans l'air.

— Si tu... pars, je... je me jette par la... fenêtre, éructe-t-elle alors que Roxane s'apprête à rejoindre la porte.

L'adolescente se fige. Elle se tourne vers sa mère et la dévisage, incrédule. En serait-elle capable ? Le regard de sa mère ne lui laisse aucun doute : Judith n'a plus rien à perdre. N'a-t-elle pas eu l'intention de mourir, là, à l'instant ? N'a-t-elle pas déjà mis tout en œuvre pour faire ce grand saut dont elle menace sa fille ?

— Tu ne parviendrais même pas à te traîner jusque-là, lance l'adolescente avec dédain.

Judith hoche la tête et esquisse une grimace qui ressemble à un sourire. Un sourire victorieux.

Bien sûr qu'elle en serait capable.

L'espace d'une éternité, Roxane hésite. Les pensées se télescopent dans sa tête, ça ressemble à un tumulte de cris et de plaintes tordues, de larmes, d'éclats de rire grinçants, un long tunnel sombre, un écho spectral. Un mélange de douleur et de fol espoir.

Judith attend, affalée dans son lit. Elle l'observe sans rien dire. Puis elle tend la main vers elle.

Roxane reste là, immobile au milieu de la pièce.

Puis, vaincue, elle rejoint sa mère et lui prend la main après une dernière hésitation.

Chapitre 15

En quittant l'hôpital, Mathieu Cherel laisse le flux des perceptions s'imposer à ses pensées.

Roxane l'intrigue. Il éprouve pour elle une certaine compassion. Sa souffrance est réelle, il en est convaincu, quelque chose dans son regard ne trompe pas, ce néant qui hante ceux qui n'ont plus rien à perdre. Il la connaît, cette détresse absolue, la vraie, celle qui ronge jusqu'à l'ultime miette d'espoir. Il l'a côtoyée de près. Personne ne peut la simuler.

D'après Garance Leprince, pourtant, Roxane lui a envoyé un SMS, un appel à l'aide juste avant le point de non-retour. Coup de panique. Fulgurance d'une prise de conscience, instinct de survie... Qu'importe ce qui s'est passé dans sa tête et dans son corps, Roxane voulait vivre. Peut-être à son insu, qui sait ?

Voilà les seuls éléments dont il soit sûr à ce stade de l'enquête.

Du côté de Martin Jouanneaux, la riposte s'est organisée. Suicide ou homicide, ce sera à la justice de trancher. Le dépôt de plainte rédigé par l'avocat du clan a directement atterri sur le bureau du procureur. Les choses n'ont pas traîné, comme souvent quand des gens comme les Jouanneaux sont frappés par le destin : la plainte a aussitôt été transmise à la commissaire Dalban, sa supérieure hiérarchique, qui, à son tour, a fait pression afin que l'affaire soit traitée en priorité. Les Jouanneaux en partie civile, l'affaire a pris des proportions diplomatiques indéniables. La commissaire s'est montrée intraitable, aucune piste ne doit être négligée, Odile Jouanneaux connaît personnellement le procureur, il ne va pas les lâcher sur ce coup-là ! Cherel et Blache ont promis d'y accorder toute leur énergie, leur science et leur temps.

En sortant de l'hôpital, Cherel est d'avis de passer chez les Jouanneaux. Il veut faire un premier coup de sonde, démêler la part de représailles de celle de la réflexion, jauger chacune des deux parties. Il veut évaluer les forces en présence. L'accusation et la défense. D'un côté, une famille riche et puissante qui réclame justice. De l'autre, une jeune femme vulnérable qui a eu le mauvais goût de survivre à son suicide.

Un oiseau pour le chat.

— À ce stade de l'enquête, on n'a aucun élément matériel qui nous permet d'accuser Roxane à cent pour cent, résume Cherel.

— Soit cette fille n'aurait jamais dû se réveiller, soit c'est la reine des menteuses, ajoute Blache.

Les deux enquêteurs se consultent du regard.

— On va devoir chercher ce qu'elle a dans le crâne, conclut le capitaine.

Le problème, avec les suicidés, c'est que le bourreau et la victime ne sont qu'une seule et même personne. Impossible de condamner l'un pour pouvoir pleurer l'autre. Pire, la propre responsabilité des proches est engagée, et les questions viennent hanter les consciences, elles s'imposent et s'installent, elles grignotent jusqu'à la plus petite parcelle de sérénité. Les émotions se mélangent, entre reproches et culpabilité, colère et tristesse, amour et haine.

Roxane a peu de chances de gagner contre le clan Jouanneaux. Mathieu Cherel ne les connaît pas, mais les clichés s'imposent, le monde du pouvoir, les relations, les passe-droits. Une partialité à peine voilée, un népotisme décomplexé.

Il confirme à Blache son intention de rendre visite à Odile Jouanneaux, et l'informe qu'il préfère y aller seul, lui conférant ainsi un caractère moins formel. Le lieutenant acquiesce d'emblée, il connaît les méthodes de travail de son partenaire. Entre eux, pas de rivalité encombrante, seul le résultat compte.

Cherel grimpe dans sa voiture et entre l'adresse d'Odile Jouanneaux dans son GPS. Le quartier qui s'affiche sur l'écran donne aussitôt le ton, larges allées parsemées de villas indécentes à peine dissimulées derrière des murs d'enceinte. Mathieu s'en défend, il n'est pas homme à juger avant de connaître, n'empêche. L'argent donne toutes les audaces, souvent au détriment de la raison. Si les Jouanneaux se trompent, ils rengaineront leurs plaintes, leurs accusations, leurs avocats, et se retrancheront derrière les remparts de leur château.

Roxane, elle, risque de ne pas s'en relever.

En arrivant sur les lieux, le policier doit pourtant revoir son jugement : la propriété des Jouanneaux, malgré sa superficie appréciable, est moins tape-à-l'œil qu'il ne l'avait imaginé. Manoir retapé avec goût, La Migoule est située sur les hauteurs de la ville, à un quart d'heure à peine du centre. Le corps principal de la bâtisse, en pierres naturelles, s'élève sur trois étages, dont Cherel ne fait que traverser le rez-de-chaussée, le hall et la salle à manger, avant d'être reçu dans le salon, pièce accueillante et confortable avec ses lambris, ses moulures et son imposante cheminée.

Distingué, mais rien de saisissant.

De même, son premier contact avec Odile Jouanneaux lui fait plutôt bonne impression : une femme brisée sans aucun doute, pourtant digne et courtoise, retenue. Une leçon de décence. Alors qu'il s'était imaginé une personne au physique sévère et dépourvu de charme, il découvre à son grand étonnement une femme grande et élancée qui affiche la beauté fragile des quinquagénaires encore épargnée par les outrages du temps mais dont la résistance touche à sa fin. Elle porte sur son visage le souvenir d'un charme ravageur, la mémoire d'une flamboyance que les rides effacent peu à peu. Elle n'en reste pas moins belle, question d'habitude, une beauté qu'elle affiche comme on brûle ses derniers feux.

Si elle est surprise de cette visite policière, elle n'en montre rien et répond avec patience et pudeur aux questions de Cherel, justifiant sans se faire prier l'action judiciaire contre Roxane Leprince.

— Martin venait d'obtenir le poste d'attaché de communication qu'il convoitait depuis quelque temps. Ce poste comptait pour lui, car c'était une façon de concilier les impératifs de ses devoirs avec ses aspirations plus personnelles. C'est peut-être dérisoire comme argument, mais je sais toute la fierté qu'il en retirait, celle que son père aurait éprouvée s'il vivait encore. Et ça, pour mon fils, c'était très important. Alors, en effet, les choses n'ont pas été simples ces derniers temps, mais tout allait beaucoup mieux et nous avions trouvé un moyen terme qui convenait à tout le monde, en premier lieu à Martin.

Elle marque une courte pause avant d'ajouter :

— Vous en connaissez beaucoup, vous, des gens qui se suicident quand tout va mieux ?

L'argument est imparable, Cherel ne peut qu'admettre. Pourtant, d'expérience, il sait que les apparences sont parfois trompeuses.

— Il n'était donc ni dépressif ni suicidaire ?

— Pas le moins du monde !

— Quand a-t-il obtenu ce poste ?

— Il y a deux mois environ.

— Et quand a-t-il pris ses fonctions ?

— Presque immédiatement.

Redressant la tête, l'enquêteur affronte le regard grave d'Odile Jouanneaux.

— Pardonnez-moi mais... la société... C'est la société familiale, je me trompe ? N'était-il pas un candidat privilégié pour obtenir tous les postes qu'il désirait ?

Odile Jouanneaux le dévisage avec regret.

— C'est pénible, ces raccourcis que font les gens au sujet de ceux qui détiennent un certain pouvoir, déplore-t-elle. Je ne comprends pas bien les jugements à l'emporte-pièce : selon vous, si vous êtes issu d'une famille riche et puissante, vous n'avez rien à prouver ?

— Vous comprendrez tout de même qu'on puisse poser la question.

— Vous accepterez donc la réponse qu'on vous fera.

— Je ne demande que ça.

Odile pince les lèvres, exprimant clairement un certain mépris à l'idée de devoir se justifier.

— Mon mari et moi avons fondé cette société il y a trente ans, à la force de nos audaces et à la sueur de nos fronts. Mon époux avait le goût des chiffres et le génie des valeurs. Il avait surtout le nez fin, un sixième sens infaillible lorsqu'une bonne affaire se présentait. Nous nous sommes rencontrés à la fin de nos études, moi en gestion, lui en finance. Ça a été le coup de foudre, tant du point de vue sentimental que dans la sphère professionnelle. Nous sommes devenus inséparables et, quelques années plus tard, nous avons monté la société. Ensemble. Nous avons toujours avancé main dans la main, sans rivalité ni hiérarchie. Je peux vous dire que, pour notre génération, c'est une approche très novatrice. En peu de temps, nous avons réussi à nous imposer dans le milieu de la finance et, si nous ne sommes pas incontournables, tant s'en faut, nous avons du moins notre mot à dire. Mais nous n'avons pas toujours été riches, capitaine. Nous avons, nous aussi, connu les factures impayées et les fins de mois difficiles. La réussite a pris son temps avant de venir frapper à notre porte. Et lorsqu'elle a fini par pointer le bout de son nez, il a fallu une attention de chaque instant pour la conserver. Mais une fois qu'elle s'est installée durablement et que notre mode de vie a changé, mon mari et moi n'avons eu de cesse de ne jamais oublier d'où nous venions.

Alors, oui, nos enfants ont grandi dans un environnement privilégié. Mais c'était à nous de leur inculquer les valeurs que nous défendions. Je peux vous assurer que Martin n'a bénéficié d'aucun passe-droit pour obtenir le poste.

Mathieu Cherel hoche la tête, OK, merci message reçu. Un court silence s'installe entre eux durant lequel Odile le dévisage sans discrétion, un regard auquel le capitaine répond, cherchant à ne pas détourner les yeux même si cet échange le trouble malgré lui. Le pouvoir de séduction de cette femme le déstabilise. Odile s'en aperçoit et prolonge le face-à-face plusieurs secondes encore. Un léger sourire se dessine sur ses traits, elle assume pleinement ce tête-à-tête, contrairement à Cherel qui, un peu mal à l'aise, enchaîne :

— Quel mobile Roxane Leprince aurait-elle eu de vouloir se débarrasser de Martin ?

Détournant enfin les yeux, Odile n'hésite pas un instant avant de répondre :

— L'un des deux mobiles pour lesquels la moitié de l'humanité est prête à assassiner l'autre moitié…

— À savoir ?

— L'argent.

Cherel esquisse une moue d'évidence avant de poursuivre.

— OK. Mais je ne vois pas en quoi Roxane Leprince pourrait exiger quoi que ce soit. Ils n'étaient pas mariés, je me trompe ?

Le regard d'Odile Jouanneaux se voile d'une ombre glaciale.

— C'est également ce que nous pensions.

128

Sans rien ajouter, elle se lève, se dirige vers la bibliothèque dont elle ouvre l'un des tiroirs. Elle en sort une enveloppe qu'elle tend ensuite à Cherel. Intrigué, celui-ci s'en empare avant de l'ouvrir.

Il en extrait une vingtaine de photos qu'il passe en revue, passablement étonné. On y voit Roxane et Martin rayonnants de bonheur. Elle, vêtue d'une robe somptueuse dont la blancheur ne laisse aucun doute sur sa signification, coupe princesse, col en dentelle, légère et vaporeuse, absolument parfaite. Lui, costume sombre, redingote, nœud papillon, élégant et raffiné. Parfois ils s'enlacent, ils s'étreignent, ils sourient à l'objectif, joue contre joue, parfois ils se regardent amoureusement, les yeux dans les yeux.

— J'ai trouvé ces photos dans le tiroir du bureau de Martin à la société, en cherchant les dossiers dont il s'occupait avant de mourir, explique Odile.

Cherel ne masque pas sa surprise.

— De quand date ce mariage ?

— Aucune idée. Nous n'y avons pas été invités, dit-elle d'une voix étranglée.

Cherel mesure la violence du choc qu'une mère doit éprouver en découvrant, le lendemain du suicide de son fils, les photos d'un mariage dont elle ignorait tout. Il comprend également mieux les raisons qui l'ont poussée à se constituer partie civile. Si Roxane Leprince est en vérité Mme Martin Jouanneaux, les conséquences du décès du jeune homme changent beaucoup de choses.

— Je n'ai pas encore mis la main sur les papiers du mariage, ajoute-t-elle dans un souffle. J'imagine qu'ils sont quelque part chez Martin… Je n'ai pas trouvé le courage de chercher.

— Pourquoi avoir fait ça en cachette ? s'enquiert Cherel. Vous étiez opposée à leur union ?

— On peut dire ça comme ça, se contente-t-elle finalement de répondre.

Cherel l'invite à poursuivre. Elle prend une profonde inspiration avant d'expirer longuement un filet d'air, une manière pour elle d'apaiser la tension qui l'oppresse.

— Je ne crois pas aux mariages mixtes en général, que ce soit au niveau racial, culturel ou social. Passé les premiers temps de félicité amoureuse, quand amour il y a, les différences prennent le dessus et les ennuis commencent.

— C'est un point de vue.

— Il se vérifie chaque fois. J'ai toujours été vigilante sur les intentions, cachées ou non, des compagnes ou des amis de mes fils. Je possède un instinct très aiguisé à ce sujet. Roxane n'est pas à proprement parler la fiancée idéale et, croyez-moi, malgré les apparences, je suis très indulgente. Quand Martin nous l'a présentée, j'ai tout de suite décelé chez elle une part d'ombre, un terrain miné dans lequel mon fils risquait de laisser des plumes. Et je ne parle pas de l'attrait indéniable que son compte en banque exerçait sur les jeunes femmes. Quand on les voit tous les deux, il ne faut pas être grand clerc pour imaginer ce que la majorité des gens pense.

— C'est-à-dire ?

— Roxane est d'une beauté solaire, Martin est plutôt quelconque. Une configuration parfaite pour les conclusions hâtives.

— C'était également votre avis ?

— Au début, oui, je l'avoue. Par la suite, j'ai compris que c'était plus profond que ça. Roxane avait quelque chose de vulnérable, une fragilité qui n'appartient qu'à ceux qui ont beaucoup souffert. Mais je sentais également en elle une puissance dévastatrice capable de faire des ravages. C'était confus, ça ne reposait sur rien de concret, je l'avoue. Je n'avais aucun argument pour tenter de faire prendre conscience à Martin que cette fille était une bombe à retardement qui allait lui exploser au visage. Et quand les choses ont commencé à dégénérer, il était trop tard pour faire marche arrière.

— Que s'est-il passé ? En quoi les choses ont-elles dégénéré ?

— Il était complètement sous son emprise.

Elle marque une pause, comme si elle hésitait encore à livrer sa version des faits, à se délester d'un fardeau devenu trop lourd pour elle.

— Quelle emprise ? demande Cherel en l'encourageant à poursuivre.

Odile hoche la tête et se lance :

— Au début, tout était idéal, évidemment. Ils filaient le parfait amour. Martin était littéralement dingue de cette fille. Il faut dire qu'avec ses grands yeux bleus et son visage d'ange elle a de quoi faire tourner les têtes. Mais au bout de quelque temps, j'ai perçu des changements dans le comportement de mon fils. Alors que, jusque-là, et depuis la fin de ses études, il s'investissait beaucoup dans la société, son attitude a changé. Il arrivait de plus en plus tard et repartait de plus en plus tôt, ce qui était totalement impensable auparavant. Il était souvent distrait, on voyait bien qu'il avait la tête ailleurs. Je ne me suis pas vraiment inquiétée, je savais qu'il y avait cette fille et que les préludes d'une histoire d'amour accaparent toujours l'esprit des jeunes gens. J'ai décidé de prendre mon mal en patience et d'attendre que ça passe. Sauf que ce n'est pas passé.

Odile porte sur Cherel un regard chargé de rancœur.

— Autant les débuts étaient teintés d'euphorie, cette sorte d'ivresse un peu folle propre aux amoureux, autant la suite s'est révélée beaucoup plus compliquée.

— C'est-à-dire ?

— Martin est devenu sombre et irritable. Il s'isolait de plus en plus, de nous, de ses amis, de ses collègues. Comme si tout ce qui faisait sa vie jusqu'ici n'avait plus la moindre valeur à ses yeux. Je voyais bien que ça n'allait pas, mais lorsque je lui posais la question, il m'envoyait au diable. Nous avons eu plusieurs altercations, ce qui, auparavant, arrivait peu. Je ne supportais pas la façon dont il s'adressait à moi, ainsi que la nonchalance qu'il prenait lorsqu'il était question des affaires familiales. Comme si ça n'avait plus aucune importance. Sans compter qu'il continuait de s'investir de moins en moins dans la société, jusqu'à faire des erreurs grossières et mettre en péril certaines transactions. Bien sûr, j'ai très vite compris que cette fille n'était pas étrangère à ce changement et qu'il se passait quelque chose qui m'échappait. Elle lui a complètement retourné le cerveau. Nous avons été quelques-uns à essayer de lui faire admettre qu'il prenait un mauvais chemin, mais je me suis rendu compte que plus nous tentions de lui faire entendre raison, plus il se braquait et s'éloignait de nous. J'ai tenté à plusieurs reprises d'aborder le sujet avec lui, mais c'était compliqué. Martin était très secret, il parlait peu de Roxane, et lorsque j'essayais d'en savoir un peu plus, il coupait court à la conversation.

— Vous aviez des contacts avec elle ?

— Il nous arrivait de nous voir, en effet.

— Et ? Comment ça se passait ?

Odile laisse échapper un ricanement ironique, comme un postillon chargé de mépris.

— Oh, toujours très bien ! Roxane était absolument charmante : elle souriait, elle était polie, elle rivalisait d'attentions et de gentillesse... La belle-fille parfaite que toute mère rêve d'avoir. Mais je n'y croyais pas. Martin continuait de se refermer sur lui-même, il s'isolait clairement, il était de plus en plus irritable, de moins en moins courtois, ça commençait à poser des problèmes de sociabilité, il déclinait régulièrement les rendez-vous en dehors des heures de bureau, comme certaines conventions qui se tiennent le week-end ou les repas d'affaires le soir. Je sentais bien que son histoire avec Roxane prenait une tournure toxique, mais je n'avais aucune idée de la façon dont je pouvais l'aider. Surtout, il refusait toute intrusion dans sa vie privée. Quand je les voyais ensemble, c'était le couple parfait, rien à redire, Martin tout sourire, comme s'il contrôlait le moindre détail. Et elle avec sa gueule d'ange qui, en vérité, le menait à la baguette et le coupait des autres. Ça me rendait folle. Et je dois dire que, contrairement à elle, j'ai beaucoup de mal à jouer la comédie.

Elle s'interrompt un court instant, le regard lointain, plongée dans un souvenir.

— Un jour, Martin est venu me parler pour m'expliquer qu'il ne trouvait plus sa place au sein de la société et qu'il souhaitait embrasser une carrière littéraire. Je suis tombée des nues. Il m'a avoué écrire à ses heures perdues, depuis plusieurs années déjà, et trouver dans cette activité une sérénité que son rôle au sein de la société ne lui apportait pas. Je le reconnais, je ne suis pas parvenue à accorder à ses paroles toute l'importance qu'elles semblaient revêtir à ses yeux. Si j'ai fait une erreur, c'est sans doute celle-là. Fort de ce désir, de ce besoin, même, disait-il, il voulait changer de poste, devenir chargé de communication, un travail plus en harmonie avec ses compétences, selon lui. C'était un coup dur, car cela impliquait toute une série de changements, sans compter que j'étais opposée à l'idée de répondre favorablement à ce que je considérais comme un caprice. Cette histoire de carrière littéraire m'apparaissait comme une extravagance qui allait finir par lui passer. Je l'ai mis au pied du mur : j'ai exigé de lui qu'il mène à bonne fin les contrats en cours et qu'il développe une analyse sur les besoins de communication de la société et les moyens de les combler. Si j'estimais son étude complète et perspicace, alors il pourrait obtenir le poste qu'il convoitait.

— Ce qu'il a fait.

— Oui, et franchement il le méritait. Son travail était pertinent et de qualité. Il avait clairement des dispositions pour cet emploi.

Elle marque de nouveau un temps avant d'ajouter d'une voix légèrement vacillante :

— Je pensais que tout irait mieux : Martin avait obtenu la place qu'il désirait et, de mon côté, je lui avais prouvé que j'étais à son écoute.

Puis, après avoir cadenassé son émoi, elle reprend :

— Suite à cela, je suis allée trouver Roxane. J'ai joué cartes sur table. Je lui ai dit que je voyais clair dans son jeu, et que si elle était parvenue à embobiner mon fils, elle allait avoir beaucoup plus de mal avec moi. Elle a ouvert de grands yeux étonnés, m'a juré que son amour pour Martin était pur, qu'elle ne voulait que son bonheur et qu'il l'aimait en retour de la même manière. J'ai tenté de lui faire comprendre qu'elle lui faisait du tort à le pousser vers des horizons qui ne lui correspondaient pas et que son soudain amour pour les lettres ne pouvait que lui nuire.

— Comment a-t-elle réagi ?

— Elle l'a pris de haut, m'opposant le fait que c'est en passant sa vie dans un cadre qui ne lui convenait pas que Martin courait à sa perte. Elle me parlait comme si je ne connaissais pas mon propre fils et qu'elle savait mieux que moi qui il était et ce qui était bon pour lui. J'ai tenté de lui faire entendre raison, mais son attitude condescendante et ses grands airs ont eu raison de ma patience.

Odile ne lâche rien. Elle est présente pour son fils et l'aide du mieux qu'elle peut.

— Ces dernières semaines, il avait l'air d'aller bien. J'avais en tout cas la sensation qu'il remontait la pente, qu'il reprenait goût au travail : il arrivait à l'heure, il s'investissait dans ses projets, il fourmillait d'idées et de créativité. Il reprenait une vie sociale plus assidue également. Et puis aussi…

Odile fait face au capitaine et le regarde droit dans les yeux.

— J'ai eu la nette sensation qu'il se détachait de Roxane, dit-elle d'une voix contenue. Comme s'il y avait de l'eau dans le gaz et que les choses n'étaient plus aussi idylliques entre eux. Comme s'il comprenait enfin que...

Elle hésite un bref instant avant d'aller au bout de sa pensée.

— Comme s'il comprenait enfin que cette fille avait de gros problèmes psychologiques.

— C'était le cas ?

Odile hoche gravement la tête.

— Je sais que ce n'était pas simple pour lui, qu'il devait gérer pas mal de disputes au sein de leur couple. Roxane sentait certainement qu'il lui échappait et, si vous voulez mon avis, ça la rendait folle. Je ne suis bien sûr pas intervenue, mais mon fils savait qu'il pouvait compter sur moi, que j'étais là en cas de besoin. Malgré ça, je le voyais chaque jour reprendre du poil de la bête. Et puis surtout, il y a eu cet appel de Roxane, la veille de leur suicide.

— Roxane vous a appelée quelques heures avant le drame ? demande Cherel sans cacher sa surprise.

Odile acquiesce en silence, tandis que son regard se perd dans l'horreur d'une évidence.

— Quelle heure était-il ?

— 23 h 30, quelque chose comme ça, répond-elle dans un murmure.

— Que vous a-t-elle dit ?

— Elle voulait savoir où était Martin. Apparemment, il lui avait dit être à un repas d'affaires. Elle cherchait à le joindre, sans y parvenir. Elle s'est finalement résolue à m'appeler, même si ça a dû lui coûter. Elle sait que, en général, je participe à la plupart des négociations. Le problème, c'est que, ce soir-là, aucun repas d'affaires n'était prévu. À l'évidence, Martin lui avait menti. Je crois...

Elle soupire, déglutit avec difficulté avant de conclure :
— Je crois que, en vérité, il envisageait de la quitter.

Au moment de prendre congé, quelques instants plus tard, Cherel dissimule sa perplexité sous une franche poignée de main. Il assure à Odile sa totale implication dans la recherche de la vérité et lui promet de faire toute la lumière sur ce qui s'est réellement passé entre Roxane et Martin. Puis il sort de La Migoule et rejoint sa voiture.

En quittant l'hôpital, tout à l'heure, il était convaincu de l'innocence de Roxane.

À présent, il n'en est plus aussi certain.

Chapitre 16

— Ils étaient très amoureux l'un de l'autre. Le genre de couple qui est seul au monde, même au beau milieu de la foule. C'en était même parfois gênant. Vous savez, comme dans la chanson de Sheller, « Un homme heureux ». « Pourquoi les gens qui s'aiment sont-ils toujours un peu cruels ? » Même si, au début, je sais que ça a pas mal ricané dans leurs dos. Faut comprendre, aussi, une fille comme elle avec un gars comme lui... Forcément, ça jasait.

— Une fille comme elle avec un gars comme lui ? Vous entendez quoi, par là ?

— Ben, vous savez bien...

— Non, pas vraiment.

— Disons que, niveau séduction, lui, c'était plutôt son compte en banque qui avait du charme.

Cherel et Blache enchaînent les auditions. Tout le monde y passe : les amis du couple, les collègues, les voisins. Les implications varient, les tristesses fluctuent, les unes pleurent, les autres sont désolés, certains restent sombres et dignes. Il y a ceux qui répondent et s'étalent, et puis ceux qui se taisent. Ceux qui parlent pour ne rien dire et ceux dont les silences sont éloquents. Les deux enquêteurs connaissent la musique, ils trient les infos, décodent les intentions, assemblent les renseignements comme les pièces subjectives d'un puzzle qui, en définitive, devrait laisser apparaître une perspective pas trop éloignée de la réalité.

À mesure que la journée avance, les portraits de Roxane Leprince et Martin Jouanneaux se dessinent peu à peu.

Elle, volubile, vivante, volontaire, un mouvement perpétuel empreint d'une énergie à la fois brute et gracieuse. Un visage d'ange, un sourire désarmant. Des yeux d'une telle candeur qu'on s'y noierait. Un tourbillon d'étincelles, dont les traces persistent longtemps encore après son passage.

Lui, rien à voir.

Grand, gauche, timide. Mal dans sa peau, en apparence du moins. Le gars gentil qui ne sait jamais où se mettre pour ne pas déranger et qui se retrouve toujours dans le chemin. Le vilain petit canard des Jouanneaux.

Au fil des témoignages, les langues se délient et les profils se dessinent. Celui de Roxane frôle une certaine attirance pour le profit. « Une fille comme elle avec un gars comme lui », cette phrase revient sans cesse. Elle est belle et pauvre. Il n'a rien d'attirant, hormis son argent. On tire des conclusions faciles. Forcément.

Si les affinités apparaissent, les contrastes se dévoilent également. Le premier qui saute aux yeux des enquêteurs concerne l'entourage. Outre la famille Jouanneaux, Martin est un jeune homme plutôt entouré. Du moins avant de rencontrer Roxane. Parmi ses proches, beaucoup évoquent l'isolement du couple au fil du temps et de leur histoire. Si la majorité y voit un repli volontaire, une nécessité pour les jeunes gens de vivre pleinement leur idylle, Dimitri, l'ami d'enfance de Martin, est plus tranché : pour lui, pas de doute, Roxane s'est arrangée pour faire le vide autour de Martin. Il évoque une dispute dont la jeune femme serait à l'origine et qui a mis à mal leur amitié pourtant solide.

— Elle a foutu la merde dès qu'elle est arrivée. Martin et moi, on était inséparables depuis l'adolescence. Il n'a fallu qu'une soirée avec elle pour que notre amitié vole en éclats.

La rancœur du jeune homme est vibrante. Il ne mâche pas ses mots et n'est pas loin de rejoindre l'opinion d'Odile Jouanneaux : Roxane avait une influence toxique sur Martin. Si elle l'a volontairement tué ? Intimidé par la gravité de la question, Dimitri fait marche arrière : il n'en sait rien, lui, de ce qui s'est passé dans la chambre cette nuit-là. Il n'y était pas. Alors, oui, Roxane a des problèmes psychologiques, ça ne fait pas l'ombre d'un doute, mais de là à être une meurtrière…

Les enquêteurs s'intéressent ensuite aux fréquentations de Roxane. Contrairement à Martin, la jeune femme a peu de relations. Il y a bien Yann et Léa, mais, là aussi, les amitiés se sont égarées dans les méandres du temps et des susceptibilités. Quelques étudiants en fac de médecine se souviennent d'elle mais apportent peu d'informations sur ce qu'elle est, ce qu'elle pense, ce qu'elle vit.

Garance, elle, décrit sa sœur comme quelqu'un de solitaire et d'indépendant. Selon elle, hormis Yann et Léa, Roxane n'entretenait pas d'amitié durable. Cherel lui demande des noms, des prénoms, des personnes qu'il pourrait joindre pour témoigner. Garance évoque une certaine Valérie, ainsi qu'un Guillaume, qui tous deux datent du lycée, mais elle est bien en peine d'avancer le moindre nom de famille.

— Roxane a une personnalité très forte, explique-t-elle. Elle a du mal à s'attacher aux gens, et se méfie beaucoup avant d'accorder sa confiance. Tout est très intense, chez elle, le bon comme le mauvais.

Le téléphone de Roxane n'est pas plus bavard : peu de contacts, de rares appels si ce n'est à destination de Martin. Sur les réseaux sociaux, la jeune femme n'est pas très expansive. Un compte Instagram assez pauvre en publications. Sur WhatsApp, là aussi, la majorité des textos et des messages sont envoyés à Martin, des échanges que les enquêteurs dissèquent, mais dans lesquels ils ne trouvent que peu de surprises : il s'agit de la correspondance ordinaire entre deux amants, passionnée les premiers mois, plus réservée ensuite, qui aborde avec le temps un quotidien qu'ils partagent désormais. Rien de significatif, dans un sens ou dans un autre. Blache et Cherel retrouvent la Valérie et le Guillaume évoqués par Garance, mais ceux-ci n'ont plus vu Roxane depuis plusieurs mois. Fin de la piste. La solitude de la jeune femme devient manifeste, elle apparaît aux yeux des policiers comme quelqu'un dont le principal lien social, ces derniers temps, se réduisait à Martin et Garance. Plus encore depuis qu'elle avait arrêté ses études.

— On dirait que, plutôt que de suivre Martin dans ses relations sociales, c'est elle qui l'a entraîné dans sa solitude, fait remarquer Cherel, pensif.

— C'est une façon de prendre le pouvoir, dit Blache en poursuivant la réflexion de son collègue. Si tu veux contrôler quelqu'un, tu commences par l'isoler de son entourage.

Pour tenter de comprendre les jeunes gens et leur façon de fonctionner, les enquêteurs fouillent leur passé. Celui de Roxane les intrigue et, parmi les étapes marquantes de sa jeune existence, la mort de sa mère retient leur attention. Garance leur résume les circonstances du drame et l'impact que cette disparition a eu dans sa vie et celle de sa sœur.

— Le rapport d'autopsie fait état d'une crise cardiaque due à une overdose d'insuline, évoque Cherel.

— C'est en effet ce qui s'est produit, confirme Garance.

Elle relate l'alcoolisme de sa mère et le chaos qui en découlait lorsque, complètement ivre, Judith gérait ses doses d'insuline.

— Nous nous sommes procuré le rapport de police rédigé après l'autopsie, juste avant que l'affaire soit classée sans suite, poursuit le lieutenant Blache. Il fait également mention d'un doute quant à l'origine de cette overdose.

Garance observe les deux enquêteurs et, dans ses yeux, passe l'éclat d'un trouble, une angoisse, un soupçon.

— C'est vrai qu'on n'a jamais su si maman s'était trompée dans les doses ou si elle s'était délibérément injecté le volume nécessaire pour...

Elle s'interrompt, touchée par le souvenir de ce drame.

— Pour mettre fin à ses jours ? achève Cherel avec douceur.

Garance le dévisage gravement avant d'acquiescer. Tandis qu'elle garde le silence, elle essaie de comprendre ce qu'il veut lui faire dire.

— Pourquoi chercher un lien entre la mort de ma mère et ce qui vient de se passer avec Roxane ?

— Deux tentatives de suicide dans une même famille, ce n'est pas ça si anodin, fait remarquer Cherel.

— On n'a jamais prouvé le suicide dans le cas de ma mère.

— Non, mais il a été évoqué. Et il fait partie de l'histoire de votre sœur.

Garance ne répond rien. Elle se contente de soutenir le regard du policier. Puis elle baisse les yeux, sans que Cherel puisse définir s'il s'agit d'un signe d'accord ou de reddition.

Malgré tout, les pièces du puzzle peinent à révéler une image distincte. Les contrastes dominent les débats. Les témoignages sont partagés, entre la version des Jouanneaux et celle des Leprince, suivant que l'on se place d'un côté ou de l'autre de la vérité. Cherel et Blache ne s'en étonnent pas, la réalité n'est jamais constante. La vie, c'est du paradoxe, de l'absurde, ce sont des voix dissonantes, des désaccords, des contradictions.

La vie, c'est un grand bordel instable, ça change tout le temps.

À cela s'ajoute la subjectivité du moment. Blache et Cherel comprennent vite que les circonstances colorent les événements. Les gens sont encore sous le choc, on n'a pas eu le temps d'assimiler la terrible réalité. La disparition brutale d'un être entraîne inévitablement une relecture de ce qu'il était, de ce qu'il faisait. En mourant, Martin est devenu un homme parfait. Personne ne songe à le désavouer, bien au contraire. Son image est idéalisée, son souvenir sublimé.

Et puis surtout, on ne tire pas sur l'ambulance. Les Jouanneaux ont été durement touchés récemment. Victor Jouanneaux, le père, est décédé à soixante-sept ans, il y a deux ans à peine. Un combat de plusieurs années que le crabe a fini par remporter. Des batailles gagnées, des espoirs nourris de convalescence et de répit, pour finalement capituler au terme d'un assaut de trop. On ne s'est pas encore remis de cette disparition qu'une autre, plus cruelle encore, frappe la famille de plein fouet. Alors l'entourage fait bloc autour du clan. On le ménage. Et Martin devient un saint.

Pour autant, les enquêteurs tentent de dégager un portrait réaliste des Jouanneaux en général et d'Odile en particulier. Sous les éloges de succès et les descriptions admiratives retraçant le parcours d'une femme hors du commun, le portrait d'Odile se fait parfois anguleux. On ne cesse de vanter sa grande beauté et sa poigne de fer, comme si l'une arrondissait les angles de l'autre. À cinquante-sept ans, elle reste une femme hautement désirable, et son récent veuvage fait bruisser dans les salles de réunion, allant jusqu'à teinter les différents témoignages de nuances parfois partagées mais toujours redoutables.

Car si Odile fascine de l'extérieur, elle intrigue de l'intérieur.

Au fil des interrogatoires, certains laissent échapper leur méfiance, dépeignant une femme dont l'ambition a dévoré tout le reste. On revient sur le personnage d'Adrien, son fils aîné qui, il y a trois ans à peine, alimentait tous les espoirs de ses parents. En l'observant aujourd'hui, il est difficile de voir en lui un champion de la finance, mais, à cette époque, c'était un jeune homme brillant, à la fois perspicace et audacieux. Il se distinguait par ses compétences économiques et logistiques, et personne ne doutait qu'il prendrait la suite du patriarche à la plus haute place de la société. Il participait à de nombreuses négociations et, le succès aidant, acquérait au fil des opérations un pouvoir décisionnel de plus en plus étendu. Il nourrissait l'ambition de sa mère et la fierté de son père.

Jusqu'au faux pas qui lui a fait perdre sa place.

Les détails de l'affaire restent obscurs. La version officielle fait état d'une mauvaise décision qui aurait coûté plusieurs centaines de milliers d'euros à la société. À la suite de quoi Adrien a été mis sur le banc de touche. On raconte qu'il a disparu pendant des semaines et que, à son retour, il a été réduit au simple rôle d'auxiliaire, désormais dépourvu de toute autorité. Cette mise à l'écart a été sévèrement jugée par une grande partie des associés de la société, d'autant que Martin est monté en grade peu de temps après. On raconte encore que Victor Jouanneaux, le père, affaibli par la maladie, n'aurait jamais pris une décision si catégorique. En revanche, personne n'a été étonné qu'Odile n'ait pas hésité à évincer son fils aîné au profit de son cadet. Sa froideur et son insensibilité ont été largement reconnues, commentées, critiquées et condamnées. Adrien est aujourd'hui considéré comme un pantin, vivant dans l'ombre de sa mère, sacrifié au nom du rendement. Si l'on se méfie toujours de lui, il provoque autant la pitié que la compassion.

En interrogeant Adrien à son tour, Cherel et Blache découvrent un homme résigné, pour autant satisfait de son sort. Il parle d'une décision prise en accord avec ses parents. Il évoque son besoin de prendre de la distance par rapport à la société, un besoin viscéral de lâcher prise, la nécessité vitale d'abandonner des responsabilités trop lourdes pour lui. Et quand les enquêteurs abordent les relations qu'il entretenait avec son frère, Adrien évoque une admiration réciproque et une entente fraternelle. Ils n'en tireront rien de plus.

À ce stade, l'enquête glisse vers les éléments matériels du drame.

À commencer par les lettres.

Là aussi, les choses sont confuses. Les deux écritures ont bien été identifiées, pas de doute possible. Ont-elles été rédigées sous la contrainte ? Cherel s'est posé la question. Il a alors interrogé le graphologue auquel elles ont été soumises pour analyse. Réponse : pas impossible, mais invérifiable. Écrire sous la contrainte donne souvent lieu à une calligraphie plus sèche, un tracé tendu, une certaine pression exercée au moment de la rédaction, forcément imprimée dans le papier. En examinant les lettres, Cherel observe les caractéristiques dont parle l'expert. Mais n'est-il pas logique de retrouver cette tension au moment d'écrire une lettre d'adieu à ses proches, juste avant de commettre l'irréparable ? En outre, le libellé des messages est simple, ce sont des mots d'adieu, de chagrin et d'excuse. Rien dans le contenu ne permet de tirer la moindre conclusion.

Retour à la case départ.

Du côté des Jouanneaux, on n'en démord pas : lettre ou pas lettre, on ne croit pas au suicide. Pas un instant. Pour une fois, les témoignages sont unanimes, pas un pour dégager une piste, révéler un secret, un détail qui apporterait un début d'explication. Tous décrivent Martin comme un jeune homme qui, malgré une personnalité effacée, ne présentait aucun signe dépressif et n'avait aucune raison de vouloir mourir. S'il s'est donné la mort, c'est sous l'impulsion de Roxane. Dans le cas contraire, elle l'a tué.

De ce fait, les enquêteurs creusent plus loin. Leurs questions contournent les réponses toutes faites, elles explorent les à-côtés, un peu plus à gauche, elles se font adroites, elles ouvrent des parenthèses, se camouflent sous l'apparence de réflexions anodines.

Fuse alors le mot qui revient sans cesse, celui qu'on retient tant qu'on peut mais qui flotte sur toutes les lèvres, celui qui se répète à l'infini : pourquoi ?

Pourquoi ont-ils fait ça ?

Les regards se voilent, les mots se tarissent...

Comment se fait-il que personne n'ait rien vu ?

Enfin, le témoignage des voisins vient apporter sa propre version des faits. Dans l'immeuble, on évoque des cris et des pleurs en provenance de l'appartement des jeunes gens. Et pas qu'une fois. Les choses s'étaient un peu calmées, ces derniers temps, mais c'est sûr que ça y allait, chez le jeune Jouanneaux. Depuis que cette fille s'est installée chez lui, ce n'était pas de tout repos. Certains voisins se sont plaints, ils faisaient beaucoup de bruit, la concierge a dû intervenir à plusieurs reprises. On a même failli appeler la police, une fois, c'était glauque. C'est la voisine d'en face, Mme Detriche, qui a été alertée. Elle a entendu des cris dans la cage d'escalier, elle est sortie sur le palier... Elle a découvert la jeune femme en culotte et en tee-shirt, jambes nues, le visage et les cheveux en bataille, couverte de sang au niveau du ventre et jusque sur les cuisses. À cette vision, la pauvre dame a poussé un cri d'horreur. La jeune femme vitupérait contre M. Jouanneaux, pas vraiment apeurée, plutôt en rage, elle le menaçait en termes confus, Mme Detriche n'a pas bien compris. Elle a aussitôt voulu appeler la police, parce que, tout de même, la pauvre fille paraissait avoir besoin d'aide, avec tout ce sang sur elle, qu'est-ce que vous auriez fait à ma place ? D'autant que Martin Jouanneaux n'avait pas l'air droit dans ses bottes, il la suppliait de rentrer avec lui, il lui promettait que tout irait bien. Et puis, soudain, la jeune demoiselle s'est mise à rire. Comme ça, en une fraction de seconde, elle est passée des cris au rire, de la colère à l'hilarité. Elle a dit ensuite que c'était une blague, pas la peine d'appeler la police. Martin Jouanneaux a lui aussi commencé à rigoler, même si son rire à lui était forcé, du moins au début. Ils ont assuré à Mme Detriche que tout allait bien, qu'ils avaient juste voulu s'amuser un peu. Le sang ? Rien à voir ! C'est du ketchup, vous voulez goûter ? Inutile de dire que Mme Detriche n'a pas trouvé ça drôle. Face aux policiers, la vieille dame ne cache pas son indignation. Après ça, le couple a promis de rester calme. Les jeunes ont besoin de s'amuser, c'est sûr, mais, tout de même, il y a des limites ! Qu'ont-ils dans la tête, franchement ? Tout ça pour dire que, oui, d'accord, ils avaient peut-être l'air très amoureux, mais ça n'avait rien à voir avec une gentille petite histoire sans histoires, justement.

L'anecdote n'est pas anodine, que le « sang » soit du ketchup ou non. Les enquêteurs creusent un peu plus la piste de l'amour toxique. Roxane était-elle sous emprise ? Ou alors Martin ? Cet épisode étrange était-il en effet une plaisanterie de mauvais goût ou un réel conflit camouflé sous les oripeaux du qu'en-dira-t-on ? Ce jour-là, la jeune femme a-t-elle voulu taire une terrible réalité ? Se sentait-elle en danger ? L'était-elle en effet ?

Roxane se serait-elle arrangée pour se débarrasser de son bourreau ?

Ça changerait beaucoup de choses.

Mais les réactions sont unanimes : impossible ! Martin était la gentillesse incarnée. Il n'aurait pas fait de mal à une mouche. Personne ne peut imaginer qu'il puisse être une menace pour qui que ce soit. Pas lui. Il était dans le camp des proies, pas dans celui des prédateurs.

Le fil se déroule et les déductions suivent.

On revient sur le repli du jeune couple. C'est sûr qu'on les voyait moins, ils déclinaient souvent les invitations et recevaient peu, mais après tout c'est normal, ils étaient en pleine lune de miel...

Lune de miel ?

C'est le moment où Cherel et Blache sortent les photos de mariage qu'ils étalent devant chacune des personnes interrogées.

On tombe des nues. On n'en revient pas. Entre surprise et déconvenue, on encaisse. Personne n'est au courant, personne n'a été convié. Certains manifestent leur détachement, c'est leur droit, celui de vouloir s'unir à l'insu de tous, sans public, juste entre eux. Pas très Jouanneaux, comme choix, mais la réponse est peut-être là. D'autres cachent mal leur déception, celle d'avoir été mis à l'écart. Ils pensaient être assez proches de l'une ou de l'un, ils découvrent que ce sentiment n'était peut-être pas réciproque. Puis ils haussent les épaules, ravalent leur rancœur, finalement tout cela semble si dérisoire. S'ils préféraient vivre ce moment sans témoins...

Des témoins ? Justement ! Les enquêteurs enchaînent : un mariage secret, ça se conçoit, Roxane et Martin ne sont pas les premiers à s'unir en cachette, d'autres l'ont fait avant eux, la chose n'est pas si compliquée. Des invités, une fête, un repas, tout cela, on peut s'en passer. Seulement, pour se marier, il faut des témoins. C'est la seule chose sur laquelle on ne peut faire l'impasse. Cherel et Blache posent la question à chacun : avez-vous été l'un des deux témoins du mariage ? Les têtes se secouent, les réponses sont unanimes. Non. Personne n'a eu cet honneur. De même, malgré une perquisition plus poussée de l'appartement de Martin Jouanneaux, ainsi que celle de son bureau, impossible de mettre la main sur les papiers du mariage. Cherel décide de lancer une recherche auprès des mairies pour retrouver une trace de cette union.

Garance, elle, ne cache ni sa stupeur ni sa douleur de découvrir sa sœur dans cette robe si blanche, de surprendre ce sourire béat, ce regard énamouré, les bras qui s'enlacent et s'étreignent sur un instant de bonheur dont elle a été exclue. Elle en reste sans voix durant un long moment, cherche à comprendre, tente de trouver une explication à ce qui ne s'explique pas. Roxane mariée ? Ça n'a pas de sens ! Et lorsque, à l'hôpital, Garance a évoqué le fait qu'elle n'était pas mariée à Martin et ne tirait donc aucun intérêt à son décès, sa sœur n'a pas démenti.

Les photos sont pourtant bien là, devant elle, elles ne laissent aucun doute sur une réalité qu'elle ne comprend plus.

Et, soudain, Garance ne sait plus très bien.

Qui est vraiment sa sœur ?

Mais, surtout, de quoi est-elle capable ?

Chapitre 17

Assommée, Garance fait face à son père. En sortant du commissariat, ils ont échoué dans la brasserie d'à côté, besoin de faire le point, de reprendre leurs esprits, de mettre de l'ordre dans tout ce qu'ils viennent d'apprendre, nouvelles fracassantes. Le mariage de Roxane les a laissés sans voix. Des noces secrètes, célébrées en catimini, comme quand elle était petite et qu'elle prenait des initiatives, sans rien dire à personne, mettant sa mère au pied du mur.

Roxane est devenue Mme Martin Jouanneaux. Elle a changé d'identité, Garance et son père mettent du temps à digérer l'information, et s'insinue en eux cette impression de ne plus la reconnaître. Garance se sent de nouveau trahie. Elle tourne en rond, cherche une explication plausible, n'en trouve pas, rien qui justifie que Roxane ne l'ait pas invitée à son mariage ou ne l'ait pas prévenue.

Elle ne comprend pas.

Ça n'a pas de sens.

Depuis trois jours, plus rien n'a de sens.

— OK. On arrête les conneries !

Jean Leprince commence à s'agacer. Ça fait trois jours qu'il poireaute, qu'il fait la conversation tout seul entre les murs de son hôtel ou ceux de l'hôpital, entre le dédain à peine voilé de son aînée et le traumatisme muet de sa cadette, entre l'enclume du clan Jouanneaux et le marteau des flics, c'est bon, n'en jetez plus, on se rend.

— Parce que, les belles effarouchées, ça marche un temps, mais faut pas exagérer non plus, ajoute-t-il, à cran. Faut qu'elle arrête de nous prendre pour des cons, elle a eu l'occasion de se remettre de ses émotions, elle a intérêt à parler, maintenant.

— Elle a parlé, l'informe Garance.

Jean Leprince ne cache pas sa surprise.

— Elle a dit quoi ?

Garance soupire.

— Rien de spécial, répond-elle d'une voix éteinte.

Jean perd patience.

— Elle ouvre enfin la bouche et elle ne dit rien de spécial ?

— Pas encore.

— Et toi, tu ne lui as rien demandé ?

— Je n'ai pas voulu la brusquer.

— Tu n'as pas…

Il réprime un mouvement de colère.

— Tu te fous de moi ? Tu penses vraiment qu'on a le temps d'attendre que Mlle Roxane Leprince… Ah non, pardon, j'oubliais : que Mme Martin Jouanneaux daigne nous donner une explication ? Tu vis dans quel monde, Garance ? Ta sœur est à deux doigts de passer vingt ans au trou, tu comprends ça ? Et pour l'instant, je ne veux pas te faire peur, mais les éléments s'accumulent !

— Quels éléments ?

— Les éléments à charge ! lâche-t-il sèchement.

— C'est absurde !

— Ce qui est absurde, c'est de continuer de faire comme si tout allait bien, et que tout cela n'était qu'un malheureux malentendu. Réveille-toi, bon sang ! Roxane est dans la merde jusqu'au cou ! Elle a le clan Jouanneaux et les flics au cul ! Tout l'accuse !

Il se tait quelques instants avant d'ajouter d'une voix sombre.

— En parlant des flics, ils vont l'entendre demain matin. Moreau a donné son accord.

— Comment tu le sais ?

— J'ai entendu Schwarzy le dire à Kermit tout à l'heure.

Garance fronce les sourcils, pas certaine de comprendre, avant de se rendre compte qu'il parle de Cherel et de Blache. Elle accuse le coup.

— Demain matin…, murmure-t-elle, soucieuse.

— On a intérêt à lui tirer les vers du nez avant eux…

La jeune femme acquiesce d'un mouvement de tête.

— Parce que dès qu'ils auront le résultat des empreintes digitales, elle valsera en garde à vue et on ne pourra plus communiquer avec elle.

Il s'interrompt et pousse un profond soupir.

— On doit lui trouver un avocat. Et un bon.

Garance le dévisage gravement. Un long silence s'installe entre eux, qu'ils ne cherchent pas à combler. Ils s'abîment l'un et l'autre dans leurs pensées, leurs doutes, leurs questions, celles qu'ils n'osent pas poser mais qui les narguent.

— Tu crois…, commence Garance.

Elle laisse la phrase en suspens, déjà découragée à l'idée de devoir trouver les mots adéquats pour ne pas déraper dans la mélasse de ses soupçons.

— Je n'en sais rien, répond Jean. Mais si tu veux mon avis, elle n'a pas la conscience tranquille.

— Pourquoi tu dis ça ?

Le père considère sa fille avec étonnement.

— Enfin, Garance, c'est évident, non ? Depuis le début, elle refuse de parler. Elle est accusée de meurtre et elle ne dit rien. Elle n'essaie même pas de se défendre !

— Parce qu'elle s'en fout ! explique Garance avec véhémence. Elle est anéantie. Se défendre n'a plus d'importance, pour elle. Elle est au-delà de ça.

Jean esquisse une moue dubitative.

— Tu… tu la crois coupable ? demande-t-elle avec une lenteur incrédule. Tu crois vraiment qu'elle a tué Martin ? Je veux dire, sciemment, avec préméditation ?

— Je te l'ai dit, je n'en sais rien. Mais je n'écarte pas cette possibilité.

Les yeux de Garance s'arrondissent, effarés. Elle considère son père comme si elle le voyait pour la première fois, bête curieuse dont elle découvrirait les réflexions singulières.

— Comment tu peux penser une chose pareille ? s'indigne-t-elle.

Jean secoue la tête en affichant une certaine fatalité.

— En considérant les faits de manière objective, répond-il avec calme. *Primo*, c'est elle qui a fait l'injection. C'est comme ça, on ne peut pas nier l'évidence. *Secundo*, elle a un mobile. Les photos de mariage sont accablantes. Dans une affaire de meurtre, on regarde toujours à qui profite le crime. En tant que veuve Jouanneaux, Roxane va hériter d'une partie de leur fortune. Je ne vois pas ce qu'il te faut de plus.

Mais Garance n'en démord pas.

— Sauf que tu oublies un léger détail : elle était raide dingue de lui !

— La belle affaire ! s'exclame Jean en éclatant d'un rire sans joie. Le crime passionnel, tu connais ?

— Ça ne colle pas ! s'obstine Garance, fébrile. Il n'y a qu'à voir dans quel état elle est en ce moment !

— Ah oui ? Et elle est dans quel état, selon toi ?

— Elle est complètement désespérée !

— Bon sang, Garance, j'ai l'impression d'écouter le raisonnement d'un gosse de cinq ans ! Toi tu dis qu'elle est désespérée, moi je dis qu'elle est rongée par la culpabilité. C'est juste une question de point de vue. Ce qui est sûr, c'est que je ne miserais pas un sou sur son innocence devant un tribunal !

— Un tribunal ? Mais quel tribunal ? s'affole la jeune femme. On n'en est pas là, papa ! Ce que j'essaie de te faire comprendre, c'est que, dans l'état actuel des choses, tu n'as pas le droit de la croire coupable. NOUS n'avons pas le droit. Nous sommes de son côté. Nous devons la soutenir !

— La soutenir ne veut pas dire se voiler la face, objecte Jean, de plus en plus irrité. Au contraire ! C'est en connaissant la vérité que nous pourrons l'aider.

— La vérité, c'est que c'est un suicide, papa ! assène Garance. Ce n'est rien de plus qu'un suicide ! Ils voulaient mourir tous les deux, mais pour Roxane, ça n'a pas marché. C'est tout !

— Et tu peux me dire pourquoi ils ont fait ça ? réplique Jean en s'énervant cette fois pour de bon. C'est quoi, la raison du suicide ? Explique-moi, ça m'intéresse !

Il se tait afin de laisser à Garance la possibilité de répondre. Celle-ci ouvre la bouche, prête à riposter... Rien n'en sort cependant, si ce n'est la preuve manifeste de son ignorance.

— Je n'en sais rien ! finit-elle par s'exclamer, à cran. Mais je suis persuadée qu'il y a une explication.

Elle s'emballe à mesure qu'elle parle, et son ton monte dans les aigus. Le souvenir de ses propres doutes la plonge dans une culpabilité honteuse qu'elle verrouille dans un sursaut de loyauté, au nom de sa sœur, de leur enfance, de leurs blessures, de leurs secrets.

— Si nous, nous cautionnons cette version, alors oui, en effet, Roxane est perdue, poursuit-elle en martelant ses mots comme si elle cherchait à se convaincre elle-même. Nous la connaissons. Nous savons qu'elle est incapable de faire une chose pareille. Mais pour cela, il faut croire un minimum à son innocence.

— Méthode Coué ? ricane Jean sans cacher son dépit. C'est ça, ta solution ?

— C'est en tout cas mieux que de se ranger du côté de la partie adverse !

Elle lui lance un regard accusateur avant d'ajouter :

— Cela dit, ça ne m'étonne pas de toi. Après tout, ce serait totalement inédit de te voir prendre la défense d'une de tes filles !

— Ah non, pitié, pas ça ! J'ai l'impression d'entendre ta mère !

L'allusion à Judith provoque chez Garance un regain d'agressivité. Elle peine à garder son calme, à la fois choquée par les paroles de son père et consciente de l'absurdité de son propre raisonnement. Mais c'est plus fort qu'elle. Elle ne veut pas envisager la culpabilité de sa sœur, inconcevable à ses yeux. Et de prendre conscience que tout cela ne repose sur rien ne fait qu'accroître sa hargne.

— Écoute, murmure-t-elle d'une voix tendue. Si c'est pour jouer contre Roxane et lui enfoncer la tête sous l'eau plus qu'elle ne l'a déjà, franchement, j'aimerais autant que tu t'en ailles. On a assez de problèmes comme ça. Tout le monde la pense coupable. Alors ce dont je suis certaine, c'est que nous devons croire en son innocence. De manière inconditionnelle. Plus encore qu'elle-même.

Jean ne peut s'empêcher de glousser.

— Tu y crois, toi ? lui demande-t-il, presque incrédule. Tu y crois vraiment ?

— Oui ! répond Garance avec une telle ferveur que son père ne peut s'empêcher d'esquisser un sourire circonspect.

À la vue de cette moue dubitative, Garance sent une vague de fureur la submerger.

— C'est ça, débine-toi ! crache-t-elle, révoltée. Débine-toi comme tu l'as toujours fait. C'est ta spécialité, après tout. Dès que les choses t'échappent, tu lâches l'affaire, c'est tellement plus facile !

— Tu te trompes d'ennemi, Garance, tente de la raisonner Jean. Je ne suis pas là pour…

154

— Fous le camp ! le coupe-t-elle dans un souffle tendu.

— Garance, enfin, je…

— Fous le camp ! hurle-t-elle à présent, attirant sur eux les regards des autres clients.

Jean se résout à se lever, plus pour calmer sa fille que par conviction. Il hésite quelques instants avant de pointer sur elle un index accusateur.

— C'est bon, je me casse, dit-il en serrant les dents. J'ai autre chose à faire que supporter les silences d'une dingue et les cris d'une hystérique ! Mais je te le dis, Garance : tu es en train de faire une belle connerie !

— C'est ça ! raille-t-elle, amère.

Son père lui jette un coup d'œil désolé. Il attend, il espère qu'elle va se calmer, recouvrer son sang-froid, mais le regard qu'elle lui lance, à la fois méprisant et vindicatif, le décourage.

— Bonne chance ! dit-il en saisissant sa veste.

Garance n'ajoute rien. Jean a un dernier mouvement d'hésitation, il est sur le point de dire quelque chose mais se ravise et se contente de laisser échapper un soupir résigné. Puis il fait demi-tour et s'éloigne en direction de la porte d'entrée. Les autres clients le suivent des yeux, tournant la tête sur son passage, tandis que, de sa place, Garance le fixe jusqu'à ce qu'il disparaisse.

Une fois qu'elle est seule, toutes ses défenses s'effondrent comme un château de cartes. Elle se prend la tête entre les mains et se sent glisser vers des abîmes d'incertitude. Elle n'est plus sûre de rien, comme si, en partant, son père avait ravivé tous ses doutes.

La seule chose dont elle soit certaine à présent, c'est l'urgence de faire parler sa sœur et de connaître enfin sa version des faits.

Chapitre 18

— Personne ne me croira jamais.

La détresse de Roxane est compacte. C'est une muse-
lière en cuir épais. Garance assiste, impuissante, aux efforts
désespérés de sa sœur pour se libérer du joug qui la bâil-
lonne. Elle décèle une fois de plus, tapie dans son regard,
l'angoisse qui oppresse sa sœur et dont elle n'avait aucune
idée avant le drame.

— Moi, je te croirai, l'encourage-t-elle. Raconte-moi !

Roxane ferme les yeux comme si c'était le dernier mouvement dont elle était capable.

— Roxane…, insiste Garance dans un murmure tendu.
Dis-moi ce qui s'est passé ! Tu dois aller chez les flics
demain. Ils ne te lâcheront pas tant qu'ils n'auront pas eu
ta version. Et si tu ne dis rien, c'est comme si tu avouais
ta culpabilité. Ils te condamneront par défaut, tu es bonne
pour la garde à vue. Tu comprends, ça ?

Enfin Roxane tressaille. Elle rouvre les yeux et pose sur
sa sœur un regard anéanti.

— Martin n'aurait jamais dû mourir.

Garance refoule un sanglot. Alors qu'elle n'espérait plus,
sa sœur vient de déverrouiller une serrure. Elle ne la laisse
pas encore entrer, mais du moins entrouvre-t-elle la porte.

— Comment ça, Martin n'aurait jamais dû mourir ?

— Ce n'était pas censé se passer comme ça, dit Roxane d'une voix blanche.

Garance fronce les sourcils.

— C'était censé se passer comment ?

Roxane se perd dans ses pensées, avant de regagner l'enfer du réel, ce qu'elle en perçoit du moins, qui l'assaille et l'atteint.

— Ça fait des mois que Martin perd pied, murmure-t-elle alors. Qu'il... qu'il tente de tenir bon, envers et contre tout.

Garance remarque qu'elle parle de lui au présent. Elle décide de ne pas lui en faire la remarque, elle ne veut pas risquer de la braquer.

— J'ai tiré la sonnette d'alarme plusieurs fois, je te le jure, poursuit celle-ci. Je lui ai dit qu'il finirait par craquer. J'ai prévenu sa mère. Mais, bien sûr, elle a refusé de m'écouter et m'a dit de me mêler de mes affaires.

À mesure qu'elle raconte, sa voix oscille entre les frémissements du désespoir et la houle de la colère.

— De quoi tu parles ? insiste Garance sans bien comprendre.

— Pour évoluer dans le milieu de la finance, il faut avoir des nerfs d'acier, sinon tu ne survis pas. C'est comme des rituels barbares destinés soi-disant à te former. On te fait passer des épreuves, on te donne des objectifs, on te dit que c'est simple, que c'est dans tes cordes, et que les bénéfices seront considérables. Et puis, il y a toujours un truc qui coince, une tuile que tu n'avais pas prévue. Tu t'affoles, tu cours dans tous les sens pour rattraper ta bourde, parce que, bien sûr, c'est ta faute, tu aurais dû anticiper. Et plus tu t'agites, plus tu t'enfonces, comme dans des sables mouvants. Alors on est obligé de te sortir de là, opération sauvetage. Tu t'en sors, mais c'est la honte. Tu n'as pas été à la hauteur. Tu n'en dors plus, tu commences à douter de toi, tu te tortures tout seul, rongé de l'intérieur... Et puis... Et puis on te donne une seconde chance. On vient te trouver en te disant que ce qui t'est arrivé, c'est normal, tu apprends. Que l'important, c'est d'en tirer les leçons et d'aller de l'avant. Que ta chance, il faut la saisir, maintenant. On te donne un second objectif. Celui-là, tu n'as pas intérêt à le louper. La pression monte, elle est de plus en plus forte. Et eux, ils sont là, ils t'observent, prêts à te dévorer.

— C'est qui, ce « ils » ?

— Son frère, sa mère, les actionnaires… Tout le monde ! Tu n'imagines pas de quoi ils sont capables.

Garance ne quitte pas sa sœur des yeux et l'incite à poursuivre. Alors Roxane raconte. Dans un flot de paroles maintenant ininterrompues, elle décrit les affres de celui qu'elle aime, dissimulées depuis toujours derrière la silhouette d'un homme d'affaires, un financier, un complet gris bien repassé, sans froissures ni faux plis. Elle raconte ses rêves et ses secrets, ses espoirs et sa détresse. Elle raconte comment, il y a trois ans, soudain, il s'est retrouvé confiné dans un rôle qui ne lui correspond pas. Alors que, jusqu'à présent, personne ne comptait sur lui, laissant à Adrien le soin de mener à bien les affaires des Jouanneaux, défendre leur honneur et en glorifier le nom, on lui impose brutalement une place dans l'organigramme familial, un rang, une étiquette dont il ignore tout. Martin accepte la gageure, sa mère a sur lui un ascendant dont il n'a pas conscience. Il porte le nom des Jouanneaux et veut s'en montrer digne. À tel point qu'il pense avoir trouvé sa place, sans même se poser la question de savoir s'il est fait pour ça. Sauf que les rouages de cette mécanique imparable commencent peu à peu à se gripper. Roxane le remarque et le subit au quotidien : Martin n'est pas heureux. Malgré un confort de vie enviable, malgré une abondance de projets et la promesse d'un avenir brillant, l'humeur du jeune homme peine à se maintenir au-dessus de la ligne de dépression.

— Il n'a rien à voir avec tout ça, tu comprends ? Les rendements, les analyses, les capitaux, les bénéfices… Ce n'est pas lui ! Il déteste les couloirs, les bureaux, les salles de réunion. Il vomit les rendez-vous, les transactions, les négociations.

Elle raconte ensuite comment, peu à peu, étouffé par les responsabilités, oppressé par les attentes toujours plus ambitieuses des actionnaires, coincé entre la fierté de sa mère et ses espoirs, il a changé, passant du jeune homme gentil et bienveillant dont elle était tombée amoureuse à quelqu'un de plus susceptible, ombrageux, parfois même colérique.

Bientôt les larmes accompagnent son récit. Roxane plonge sans retenue dans ses souvenirs, elle s'y baigne et revit chaque étape de leur histoire avec la même intensité. Elle explique comment, refusant la fatalité de voir leur amour se déliter au fil du temps, elle a décelé chez lui les signes d'une dépression, des appels à l'aide dont lui-même n'avait pas conscience.

— Tu sais, les Jouanneaux sont de la vieille école. Un homme, c'est fort, c'est dur, ça ne craint rien ni personne. Les filles en revanche, c'est fragile, ça pleure, ça attire l'aide et la compassion. Mais si tu es un homme, tu ne pleures pas. Ou alors, attends-toi à recevoir des coups et des moqueries. Martin a été élevé dans cette idéologie. Il a appris très tôt à étouffer ses peurs et ses faiblesses.

Roxane ne s'arrête plus. En ouvrant les vannes de la confidence, elle se laisse emporter par le flux de ses émotions et de ses rancœurs.

— Ils sont monstrueux, tu n'imagines pas à quel point. Ils ont un disque dur à la place du cerveau et une calculatrice à celle du cœur. Sa mère, surtout. C'est une machine, cette femme-là. Une machine à broyer les rêves. Elle lui a passé une camisole de force pour le contenir dans le rôle qu'elle voulait lui assigner, celui auquel sa naissance le destinait. Elle lui a bourré le crâne de règles et de principes d'une autre époque, des trucs que tu n'oserais même plus penser aujourd'hui ! Elle ne lui a laissé aucune chance. Elle lui a enfoncé dans la tête non seulement qu'il succéderait à son père, mais qu'en plus il avait de la chance. Que c'était son destin, qu'il n'avait pas le choix.

— Pourquoi tu ne m'as jamais dit tout ça ?

Roxane baisse les yeux. Ses larmes redoublent, elle poursuit son récit dans un long sanglot éperdu.

— Parce que je ne pouvais pas ! Il fallait sauver les apparences, tu comprends ? Les problèmes, ça se règle dans l'intimité, ça ne s'étale pas en public. C'est une règle fondamentale chez les Jouanneaux, un ordre, une obligation. Presque une religion. Quoi qu'il t'arrive, quelles que soient les épreuves que tu traverses, tu dois garder la tête haute, tu dois sourire. Tu dois montrer que tout va bien. Hors de question d'étaler tes faiblesses devant tout le monde !

— Je ne suis pas tout le monde ! s'insurge Garance.

— Je sais, je suis désolée, murmure Roxane d'une voix à peine audible.

Ses traits se crispent une nouvelle fois, elle se concentre pour maîtriser ses pleurs.

— Martin préférait garder pour nous tout ce qui concernait notre vie privée. C'était une question de pudeur, il estimait que lorsqu'on aime quelqu'un, *a fortiori* un proche, il faut le préserver, lui épargner nos propres soucis. Au début, je te racontais encore quelques petites choses de ma vie, des anecdotes, tu te souviens ?

Garance hoche la tête tandis que sa sœur continue :

— Mais chaque fois que je te livrais un peu de notre intimité, même si c'était sans importance, sans intérêt, j'avais la sensation de le trahir, de ne pas être à la hauteur. De ne pas mériter ma place auprès de lui.

Lèvres pincées, Roxane esquisse une moue de regret, un mouvement du menton, un haussement d'épaules. Elle continue de raconter, elle ne veut plus rien cacher, dit-elle, déchirée entre son devoir de fidélité et la folie de se taire. Elle décrit leur descente aux enfers, une interminable chute dans les replis d'une illusion, ce qu'il faut faire, ce qu'il faut dire, triompher, sourire et gagner encore. Elle raconte la convoitise des autres, les regards posés sur eux, insupportable jugement d'une faute qu'elle n'a pas commise.

— Oh, je sais bien ce qu'on disait de moi quand je me suis mise avec Martin, poursuit-elle, un sourire désabusé plaqué sur les lèvres, comme une décalcomanie de mauvais goût.

— Que disait-on de toi ?

— Que je ne l'aimais que pour son fric et pour son nom. Que je profitais de lui. C'était tout l'inverse. Martin était incapable de dire « non ». Tout le monde le pressait comme un citron. Il était trop gentil pour ce milieu, toujours à l'écoute des autres. Mais il en souffrait. Je le sais, moi. Et j'ai voulu le protéger.

Garance est troublée. Oserait-elle avouer qu'elle aussi a été surprise la première fois que sa sœur lui a présenté Martin ?

Roxane s'attarde ensuite sur leur repli, cette certitude qu'ils se suffisent à eux-mêmes, nul besoin des autres, leur amour est un archipel, ils en contrôlent les abordages, les incursions, les mises à quai. Études et boulot leur tiennent lieu de vie sociale, ils y sacrifient leurs bouffées d'air. L'ambition est leur éminence grise, l'unique alibi admis et reconnu. Avec le temps, ils s'isolent de plus en plus, ils reçoivent peu et déclinent les invitations. Lorsqu'une obligation sociale les contraint à sortir, ils donnent le change, se masquent, se travestissent. Ils jouent leur rôle, comme un texte appris par cœur, une mise en scène savamment répétée, avant de retourner se réfugier dans les coulisses de leur existence.

Garance tombe des nues.

— Comment... Comment est-ce possible ? balbutie-t-elle, abasourdie. Comment as-tu pu me cacher tout ça ? Je vous croyais heureux, je n'ai jamais... Roxane ! Chérie, je...

Elle tente de décrire son effarement tout en se fustigeant de tant d'aveuglement, elle s'en veut, elle aurait dû voir, sentir, savoir, elle aurait dû comprendre. Elle connaît sa sœur comme personne, elle seule aurait pu décoder le drame qui se jouait sous ces apparences idylliques.

— Je m'en veux tellement !

— Tu n'y es pour rien ! la défend Roxane. J'aurais dû te raconter, pardonne-moi, j'avais honte. Au moment où je vivais tout ça, je ne comprenais pas moi-même ce qui se passait. J'étais malheureuse, je cherchais un sens à ce qui m'arrivait, je pressentais que, même s'il jouait les durs, Martin n'était pas réellement comme ça.

Les alarmes de Garance se remettent à hurler.

— « Jouer les durs »... Tu veux dire quoi, par là ?

Roxane hausse les épaules, comme si la réponse était évidente.

— Il devenait distant et froid, j'avais l'impression de passer au second plan, comme si notre lune de miel touchait à sa fin. Il s'isolait parfois pendant des heures. Hormis pour aller au boulot, il ne sortait plus, ou rarement.

— Et toi ?

— Quoi, moi ?

— Tes études, ton avenir...

— Je sais bien ce que tu penses, se défend aussitôt Roxane. Tu crois que c'est à cause de lui que j'ai arrêté la fac. Tu te trompes. Il me poussait, au contraire ! Il m'encourageait à aller jusqu'au bout de mon cursus.

— Alors pourquoi as-tu arrêté ?

— Parce qu'en le voyant se perdre dans un monde qui n'était pas fait pour lui, j'ai compris que je me perdais moi aussi, que j'obéissais à la même pression sociale, et que le chemin que j'avais emprunté ne menait pas du tout là où j'avais envie d'aller.

— C'est toi qui as choisi tes études ! proteste Garance. Je ne t'ai jamais poussée à être médecin.

— Pas directement, non, c'est vrai.

— Ni même indirectement !

Roxane s'apprête à répliquer, mais elle se tait et porte sur sa sœur un regard sceptique. Son silence se transforme en accusation muette, Garance la reçoit comme une gifle, une terrible injustice. Pendant quelques instants, il plane entre les deux sœurs l'ombre d'un différend, une incompréhension mutuelle, deux points de vue qui s'opposent.

— Je voulais être danseuse, tu te souviens ? précise Roxane dans un souffle.

Garance hoche la tête avant de la baisser. Pendant une fraction de seconde, une autre chambre d'hôpital se substitue à celle dans laquelle elles se trouvent, dont Roxane est encore l'occupante, à l'aube de ses quatorze ans, immobilisée pendant des semaines, un interminable enfer, une existence en miettes. Puis le souvenir s'efface, aussi vite qu'il est apparu, et Garance redresse la tête.

— Je sais, se contente-t-elle de dire.

Roxane balaie le passé d'un haussement d'épaules.

— Il n'y a pas eu de faute, ni de ta part ni de la mienne. Je me suis juste rendu compte que je n'étais pas à ma place à la fac de médecine. Que j'aspirais à autre chose.

Roxane est épuisée. En racontant, elle se vide de tout, les fautes, les doutes, les peurs. Elle se décharge, elle se débranche. Et lorsque le silence s'installe, elle semble apaisée, presque sereine.

En revanche, Garance est de plus en plus abattue. La confession de sa sœur lui fait entrevoir le reflet d'une réalité dont elle ignorait tout, comme une porte dérobée dont le seuil conduirait à un monde absurde, auquel rien ne la préparait.

— Où est papa ? lui demande soudain Roxane.

Garance la considère sans cacher sa surprise.

— Il n'est pas venu te dire au revoir ?

— Non, pourquoi ? s'étonne Roxane à son tour. Il est parti ?

Garance se mordille l'intérieur des joues. Elle devrait relater son altercation avec Jean, les soupçons de celui-ci, le clash qui s'est ensuivi. Elle n'en a ni la force ni l'envie. Une colère sourde l'envahit, la dépouillant de toute compassion parce que, une fois de plus, elle subit, elle endure, elle soutient. Elle prend sur elle.

— Oui, il est rentré chez lui, répond-elle en haussant les épaules.

Roxane ouvre de grands yeux ahuris.

— Mais… pourquoi ? s'exclame-t-elle de nouveau accablée. J'ai besoin de lui, moi !

Garance ne peut s'empêcher de ricaner, levant les yeux au ciel, ma pauvre, tu n'as pas encore compris ? Puis, poussant un soupir désolé, elle prend la main de sa sœur.

— Tu as peut-être besoin de lui, mais l'inverse n'est pas vrai, ma petite souris. Tu le sais, tout de même, tu t'en doutes. C'est comme d'habitude, en fait : il avait mieux à faire, ne va pas chercher plus loin.

Roxane accuse le coup. Elle hoche la tête, bien sûr, elle connaît son père. Malgré tout, une pointe aiguë lui transperce le cœur. Ses traits se crispent sous l'effet de la douleur, une grimace amère qui n'échappe pas à Garance.

En voyant la souffrance marquer le visage de sa sœur, celle-ci regrette aussitôt ses paroles. Pourtant, elle ne dément pas. Peut-être parce que, au-delà du remords, la peine de Roxane la rassure.

Et lui fait un tout petit peu plaisir.

Danser, plus jamais

Ça commence toujours par une musique. Quelques notes qui s'échappent et viennent réveiller son corps. Comme un interrupteur. La seconde d'avant, il n'y a rien, juste le silence et l'obscurité, un sommeil par défaut. Mais lorsque la musique s'élève, quelque chose en elle s'éveille et s'anime. C'est plus fort qu'elle. Une chaleur se répand, une simple flamme. Elle prend sa source dans son cœur qu'elle ranime d'abord, qu'elle attise ensuite. Le voilà qui palpite. La flamme s'embrase, elle devient feu, brasier, fournaise. Très vite, elle se propage et déborde. Alors ses membres se déplient, se déploient, ils s'allongent. Un désir irrépressible de bouger s'empare d'elle. Son corps s'exalte, il se met à onduler sous la force incandescente de l'incendie. Elle couve son souhait, elle l'entretient, elle le nourrit. L'envie devient besoin, puis nécessité. Elle ne peut plus résister. Elle se consume dans la langueur du mouvement.

Roxane danse.

Du plus loin qu'elle se souvienne, Roxane a toujours dansé. Sans doute a-t-elle dansé avant même d'avoir marché. La danse est pour elle un langage. Elle se sert de son corps pour en former les mots, elle les pèse, elle les glisse, elle les épelle et, en les tordant dans tous les sens, elle en fait des phrases que ses membres déclament.

Dès l'âge de six ans, elle suit le cours des « petits rats » du conservatoire de son quartier. Sa vie prend un tournant décisif : pour la première fois, la fillette est à sa place. Elle n'en saisit pas les raisons ni même les implications, mais tout prend sens, les gens, les choses, les événements. Même les disputes familiales se voilent d'une médiocrité sans intérêt. Elle s'en échappe, explore de nouvelles directions, découvre de nouveaux paysages. Un univers s'ouvre à elle, un monde d'une richesse insoupçonnée, empli de sons, de couleurs, d'élans, de sourires. Un monde où tout n'est que beauté, aisance et souplesse, l'élégance des silhouettes, la grâce des gestes, la distinction des échanges. Roxane doit se pincer pour y croire. Elle a la sensation d'avoir trouvé sa vraie famille, celle dans laquelle elle aurait dû naître, comme si le destin s'était trompé d'adresse en la plaçant chez les Leprince.

Bientôt la fillette ne vit que pour la danse. Mme Piron, son professeur de ballet, voit en elle des aptitudes qui la laissent envisager une possible carrière. Elle en informe sa mère, laquelle y consent, du moment qu'elle n'a rien à faire ni à payer. Mme Piron la rassure, les frais sont minimes, pour l'instant du moins.

Les années passent, durant lesquelles Roxane ne ménage pas ses efforts. Elle s'entraîne d'arrache-pied, c'est peu de le dire, tout n'est que pointes, entrechats, cabrioles et grands écarts. Son corps est mis à rude épreuve, elle lui impose une discipline de fer. Mais rien, jamais, ne la fait dévier de son objectif : elle veut devenir danseuse étoile, briller au firmament des ballets et autres chorégraphies.

Un jour, en fin d'après-midi, peu avant ses quatorze ans, alors qu'elle revient de son cours, elle croise sa mère sur le trottoir d'en face, déjà ivre. Celle-ci se tient à un panneau de signalisation, Roxane s'en souvient, c'était un stop, comme si le destin cherchait à l'avertir, arrête-toi, ne va pas plus loin ! Sa mère se cramponne, elle cherche à maintenir son équilibre, lequel s'esquive dès qu'elle lâche le panneau. Le spectacle est désolant, la jeune adolescente ravale sa honte avant de traverser la rue pour la rejoindre.

— Tu fous quoi, là ? lui demande-t-elle sans douceur.

— Hé, salut, toi ! s'exclame la mère en découvrant sa fille devant elle.

Elle sourit de cet éclat fêlé par l'alcool, la bouche tordue, le regard trouble. Roxane la déteste quand elle est dans cet état.

Roxane la déteste tout court.

— Tu rentres à la maison ou quoi ? dit-elle encore, agacée.

— Oui, mon poussin, répond la mère, et sa voix se tortille, elle glisse sur la pente savonneuse de la boisson.

Judith étouffe un rot, cherche à se redresser sans vraiment y parvenir, puis implore sa fille.

— J'ai l'impression que la rue fait du rodéo... Tu m'aides ?

— Bien forcée, maugrée l'adolescente.

La mère l'attrape par le bras et les voilà toutes les deux qui traversent la rue. Une cinquantaine de mètres seulement les séparent de la porte de l'immeuble, mais le trajet est périlleux. Judith n'arrête pas de glisser, elle dérape, comme les mots qu'elle profère, qui n'ont pas de sens, elle rit, elle trébuche.

Roxane perd patience. La proximité de sa mère la révulse, elle se sent sale, humiliée. Elle ne cesse de la rappeler à l'ordre, tais-toi, marche plus vite, plus droit, non, pas par là, fais un effort, quoi, merde ! Sans compter qu'elle pue, elle empeste l'alcool, une haleine fétide mêlée à une sueur rance, l'adolescente en a des haut-le-cœur.

Les voilà enfin devant l'immeuble. Roxane adosse sa mère contre le mur comme on pose un paquet encombrant, le temps pour elle d'ouvrir la porte. Lorsqu'elles s'engagent toutes les deux dans l'entrée, Judith, de moins en moins vaillante, s'agrippe à elle. C'est donc cramponnées l'une à l'autre qu'elles entament l'ascension de l'escalier.

En plein milieu de la volée de marches, la mère pile. Elle fouille ses poches, en sort un paquet de cigarettes et entreprend d'en extirper une.

— Qu'est-ce que tu fous ? lui demande Roxane.

— Une pause. Je veux fumer une clope.

— Pas ici. Tu fumeras à la maison. Allez, viens !

— Non ! Je veux fumer !

Roxane n'est pas d'humeur. Elle l'empoigne par le bras et la tire brutalement vers le haut. Judith manque de tomber, son paquet de cigarettes lui échappe des mains, elle s'insurge, lâche-moi, tu me fais mal, elle crie au scandale, à l'injustice, au secours...

— Ta gueule ! lui intime l'adolescente avec dégoût.

— Tu ne peux pas me parler comme ça, je suis ta mère ! s'indigne celle-ci en se braquant.

— T'es rien du tout, t'es qu'une merde.

Esclandre ! Judith ne cache pas sa révolte. Elle clame que Roxane lui doit le respect. Elle l'exige aussitôt. Elle veut des excuses. Roxane éclate de rire, elle peut toujours courir ! La mère se cabre, c'est ce qu'on va voir ! L'alcool amplifie ses exigences, non seulement elle veut des excuses, mais en plus sa fille sera désormais privée de tout, sorties, danse, vêtements. Pendant un mois. Roxane s'en moque, de toute façon sa mère est tellement bourrée qu'elle ne se souviendra de rien demain matin.

— Et maintenant, avance ! la tance-t-elle. On ne va pas y passer la nuit !

Par-delà l'emprise de l'alcool, la mère reçoit le dédain de sa fille en pleine face. C'est une collision entre un reste de dignité égarée et la cuisante humiliation que provoque en elle le regard de Roxane. Même si son esprit dérive dans les vapeurs éthyliques, elle prend conscience du piètre spectacle qu'elle offre. Elle s'en veut, bien sûr, mais elle

168

en veut plus encore à sa fille, témoin de sa déchéance et source de sa honte.

— Tu restes là ? lui demande sèchement l'adolescente. Comme tu veux, moi j'ai autre chose à faire.

Roxane la lâche, se détourne et s'apprête à repartir vers leur étage.

Une bouffée de haine submerge Judith, ça la prend à la gorge, ça l'étouffe. Elle grimace sous le poids d'une rancœur encombrante dont le fiel se répand dans la poitrine. Sale petite peste ! Tu vas voir ce que tu vas voir ! Mais sa fille est au-dessus de tout ça, ça fait un moment qu'elle plane dans d'autres sphères et qu'elle la prend de haut. Et ce dédain la rend plus folle encore. Parce que Roxane lui échappe et qu'elle a de moins en moins de pouvoir sur elle. Ses flèches empoisonnées n'atteignent plus leur cible, l'adolescente lui oppose désormais une indifférence blessante. N'ayant pas trouvé le moyen de se faire aimer de ses filles, elle ne peut à présent même plus s'en faire détester !

Comme pour lui prouver l'ampleur de son désintérêt, Roxane se remet à gravir les marches, l'abandonnant là, comme on jette un déchet.

La mère ne réfléchit pas. Son corps se propulse tout seul, mû par son seul venin, une animosité qui l'étrangle, le besoin d'expulser toute cette aversion. Elle se jette sur sa fille avant que celle-ci ne soit hors d'atteinte. Entraînée par son élan mais incapable de maîtriser son mouvement, elle s'agrippe à la veste de l'adolescente, l'empoigne et la tire vers elle avec une force qui la surprend elle-même. L'ivresse la déséquilibre, elle se sent partir vers l'arrière, tente de se rattraper à quelque chose, n'importe quoi, ne trouve aucune prise et se cramponne plus encore à Roxane. Celle-ci n'a pas le temps de parer l'attaque, ni même de s'accrocher à la rampe.

La chute est inévitable. Les deux femmes basculent ensemble. Mais si la mère tombe la première, la fille plonge dans le vide la tête en avant. D'instinct, elle cherche à se protéger le visage. Elle lève les bras en guise de bouclier, se reçoit maladroitement sur l'arête des marches et retombe de tout son poids sur le côté avec une désastreuse brutalité.

La violence du choc lui coupe le souffle.

Pendant de longues secondes, Roxane ne parvient plus à respirer. Elle se sent partir, asphyxiée par une douleur à ce point fulgurante qu'elle perd connaissance.

Lorsque, quelques heures plus tard, elle se réveille à l'hôpital, le verdict est sans appel.

Marcher, peut-être un jour.

Danser, plus jamais.

Chapitre 19

Garance quitte l'hôpital ivre d'aveux, elle en a la tête qui tourne. Roxane a poursuivi ses confidences, elle ne lui a plus rien caché, désormais avide de loyauté et de transparence, colorant à présent la réalité de nuances inédites.

Les cris de la ville fusent autour de la jeune femme, un concert de klaxons, la clameur des gens, celle de machines en tout genre. Garance n'y prend garde. Plongée dans ses réflexions, elle ne sait plus quoi penser et tente de faire le point. En se délestant de son histoire, Roxane lui a refilé un fardeau dont elle ne sait que faire. Pire, elle porte désormais la responsabilité d'organiser la riposte. La cadette ne doute pas de l'aplomb de son aînée, après tout elle est innocente, il n'y a aucune raison qu'elle paie pour un crime qu'elle n'a pas commis.

Garance frissonne en resserrant les pans de son manteau autour de sa taille. La version de sa sœur ondoie dans son esprit, elle se déploie en une succession de péripéties dont le dénouement devait mener à la délivrance. Forcément, selon Roxane. Celle-ci n'en a jamais douté. Et même au moment où elle raconte, elle ne comprend pas comment les choses ont dérapé à ce point.

Le cœur en berne, elle a poursuivi son récit.

Les voilà donc, Martin et elle, dans la phase descendante de leur idylle. Évolution banale promise à la majorité des couples, c'est comme ça, les histoires d'amour finissent mal, en général. Roxane, elle, ne s'y résout pas. Elle refuse la fatalité du déclin. Alors elle part au combat, le cœur au poing, gonflée d'amour et pleine d'élan. Si Martin s'éloigne, elle ne peut en être la cause. Il doit y avoir autre chose.

Le hasard va lui indiquer le chemin, la route à suivre pour débusquer d'abord, comprendre ensuite les conflits qui s'affrontent dans la conscience de son homme. Un matin, en rangeant la chambre, elle trouve ses carnets, dans lesquels il s'épanche et se livre. À la lecture de ces pages, c'est le choc : les mots qu'elle découvre la remplissent de béatitude. Ils sont écrits à l'encre du cœur, ils révèlent un raffinement et une délicatesse inattendus. Il parle de lui, un peu, de ce qui l'anime, de sa passion pour les mots, de son aversion pour les chiffres. Il décrit les sentiments qu'il éprouve, les émotions qui l'habitent. Mais il évoque aussi la beauté d'un soleil couchant, la délicatesse d'un pétale de rose ou l'ivresse d'un sourire. Page après page, Roxane lit dans l'âme de Martin. Une nouvelle facette de son homme se dévoile au travers de ces lignes, un esprit dont elle ne soupçonnait pas la richesse, une sensibilité dissimulée jusqu'ici dans les faux plis de son complet gris. Elle s'enflamme, sa prose agit sur elle comme un sortilège : elle pensait aimer un financier, elle s'aperçoit qu'elle adore un poète.

Le soir même, elle lui confesse sa découverte. Elle lui avoue aussitôt son admiration, ne tarit pas d'éloges, décrit en détail la fièvre que ses mots ont provoquée en elle. Elle lui confie sa stupeur d'éprouver un si grand trouble, elle rit et pleure en même temps, elle n'y comprend rien, mais ce dont elle est certaine, c'est qu'elle l'aime plus encore.

Roxane raconte à Garance la dévotion de Martin pour la prose, une passion clandestine à laquelle il s'adonne en cachette depuis des années, presque honteusement.

Elle raconte ses carnets secrets dont il noircit les pages, l'œil brillant et la fièvre au cœur. Elle dit son adoration pour les rimes, la fébrilité avec laquelle il écrit. Associer les consonances, conjuguer les mots, mêler les harmonies, jouer avec les prononciations. Elle lui dépeint les joies de l'écriture telles que Martin les lui a décrites, la fièvre qui s'empare de lui quand il cherche le bon mot, le bon rythme, quand il doit choisir entre deux sonorités, trouver une cadence. C'est ce qu'il aime, en vérité. Tellement plus que les chiffres, les comptes, les graphiques, les bénéfices.

Ils connaissent alors une période de félicité intense. Leur amour, sur le déclin il y a peu, renaît de ses tisons. Une complicité nouvelle s'installe, plus ardente encore que la fièvre de la passion qui, à leur début, les avait emportés. Bientôt, le jeune homme s'ouvre à sa compagne, il avoue le sacrifice qu'exige de lui sa fonction dans la société, un renoncement de chaque instant au nom des Jouanneaux. Si ça ne tenait qu'à lui, il passerait ses journées à écrire, composer, versifier. Roxane l'encourage à s'affirmer. Il doit tout avouer à sa mère. Il doit lui faire lire ses textes, elle mesurera l'étendue de la méprise. Martin hausse les épaules, fataliste, il est certain du contraire. Odile est hermétique à ce mode d'expression, elle n'y comprendrait rien, il l'entend déjà : perte de temps, enfantillages, futilité, ridicule ! Les enjeux sont complexes. Outre sa passion et au-delà des mots, c'est toute sa personnalité qui sera mise sur la sellette, son rôle dans la société et jusqu'à sa place dans la famille. En gros, c'est toute sa vie qui risque d'être piétinée par son incompréhension.

Roxane lui fait remarquer que, en fuyant la confrontation, c'est lui qui piétine sa propre existence.

La remarque fait mouche. Martin concède qu'il se bride lui-même, depuis toujours, garrotté par son éducation. L'ampleur de sa prison se révèle à ses yeux. C'est toute une conception du monde qu'il remet en cause, les principes édictés par sa mère, la relation qu'il entretient avec son frère, son rapport à l'autorité. Sa vie tout entière se teinte d'une nuance amère. Il découvre le leurre dont on s'est servi pour le museler, la perspective qu'on lui a fait miroiter depuis l'enfance et qui se révèle en vérité dépassée, obsolète.

C'est décidé, il ne veut plus se cacher. C'est pour lui une question de survie mentale. Il n'en peut plus de ces journées grises qui se suivent et se ressemblent, bien alignées dans les colonnes de la semaine. Sa vie est confinée dans un agenda, son emploi du temps fluctue entre Excel et PowerPoint. Les chiffres lui semblent ternes, ils se conforment à la valeur qu'on leur donne sans jamais sortir du cadre. Les mots, eux, ont un rythme, une forme, une couleur.

Roxane l'encourage. Odile est une femme intelligente, elle aime son fils, la jeune femme ne doute pas qu'elle comprendra l'importance de le laisser vivre en accord avec ses aspirations les plus intimes.

Mais la rencontre se passe mal. Au début, Odile ne le prend pas au sérieux. Elle l'écoute d'une oreille distraite et peine à accorder à cette révélation le moindre crédit. Elle parle de passade, décrète qu'il s'agit d'une lubie, une des idées décadentes de Roxane, elle en mettrait sa main au feu. Un caprice de plus, ça lui passera comme le reste, et sinon, comment s'est déroulée la réunion de ce matin ? Martin déglutit, esquisse un rictus agacé et revient à la charge. Quand il insiste sur sa détermination, le ton change. Odile se fait plus sèche, c'est bon, la plaisanterie a assez duré. Martin réplique, cassant, il ne plaisante pas : il veut quitter la société et vivre de sa plume. Prise de court, Odile se braque, Martin n'en démord pas, l'échange vire à la confrontation. Elle lui demande s'il a perdu la tête, il rétorque que, au contraire, il vient de la retrouver. Elle évoque un surmenage et lui propose quelques jours de vacances, qu'il balaie d'un geste de la main : quelques jours n'y changeront rien, il veut reprendre sa liberté pour se consacrer entièrement à l'écriture. Odile perd patience, c'est absurde, depuis quand quitte-t-on une place rentable et fructueuse pour une situation précaire ? Martin se fait méprisant : le bonheur, être en harmonie avec soi-même, l'équilibre psychique, elle a déjà entendu parler ? Devant le rictus dédaigneux de la mère, le fils hausse les épaules : laisse tomber. La dispute monte encore d'un cran quand Odile menace de le virer du conseil d'administration en précisant que ce ne serait que la première étape des différentes procédures de destitution possibles. Martin saisit l'avertissement : s'il fait le choix de vivre comme il l'entend, elle le déshérite. Il la prend au mot, d'accord, il préfère ça plutôt que de passer à côté de sa vie et se mentir à lui-même. Odile accuse le coup. Elle tente encore de lui faire entendre raison, c'est de la folie, personne ne l'oblige à choisir ! Il peut très bien écrire à ses heures perdues, on ne lui demande pas de faire une croix sur son hobby. Il y a, dans la façon dont elle prononce le terme « hobby », la pointe d'un insupportable dédain, comme un postillon. Martin lui reproche son attitude condescendante, Odile se retranche derrière son expérience, les enjeux d'une carrière, il se préoccupe de son plaisir immédiat et ne regarde pas plus loin que le bout de son nez. Il est tellement loin des réalités du monde ! Alors oui, bien sûr, une vie de bohème c'est excitant à son âge, surtout quand on est l'héritier des Jouanneaux, mais il verra, à quarante ans c'est beaucoup moins glamour ! Martin sort de ses gonds. Il l'accuse de ne penser qu'aux intérêts de la société. Odile s'en défend, elle veut juste l'empêcher de faire une énorme bêtise. Elle en profite pour tenir Roxane pour responsable de ce désordre, cette fille lui retourne le cerveau, tout allait très bien avant qu'il la rencontre ! C'est ce que tu crois, lui rétorque Martin. En vérité, tout allait déjà mal, seulement tu ne le voyais pas ! Odile n'y croit pas un instant, le ton monte, mère et fils se déchirent et finissent par se quitter à grand fracas.

Chapitre 20

— D'après Odile Jouanneaux, les choses ne se sont pas exactement passées comme ça, fait remarquer Mathieu Cherel.

— Elle a plutôt évoqué un poste que Martin aurait convoité et obtenu à force de travail et d'obstination, ajoute Blache. D'après elle, il souhaitait s'investir dans la société, assumer d'autres responsabilités et occuper une place plus en accord avec ses compétences.

— C'est faux ! proteste Roxane. Martin a en effet fini par accepter un poste, mais c'est elle qui le lui a donné pour le récupérer ! Et pour l'éloigner de moi !

Installée face aux enquêteurs, la jeune femme répond à leurs questions et leur relate sa version des faits tels qu'elle les a racontés la veille à sa sœur. Une version que Garance l'a poussée à livrer au plus vite aux policiers. Les empreintes digitales ont parlé et conduit Roxane directement en garde à vue malgré l'explication fournie, la seringue essuyée sur les draps, effaçant ainsi les empreintes de Martin.

— Quels étaient vos rapports avec Odile Jouanneaux ? demande encore Cherel.

Les yeux de Roxane se teintent de rancœur.

— De l'extérieur, c'était parfait : sourires de connivence, gestes affectueux et complicité féminine.

— Et de l'intérieur ?

— La guerre froide. Tout en sourdine. Rien de franchement déclaré, juste des menaces et des tensions que nous étions seules à percevoir. Odile était redoutable à ce jeu-là, capable de vous poignarder dans le dos avec le sourire. Cette femme est bouffée par l'ambition et l'opportunisme. Elle calcule tout, elle ne laisse rien au hasard. Elle est avide, tyrannique, sans scrupule. Je suis bien placée pour le savoir. Mais elle cache bien son jeu ! Quand on la voit comme ça, quand on parle avec elle, elle est parfaite : digne, responsable, réfléchie, intelligente. C'est une force tranquille, elle suscite l'admiration, elle inspire la confiance. Mais pour peu que vous ne jouiez pas son jeu, elle n'hésite pas à vous écraser comme un insecte.

Cherel et Blache échangent un regard intrigué.

— Que s'est-il passé après la confrontation entre Martin et sa mère ?

— Il est rentré à la maison et m'a tout raconté.

Roxane reprend son récit et décrit aux policiers l'état d'esprit de Martin, la façon dont il envisage désormais les choses. Il la joue grande gueule, il est au-dessus de tout ça, rien à foutre de la fortune des Jouanneaux, il la refuse sans hésitation. Mais Roxane ne s'y trompe pas, elle perçoit la fêlure, quelque chose s'est cassé, qui ne reviendra plus. Elle ne le sait pas encore, mais la chute a commencé là, l'interminable déclin de sa propre estime et de leurs espoirs, la longue agonie qui les entraînera vers les abysses d'une détresse qu'ils ne parviendront pas à surmonter. Martin voyait les portes de sa geôle s'ouvrir, il comprend qu'elles resteront désormais fermées, définitivement, à moins de s'en évader en laissant tout derrière lui. Incarcéré dans une prison de chiffres. Il ne le montre pas parce qu'il n'est pas fait de ce bois-là, mais il accuse le coup.

Pourtant, le conditionnement a la dent dure et, malgré ses belles paroles, malgré les promesses de liberté et d'indépendance, il ne saute pas le pas. Chaque matin, il continue de revêtir son complet gris, debout devant le miroir. Ses gestes sont précis et méthodiques. Il observe sa silhouette, son visage soigneusement rasé, il lisse les faux plis de son costume, ajuste le nœud de sa cravate, se peigne soigneusement les cheveux. Il reste ensuite une dizaine de secondes sans bouger, face à son image. Il s'adresse un sourire conquérant, se retourne et quitte la pièce. Après s'être vêtu de son complet gris, il habille son âme d'un uniforme numérique.

Au fond de lui, pourtant, il sait qu'en détachant les yeux de son reflet, il vient de se détourner de lui-même.

Roxane pensait qu'ils seraient plus forts que les usages et les conventions. Plus forts que les Jouanneaux. Elle y croyait. En vérité, Martin est déchiré par la rupture avec sa mère. Chaque jour au bureau, quand il la croise, il le voit bien, les rapports ont changé. Le regard qu'elle porte sur lui, désormais froid et distant, est dépourvu de toute reconnaissance émotionnelle. Il espérait pouvoir s'en affranchir, se construire seul, libéré des chaînes familiales… Il n'en est rien. Les Jouanneaux ne sont pas seulement un carcan professionnel, ils sont avant tout sa famille, ses racines. Il vient de là, c'est son passé, son socle, son assise. Il en a l'ADN. Même s'il s'en défend, il est marqué de leur sceau.

Chaque matin, il continue, remettant sans cesse la décision à plus tard, c'est délicat en ce moment, ils sont en pleines transactions, il ne peut pas lâcher la société maintenant, on compte sur lui, tu comprends ?

Non, Roxane ne comprend pas. Compter, ils ne savent faire que ça, ils se fichent bien de lui, pourquoi devrait-il s'inquiéter d'eux ? Ils ne jurent que par le rendement, la productivité et les bénéfices. Elle les connaît, ces gens-là, ils font passer la rentabilité avant l'humain, les gains avant l'émotion, la santé de la société avant celle des individus.

Malgré ses blessures, Martin proteste : ces gens-là, comme elle dit, c'est sa mère, sa famille, son milieu. Même si leurs aspirations diffèrent, il est des leurs. Il ne peut les renier comme ça, du jour au lendemain. Il n'en a ni la force ni l'envie. D'autant que, les jours passant, Odile se radoucit. Ses propos sont moins secs quand elle s'adresse à lui, ses regards moins vindicatifs. Il décèle dans son attitude un désir de réconciliation, le besoin de sauver leur relation, une attitude qui n'est pas anodine à ses yeux : entre sa mère et lui, les choses n'ont jamais été simples. Tout le monde le sait : Odile a toujours tout misé sur Adrien. Depuis l'enfance, l'aîné des Jouanneaux est l'avantage du clan, sa carte maîtresse, sa promesse, laissant son cadet dans l'ombre lénifiante de l'indifférence maternelle. Mais ce désintérêt est à double tranchant. S'il laisse à Martin la liberté de voguer sur les flots de ses aspirations secrètes, il est également source de déconvenues et de souffrances muettes. Martin s'en défend, mais son rôle de second perpétuel a érodé ses bases, le laissant dans un déséquilibre permanent. Il est avide de reconnaissance. Il rêve de répondre aux attentes de ses parents en général et de sa mère en particulier, mais n'en développe pas les compétences. C'est la raison pour laquelle, lorsque Odile lui offre de faire ses preuves et de gravir les échelons de la société, au détriment même de son frère, Martin se jette comme un chien fou dans la course.

Odile organise la riposte, Roxane l'a bien compris. Quand elle tente d'en faire prendre conscience à Martin, il n'y voit, lui, qu'une preuve d'amour et de confiance. L'aimer, certes, rétorque Roxane. Mais tout de même. Il y a aimer et aimer. La réaction d'Odile en dit long, s'est-elle jamais posé la question de savoir si son fils était heureux ? Une mère ne doit-elle pas avant tout penser au bonheur de son enfant ? Justement, rétorque Martin, c'est au nom de son bonheur qu'elle réagit comme ça. Il en veut pour preuve la nouvelle fonction qu'elle lui propose au sein de la société, une place mieux adaptée à ses aspirations, si toutefois il s'en montre digne : chef de communication. Même si elle a mal réagi dans un premier temps – elle s'en excuse, d'ailleurs –, Odile a bien compris que son fils ne trouvait pas sa place. Elle lui offre donc un rôle plus conforme à ses aptitudes, un poste qui lui permettra d'exprimer sa créativité, sa curiosité d'esprit, sa souplesse et son amour de la langue française. Alors oui, elle conçoit bien que la communication n'a rien à voir avec ses écrits, qu'elle a lus entre-temps. Elle ne va pas lui faire l'injure d'associer les deux activités, mais du moins pourra-t-il mettre ses compétences au service de la société.

Martin annonce à Roxane qu'il vient d'accepter ce nouvel emploi, et qu'il se réjouit de relever le défi.

Voilà comment les choses se sont passées, dit-elle aux enquêteurs. C'est Odile qui a proposé ce poste à Martin, pas le contraire. C'est elle qui a mis les choses en place pour ramener son fils dans les filets de la société et raviver sa motivation. Roxane devine la stratégie, elle tente de faire comprendre à Martin que ce n'est qu'un emplâtre sur une jambe de bois, une solution éphémère. Il va supporter ça quelques semaines, quelques mois tout au plus. Mais ce n'est pas vivable sur le long terme, elle le sait, elle le connaît. Ne voit-il pas qu'il a le cul entre deux chaises ? Ni franchement poète ni vraiment financier ?

La jeune femme ne lâche rien. Son atout à elle, c'est sa franchise et son intégrité. Sa force de caractère ajoute à sa détermination, la moindre concession n'est à ses yeux qu'une bombe à retardement qui leur explosera au visage. Mais ses avertissements sont autant de pression que le couple accumule. Les tensions reviennent, plus fréquentes et plus féroces. Martin se fait rancunier. C'est facile pour elle, elle n'a rien à perdre dans l'aventure ! Elle juge, elle critique, ça c'est bien, ça c'est mal, elle encense ou elle étrille, mais quel prix est-elle prête à mettre pour atteindre leur but ? Lui, il perd tout, ses rêves et ses cauchemars, ses branches et ses racines, il perd les siens, il perd les autres. Il se perd. Roxane riposte : c'est en restant là qu'il se perd !

C'est à sa mère qu'il doit en vouloir, pas à elle. C'est sa mère, sourde et aveugle, qui l'étouffe dans son complet gris.

Martin le conçoit, mais que faire ? Une mère, on n'en a qu'une.

Une vie aussi ! rétorque Roxane.

Mis au pied du mur, déchiré entre deux volontés qui s'affrontent, aussi déterminées l'une que l'autre, le jeune homme se met à dériver, perdu entre ses désirs et ses devoirs. Il s'épanche dans ses écrits, et sa prose se fait sombre et viscérale, profonde, intense. Il évoque son dilemme, les tourments qui l'assaillent, le choix impossible qui s'impose à lui. Il parle de son impuissance à se faire entendre des siens et de la souffrance qu'elle génère.

— Lisez ses carnets, dit Roxane aux policiers. Tout est dedans.

— Ils sont où, ces carnets ?

La jeune femme dévisage les deux enquêteurs.

— Chez nous. Dans le tiroir de sa table de nuit.

— On a tout fouillé, ils n'y étaient pas.

Roxane fronce les sourcils.

— Ce sont des carnets Moleskine bordeaux. Il y en a cinq.

Blache secoue la tête. Elle réfléchit un bref instant.

— Alors c'est Odile qui les a. Demandez-les-lui.

Cherel tape quelques mots sur le clavier de son ordinateur avant de revenir à l'interrogatoire.

— Une voisine affirme vous avoir trouvée un jour sur le palier, couverte de sang, enchaîne-t-il.

— Ce n'était pas du sang, c'était du ketchup, répond-elle aussitôt.

— Admettons. Vous pouvez expliquer ?

La jeune femme hausse les épaules.

— Un jeu stupide. Ça n'a aucun intérêt.

— Racontez toujours.

Cette fois, elle soupire.

— On mangeait, j'ai renversé du ketchup sur moi, Martin s'est moqué, j'en ai remis une couche, j'ai fini par en barbouiller mon tee-shirt, on s'est poursuivis, j'ai atterri sur le palier, c'est tout.

— La voisine a évoqué une dispute...

— C'est faux. C'était pour jouer.

— Pourquoi étiez-vous en petite culotte ?

— On venait de faire l'amour.

Cherel la dévisage avec insistance.

— Martin Jouanneaux représentait-il un danger pour vous ? demande-t-il plus doucement.

Roxane secoue la tête et proteste d'un « non » viscéral, fébrile, quelle idée, Martin était le plus gentil des hommes ! Cherel l'observe, songeur. Il lui dit que, en effet, le droit pénal interdit qu'on se fasse justice soi-même, mais que les mauvais traitements sont considérés comme des circonstances atténuantes et que les jurys populaires sont plutôt indulgents avec les femmes victimes d'hommes violents. À cette évocation, la jeune femme ouvre des yeux ahuris, un jury populaire, vous êtes dingues ? Vous faites fausse route, Martin n'a jamais levé la main sur moi ! Elle se noie ensuite dans une description fiévreuse, la douceur de son homme, le profond respect qu'ils se vouaient l'un à l'autre, leur écoute mutuelle, la passion qui les liait.

Cherel ne peut cacher ses doutes :

— Odile Jouanneaux évoque le fait que son fils se détachait de vous et qu'il envisageait de vous quitter. C'était le cas ?

Sous le feu nourri des questions, Roxane se révolte. Elle nie le détachement de Martin, elle exprime plutôt son mal-être en même temps que le sien, leurs doutes, ils se guident l'un l'autre dans les méandres de leurs impatiences, celles de vivre, de goûter et de sentir, celles de rester fidèles à ce qu'ils sont. Tantôt elle le hisse à la hauteur de leurs rêves, tantôt il l'entraîne avec lui dans les profondeurs de son cauchemar.

Comme elle l'avait prédit, le bonheur n'est pas au rendez-vous. Martin donne le change quand il est au bureau, mais à la maison c'est tout autre chose. Il est malheureux, elle le sait, elle le voit. Il dépérit de jour en jour. Elle enrage d'autant plus qu'elle ne s'explique pas les raisons d'une telle dépendance. Pourquoi s'infliger cela ? Pourquoi payer si cher l'appartenance à un clan, le joug d'un nom, l'emprise d'une famille ? Pourquoi subir un tel carcan quand la vie est là, à portée de main, juste sous une plume ?

Ça la dépasse.

Et, en même temps, elle comprend.

Qui mieux qu'elle peut traduire les dérives d'une relation nocive ?

Qui mieux qu'elle peut appréhender les dégâts causés par une mère toxique ?

Un soir, Martin rend les armes et lui livre sa détresse. Ses rêves l'asphyxient à force d'être contenus dans la camisole de la raison, il avoue que les concessions sont comme une corde autour du cou dont le nœud se serre peu à peu. Il n'en peut plus de cette vie rangée, alignée, repassée. Il étouffe malgré son nouveau poste. Une fois de plus, Roxane le pousse à s'affirmer, qu'importe la réponse d'Odile. Elle l'aime tel qu'il est, riche ou pauvre, elle s'en moque. Mais Martin le sait, choisir l'un, c'est renoncer à l'autre : sa mère préférerait le savoir mort plutôt que le voir prendre une autre voie, *a fortiori* celle d'une vie d'artiste, sans structure, sans horaire et sans avenir.

La phrase reste en suspens quelques instants d'éternité. Martin se tend, son visage se tord, ses mains se crispent...

Peut-être que c'est ce qu'il devrait faire, après tout.

Dans un froncement de sourcils, Roxane lui demande de quoi il parle.

Mourir, répond-il.

Juste ça, mourir.

Elle le dévisage, et ce qu'elle lit dans son regard lui glace le sang. Elle y plonge comme dans un gouffre sans fond, un abîme d'obscurité qui la happe. Elle mesure l'ascendance d'Odile sur son fils, cette force d'attraction malsaine, entre autorité et sortilège. Elle évalue l'ampleur des dégâts. Elle comprend surtout sa propre impuissance, l'insignifiance de ses arguments, la maigre influence qu'elle exerce sur lui, à ce niveau-là du moins.

Face à Odile, elle n'est rien.

Dans un état second, elle écoute Martin lui développer son plan : quitte à tout perdre, pourquoi ne pas tenter le tout pour le tout et provoquer l'électrochoc ? Si les principes de sa mère devaient lui coûter la vie, nul doute qu'elle reverrait ses priorités. Il veut la mettre face à l'enjeu qu'elle lui impose. C'est son ultime chance de lui ouvrir les yeux.

La suite est très simple. Ils agissent en état second, guidés par leur seule certitude, celle de jouer leur dernière carte. Ils se laissent submerger par l'audace de leur jeunesse, cette ivresse que Martin muselle depuis tant d'années, ce vertige qui le transporte enfin et dissout ses peurs et ses faiblesses. Le but n'est pas de mourir, non ! Le but est de vivre, enfin, surtout, vivre envers et contre tout, vivre comme jamais. Martin en est persuadé : quelle que soit l'issue de l'aventure, ils sont gagnants : si Odile se rend compte de son erreur, elle comprendra le prix de la passion, tellement plus précieux que celui du profit. Entre son fils et la société, elle fera son choix, en toute connaissance de cause. Et si elle choisit la société, Martin le sait, il n'aura plus rien à perdre. Ce pas qu'il doit sauter, il le franchira sans l'ombre d'un regret, sans le soupçon d'un remords. Il tournera le dos à ce monde qu'on lui a assigné par défaut.

À partir de là, tout va très vite. C'est Martin qui fournit la morphine, qu'il a rapportée des réserves pharmaceutiques des Jouanneaux : à la fin de sa maladie, son père en faisait une consommation quotidienne, tant ses souffrances étaient grandes. À son décès, le stock est resté là, personne n'y a plus touché.

Roxane, elle, connaît les doses létales, et donc celles qu'il ne faut dépasser sous aucun prétexte. Elle sait également manier une seringue.

La mise en scène est simple, ils agissent à l'instinct, comme ils l'auraient fait s'ils avaient vraiment voulu mourir. Ils ne doutent pas un instant de la pertinence de leur projet ni même de son succès, c'est simple et infaillible. Ils s'endorment et, à leur réveil, tout sera arrangé, comme par magie.

— C'était l'idée de Martin, sanglote-t-elle, accablée. Je n'ai injecté qu'une dose thérapeutique, il n'aurait jamais dû mourir. Je lui ai injecté la même dose qu'à moi, alors que sa masse corporelle est plus importante que la mienne. Je ne comprends pas ce qui s'est passé. Je ne l'ai pas tué, je vous le promets !

Les deux enquêteurs mesurent l'ampleur du gâchis. La détresse de Roxane est extrême, ses mots, ses traits, ses accents parlent pour elle. Pour peu qu'elle dise vrai – ce qui reste à prouver –, ils entrevoient un début d'explication qui ne paraît pas trop éloigné des différents témoignages et des résultats des analyses.

— Selon Odile Jouanneaux, Martin vous a menti la veille du drame, il aurait inventé un repas d'affaires alors qu'aucune négociation n'était prévue ce soir-là. Vous confirmez ?

— Oui.

— Vous savez où il était ?

— Oui.

Roxane toise les policiers d'un regard frondeur.

— Il n'était pas avec une femme, si c'est ce que vous voulez savoir. Il dînait avec un éditeur qui projetait de publier ses écrits. Preuve supplémentaire qu'il avait l'intention de quitter la société.

— Pouvez-vous nous communiquer le nom de cet éditeur ?

La jeune femme se trouble.

— Je ne le connais pas.

Regard circonspect des policiers.

— Il suffit de vérifier dans son agenda, au bureau, s'insurge Roxane. Ou dans ses mails, je suis sûre que vous retrouverez la trace de ce rendez-vous.

— Nous le ferons, lui certifie Blache.

Roxane hoche la tête, oui, c'est ça, faites-le, vous verrez bien !

— Sincèrement, pourquoi j'aurais fait une chose pareille ? continue-t-elle d'une voix vibrante. Pourquoi je l'aurais tué ? Quoi qu'en dise sa mère, on s'aimait, follement. Je n'avais aucune raison de l'assassiner !

— Vous étiez mariés, objecte Cherel. Vous allez hériter d'un beau petit pactole !

Roxane secoue vivement la tête, les yeux grands ouverts sur sa révolte.

— Absolument pas ! affirme-t-elle, effarée. Nous ne sommes pas mariés ! Qui vous a dit ça ? Je n'ai aucun avantage à tirer de la mort de Martin. Aucun !

— Ah bon ? s'étonne Blache. Ce n'est pas ce qu'il nous a semblé…

Les deux enquêteurs se consultent d'un rapide coup d'œil, puis Blache s'empare d'une enveloppe de laquelle il extrait la dizaine de photos de mariage qu'il aligne avec soin devant Roxane.

Sur le papier brillant, deux jeunes mariés sourient à l'objectif. Roxane rayonne dans sa robe blanche, Martin flamboie dans son costume trois-pièces.

En découvrant ces clichés, les larmes de la jeune femme redoublent.

Enchanté

Dissimulée derrière le paravent, Roxane tente d'enfiler la robe sans y parvenir. Doit-elle commencer par la tête ou par les pieds ? Elle craint que la taille ne passe pas au niveau des hanches, opte donc pour la tête. Sauf qu'elle risque de ruiner sa coiffure et son maquillage. La jeune femme décide alors d'essayer le passage par le bas. Reste à comprendre où se trouve l'avant, elle ne saisit pas bien dans quel sens la porter, en avise Ariane, la couturière, qui patiente de l'autre côté du paravent, le décolleté en dentelle c'est pour l'arrière ? Celle-ci la renseigne, s'empêtre dans ses explications, perd patience et fait irruption dans le petit espace d'essayage sans même lui demander l'autorisation. La soudaine proximité avec cette femme qu'elle ne connaît pas plonge Roxane dans la confusion.

— Ah non, mais il faut enlever le soutien-gorge ! s'exclame la couturière sur le ton de l'évidence.

Roxane tente de masquer son embarras. Elle aimerait qu'Ariane retourne de l'autre côté du paravent, mais celle-ci ne bouge pas. Elle attend probablement que la jeune femme ôte son sous-vêtement sur-le-champ, devant elle.

— Le soutien-gorge ! insiste-t-elle en effet. Tu dois l'enlever. La robe se porte sans.

— Ah, OK ! s'exclame Roxane comme si elle venait seulement de comprendre.

Elle hésite encore un bref instant puis s'exécute. L'air de rien. La voici vêtue de sa seule culotte. Elle frissonne, comme si le soutien-gorge l'avait jusque-là protégée du froid. Ariane saisit la robe et la lui présente ouverte dans le bon sens, vers le bas, Roxane n'a plus qu'à y glisser les pieds. La couturière remonte alors la robe le long de son corps, lui effleurant la peau au passage. La jeune femme retient son souffle et masque sa gêne. Pour Ariane, tout semble parfaitement normal. Puis elle l'aide à passer les manches. Elle lui demande ensuite de se retourner et entreprend d'attacher une à une les agrafes qui courent de la chute de ses reins à la naissance de sa nuque. L'opération prend un temps fou.

— Voilà, j'ai presque terminé, murmure Ariane, concentrée sur sa tâche.

Trois agrafes plus tard, elle l'informe que c'est bon, elle peut se retourner.

— Magnifique !

La couturière est ravie.

— On dirait qu'elle a été faite pour toi, ajoute-t-elle sans cacher son admiration.

Elle lui prend ensuite la main et l'entraîne de l'autre côté du paravent, dans la pièce d'essayage. Là, devant un miroir en pied, Roxane découvre son reflet.

Le résultat est en effet impressionnant. La blancheur de la robe rehausse son teint de porcelaine sans affadir la blondeur de ses cheveux. La souplesse du tissu épouse à merveille sa silhouette parfaite, elle met en valeur ses courbes et renforce sa prestance. Le vêtement en lui-même est d'une élégance raffinée, ni tape-à-l'œil ni trop discret, il éblouit par la perfection de sa coupe et la qualité de ses tissus, entre soie et dentelle, fluide, légère, vaporeuse.

Cette robe est un nuage.

— Tu es splendide ! s'exclame Ariane.

— Merci, rougit Roxane.

La couturière apporte quelques ajustements de dernière minute, puis elle tend à Roxane une paire de jolis escarpins à talons hauts. Elle la presse ensuite de la suivre, tout le monde les attend sur le plateau, elles ne sont pas en avance. Elles quittent la salle d'essayage, et Roxane trottine derrière la couturière, les chaussures dans une main, tenant les pans de sa robe dans l'autre afin de ne pas marcher dessus, on dirait Cendrillon qui se sauve du bal juste avant minuit.

Lorsqu'elle débouche sur le plateau du shooting, Roxane constate que, en effet, tout le monde les attend. Le photographe effectue les derniers réglages en fonction de la lumière.

— Ah, on va pouvoir s'y mettre ! s'exclame-t-il en la voyant arriver.

Puis, la considérant plus attentivement :

— Parfait ! Tu es très bien. Une mariée comme tout le monde en rêve ! Tu veux bien te placer à côté du marié ?

Au centre du studio, sous le feu des projecteurs, un jeune homme vêtu d'un costume trois-pièces patiente sans broncher. Roxane acquiesce d'un hochement de tête et le rejoint. Elle lui adresse un sourire gêné, auquel il répond, tout aussi embarrassé. Ils se placent l'un à côté de l'autre et font face au photographe. Celui-ci regarde aussitôt à travers son objectif et transmet ses premières directives. La séance commence.

— Super ! commente-t-il, sincèrement enthousiaste. Rapprochez-vous un peu… Voilà, comme ça. Encore un peu… Encore… La mariée, il faut que tu souries, c'est ton mariage, c'est le plus beau jour de ta vie.

Tandis qu'ils se rapprochent l'un de l'autre, Roxane s'exécute. Le jeune homme à côté d'elle joue également le jeu, il obéit aux directives qu'on lui donne, un peu gauche, un peu maladroit. Il semble aussi gêné qu'elle, si ce n'est qu'il connaît le photographe : alors que celui-ci s'adresse à Roxane en disant « la mariée », il appelle le jeune homme « bro » ou « vieux », des qualificatifs dont la familiarité ne fait aucun doute.

— Vous vous connaissez ? demande Roxane à son « mari ».

Le marié confirme d'un hochement de tête.

— C'est un pote. On se connaît depuis l'enfance. Le mannequin qui devait faire le marié l'a lâché à la dernière minute, il m'a demandé de le dépanner.

— Vieux, tu peux la prendre par la taille, s'il te plaît ? les coupe le photographe.

« Vieux » s'exécute et enlace aussitôt Roxane.

— Tiens-la plus contre toi, insiste-t-il encore.

Le marié resserre son étreinte.

— Super ! Maintenant penche-toi légèrement sur elle comme si tu allais l'embrasser.

Roxane redresse la tête tandis que le visage du marié se rapproche du sien. Elle sent son souffle sur son front, une brise dont l'air se disperse peu à peu, un frisson, un soupir. En levant les yeux, elle surprend son regard posé sur elle, ils échangent un sourire. Il n'est pas vraiment beau, il est même plutôt fade, à première vue insignifiant, mais il se dégage de lui une gentillesse et une bienveillance qui touchent Roxane. Le photographe virevolte autour d'eux, il les mitraille de loin, de près, leur suggère d'autres attitudes, d'autres regards, complices, malicieux, langoureux. Ils posent devant différents fonds, un mur de briques rouges, un parc, les marches d'un bâtiment officiel. Les deux modèles suivent les instructions, dociles, ils s'étreignent, fixent l'objectif, se regardent, se sourient, parfait, bro, tu peux te placer derrière elle, oui, comme ça, tu l'enlaces, non, par la taille plutôt, génial, penche un peu la tête, voilà, c'est super.

Le shooting dure une heure de plus, au terme de laquelle le photographe se dit satisfait. Il vérifie sur l'écran de son appareil la qualité des clichés avant de remercier Roxane. Tout est dans la boîte. La jeune femme hoche la tête en guise de pas de quoi, il est temps d'aller se rhabiller. La couturière réapparaît d'ailleurs comme par magie et lui indique la salle d'essayage où Roxane a laissé ses affaires. Elle se tourne vers le marié pour le saluer.

— J'ai été ravi de me marier avec toi, lui dit-il avant même qu'elle n'ait ouvert la bouche.

Roxane rougit, puis rigole, ou le contraire, c'est possible.

— Moi aussi.

Ils restent plantés l'un devant l'autre, un peu gauches, encombrés de gêne et de silence.

— Je m'appelle Roxane, dit-elle en lui tendant la main.

Il s'en saisit et la serre énergiquement.

— Moi, c'est Martin. Enchanté.

Chapitre 21

Adrien pousse la porte d'entrée de l'appartement.

— Maman ?

Avant de pénétrer dans le vestibule, le jeune homme s'octroie quelques secondes de répit. Il s'attend à devoir affronter les vestiges du drame, là où les urgentistes sont passés, meubles déplacés pour leur faciliter la circulation, objets et courrier tombés à terre que personne n'aura ramassé, tout ce qui témoigne de la hâte et de la violence du moment.

Il rassemble ses forces et se décide à entrer.

L'ordre et la propreté de l'endroit lui sautent aussitôt aux yeux. Il ne reste aucune trace de la tragédie. Le cœur d'Adrien se serre, entre le soulagement de ne pas être confronté aux signes directs du décès de son petit frère et le malaise que provoque justement cette absence de souvenirs.

— Maman ?

— Je suis dans la chambre !

Adrien se hâte de rejoindre Odile.

Au milieu de la pièce, elle finit de trier les vêtements. Costumes, chemises et pantalons de Martin sont méticuleusement pliés et rangés sur le lit, hormis un complet gris anthracite qu'elle a étendu avec soin à même le matelas.

Un carton à moitié remplis est posé au milieu de la pièce. Adrien tend le cou pour voir ce qu'ils contiennent. Il reconnaît des vêtements de femme et présume qu'il s'agit des affaires de Roxane.

— Viens m'aider au lieu de rester planté là, le somme Odile sans même se retourner.

Adrien s'exécute. Il se défait de son veston et entreprend à son tour de vider la penderie.

— C'est pour quoi, le complet gris ? demande-t-il en avisant le costume déplié sur le lit.

— C'est pour Martin. Je dois aller le porter cet après-midi aux pompes funèbres.

Le jeune homme tique. Il se souvient d'un déjeuner avec son frère, il y a quelques semaines à peine. Vêtu de ce même complet, Martin était très chic. Adrien l'avait complimenté, la coupe était parfaite, il lui allait comme un gant. Martin avait pourtant renâclé, c'était un cadeau de leur mère, il le mettait pour lui faire plaisir. En vérité, il n'aimait pas le ton, trop austère à son goût. Adrien avait charrié son frère, le traitant de gentil petit garçon à sa maman, avant de le secouer, bon sang, Martin, arrête de rentrer dans le rang, tu es tellement docile, obéissant, sage, discipliné ! Affirme-toi un peu ! Si tu n'aimes pas ce costume, tu ne le mets pas, c'est tout.

Martin avait éclaté de rire avant de qualifier cet appel à la révolte d'insurrection de pacotille.

— On parle d'un costume à sept cent cinquante boules, Adrien ! Qu'il soit bleu ou gris, franchement, tout le monde s'en tape. Parfois, je me demande si tu es totalement indécent ou juste ridicule.

La discussion, commencée sur un mode complice, prenait un tour plus offensif. Piqué au vif, Adrien avait mis les points sur les « i ».

— Tu en es toujours au costume ? Mon pauvre Martin ! Tu sais très bien qu'on ne parle pas de ça.

— Ah non ? On parle de quoi, alors ?

— Le costume n'est qu'un prétexte, avait-il répliqué sur un ton légèrement condescendant. Le vrai problème, c'est que tu n'oses pas affronter maman, que ce soit pour défendre tes goûts vestimentaires ou pour assumer des choix plus importants.

Martin avait accusé le coup. Après un silence de quelques secondes, il avait riposté.

— Il faut savoir choisir ses combats.

— Tu peux préciser ?

— Je n'ai ni le temps ni l'énergie de déclarer la guerre à maman pour une histoire de costume gris ou bleu.

— Voilà ! C'est ça, le problème !

— Quel problème ?

— Discuter avec maman sans être d'accord avec elle équivaut à une déclaration de guerre. C'est ça qui n'est pas normal. Quand elle t'offre un costume dont tu n'aimes pas la couleur, tu devrais pouvoir lui dire : « Merci, maman, c'est super, mais je n'aime pas le gris. On peut l'échanger contre un bleu ? »

— Tu sais très bien que, si je fais ça, on est partis pour des heures de discussion : elle voudra me prouver que j'ai tort, que le gris me va mieux, elle ne me lâchera pas tant que je ne l'aurai pas admis. Ensuite, elle le prendra personnellement, elle remettra tout en question jusqu'à la possibilité de ne plus jamais m'offrir de costume... Franchement, j'ai autre chose à faire.

— Et donc, tu préfères la laisser diriger ta vie...

— Absolument pas. Mais je te l'ai dit, je choisis mes combats. Je me bats pour les choses vraiment importantes.

— Par exemple ?

— Ça va, c'est bon, tu sais très bien ce que je veux dire.

— Non, sérieusement ! Donne-moi un exemple ! À partir de quel degré d'importance les choses, les idées ou les goûts valent-ils la peine d'être défendus ?

La discussion s'était enlisée dans des considérations de valeurs, ce qui était important, ce qui ne l'était pas, ce qui méritait d'être soutenu...

— Chéri, si c'est pour rester immobile devant la penderie, ce n'était pas la peine de venir m'aider.

Adrien sursaute. La voix de sa mère le ramène au présent, il est en effet dans la chambre de Martin, figé, plongé dans le passé. Le visage de son frère flotte quelques secondes encore dans ses pensées, tandis qu'il brandit devant lui le complet gris à l'image d'un étendard ennemi à brûler. Le souvenir de cette conversation éclate ensuite comme une bulle de savon, et le voilà seul face à la garde-robe, à l'intérieur de laquelle se trouve un complet bleu.

— Je crois que Martin aurait préféré quelque chose de moins conventionnel, fait-il remarquer.

— De quoi parles-tu ?

— Le complet pour les pompes funèbres. Son dernier costume. Je crois qu'il aurait préféré quelque chose de différent.

— Ah oui ? Tu lui as demandé ?

Le ton est abrupt. Adrien décèle la rudesse sous les mots, cette cuirasse d'acier dont sa mère se barde lorsqu'elle ne veut pas prêter le flanc. Il mesure la terrible tâche que celle-ci exécute en ce moment même, mais les éternelles défenses d'Odile lui laissent un goût amer. À son tour, il abandonne la confrontation directe.

Sans ajouter un mot, il se met à la tâche.

Quelques minutes plus tard, pourtant, il saisit le complet bleu.

— Celui-là lui irait mieux, je trouve, tente-t-il encore en le montrant à sa mère.

Elle y jette un rapide coup d'œil.

— Ne dis pas n'importe quoi.

Silence.

Adrien demeure immobile, le costume à la main.

— Je sais que Martin l'aurait préféré à l'autre, insiste-t-il au bout d'un moment.

Cette fois, Odile suspend ses gestes et se tourne vers son fils. Elle s'apprête à dire quelque chose puis semble changer d'avis.

— Que reproches-tu au gris, lui demande-t-elle avec une douceur inattendue.

— Moi, rien. Mais Martin aurait préféré le bleu.

— Comment le sais-tu ?

— Il me l'a dit.

— Qu'il n'aimait pas le gris ?

— Non. Qu'il préférait le bleu.

Les traits d'Odile demeurent impassibles. Elle observe Adrien un bref instant avant de hocher légèrement la tête.

— Très bien. Nous lui mettrons donc le bleu.

Puis elle reprend sa tâche là où elle l'avait arrêtée.

Chapitre 22

Ça fait trois ans qu'Hervé Blache travaille dans l'équipe de Mathieu Cherel. Ils sont aussi différents que complémentaires. Entre eux, les rôles sont partagés et la hiérarchie implicite : officiellement, Cherel est le chef. Officieusement, ils sont partenaires. Et ça leur réussit plutôt bien. C'est pourquoi, lorsque Blache reçoit les résultats du rapport d'autopsie de Martin Jouanneaux, il l'ouvre sans attendre l'autorisation de son supérieur.

Une des caractéristiques d'Hervé Blache est de ne jamais faire état de ses humeurs ou de ses sentiments. Il cultive l'impassibilité comme d'autres cultivent une terre en friche : sans se poser de questions. Il le fait parce que c'est comme ça et que le contraire serait absurde. C'est ainsi que, en ouvrant le rapport du labo et en parcourant les conclusions de l'expert, ses traits ne trahissent aucune émotion.

À l'intérieur, en revanche, ça sursaute, ça écarquille les yeux, ça jure à grand renfort d'obscénités.

Sans aller jusqu'au bout de sa lecture, il sort du bureau et traverse les couloirs de l'hôtel de police avant de descendre au premier où, il le suppose, il trouvera Cherel devant la machine à café. Ils ont fait une pause dans l'interrogatoire de Roxane, l'ont reconduite en cellule pour la laisser mariner dans son jus. Elle refuse toujours la présence d'un avocat, ce qui arrange bien les deux enquêteurs. La lecture du rapport d'autopsie vient pourtant de tout changer. Tandis qu'il avance, des hypothèses s'élaborent, des déductions s'imposent, ses talons martèlent le plancher et scandent le rythme de ses réflexions. Il dévale les escaliers, pressé de rejoindre son acolyte.

Au premier étage, aucune trace de Cherel. On l'informe que celui-ci est remonté, sans doute par l'ascenseur. Blache jure, tout haut cette fois, avant de faire demi-tour, direction le bureau qu'il vient de quitter.

Lorsque enfin il pénètre dans la pièce et se trouve nez à nez avec Cherel, il se contente de brandir le rapport d'autopsie.

— Tu voulais un gros coup d'accélérateur ?

Cherel l'interroge une demi-seconde du regard avant de lui arracher le rapport des mains.

— Page 3, lui indique Blache.

Le capitaine ne perd pas un instant. Il tourne les feuillets et s'arrête au troisième.

— Deuxième paragraphe.

S'ensuivent quelques interminables secondes de silence durant lesquelles Mathieu Cherel déchiffre les conclusions de l'expert. Blache en profite pour ouvrir la fenêtre et allumer une cigarette.

Lorsqu'il a terminé sa lecture, Cherel lève vers son collègue un regard à la fois interloqué et amusé.

— OK, dit-il. Elle a dit la vérité.

Blache recrache sa fumée en direction de l'extérieur.

— Ça me paraît clair.

— Je préviens la patronne. Toi, annule le rendez-vous avec l'éditeur. On n'a plus besoin de son témoignage.

Blache acquiesce d'un hochement de tête, Cherel saisit son portable et sélectionne le contact de la commissaire Dalban.

— C'est Cherel, dit-il au bout de dix secondes. On a reçu le rapport d'autopsie de Martin Jouanneaux et aussi les résultats des analyses toxico.

Silence. L'écho nasillard de la voix de Dalban s'échappe du téléphone.

— Je ne sais pas si elle est bonne, répond l'enquêteur. Ça dépend du point de vue duquel on se place. Elle est en tout cas définitive.

Une brève pause, puis il ajoute :

— Je vous fais la version résumée : en ce qui concerne l'autopsie, le poids cérébral est normal, donc pas d'œdème. Pareil pour la charge pondérale des poumons : rien à signaler. Les conclusions du légiste sont claires : à ce stade, rien ne permet de conclure à un décès par intoxication. Mais surtout, Martin Jouanneaux est mort d'une crise cardiaque. Son cœur a lâché. Sans aucune aide extérieure. Et en se tournant vers la toxicologie, tout concorde. Les prélèvements de sang, d'urine, de fragment de foie et d'humeur vitrée confirment la thèse de l'autopsie : la concentration de morphine est thérapeutique. En gros, la dose d'opiacé injectée dans les veines de Martin Jouanneaux n'est pas suffisante pour expliquer sa mort. Il aurait dû survivre. Martin Jouanneaux est décédé d'un arrêt cardiaque qui, selon le légiste, ne peut être mis sur le compte de l'injection d'opiacé. C'est ce que...

Cherel s'interrompt tandis que la voix de Dalban résonne dans l'appareil.

— Ben oui ! rétorque-t-il aussitôt. C'est la conclusion à laquelle nous sommes parvenus : avec un tel rapport, on ne peut plus attribuer la responsabilité de la mort de Martin Jouanneaux à Roxane Leprince. Ni à personne, d'ailleurs. Martin Jouanneaux est mort tout seul, comme un grand. Alors, on ne sait pas pourquoi son cœur a lâché, mais dans l'état actuel des choses, ce n'est pas dû à une intervention extérieure.

Il laisse échapper un petit gloussement railleur avant d'ajouter :

— En d'autres termes, l'affaire est close.

Un bref silence, puis il ajoute :

— Oui, bien sûr, on va libérer Roxane Leprince.

« Il me faut ou partir et vivre, ou rester et mourir. »

William Shakespeare, *Roméo et Juliette*.

Avant toi

« Maintenant qu'on est mariés, si on faisait connaissance ? »
Le premier message de Martin est arrivé le lendemain
de la séance photo. Roxane en a été surprise et, en même
temps, pas tant que ça. Lorsqu'ils se sont quittés, la veille,
elle savait qu'elle le reverrait. Comme une promesse. Ils
s'étaient peu parlé durant le shooting, réduits à leur simple
rôle de mannequins, obéissant aux directives du photographe, ils n'étaient que deux corps que l'on met en scène.
Mais quelque chose était passé entre eux, ça tombait sous
le sens.

Pourtant, elle n'était sûre de rien.

À la fois absolument certaine et rongée par le doute.

Ce sera là la pierre angulaire de leur relation : l'incertitude
qui ébranle, les questions qui hantent, qui tourmentent, on
se méfie, on s'interroge, les hésitations qui prennent toute la
place, elles s'installent, elles s'étalent, elles érodent les pensées. Et, en même temps, une assurance totale. Une conviction à toute épreuve, celle d'être faits l'un pour l'autre, d'avoir
trouvé un sens à leur existence. Celle de comprendre, enfin.

Les mois suivants seront marqués par cette contradiction
absolue.

Mais ça, Roxane ne le sait pas encore.

Ils se sont donc revus et l'histoire a commencé.

Un rendez-vous à la terrasse du très huppé Caméléon, un bar à mi-chemin entre leurs domiciles respectifs. Roxane a dix-neuf ans, elle vient de s'installer dans une petite chambre de bonne et s'apprête à rentrer en fac de médecine. Pour la première fois depuis sa chute dans l'escalier, la vie lui sourit. Après deux mois d'hospitalisation, six autres d'immobilisation totale et quatre années de rééducation, elle peut enfin marcher sans béquilles. Sa silhouette est fragile, sa démarche pas encore très assurée, mais elle reprend pied dans une existence en apparence normale.

Alors elle est là, installée à une table, patiente. Elle est arrivée un peu en avance, le cœur au taquet. Elle observe les gens qui l'entourent, une clientèle nantie, expansive, bruyante, on vient là pour voir et être vu, entendre et être entendu. Au milieu de toute cette exubérance, Roxane peine à se mettre au diapason mais elle s'en fout. Elle sait qu'elle est au bon endroit au bon moment. Le ciel est à l'image de ce qui l'attend, parsemé de nuages qui assombrissent la terrasse par intermittence, laissant parfois le soleil inonder les lieux d'une lumière éblouissante, celle qui aveugle et réchauffe en même temps, avant de lui passer devant et d'obscurcir le paysage.

Mais ça, elle ne le sait pas encore.

Lorsque Martin arrive, elle se lève et ils se font la bise. Il y a cet instant de gêne, celui de tendre chacun la même joue, ils rectifient de concert, leurs lèvres se frôlent, comme si le destin voulait prendre un raccourci. Ils rient, ils s'excusent, désolé, non, c'est moi. Ils s'installent ensuite, commandent une boisson, échangent des banalités, c'est léger. Ils font connaissance. Au milieu du bruit et de l'agitation, au milieu du faste et du brillant, le charme agit. Roxane comprend vite qu'ils n'évoluent pas dans les mêmes sphères. Celle de Martin la fascine, elle dévoile un monde raffiné où l'élégance règne en maître. Ce monde précisément dont les portes se sont définitivement fermées à elle une fin d'après-midi au pied d'un escalier.

Pour ne rien gâcher, Martin lui plaît. Le jeune homme se montre prévenant, il est bienveillant, un peu gauche mais ça va avec. Il n'est pas beau, il n'a rien d'un séducteur, mais c'est justement ce qui lui plaît. Elle les connaît, les don juan, les beaux parleurs, muscles pleins et cervelle vide. Elle les connaît et elle ne les aime pas. Martin, lui, ne dit pas grand-chose, mais ses regards, ses gestes, ses sourires parlent pour lui. Roxane se laisse peu à peu séduire par sa simplicité, cette bonhomie naturelle dépourvue de stratégie. Le nom des Jouanneaux ne lui dit rien, les finances ne l'intéressent pas, ce milieu lui est totalement étranger. Elle devine néanmoins le pouvoir qu'il dégage, l'argent, les relations, mais c'est encore très flou dans son esprit. En vérité, à ce moment précis, tout cela n'a aucune importance. Ce premier rendez-vous ressemble à un pied de nez adressé à la fatalité. C'est sa revanche, et elle compte bien la prendre.

Au-delà des différences qui les opposent, ils se dégotent des points communs, des pensées similaires et des goûts partagés. Leur enfance s'invite à leur table, qu'ils évoquent au travers de souvenirs épars ou de sensations compactes. Si Roxane n'a plus de mère, Martin, lui, n'a plus de père. Ils comparent leurs pertes et font revivre, l'espace d'un instant, leur parent disparu. Roxane dresse un portrait lissé d'une Judith plus fragile que toxique. Martin décrit un père courant d'air, dont l'absence a nourri pendant longtemps les fantasmes d'un petit garçon en quête de modèle. En grandissant, il comprend que ce papa fantôme possède en vérité une santé chancelante et que ses nombreux éloignements, tant physiques que psychiques, ne sont pas tous dus à une surcharge de travail. Sans compter qu'il avait du diabète et que… Roxane n'en revient pas, ça alors, ma mère aussi, diabète de type 1, le plus invasif, ça nous a bien pourri la vie ! La jeune femme passe sous silence l'alcoolisme de Judith pendant que Martin poursuit la liste des problèmes de santé de son père. Un cancer finira par l'emporter, il n'y a pas si longtemps, achèvera-t-il dans un murmure digne. Roxane compatit, le courant passe, et les jeunes gens retardent le moment de la séparation. À tel point que, ce jour-là, ils ne se quittent pas. Après le verre, Martin emmène Roxane dîner, bien au chaud dans un petit restaurant sans faste, un bistrot de sa connaissance. La magie continue d'opérer. Cette fois, loin des éclats, loin du bruit et de la foule, ils se racontent. Les anecdotes ordinaires se changent en confidences, ils s'épanchent, ils s'entraînent l'un l'autre vers des lieux plus intimes de leur histoire. Le repas terminé, ils ne se posent pas la question : la nuit commence à peine et elle leur appartient. Ils échangent leur premier baiser en sortant du restaurant. C'est Roxane qui fait le premier pas, Martin n'aurait jamais osé, il le lui avouera plus tard. Elle est trop belle, il doit se pincer pour y croire, comment une fille comme elle peut être attirée par un garçon comme lui ? Ils marchent ensuite jusqu'à l'appartement de Martin d'abord, puis jusqu'à sa chambre. Celle-là même où tout se terminera.

Mais ça, ils ne le savent pas encore.

L'étreinte est fougueuse. Elle a cet aplomb absolu qui n'appartient qu'aux premiers feux, quand les sens s'embrasent sous une caresse inconnue et qu'ils brûlent encore jusqu'après le dernier contact. Roxane et Martin deviennent amants. Ils se happent, ils se sentent, ils se goûtent. Roxane s'offre tout entière, elle s'abandonne corps et âme, elle plonge toute nue dans les remous de cette passion naissante.

Mais les sensations ne sont pas au rendez-vous. La jeune femme a beau guetter l'émoi, il se dérobe sans cesse. À peine un soupçon de délice se révèle-t-il qu'il s'évapore dans la langueur de ses murmures. Elle se sent décontenancée par son absence de plaisir mais elle tient le cap. Elle frémit sous les caresses de Martin, elle gémit sous ses baisers parce que, peut-être, le soupir entraînera-t-il la volupté à défaut du contraire ?

Encouragé par les halètements de sa partenaire, Martin s'affaire. Il y met tout son cœur et son corps, et chaque geste, chaque tendresse, chaque étreinte trouve son écho dans les cris de la jeune femme. Elle aime ça et le montre, elle se tortille, elle frissonne, elle dit oui, comme ça, elle dit encore. Martin suit les réactions de Roxane et y répond. Leurs corps s'emmêlent, leurs lèvres, leur peau, leurs souffles.

De son côté, Roxane ne peut plus faire marche arrière. Prise à son propre piège, elle poursuit sa gestuelle, rythmée par ses gémissements. Et lorsque enfin elle sent l'ivresse mener Martin jusqu'au paroxysme, ses cris se font hurlements, elle se tend soudain et lance une longue plainte rauque et sensuelle.

Martin s'écroule sur elle, pantelant. Puis ils restent là, encore emboîtés, le temps de se reprendre, de retrouver leur souffle et leurs esprits. Après seulement, ils se séparent. Martin roule sur le côté et fixe le plafond quelques instants, le sourire comblé.

— Ça t'a plu ? lui demande-t-il ensuite.

Roxane soupire de bien-être. Elle se redresse sur son coude et le mange des yeux.

— C'était merveilleux, ment-elle, radieuse. Je n'ai jamais connu ça avant toi.

Chapitre 23

L'église est pleine à craquer. Dans l'écho des rumeurs qui s'échappent du parterre, les mots se murmurent. Ils s'envolent vers la nef, ils se parent de désolation, ils se condoléancent, ils se fondent dans le chagrin et les regrets, ils s'écoulent par les larmes et les sanglots.

La foule se dissémine entre les bancs pour prendre place. Beaucoup tentent de se rapprocher du premier rang où Odile, le deuil en bandoulière, attend le début de la cérémonie. On vient la saluer, on lui souhaite tout le courage du monde, on parle d'injustice et de terrible perte, on est confus, on est navré. Assise à côté d'Adrien, elle hoche la tête, esquisse un sourire absent et remercie. L'assistance est distinguée, tenues et fonctions de marque, rivalisant d'importance, entre l'influence du rang et le prestige du nom.

Dans l'assemblée, pourtant, on s'observe, on se guette, à l'affût, qui est là, qui n'y est pas. Les têtes se tournent à chaque entrée. En vérité, on attend. La question est sur toutes les lèvres : Roxane viendra-t-elle ? Il se murmure qu'Odile a interdit à la jeune femme de se présenter, sous peine d'esclandre. Elle a, paraît-il, envoyé un message à Garance, termes clairs et sans détour, la présence des Leprince n'est pas souhaitée. Malgré tout, le monde retient son souffle, on escompte que, peut-être, Roxane passera outre l'ordre d'Odile, elle n'est pas du genre à faire ce qu'on attend d'elle. Et puis, au fond, qu'a-t-elle à perdre ?

Au moment où la cérémonie va débuter, aucun Leprince ne s'est manifesté. On exprime son soulagement, on se félicite du sursis que cette absence accorde à la famille endeuillée. Dans le secret des pronostics, pourtant, on étouffe une déconvenue coupable : la défection de Roxane déçoit, on la pensait plus forte que ça, et cet amour qu'on disait ardent, et fou, et beau, l'était-il vraiment ? Les rumeurs voltigent déjà dans les rangs, faisant résonner leur écho : on n'est pas loin d'y voir une certaine logique de culpabilité. Non pas une preuve, on ne va pas jusque-là. Mais disons que l'absence de Roxane, peut-être plus que sa présence, plane dans la nef comme un parfum de scandale.

Enfin, le silence s'installe : le prêtre vient d'apparaître. L'atmosphère se teinte de décence, à peine troublée par quelques raclements de gorge. Juste avant que, du fond de l'église, par la porte restée ouverte, le cercueil fasse son entrée.

L'assemblée se retourne. Porté par les principaux actionnaires de la société, Martin remonte l'allée. Sur son passage, les têtes se baissent, les regrets bruissent, les murmures s'éteignent. Une fois devant l'autel, le cercueil est posé sur un catafalque noyé de fleurs, de gerbes et de couronnes. Deux des porteurs font ensuite glisser le couvercle qu'ils déposent au pied du socle. Odile a demandé que le cercueil soit ouvert pour les derniers hommages. Fidèle aux anciennes coutumes, elle veut exhiber la jeunesse de son fils, la profondeur de son chagrin et la gravité des faits. Elle veut que le monde entier mesure l'ampleur de sa perte.

Pour l'instant, personne ne voit Martin allongé sur son capiton, si ce n'est les actionnaires et le prêtre. Il faut s'approcher du cercueil pour découvrir son occupant. Mais l'ouverture de la bière fait son effet, ça frissonne dans les rangées, comme si la mort en personne venait d'apparaître.

À ce moment précis, des notes de musique s'élèvent dans les airs au son des cordes vibrantes de deux violons dont on s'aperçoit de la présence, là, à droite de l'autel, deux jeunes femmes dont les silhouettes font corps avec leurs instruments. Elles se meuvent avec une grâce infinie, elles ondulent, elles émeuvent, on dirait que leurs archets les guident plutôt que le contraire. La mélodie est d'une beauté lancinante, à la fois sobre et triste. L'instant est poignant et, parmi l'assemblée, peu nombreux sont ceux qui parviennent à retenir leurs larmes.

La cérémonie est déchirante. Les morceaux de musique succèdent aux textes lus par le prêtre ou par l'entourage. On célèbre le jeune homme, on évoque cette vie fauchée par le destin, on pleure cette jeunesse perdue à tout jamais. Les témoignages sont également poignants, des amis se souviennent, d'autres décrivent, Martin laissera à jamais le souvenir d'un garçon remarquable.

Au premier rang, Odile est figée sur sa chaise. Son visage demeure impassible, rien ne trahit une quelconque émotion, un trouble, une douleur. Ceux qui la connaissent n'en sont pas étonnés, Odile Jouanneaux s'arracherait un ongle plutôt que de manifester le moindre émoi en public. À l'enterrement de son propre fils, pourtant, cette sempiternelle froideur déçoit. On aurait aimé une brèche, un peu de laisser-aller dans cette maîtrise absolue, une pointe de relâchement qu'on aurait aussitôt pardonnée.

Martin aurait bien mérité quelques larmes.

À côté d'elle, Adrien tente piteusement d'être à la hauteur. Il se contrôle tant qu'il peut, ses traits frémissent au gré de son chagrin, il cherche à dominer ses larmes, lesquelles menacent de déborder à tout moment. Il y parvient pourtant, à force de concentration et de persévérance, affichant aux yeux de tous la légitimité de sa filiation.

Enfin, c'est le moment d'adresser un dernier adieu à Martin. Dans un brouhaha de frôlements d'étoffes et de raclements de chaises, on se lève, rangée après rangée, avant de rejoindre l'allée centrale et saluer une dernière fois le fils, le frère, l'ami, le collègue, le voisin, le jeune homme qui repose dans le cercueil.

La première rangée s'avance, le pas lent, le port grave. Les violons ont repris leur mélopée, notes tendues vers le souffle que chacun retient. Odile s'engage dans l'allée et rejoint le cercueil. Elle s'arrête en face de lui, silhouette droite et digne, se tient quelques secondes devant son fils, exécute un rapide signe de croix, puis se détourne et s'éloigne en direction de l'allée de droite. Ceux qui espéraient encore une quelconque manifestation de sentiments en sont pour leurs frais.

Derrière elle, Adrien s'avance à son tour. Il concentre toute son énergie sur la tempête qui fait rage dans sa poitrine, les assauts de chagrin, les sanglots au long cours.

Lorsqu'il arrive devant le cercueil, il découvre son frère allongé, le visage détendu, tellement jeune.

Son cœur explose, il hoquette sous le coup de la surprise, terrassé par cette déferlante d'émotions, comme une vague qui arrache tout sur son passage, les digues, les jetées, les brise-lames.

Devant lui, Martin, son petit frère, repose dans son cercueil, vêtu d'un complet gris.

L'esquisse d'un sourire

La salle du restaurant est bondée. C'est une vaste brasserie aux murs lambrissés de bois, ornés de miroirs biseautés et de fresques colorées. Il y a beaucoup de bruit et autant de mouvement, entre lesquels les fumets et les odeurs se mélangent. Dans cette joyeuse cacophonie, la vie et le service battent leur plein.

Le groupe s'est réuni à la grande table du fond. Ils sont huit. Parmi eux, Martin et Roxane. C'est la première fois qu'elle passe une soirée avec ses amis à lui. L'ambiance est à la fête, c'est vendredi, la semaine a été longue, on inaugure le week-end comme il se doit. Les répliques sont vives et joyeuses, elles transpirent de connivence, elles se teintent de drôleries, les rires fusent à l'unisson.

Au milieu, Roxane tente de suivre les échanges. Plusieurs conversations se mêlent, elle est un peu perdue parmi les références, les noms, les nouvelles qu'on se donne. Attentif, Martin lui explique ou lui raconte, reprend les choses depuis leur début. Très vite, les autres enchaînent et, bientôt, chacun y va de sa version. Les souvenirs se croisent, ils ricochent entre eux, se font écho, ils déteignent les uns sur les autres. Mais loin d'entraîner Roxane dans leur sillage, ils l'isolent plus encore : ces récits sont la preuve d'une complicité dont elle est exclue. Chaque histoire relatée, chaque anecdote rapportée fait en vérité plus plaisir aux narrateurs qu'à l'auditrice. Vaillante, elle n'en montre rien. Elle sourit, elle acquiesce, elle pose des questions, elle s'intéresse.

Puis les souvenirs s'épuisent et le présent reprend ses droits. On passe à la seconde phase des présentations, c'est maintenant elle qui est au centre de toutes les attentions. Qui est-elle, d'où vient-elle, que fait-elle ? La jeune femme se prête à l'exercice avec bravoure, elle répond, mais chaque question la renvoie à sa propre misère. En les écoutant depuis le début de la soirée, elle mesure la distance qui la sépare de ces gens. Leur passé est brillant autant que le sien est sombre, ils rivalisent de bonheur et de succès quand elle se débat dans la fange de son infortune. Ses parents ? Des artistes, affirme-t-elle avec une fierté qu'elle n'éprouve pas. On lui demande leurs noms, sont-ils connus ? Roxane se trouble puis se reprend : ils ont eu un certain succès dans leur jeunesse, le milieu du théâtre les connaît en tout cas. On enchaîne sur ses études, ses ambitions, elle évoque le cursus de médecine qu'elle commence à peine. Les réactions sont enthousiastes, quel beau métier, compte-t-elle faire une spécialisation ? Elle invente la cardiologie, on est impressionné. Les réflexions s'entraînent les unes les autres, Roxane se raconte comme elle peut, passant sous silence tout ce qui fait tache dans le décor.

Enfin, l'attrait de sa nouveauté finit par s'estomper. Les conversations reprennent leur cours, elles se poursuivent là où elles se sont arrêtées, et bientôt la jeune femme est renvoyée à sa solitude. Sous la table, Martin lui caresse le genou, une manière pour lui de profiter de ses amis tout en lui assurant sa présence et son soutien. De temps à autre, il se tourne vers elle, l'embrasse tendrement, lui demande si ça va. Elle hoche la tête, sourit, oui, tout va bien. Consciente de son abandon, elle suit les discussions et cherche à s'intégrer, participer, rattacher ses wagons avec les quelques informations transmises par Martin les jours précédents.

Justement, on évoque une certaine Amélie, une connaissance commune qui, visiblement, ne fait pas l'unanimité. Normal, c'est l'ex de Vincent ici présent, à qui elle n'a pas laissé le meilleur souvenir. La blessure est encore fraîche, Vincent n'y va pas avec le dos de la cuillère, il la charge et se décharge en bon cocu assumé, en rajoute même une louche, prend ses amis à témoin. Fidèles camarades, ceux-ci y vont de leur soutien.

En écoutant, Roxane tente de prendre part à la conversation : Martin lui a évoqué cette fille quelques jours auparavant, une vraie garce qui a trompé son compagnon à plusieurs reprises. Elle fouille sa mémoire, se rappelle ce qu'il lui en a dit, Amélie était stagiaire dans une boîte de com et se tapait son patron, arriviste avec ça, le genre à écarter les jambes pour obtenir une promotion.

— En même temps, elle était faite pour communiquer, non ? lance soudain Roxane au milieu du débat, le sourire en coin.

La discussion s'interrompt, on la regarde sans comprendre.

— Ben oui, explique-t-elle d'un air d'évidence. Stagiaire en communication, c'est normal qu'elle communique avec son patron…

— De quoi tu parles ? lui demande l'une des convives, Roxane ne sait plus si c'est Lucie ou Morgane.

Elle fronce les sourcils, expliquer une vanne est toujours un peu gênant.

— Amélie est stagiaire dans une boîte de com, non ? Alors je disais juste que, pour elle, c'était normal de se taper son patron, vu qu'elle communique.

Un silence consterné fait suite à cette déclaration. Autour de la table, tout le monde dévisage Roxane, atterré. Celle-ci pressent qu'il se passe quelque chose, son mot n'a manifestement pas l'effet escompté…

La seconde suivante, juste à côté d'elle, Martin se prend la tête dans les mains. Elle se tourne vers lui pour lui demander ce qui se passe, mais son attention est déviée par Dimitri en face d'elle, qui soudain se lève et assène à sa voisine une gifle retentissante. Il la traite ensuite de salope avant de quitter la table à grand fracas. La pauvre fille encaisse d'abord, tente de le rappeler, se lève à sa suite, lui court après.

Roxane est médusée. Elle reste là, pétrifiée, sans rien y comprendre. Autour de la table, plus personne ne bouge. Puis la stupeur fait place à l'animosité. On la considère avec mépris. Roxane comprend qu'elle est à l'origine de ce chaos, sans y trouver la moindre explication.

— Qu'est-ce que... Qu'est-ce que j'ai dit ? balbutie-t-elle d'une pauvre voix tremblante.

— Ce n'est pas Amélie qui est stagiaire dans une boîte de com, répond alors Martin avec lenteur. C'est Aurélie. Qui est en couple avec Dimitri. Qu'elle trompe avec son patron. Et qui vient de se prendre une gifle.

La soirée se termine dans les larmes. De retour à l'appartement de Martin, Roxane se noie dans ses excuses, elle a confondu Amélie et Aurélie, elle est désolée.

C'est sorti tout seul.

Elle n'a pas réfléchi.

Elle est effondrée.

Passé le premier choc, Martin tente de relativiser, même s'il s'attend à de lourdes retombées. Les conséquences sont multiples. Outre la nouvelle en elle-même, deux impacts découlent de la bourde de Roxane : d'abord le fait qu'il soit au courant de la chose sans avoir rien dit à Dimitri, son ami, son bro, son gros. Impardonnable. Comment passer au-dessus de ça ? Ils se connaissent depuis l'enfance, frères de sang à sept ans, ils ont tout partagé, les espoirs, les galères, les victoires, les conneries. Ils se connaissent par cœur. Ils se disent tout. Normalement. Le silence de Martin est une douloureuse trahison.

La seconde séquelle dérive de la première : si Martin n'a rien dit à son ami, il a en revanche tout révélé à Roxane. Avant même de faire connaissance avec le couple, celle-ci était au courant d'une intimité qui ne la concernait en rien, peu reluisante de surcroît. Comment poursuivre une amitié après ça ? Pour Dimitri, le pardon risque d'être compliqué. Honte et rancœur s'ajoutent à ce cocktail de base déjà très amer.

Mais ce soir-là, devant les larmes de Roxane, devant tant de regrets, de peine et de contrition, Martin s'émeut. Après tout, elle n'y est pour rien. Il prend sur lui sa part de responsabilités, il est finalement le premier coupable. Malgré tant d'indulgence, les pleurs de Roxane redoublent, elle s'en veut tellement. Martin la rassure comme il peut, ce n'est pas sa faute, elle ne l'a pas fait exprès. N'est-ce pas ? Roxane hoche fébrilement la tête, Martin ne peut qu'accepter la sincérité de ses intentions. Et puis, si son pote est assez con pour se mettre en couple avec une nymphomane, qu'il ne s'étonne pas d'être cocu. Et si leur amitié n'y résiste pas, c'est qu'elle n'était pas si solide.

Devant tant de compréhension, le cœur de Roxane fond comme neige au soleil. Ses larmes se tarissent, quelques hoquets perdurent encore pour s'évanouir ensuite dans l'esquisse d'un sourire.

Chapitre 24

— Pourquoi ?

La question résonne dans un silence tendu. Roxane porte sur Garance un regard anéanti dans lequel l'incompréhension se débat avec l'horreur.

— Pourquoi tu ne m'as rien dit ? demande-t-elle encore, à bout de voix.

— Odile Jouanneaux a expressément demandé qu'on ne vienne pas.

Un temps, perdu, loin là-bas, égaré. Roxane fronce les sourcils en secouant la tête, c'est insensé, elle a beau tourner l'information dans son esprit, l'envisager sous tous les angles, elle n'y trouve aucune épaisseur, comme de la fumée un peu moite qui colle à la mémoire, c'est dégueulasse, ça pue, c'est abscons.

— Elle n'avait pas le droit de m'interdire d'aller à l'enterrement de Martin, balbutie-t-elle ensuite, et sa voix n'est maintenant qu'un filet tendu entre son incrédulité et sa détresse.

— Il valait mieux éviter, je t'assure, lui certifie Garance avec douceur.

— Pourquoi ? répète Roxane.

Garance soupire. Les pourquoi de sa sœur emplissent son cœur de petites bombes prêtes à exploser. Roxane ne comprend pas sa décision, celle de lui avoir caché la date de l'enterrement de Martin, pas plus que celle d'avoir respecté les exigences d'Odile.

— De toute façon, c'est trop tard, maintenant, se contente de répondre Garance.

Cette phrase agit comme un détonateur.

Ou est-ce seulement le « trop tard » qui déclenche tout ?

Le corps de Roxane frémit, elle pleure encore un bref instant avant de relever la tête vers Garance. Celle-ci frissonne à son tour : les yeux de sa sœur sont d'une insondable froideur. Il y règne le néant de ceux qui n'attendent plus rien, ceux qui n'ont plus rien à perdre, et dont les lendemains sont à l'image de leur âme : totalement vides.

— Roxane, ça va ? s'inquiète-t-elle.

— Tu n'aurais pas dû, souffle celle-ci dans un écho assourdi par une violence contenue.

Garance ouvre les mains en signe d'impuissance, elle ne voit pas très bien ce qu'elle aurait pu faire d'autre.

— Si je t'avais prévenue, tu y serais allée et ça n'aurait fait qu'empirer les choses, dit-elle pour se défendre.

— Empirer quoi ? rétorque Roxane, mordante.

Garance met quelques secondes pour répondre, alors sa sœur répète encore, cette fois presque haineuse :

— Empirer quoi ?

— Tu sais bien, tente-t-elle de la raisonner. Ce n'était ni l'endroit ni le moment de revoir Odile. Elle… Elle t'aurait mise à la porte et ç'aurait été pire.

Les yeux perdus dans sa douleur, Roxane grimace, ses traits prennent la forme d'un calvaire, son souffle se fait court, âpre et rude, il se heurte à son cœur, comme si elle avait du mal à respirer.

Celui de Garance s'effondre.

— Je suis désolée, ma souris, je…

Au moment où elle prononce « ma souris », de ce timbre dont les échos tentent de happer des restes d'enfance, Roxane relève la tête.

— Tu n'avais pas le droit de décider pour moi, dit-elle d'une voix sans timbre.

Ce que Garance décèle dans son regard lui tord les tripes : c'est un spectre qui passe comme une ombre, une fulgurance, rapide et traînante à la fois, on dirait une étoile filante dépourvue de lumière, un trait de charbon dans le ciel de sa conscience.

L'espace d'un moment, Roxane la regarde comme une ennemie.

L'instant d'après, l'ombre a disparu. Les yeux de Roxane se plissent, ses paupières se referment, elles se gorgent de larmes, et leur poids entraîne avec elles le visage supplicié de la jeune femme.

Elle baisse la tête, vaincue.

Alors Garance la rejoint et la prend dans ses bras, elle l'étreint avec force, on dirait qu'elle cherche à la sauver d'elle-même, elle enfouit son visage dans les cheveux blonds, elle respire sa détresse comme pour l'aspirer tout entière.

Roxane se tend une brève seconde, puis elle s'écroule dans les bras de sa sœur.

Les chiens ne font pas des chats

Un dernier trait d'eye-liner dont elle rectifie la courbe. Roxane vérifie le résultat dans le miroir, elle compare avec l'autre œil, se dit que ce n'est pas trop mal. Elle hésite à rajouter un peu de khôl avant de décider que le mieux est l'ennemi du bien. Elle range ses cosmétiques dans sa trousse, s'ébouriffe les cheveux, puis adresse un regard encourageant à son reflet.

La tête lui tourne légèrement. En cause, les deux shots de vodka qu'elle vient de s'envoyer pour se donner confiance. En filant dans ses veines, l'alcool a dissous une partie de ses appréhensions. Elle éprouve une légère ivresse, et cette assurance de pacotille la réchauffe, c'est bon, elle gère, tout va bien. Elle ne veut rien laisser au hasard, l'instant est capital, elle le sait. On n'a qu'une seule chance de faire bonne impression et, cette chance, Roxane la tient fermement au creux de sa volonté.

Si elle avait encore le moindre doute, Martin apparaît derrière elle et la complimente sur sa tenue, elle est belle, très classe, sa mère va l'adorer.

Sur ce, ils doivent y aller, Odile ne supporte pas les retards.

Juste avant de quitter l'appartement, Roxane s'octroie une goulée de vodka supplémentaire. L'alcool se rue dans son organisme et renverse tout sur son passage, ses dernières angoisses, et cette façon gauche qu'elle a de se comporter quand elle est mal à l'aise.

Cette fois, elle se sent bien.

En arrivant à La Migoule, les quelques miettes d'appréhension qui se terraient encore dans sa gorge s'évanouissent. La bâtisse est accueillante, elle possède ce charme des maisons familiales chargées d'histoires et de souvenirs. Martin y a grandi, ces murs recèlent son passé, des rires en culottes courtes et des larmes de crocodile. Il y possède toujours sa chambre, celle de son enfance, qu'il fait visiter à Roxane comme le sanctuaire de ses jeunes années.

En accord avec sa maison, Odile se montre charmante. Elle accueille Roxane avec chaleur et simplicité. Adrien est également présent. Les présentations sont un peu guindées, un côté officiel se dégage des premiers instants, on se sourit, on est enchanté, et très vite l'ambiance se détend. Dans la foulée, la réserve fait bientôt place à une décontraction spontanée. D'autant que tout est parfait. Odile a mis les petits plats dans les grands sans pour autant donner au repas le poids de l'effort. Tout est léger, le menu et les conversations, le ton et les esprits. Odile Jouanneaux sait recevoir, c'est indéniable.

Roxane, elle, est aux anges. Cet univers, c'est tout ce qu'elle aime : l'aisance, la beauté, le confort, une douceur de vivre qui émane de chaque parole, de chaque regard. Elle y retrouve la grâce qu'elle aimait tant dans le monde de la danse, cette harmonie propre à la perfection, quand tout est à sa place. Tout est parfait. L'alcool n'y est pas pour rien, elle le sait, d'autant que différents vins accompagnent les mets et viennent entretenir l'effet de la vodka. Mais elle est prudente et boit avec parcimonie. Elle essaie du moins, car la main d'Odile est leste : celle-ci ne cesse de remplir les verres, celui de Roxane en particulier. Le vin est un nectar, une culotte de velours, il la berce dans ses volutes légères, là où tout est beau, simple et facile.

Roxane se sent bien.

Jusqu'à cet impair que commet Odile au dessert.

— Encore une part de gâteau, Sonia ?

Roxane ne réagit pas tout de suite, elle ne s'appelle pas Sonia. Elle se rappelle pourtant qu'il n'y a pas de Sonia autour de la table et s'aperçoit qu'Odile s'adresse bel et bien à elle.

— Pardon : Roxane ! se reprend celle-ci, jouant l'étourderie. Je vous sers une autre part de gâteau ?

Gêne. On glousse autour de la table. Roxane ne comprend pas, elle fait écho aux rires tout en interrogeant Martin du regard.

— Sonia, c'est mon ex, explique-t-il d'un sourire embarrassé.

Roxane laisse échapper un petit « oh » à la fois surpris et entendu. Elle prend seulement la mesure de la méprise d'Odile. Ce n'est pas grave, bien sûr, ce sont des choses qui arrivent, mais la jeune femme en conçoit un dépit qui jette une ombre sur la légèreté du moment.

— Au fait, tu as des nouvelles de Sonia ? demande Odile à Martin, l'air de rien.

Martin secoue la tête, Odile esquisse une moue de regret.

— C'est dommage. Je me demande bien ce qu'elle devient.

Elle pousse un discret soupir avant d'ajouter :

— Je l'aimais bien, Sonia. C'était une jeune femme brillante, promise à un bel avenir, dit-elle avec un sourire contrit.

Puis, saisissant la bouteille de vin, elle demande à Roxane :

— Encore un peu de vin ?

Celle-ci acquiesce. Odile remplit son verre tandis qu'un silence confus s'installe autour de la table, que seule la maîtresse de maison assume. Les bruits environnants prennent de l'ampleur, le glouglou du vin qui se déverse dans les verres, un raclement de gorge – celui de Martin –, l'écho d'une ambulance au loin. Sitôt la bouteille reposée, Odile lève son verre en direction de Roxane. La jeune femme répond à l'invitation et lève son verre à son tour. Martin et Adrien les imitent aussitôt. On trinque en se souriant, santé, à la vôtre, mais quelque chose a changé. L'allusion à l'ancienne amie de Martin a gâché le moment, Roxane se sent désormais de trop, avec la nette impression que l'erreur d'Odile n'en est pas vraiment une. Elle lui a adressé un message clair et sans équivoque : votre place n'est pas ici.

Puis, comme pour la contredire :

— Et vous, alors, chère Roxane ? s'intéresse Odile de cette voix claire et joyeuse qui dément tout embarras. Parlez-nous un peu de vous !

Loin de la détendre, cette relance la crispe plus encore. Les fantômes du passé sont d'affreux spectres qu'elle préfère laisser là où ils sont.

— Oh, il n'y a pas grand-chose à dire, modère-t-elle, sincèrement modeste. Je suis en première année de médecine et…

La conversation reprend comme un véhicule endommagé après un accident : ça grince, ça frotte, ça tressaute, mais ça avance. Odile pose des questions, Roxane les contourne, elle manie l'art de parler beaucoup tout en ne disant rien, ou pas grand-chose, des lieux communs, des banalités. Elle rythme son discours de petites gorgées de vin, ça la rassure, ça lui donne une contenance aussi, et puis c'est bon. C'est étrange, son verre ne désemplit pas, comme par enchantement. Il semble même que, plus elle boit, plus le verre se remplisse. Bientôt la tête lui tourne, ses mots se traînent, ses idées aussi, le temps lui paraît s'étirer de façon anarchique, il fonce droit devant lui puis dérape soudain, il trébuche, il s'étale, parfois même il rampe…

— On va rentrer, ma chérie.

Roxane découvre que Martin est derrière elle. Il glisse son bras autour de sa taille et l'invite à se lever. Surprise, elle s'apprête à décliner, laisse-moi je n'ai pas fini mon verre, avant de se rendre compte que tout le monde est debout, c'est bizarre, elle ne les a pas vus quitter la table. Confuse, elle se lève à son tour, maladroite, le rire gauche. En se décalant, elle perd l'équilibre, se rattrape à Martin qui la reçoit dans ses bras. Il la remet aussitôt sur pied sans cacher son embarras.

— Je crois que tu as un peu trop bu, dit-il avec regret.

Par-delà les vapeurs de l'alcool, Roxane prend conscience du piètre spectacle qu'elle offre. Elle se confond alors en excuses, elle est désolée, tellement, elle ne sait pas ce qui lui prend...

— Ne vous inquiétez pas, ce n'est pas votre faute, la rassure Odile, magnanime.

Roxane la dévisage, reconnaissante, et dans son regard passe toute la gratitude du monde, merci, cela n'arrivera plus, je vous le promets, d'ordinaire je ne suis pas comme ça...

Jusqu'à cette phrase qu'Odile lui glisse à l'oreille, et dont le ton est beaucoup plus froid :

— Après tout, les chiens ne font pas des chats.

Chapitre 25

Assis en face d'elle, de l'autre côté du bureau, l'homme lui parle avec une extrême bienveillance. C'est tout ce que Garance perçoit réellement. De ses paroles, elle ne tire aucune information réelle, c'est à peine si elle comprend le sens de ses phrases. Elle sait qu'il parle d'interruption volontaire de grossesse – c'est la raison de sa présence ici –, il explique, il décrit, il renseigne. Il lui pose des questions, beaucoup, auxquelles elle répond à l'économie, comme une étape nécessaire. Les mots se perdent dans un brouhaha confus, elle entend son cœur qui cogne dans sa poitrine, comme s'il voulait en sortir, elle entend aussi sa respiration qui s'élève et l'envahit, sa gorge, sa tête, son crâne. Elle n'est désormais plus qu'un souffle profond, elle inspire, elle expire, et soudain elle court droit devant elle, elle est sur le circuit d'un stade, elle allonge les foulées, de plus en plus vite, elle suit les lignes blanches du couloir, la course se transforme en parcours d'obstacles, elle court, elle saute, elle court, la foule l'acclame dans les gradins.

— Pardon ?

Le gynécologue lui répète la question :

— Souhaitez-vous rencontrer une psychologue ou une assistante sociale ?

— Non.

Elle a répondu sans réfléchir, dans l'instant, à l'instinct. Elle n'en peut plus des psys, des médecins, du corps médical qui l'étreint jusqu'à l'étouffer. Elle en a marre d'étaler sa vie devant des inconnus, des gens qui la dissèquent et l'analysent, des individus qui savent mieux qu'elle ce qu'il faut dire, ce qu'il faut faire. Elle veut juste se débarrasser de l'amas de cellules qui squatte son ventre. Elle veut seulement passer à autre chose.

Le médecin n'insiste pas.

Dans le stade, Garance vient encore de sauter un obstacle.

Le gynécologue poursuit son laïus, un protocole bien rodé, questions, réponses, il l'informe qu'il faut procéder à l'examen médical pour confirmer la présence du fœtus et en déterminer l'âge, et puis aussi s'assurer qu'il s'agit bien d'une grossesse intra-utérine, si vous voulez bien passer dans le vestiaire et vous déshabiller, vous enlevez tout, le soutien-gorge également.

Garance s'exécute. Elle court toujours dans le stade mais à présent elle est nue, elle n'a même plus de chaussures et sa course la blesse aux pieds. Pourtant, elle tient bon, pas question d'abandonner, ni même de ralentir, ses seins battent la mesure, elle sent le souffle de l'air sur sa peau, elle file comme une flèche, pleine de sueur, les muscles tendus, de plus en plus vite, elle prend son élan et franchit le prochain obstacle.

Allongée sur la table de consultation, les pieds dans les étriers, elle tente de se détendre. Le gynécologue commence l'examen, il recouvre l'échographe d'un préservatif qu'il enduit d'un gel ultrason. Puis il introduit l'appareil dans le vagin de Garance. Le moniteur est orienté vers lui, l'image qu'il diffuse est inaccessible à la jeune femme.

Le médecin scrute l'écran avec attention, son visage ne trahit aucune émotion.

Au bout de quelques instants, il confirme qu'elle est en effet enceinte et que la grossesse est bien intra-utérine. Il évalue l'âge du fœtus à six semaines d'aménorrhée, elle n'a pas dépassé le délai pour une interruption volontaire de grossesse. Les deux méthodes sont encore possibles, la médicamenteuse ou l'intervention chirurgicale, elle peut choisir.

Garance acquiesce, c'est une bonne nouvelle.

Sans hésiter, elle choisit la première.

Dans le cabinet, le médecin lui explique la façon dont l'affaire se déroulera, en deux temps, deux prises de médicaments à quarante-huit heures d'intervalle, la première pour interrompre la grossesse, la seconde pour expulser l'œuf. Garance écoute, ça paraît si simple, comme ça, elle court toujours dans le stade, nue et les pieds en sang, mais elle aperçoit au loin la ligne d'arrivée. Le gynécologue poursuit pourtant son discours, il évoque la délicatesse de l'instant, le danger de n'y voir qu'une formalité, la révolution qui va s'opérer dans son corps, les bouleversements hormonaux et la dépression qui peuvent en découler.

Garance hoche la tête à intervalles réguliers, elle comprend, oui, elle est bien consciente de tout cela.

C'est parfait, acquiesce le gynécologue, elle peut se rhabiller.

Il procède à l'édition des documents nécessaires, l'attestation de consultation médicale dont elle aura besoin pour le second rendez-vous. Garance s'étonne, elle pensait que la première étape serait réglée aujourd'hui même, elle espérait enclencher la procédure au plus vite. Le gynécologue s'en excuse, il ne pratique pas lui-même les interruptions volontaires de grossesse, mais il l'oriente vers l'un de ses confrères qui, lui, la suivra jusqu'au bout du processus. En appelant de sa part, elle obtiendra un rendez-vous dans la semaine.

Il ajoute qu'un ou deux jours de réflexion supplémentaire ne sont pas à dédaigner et il lui demande d'en tenir compte.

Quelques instants plus tard, Garance se retrouve dehors, un peu sonnée. Le passager clandestin est toujours là, accroché à son utérus, et cette présence qui, jusqu'ici, existait surtout dans sa tête, devient à présent terriblement concrète. Une lame de fond la prend par surprise, elle remonte de ses entrailles et déferle dans sa poitrine. Garance suffoque soudain, là, en plein milieu de la rue, elle a du mal à respirer. Au même moment, des larmes inondent ses paupières et coulent sur ses joues, abondantes. Et la voilà debout au milieu du trottoir, seule, secouée de sanglots, sans comprendre ce qui lui arrive, si ce n'est cette image d'elle qui trébuche en plein stade, à quelques mètres seulement de la ligne d'arrivée, au milieu des huées du public.

Chapitre 26

Après avoir suivi Maï Ly jusqu'au salon, Mathieu Cherel patiente quelques minutes durant lesquelles il détaille la tranche des livres exposés dans la bibliothèque. La Pléiade y tient une place de choix, de Balzac à Zola, en passant par Camus, Éluard ou Hugo, pour ne citer qu'eux. L'enquêteur en saisit un, un recueil de la correspondance de Flaubert, dont il fait tourner les fines pages entre ses doigts. Est-ce ici que la passion de Martin pour la littérature s'est éveillée ? Est-ce à la lecture de ces œuvres que son destin s'est scellé ?

— Capitaine ! résonne derrière lui la voix d'Odile Jouanneaux. Je vous remercie d'être venu. Vous voulez boire quelque chose ?

Cherel se retourne et la découvre dans l'embrasure de la porte. Elle est vêtue de sombre, silhouette aux proportions parfaites dont les contours fragiles sont nimbés de chagrin.

— Rien, merci, répond-il en replaçant Flaubert sur son étagère, entre Euripide et Théophile Gautier. Je suppose que vous êtes au courant des conclusions de l'enquête...

— C'est la raison de mon appel, en effet, dit-elle en hochant la tête. J'avoue que je ne m'attendais pas du tout à cette issue.

— Les analyses sont formelles. Et elles corroborent la version de Roxane.

— Vous avouerez tout de même que la coïncidence est difficile à avaler.

Cherel hausse les épaules, fataliste.

— Dans mon métier, j'ai vu beaucoup de choses incroyables. Celle-ci n'est pas la plus étonnante.

— On ne me fera pas croire qu'il n'y a aucune corrélation entre la morphine injectée dans les veines de Martin et son arrêt cardiaque.

— Les conclusions du légiste sont sans équivoque : la dose thérapeutique de morphine ne peut pas être à l'origine du décès de votre fils.

— Ça n'a pas de sens ! On ne meurt pas d'une crise cardiaque à vingt-cinq ans sans intervention extérieure !

Odile a un mouvement d'humeur qu'elle maîtrise aussitôt. Son geste n'échappe pas à Cherel. Il l'observe un court instant, sans savoir si ce contrôle qu'elle exerce en permanence sur son entourage et sur elle-même est admirable ou, au contraire, effrayant. Cette femme le fascine, les différents témoignages récoltés à son sujet au cours de l'enquête la dépeignent tour à tour comme un être hors du commun ou, au contraire, un monstre d'autorité dépourvu de sensibilité.

— Je comprends votre scepticisme mais, d'un point de vue strictement juridique, la culpabilité de Roxane Leprince n'est pas reconnue, dit-il d'une voix neutre.

— D'un point de vue strictement juridique, répète Odile. Pas d'un point de vue humain.

Cherel hausse une nouvelle fois les épaules, cette fois en signe d'impuissance.

— C'est toute la complexité entre la vérité judiciaire et la vérité factuelle. La vérité judiciaire est une vérité logique qui se base sur des faits scientifiques. Elle doit être prouvée par le biais d'une procédure accusatoire ou inquisitoire. Dans ce cas-ci, les preuves scientifiques sont clairement à décharge de Roxane Leprince.

Il marque une courte pause avant de reprendre.

— Je sais que c'est difficile à accepter. Mais le mieux que vous ayez à faire…

Odile lève une main impérieuse, lui signifiant de se taire.

— Par pitié, ne me dites pas ce que je dois faire ou ne pas faire.

Sa voix s'est fêlée, révélant une fragilité qui surprend Cherel. Il détourne les yeux, soudain gêné, comme si, en continuant à la regarder, il faisait preuve d'indécence.

— Désolée, murmure aussitôt Odile, consciente du caractère inapproprié de sa réaction.

Un silence embarrassé plane quelques instants entre eux, que l'enquêteur rafistole d'un sourire compréhensif. Ce bref dérapage a pourtant ouvert une brèche dans la formalité de leur échange. Odile hoche la tête, reconnaissante.

— Merci de ne pas me juger, ajoute-t-elle dans un souffle. Vous êtes d'ailleurs un des rares à ne pas me tenir pour responsable de la mort de Martin.

Cherel l'interroge d'un regard surpris.

— C'est un peu comme si, depuis que Roxane a été reconnue innocente, je devenais coupable par défaut, explique-t-elle sombrement. Personne ne le dit à voix haute, mais je le sens bien : si Martin s'est donné la mort, ça ne peut être qu'à cause de moi.

Ses traits se crispent en un douloureux rictus.

— Et vous savez quoi ? Je commence à y croire moi-même. Toute cette histoire de passion pour l'écriture, ce besoin de se détacher de la finance, cette nécessité de trouver sa place hors de l'univers familial, je… J'ai l'impression que Martin ne cessait de m'envoyer des appels au secours que je n'ai pas vus. Ou que je n'ai pas voulu voir.

Cherel ne dit rien. Ces confidences l'étonnent, elles ne cadrent pas avec la personnalité d'Odile, et il ne sait pas trop comment réagir.

Alors que, jusqu'ici, elle parlait les yeux perdus dans le vide, Odile Jouanneaux redresse la tête et les plante dans ceux du policier.

— Perdre un fils est une épreuve impossible à surmonter. Se sentir responsable de sa mort, c'est...

Elle cherche la suite de sa phrase. Au bout de quelques instants pourtant, elle y renonce, parce que, parfois, le silence est la plus éloquente des descriptions.

— C'est sans doute pour cela que j'ai tant besoin de rejeter la faute sur Roxane, finit-elle par admettre tout bas.

En écoutant Odile se confier à lui, l'enquêteur ne peut s'empêcher de se demander quelle est la part de sincérité et celle de mise en scène, comme si son interlocutrice avait encore un coup à jouer dans cette affaire.

— C'est normal, se contente-t-il de murmurer.

Il se dit qu'il va se lever et prendre poliment congé, c'est le mieux qu'il puisse faire. Les pseudo-aveux d'une pseudo-culpabilité d'Odile ne l'intéressent pas plus que ça : si elle est coupable, c'est uniquement sur le plan psychologique, et, à ce niveau-là, sa conscience est seul juge, dont la sentence sera sans doute plus sévère qu'une peine pénale. Quelque chose pourtant le retient, des questions restées sans réponse ainsi que, il faut bien l'avouer, une inépuisable curiosité, pierre angulaire de son métier.

— Vous pensez que si Adrien avait conservé son poste au sein de la société, Martin serait toujours de ce monde ?

Odile le dévisage, pas certaine de comprendre.

— Quel est le rapport ?

— D'après certains témoignages, c'était Adrien qui occupait la place de Martin. Il menait une carrière qui, à la suite d'une faute professionnelle, a été dévolue à son frère, propulsant Martin en première ligne alors que celui-ci n'avait, à l'évidence, aucune envie de suivre cette voie-là.

Odile reste un bref instant sans réaction. Puis ses traits se durcissent.

— La mise à l'écart d'Adrien n'a absolument rien à voir avec une faute professionnelle, déclare-t-elle froidement.

— Je ne fais que rapporter ce qui se dit dans les couloirs de votre société.

Elle garde le silence quelques secondes encore, les sourcils froncés sur une implacable détermination.

— C'est vrai qu'Adrien a commis une faute professionnelle qui nous a empêchés de remporter un marché juteux, concède-t-elle d'une voix tendue. Mais ça fait partie du métier, et aucun d'entre nous ne peut se targuer de n'avoir jamais commis d'erreurs, parfois même bien plus graves. L'important, dans ces cas-là, c'est de comprendre ce qui s'est passé et d'en tirer les leçons. En débriefant avec mon fils à la suite de cette malheureuse affaire, il est apparu que sa faute professionnelle était due à son état de santé. Il a évoqué une extrême fatigue dont il ne s'expliquait pas l'origine, des pertes fréquentes d'équilibre ainsi que des troubles de la vision. Les symptômes avaient fini par disparaître, mais je trouvais cela étrange et, je l'avoue, inquiétant. Je lui ai demandé de passer des examens médicaux. Je vous fais grâce des détails, reprend-elle ensuite. Les analyses ont entraîné d'autres examens. Et lorsque nous avons enfin reçu les résultats, le monde s'est écroulé autour de nous.

Elle redresse la tête et affronte le capitaine d'un regard chargé de reproches, comme si elle lui en voulait de la forcer à raconter ce moment difficile de son existence.

— Adrien est atteint d'une sclérose en plaques fulgurante, déclare-t-elle ensuite comme un couperet qui tombe.

Cette révélation laisse Cherel sans voix, incapable de masquer sa stupéfaction.

— Alors oui, bien sûr, sa maladie ne l'empêche pas de travailler, poursuit Odile. Mais ce milieu est sans pitié et il faut sans cesse être en alerte. Et puis les priorités ont changé, à ses yeux comme aux nôtres. C'est lui qui a préféré se retirer. D'autant qu'il a eu trois poussées dans un délai assez court, et je n'avais aucune idée de la façon dont la maladie allait évoluer. C'est suite à cette terrible nouvelle que Martin s'est investi dans la société. Pas spécialement pour remplacer son frère, mais pour mener le combat avec nous.

— Le combat ?

— Le combat contre la maladie, mais également celui de continuer à gérer la société. Entre la mort de son père et la maladie de son frère, Martin a ressenti le besoin de se positionner. Je ne l'ai forcé à rien. C'est lui qui a voulu prendre sa place.

— Pourquoi personne n'a-t-il évoqué la maladie d'Adrien au cours de l'enquête ?

Odile soupire, visiblement blessée.

— Parce que personne n'est au courant. Et je ne souhaite pas que cela change.

— Pourquoi ?

— Ça ne regarde que nous, répond-elle en dardant sur Cherel un regard cinglant.

Puis ses yeux se perdent une nouvelle fois dans le vague, entre la morsure de ses souvenirs et le poison de ses regrets.

— Il était doué, Martin, ajoute-t-elle sans cacher son dépit. Il avait ça dans le sang, les chiffres, les investissements, les négociations. Alors, oui, en effet, peut-être est-ce moi qui n'ai pas voulu entendre ce qu'il cherchait à me dire. Mais peut-être aussi est-ce Roxane qui lui a complètement retourné le cerveau et l'a entraîné avec elle dans le gouffre de ses propres délires.

Elle soupire, avant de planter une nouvelle fois son regard dans celui de Cherel.

— Ce dont je suis certaine, en tout cas, c'est que nous ne savons pas tout.

Un oiseau dont on a arraché les ailes

Comme toujours, ce sont les notes qui résonnent en premier. Dans la fosse d'orchestre, on se donne le *la*, les musiciens accordent leurs instruments, on ouvre les partitions à la bonne page. Dans ce brouhaha de cordes et de souffles, la musique frémit déjà, un long frisson qui parcourt la salle en courant d'air et vient rafraîchir Roxane, installée au premier balcon, juste en face de la scène.

À côté d'elle, Martin sourit. Il n'a pas besoin de la regarder pour savoir ce qu'elle ressent. C'est la première fois qu'elle remet les pieds dans une salle de ballet, et celle-ci n'est pas la moins prestigieuse : l'Opéra national, celui-là même qu'elle rêvait d'intégrer quelques années auparavant. L'instant est critique, Martin sait que ça peut l'apaiser comme la blesser, lui griffer le cœur ou lui crever les poumons. À voir comme elle rayonne en ce moment, il veut croire qu'elle en sortira gagnante, gorgée de grâce et de beauté, mais le spectacle n'a pas encore commencé. Devant eux, la scène est cachée par un lourd rideau de velours, celui du pas que l'on hésite à sauter pour aller voir ce qui se passe de l'autre côté.

Quand les lumières s'éteignent, Roxane se fige.

— N'oublie pas de respirer, lui murmure Martin juste avant que les premières notes retentissent dans la salle.

La musique s'élève comme une prière, à perte d'oreille, et lorsque le rideau s'ouvre, la scène se découvre enfin. Elle est nue, si ce n'est l'un ou l'autre faisceaux qui balaient ses contours tout en laissant dans la pénombre ses creux les plus intimes.

Une silhouette apparaît alors.

Gracile, elle s'avance perchée sur ses pointes jusqu'au centre du plateau, vibrant au rythme de ses pas. Chaque mouvement ressemble à une arabesque, ses membres sont des volutes, elle tournoie, elle vole, elle se déploie. D'autres danseurs la rejoignent et, ensemble, ils racontent l'amour et l'éternité, la douleur et le désespoir. Les corps se chargent de sens, ceux-ci s'enflamment, ils frémissent d'ardeur, ils ravivent l'essentiel.

Au début du spectacle, Martin guette Roxane, à la fois curieux et inquiet, à l'affût de ses joies et de ses troubles. Très vite, pourtant, il est hypnotisé par la scène. Sous ses yeux, les formes évoluent de foulées en figures, légères, elles apparaissent et disparaissent, elles s'évaporent, jamais il n'a vu tant d'aisance, à la fois délicate et élégante, dans un halo de grâce et de perfection.

Et soudain, il comprend. Le monde qui se révèle à lui et dont il ne soupçonnait pas l'existence, c'est celui de Roxane, un univers d'harmonie dont elle a été expulsée. Il connaît son histoire, elle lui a raconté sa mère, la boisson, l'accident. En suivant les danseurs sur la scène, en admirant leur distinction et la finesse de leurs gestes, l'éclat et la pureté de ce qu'ils dégagent, c'est comme s'il découvrait les couleurs, les odeurs, la lumière dont Roxane est privée depuis l'adolescence. Il comprend qu'elle erre depuis des années dans des contrées hostiles, des terres étrangères dont elle ne saisit ni les mœurs ni le langage. Il comprend sa fragilité, cette façon gauche qu'elle a de se mouvoir parmi les gens, ses réflexions décalées, ses faux pas, ses faux bonds.

Il sait maintenant pourquoi cette fille-là le touche à ce point. Pourquoi elle et pas une autre. Sa blondeur, son visage d'ange, ses yeux bleus, ce bon Dieu qu'on lui file gratos, et toutes les confessions dont on lui fait grâce parce qu'elle en est l'incarnation, tout ça et même plus ne pèse rien dans la balance.

S'il l'aime à ce point, c'est parce qu'elle est comme lui : un oiseau dont on a arraché les ailes.

Chapitre 27

Les jours qui suivent une sortie d'hôpital sont critiques, Annelise Chamborny a mis Garance en garde contre les nombreux pièges qui guetteront Roxane sitôt confrontée au dehors. La psychologue a préconisé un séjour dans une structure psychiatrique, mais les places sont rares et Garance n'a pu obtenir qu'un numéro sur une liste d'attente : trente et un. Devant sa sœur, une colonne de trente noms titube et chancelle au bord d'un précipice. Trente histoires, trente destins fissurés de partout, trente désespoirs tapis dans l'ombre, prêts à ressurgir à la moindre occasion.

Combien de temps prendront ces trente personnes pour remonter la pente ?

Aucune idée.

Des semaines, peut-être des mois.

Garance a signé une décharge pour faire sortir sa sœur de l'hôpital et l'accueillir chez elle. Elle a donc une fois de plus déplacé ses rendez-vous professionnels, malgré les protestations de sa sœur, je m'en sortirai, ne t'inquiète pas, il faut que tu bosses, tu ne peux pas mettre ta vie entre parenthèses *ad vitam aeternam*, fais-moi confiance.

À ce mot si précieux, « confiance », les regards se croisent et, dans celui de Garance, l'éclat d'un doute s'allume malgré elle.

Roxane baisse les yeux. Dans un murmure, elle en fait le serment, elle veut vivre, promis juré, elle n'attentera pas à ses jours, ça n'arrivera plus.

— C'était une mise en scène, rien de plus. Je n'avais aucune raison de vouloir mourir, tu comprends ?

— Oui, mais maintenant tu en as une, rétorque Garance.

L'appartement de Garance est petit, mais il a l'avantage d'être confortable et douillet. Un nid, un abri. Les deux sœurs s'y retranchent comme quand elles étaient petites, enfermées de longs moments dans leur chambre pour échapper à l'enfer du dehors. Des heures et des heures couchées l'une à côté de l'autre, puisant dans leur présence mutuelle la force et la chaleur pour affronter le monde. De l'autre côté de la porte résonnaient les cris de leurs parents, comme aujourd'hui ceux de la rue, de la vie qui rugit souvent trop fort. Les fillettes se bouchaient les oreilles, c'était facile, elles faisaient rempart de leur amour pour se protéger l'une l'autre et repousser l'ennemi jusque dans la cuisine, là-bas très loin, dans un autre univers.

Aujourd'hui, les cris ont gagné. Ils ont forcé le barrage de la raison, ils ont envahi la conscience de Roxane et mis son âme à sac. Ils sont à l'intérieur. Elle a beau se boucher les oreilles, ils retentissent dans sa tête, jour et nuit, ils déchirent ses pensées et les poussent une à une dans l'abîme du désespoir.

Alors Garance dresse autour de sa sœur un mur de temps, la seule chose qu'elle puisse lui accorder sans compter. Le passé est révolu, reste le présent avec ses crevasses et ses sparadraps, ses bouts de chewing-gum qui collent aux doigts et que l'on étire comme on veut. Le temps, c'est ce qui guérit les blessures, tout le monde le sait, tout le monde le dit. C'est une petite souris qui vient troquer une dent de lait contre un sou, c'est celui que l'on prend pour l'autre, celui que l'on passe à le regarder dormir.

Les premiers jours s'écoulent ainsi dans une sorte d'indolence sans frontières. Il n'y a pas d'horaires, pas d'astreintes, elles mangent quand elles ont faim, elles dorment quand elles ont sommeil. Elles parlent ou elles se taisent. Elles renouent avec le pays de leur enfance.

Elles se contentent d'être en vie.

Parfois, l'extérieur se rappelle à elles, quand un ami vient prendre des nouvelles, Yann ou Léa le plus souvent, quelques camarades de cours le reste du temps. Une voix soucieuse sur la messagerie, un texto rempli de points d'interrogation. Roxane les rassure, elle va bien, elle va mieux, elle a besoin de calme et de temps, elle les tient au courant.

La nuit, les deux sœurs se pelotonnent dans le lit de Garance. Et tandis que l'une veille sur le sommeil de l'autre, celle-ci mène une guerre sans merci contre ses démons. Le lit se transforme en champ de bataille, les draps deviennent fantômes, ils s'agitent sans cesse et laissent les deux sœurs épuisées au petit matin. Le combat prend fin à l'aube lorsque Roxane sombre dans une torpeur résignée qui ne ressemble à rien. Elle est, pour quelques heures amorphes, un soldat sans victoire ni défaite. Garance en profite pour voler un peu de repos, elle se laisse dériver vers des terres désolées dont le seul avantage est d'être en paix. Plus tard, elle se réveille en équilibre précaire au bord du matelas, prête à tomber par terre.

Dans le lit, Roxane a pris toute la place.

Un matin, ce n'est pas le bord du matelas qui la réveille.

Par les stores de la chambre, Garance devine le jour qui se lève. Elle se redresse, soudain à l'écoute. Tout est encore confus, l'heure et l'endroit. Elle a perçu quelque chose à travers son sommeil, un son dont l'écho l'a brutalement réveillée. Elle attend, retenant son souffle, elle n'a pas rêvé, elle est certaine de l'avoir entendu.

À côté d'elle, Roxane gagne du terrain, elle occupe déjà les trois quarts du lit.

Les yeux grands ouverts dans l'aube blafarde, Garance guette les bruits, à la recherche de celui qui l'a tirée de sa torpeur.

Les secondes passent dans un silence inerte. Elle se met à douter, peut-être n'était-ce qu'un songe, de ces rumeurs qui vagabondent à travers les pensées et s'imposent à ceux qui refusent de les écouter…

Mais, tandis qu'elle est sur le point de replonger dans la somnolence qui lui sert de sommeil, le bruit recommence.

Alors Garance comprend.

Tous ses sens se réveillent en sursaut, ils se lèvent d'un bond, au garde-à-vous, prêts à en découdre. Elle a parfaitement identifié le son, mais elle attend qu'il revienne pour être sûre. Quelques secondes à peine et le voilà qui se manifeste encore.

C'est un rire.

Un rire reconnaissable entre tous.

Un rire que Garance n'a plus entendu depuis bien longtemps.

Elle se penche au-dessus de sa sœur et la contemple, médusée.

Dans son sommeil, Roxane rit. Elle rit de bon cœur, elle rit aux anges. Elle rit de ces perles qui éclatent comme des bulles de savon.

Elle rit.

Le cœur de Garance se remet à battre. Elle se rend compte alors qu'il était à l'arrêt depuis plusieurs jours. Il tressaille d'abord, un sursaut spontané, très vite suivi par un second battement. À ce moment-là, Roxane émet un autre rire et, cette fois, Garance esquisse de son côté un sourire.

Pendant une poignée de secondes, elle respire enfin. Même si le rire de Roxane n'est pas la fin de leur enfer, il en est du moins le guide vers la lumière.

L'espace d'un instant, Garance sent poindre en elle ce rire qui la réveille.

Juste avant qu'elle se fige.

Son cœur s'arrête une nouvelle fois.

Entre deux rires, Roxane parle.

Et ce qu'elle dit jette un profond malaise dans le cœur de sa sœur.

Un soupçon encombrant

— Tu vois les mères qui marchent dans la rue en tirant leur gosse par la main ?

Roxane acquiesce d'un hochement de tête.

— Mon enfance, c'est ça, résume Martin.

Roxane l'interroge du regard, elle ne voit pas où il veut en venir. Alors il lui décrit le tableau, une femme élégante, tailleur cintré sur une taille parfaite, talons hauts qui scandent le pas, tempo militaire, clac, clac, droit devant, sans ralentir, sans hésiter, jamais. Tandis qu'elle avance à longues enjambées, elle lui tient la main à lui, Martin, petit garçon de six ou sept ans, il ne sait plus exactement. Pour chacun des pas de sa mère, il doit en faire trois afin de garder la cadence. Ses petites jambes tricotent aux côtés d'Odile, il cavale plus qu'il ne marche, elle le traîne plus qu'elle ne l'accompagne, arrimés l'un à l'autre par la main, le bras du gamin levé vers le haut. Il trébuche parfois parce que le rythme est dur à suivre, il s'emmêle les jambes, il perd ses foulées, Odile le retient de justesse par le bras, sans s'arrêter, il s'élève dans les airs avant qu'elle le repose à terre et poursuive sa route en l'entraînant à sa suite. Il n'est plus qu'un paquet encombrant, un brouillon de pas décousus, une course chaotique que la hâte de sa mère trimballe derrière elle, marche ou crève. Lui, il s'épuise, petit corps secoué par l'impatience de l'adulte, sans comprendre où est l'urgence, que se passe-t-il, où va-t-on ?

Il le lui demande d'ailleurs, on va où, maman, va pas si vite, pourquoi tu cours ?

« Dépêche-toi », lui ordonne-t-elle.

Alors il se dépêche, plus encore si c'est possible, et sa course étouffe les questions, elle paralyse les réflexions, l'enfant se contente de suivre, il cavale, il galope.

Il évoque l'ambition maternelle, ses objectifs et ses idéaux, le chemin tout tracé, l'efficacité. Une course aux résultats à laquelle ni lui ni son frère ne peuvent se soustraire. Toute sa vie il a eu la sensation d'être tiré toujours plus loin, toujours plus vite, incapable de suivre la cadence, à courir jusqu'à l'épuisement, à trébucher sans avoir le temps de se relever.

Marche ou crève.

Roxane l'observe sans rien dire, laissant la mémoire prendre toute la place. Alors il plonge dedans, il se baigne dans ses rancœurs, il ausculte avec ses yeux d'adulte les sensations de l'enfance, les doutes et les énigmes, confus d'y découvrir des recoins sinistres. Et lorsqu'il lève les yeux vers elle, s'arrachant à son histoire, elle lui sourit avec une telle tendresse qu'il s'arrime à ses lèvres sans plus se poser de questions.

— Et toi, ton enfance ? lui demande-t-il ensuite.

Roxane hausse les épaules. Elle le dévisage d'abord, hésitant à lui livrer les prémices de ses blessures. Puis elle capitule, à quoi bon.

— Tu vois les mères qui se mouillent les doigts pour te débarbouiller la figure ?

Martin grimace, oui, il voit très bien.

— C'était ma mère à moi. Toujours à te baver dessus même si tu trouves ça dégueulasse. Elle te lave avec sa salive, elle t'imprègne d'elle, de son odeur, de sa substance, elle te marque. Et quand tu lui dis que tu ne veux pas, que ça te dégoûte, elle ne comprend pas et te dit qu'elle fait ça par amour, que c'est pour ton bien.

Roxane raconte Judith, les avaries de leur relation, les cris, les haines, les cicatrices. À mesure qu'elle parle, elle s'abandonne à ses souvenirs, divulguant à Martin des pans entiers de son existence, dont il n'avait jusqu'alors aucune idée. Portée par le flux de ses confidences, elle lui dévoile ses peurs enfantines, ses doutes et ses questions, ses douleurs les plus intimes. Les fantômes de son passé s'agitent autour d'eux. Elle lui raconte sa chute dans l'escalier, emportée par l'abjection de sa mère, cette misère qui, depuis toujours, n'a cessé de l'agripper, la retenir, l'empêchant de s'évader et de s'élever. Martin l'écoute. Il décèle cette ombre qui plane sur eux depuis l'enfance. Tous deux partagent cette instabilité qui les fragilise, érodés par les démons de leurs mères respectives, ils ont ça en commun, ils se reconnaissent, ils se comprennent. La seule chose qui les différencie, c'est la lucidité : si Roxane connaît la valeur toxique de sa mère depuis toujours, consciente de l'emprise que Judith a exercée sur elle, Martin, lui, l'entrevoit à peine.

Au moment d'aborder la mort de Judith, Roxane marque une courte pause. Martin l'encourage, le cœur rivé sur ses paroles. Alors elle va jusqu'au bout de son récit et évoque le décès de sa mère, cet après-midi étrange où Judith s'est injecté une overdose d'insuline, erreur ou suicide, personne ne le saura jamais.

— C'est moi qui l'ai trouvée, ajoute-t-elle dans un souffle crispé.

Roxane ressuscite ces moments irréels, le corps de Judith étendu sur son lit, son regard fixe, vidé de toute lueur, son visage hâve, ses lèvres livides, ses cheveux ternis par le manque de soin, ça faisait des semaines que sa mère se négligeait, qu'elle ne sortait presque plus de sa chambre, qu'elle se laissait aller.

— C'est pour ça que Garance et moi, on pense que c'est sans doute un suicide, explique-t-elle.

— Ils ont fait une autopsie ?

Roxane confirme d'un mouvement du menton.

— Et ? interroge Martin.

— Et rien. Le problème, c'est qu'il est très difficile d'interpréter la glycémie en *post mortem* parce que, d'une part, une fois la personne décédée, le glucose subit des transformations, et, d'autre part, les échantillons de sang sont hémolysés.

— Waouh… C'est beau, les études de médecine.

— Ce sont les experts qui nous l'ont expliqué, ajoute Roxane, raison pour laquelle ils n'ont pas réussi à calculer la dose d'insuline que ma mère s'est injectée. Du coup, pour savoir avec certitude si c'était une erreur ou un suicide, c'est compliqué.

Martin l'observe, à la fois bouleversé et intrigué.

— Elle était suicidaire ?

— Je n'en sais rien, répond Roxane, de plus en plus fuyante.

— Tu la connaissais, tu vivais avec elle… insiste-t-il.

Elle pince les lèvres, le regard soudain froid, comme s'il venait de lui poser une question indécente.

— Qu'est-ce qui se passe ? lui demande-t-il, surpris par son changement d'attitude.

Elle ne répond pas et le considère maintenant avec distance. Martin fait aussitôt machine arrière, c'est bon, ne te braque pas, je voulais juste avoir ton avis, ce n'est pas si grave, si ? Plus il insiste, plus elle se ferme, visiblement à cran, son regard est fixe, ses mâchoires contractées, ses yeux gorgés d'amertume. La confrontation prend des proportions absurdes. Il cherche encore à lui faire entendre raison et, comme elle n'en démord pas, il finit par s'excuser, il ne voulait pas l'embarrasser, il s'intéressait, c'est tout, si elle ne veut pas en parler, c'est comme elle préfère…

Sont-ce les excuses qui finissent par déverrouiller la colère de Roxane ? La jeune femme semble y être sensible car, juste après, son armure se fendille. Elle prend une grande bouffée d'air qu'elle expire avec lenteur, tel un soupir libérateur. Il lui sourit alors et lui adresse un accord de paix tacite, il tend la main vers elle pour lui caresser le bras, tout va bien, c'est bon, on n'en parle plus.

Elle lui rend son sourire, ses traits se détendent, se lissent, s'éclairent. Tout son visage se transforme, on dirait un sortilège tant ce qui s'en dégage passe des ombres à la lumière en peu de temps, hostile il y a quelques instants à peine, à présent céleste et angélique.

Martin ne cache pas son soulagement. Malgré tout, cet épisode lui laisse un arrière-goût amer, un embarras pesant, un soupçon encombrant.

Chapitre 28

Depuis l'enfance, au réveil, Roxane a toujours la même frimousse : une broussaille de cheveux lui mange le visage, ses traits sont gonflés de miettes de sommeil, et ses yeux bordés de longs cils blonds bataillent pour rester ouverts. Garance ne peut s'empêcher d'être touchée par ces restes de petite fille dont elle garde le souvenir vivace, cette époque où sa sœur plongeait dans la vie comme dans une piscine au cœur de l'été.

— Café ?

Roxane hoche la tête en guise de réponse. Garance remplit sa tasse avant de se servir à son tour.

— Tu as bien dormi ? demande-t-elle encore.

— Pas trop mal.

Elle prend place en face de sa sœur et l'observe quelques instants.

— Apparemment, tu as rêvé…

Roxane la dévisage, intriguée.

— Tu as ri pendant ton sommeil, explique Garance.

— Ah.

L'aînée attend, peut-être sa cadette se souvient-elle de quelque chose. Cette dernière plonge le nez dans sa tasse et sirote son café, l'esprit encore embrumé, les yeux perdus dans le vague d'une pensée. Au bout de trois gorgées sans réaction, Garance insiste.

— Tu ne te souviens de rien ?

— Non, répond Roxane sans quitter les contours imprécis de ses réflexions.

— Tu as parlé, aussi, ajoute encore Garance, les yeux toujours rivés sur sa sœur.

Roxane la considère plus attentivement.

— J'ai dit quoi ?

Garance laisse passer quelques secondes.

— C'était très décousu, ça n'avait pas vraiment de sens, raconte-t-elle. Je n'ai pas tout compris. Je sais juste qu'à un moment, tu as parlé de maman.

— Maman ? s'étonne Roxane, et sa surprise paraît sincère.

— Oui.

Silence.

Qui dure.

Bientôt, la tasse de Roxane est vide, elle la repose sur la table.

— Ça ne te rappelle rien ? insiste Garance.

Roxane se crispe. C'est imperceptible, mais Garance perçoit la tension.

— Bien sûr que ça me rappelle quelque chose, dit-elle sans maîtriser l'agacement qui pointe dans sa voix. Pourquoi tu me demandes ça ?

— Pourquoi tu t'énerves ?

— Je ne m'énerve pas.

Garance soupire.

— Tu sais très bien pourquoi je te demande ça.

Roxane pince les lèvres et Garance sait que sa sœur revêt son armure mentale, quand elle s'apprête à affronter le monde entier, seule contre tous, déterminée à ne pas faire ce qu'on attend d'elle. Elle tente aussitôt d'apaiser le débat.

— Ma petite souris, je…

— Ça va, arrête de m'appeler comme ça ! la coupe brutalement Roxane. On n'a plus six ans !

Cette réaction incontrôlée intrigue Garance.

— Roxane, reprend-elle plus sèchement. Nous savons toutes les deux que si tu évoques maman dans ton sommeil, surtout en ce moment, ce n'est pas anodin.

— Je ne me souviens de rien, réplique-t-elle, farouche.

— Tu as parlé d'insuline, aussi, ajoute Garance sans quitter sa sœur des yeux.

L'espace d'un instant, les traits de la jeune femme se figent. Son regard croise celui de Garance qui s'attarde, tandis que Roxane se dérobe, courant se mettre à l'abri des fouilles indiscrètes.

— Quelques jours seulement après avoir fait une tentative de suicide au cours de laquelle Martin est mort d'une crise cardiaque, continue Garance avec lenteur. Une crise cardiaque. Ça ne te rappelle rien ?

— Tu insinues quoi ?

— Je n'insinue rien. J'observe, c'est tout.

Roxane serre les dents. Malgré les conclusions de l'enquête, elle se sent sur la sellette. En réagissant aux soupçons qui pèsent sur elle, elle se comporte en coupable.

— J'imagine que oui, finit-elle par murmurer avec lassitude.

— Oui quoi ?

— J'ai l'impression d'être coupable.

Silence.

— Mais je peux te jurer que, cette fois, je n'y suis pour rien ! poursuit-elle, sur la défensive. Tu dois me croire, Garance !

Beaucoup trop

« Viens vite, je t'en supplie ! »

Garance quitte aussitôt l'amphitéâtre sous le regard intrigué de ses camarades. Le trajet jusqu'à la maison est d'une lenteur accablante, d'autant que Roxane ne répond ni à ses appels téléphoniques ni à ses messages. Arrivée à l'appartement, elle cherche sa sœur dans la cuisine, le salon, en vain, puis dans la chambre de Judith...

La pièce est plongée dans l'obscurité. Garance y pénètre à pas retenus : malgré le halo de lumière qui s'y déverse par la porte entrouverte, elle doit s'habituer à la pénombre. À première vue, elle ne distingue que des formes aux contours imprécis, des ombres en relief. Quelques pas encore et elle perçoit enfin une silhouette dont les courbes apparaissent peu à peu. Garance la reconnaît aussitôt, c'est Roxane. Elle se tient agenouillée sur le lit de Judith, un matelas posé à même le sol. Abandonnées à côté d'elle, ses béquilles font comme une croix diforme et monstrueuse.

Elle lui tourne le dos.

— Roxane ?

Sans attendre de réponse, elle se dirige vers la fenêtre dont elle tire les rideaux. La lumière du jour inonde la pièce et déloge de l'obscurité chaque meuble, chaque objet.

Et chaque personne.

Roxane se tourne vers elle, ses joues sont baignées de larmes, elle sanglote de tout son corps. Leur mère est étendue sur le lit. En posant les yeux sur elle, le sang de Garance se glace dans ses veines. Les yeux de Judith ne regardent plus rien, la couleur de ses lèvres se fond avec celle de sa peau, son teint est livide et cireux, ses traits figés sur son dernier souffle.

Passé les premiers instants de stupeur, Garance se précipite vers le lit. Elle saisit sa mère par les épaules et la secoue violemment, comme si le mouvement imposé allait lui rendre la vie. Elle crie, elle gémit, elle l'appelle, la supplie de répondre, de bouger...

Peine perdue.

Le corps de Judith n'est plus qu'une masse sans force et sans vie.

Horrifiée, Garance lâche sa mère et se tourne vers Roxane.

— Il faut appeler les secours, bégaie-t-elle dans un hoquet affolé.

Sans attendre de réaction, elle se redresse et fonce vers l'entrée où elle a laissé son sac de cours. Elle y plonge la main, fouille avec frénésie à la recherche de son téléphone, le trouve, le saisit. Pendant qu'elle appelle les urgences, elle retourne en courant vers la chambre où Roxane, elle, n'a pas bougé. L'adolescente se tient toujours dans la même position, agenouillée sur le lit, légèrement affaissée, le dos courbé comme si elle supportait le poids du monde, les bras le long du corps, inertes, la main posée sur le matelas.

Ouverte.

Dans sa paume, Garance découvre le stylo à insuline de leur mère. Et, juste à côté, sur le drap, l'emballage de trois recharges, attestant que Roxane a rempli le stylo de doses complètes.

Tandis que les sonneries résonnent déjà dans l'appareil, Garance tourne vers sa sœur un regard chargé d'incompréhension. Leurs yeux se croisent et, dans ceux de Roxane, elle découvre un abîme d'épouvante. Sa sœur tremble de tous ses membres. Elle peine à respirer, elle lui adresse une prière muette, elle la supplie de tout son être, de toute son âme. Puis elle murmure dans un souffle de détresse :

— Pardon. Pardon.

Sous le coup de la surprise, Garance coupe la communication.

— Qu'est-ce que tu as fait ? murmure-t-elle.

Roxane ne répond pas. Elle se contente de répéter des « pardon » noyés d'effroi. Elle déglutit et tente de maîtriser les soubresauts qui l'assaillent de toutes parts. Garance sent son estomac lui remonter jusqu'à la gorge.

— Combien de doses ? s'enquiert-elle d'une voix presque inaudible.

Elle attend la réponse. Roxane baisse la tête, et ses cheveux retombent autour de son visage comme un rideau de honte.

— Combien de doses ? répète Garance, en proie à une panique grandissante.

— Beaucoup, murmure simplement Roxane. Beaucoup trop.

Chapitre 29

Quand elle pénètre dans le cimetière, Roxane ne songe pas du tout à se renseigner sur l'endroit où se situe la tombe de Martin. Elle se dit qu'elle trouvera bien, ses pas la mèneront jusqu'à lui, elle n'en doute pas, il la guidera par-delà les limbes, rien ne pourra jamais les séparer, pas même la mort. C'est compter sans les contingences terrestres, les centaines de tombes alignées les unes à côté des autres, les allées tracées à l'équerre et bordées de bouleaux dont la blancheur des troncs se confond avec celle du ciel. Au bout d'une demi-heure d'errance, la jeune femme doit se rendre à l'évidence : elle ne trouvera jamais sans un plan du cimetière et l'indication exacte de l'emplacement de la tombe. Elle rebrousse donc chemin et retourne à l'entrée, où le gardien lui donne l'information demandée. Un nouveau demi-tour et dix minutes de marche plus tard, la voici enfin devant le caveau familial des Jouanneaux, bien sûr, comment n'y a-t-elle pas pensé plus tôt ? Elle s'attendait à pouvoir se recueillir sur une tombe dans l'intimité de sa solitude, un endroit où Martin serait seul et libre... Elle découvre qu'il partage ce lieu avec son père et quatre autres aïeuls dont elle n'a jamais entendu parler.

La première difficulté consiste à entrer dans le caveau. C'est une petite construction de pierre que le temps a noircie, sombre et lugubre, à l'image de la solennité que les

Jouanneaux donnent à leur nom. Le ventre de Roxane se noue, Martin dans cet endroit, c'est comme s'il mourait une seconde fois. Il n'a rien à voir avec cette emphase spectrale, cette prétention sociale, Odile a encore gagné, elle l'a mis sous verrou, elle l'a muselé pour l'éternité. L'espace d'un instant, Roxane songe à partir sans même aller plus loin. Le besoin viscéral de voir et toucher l'endroit où se trouve son amour finit par l'emporter.

À l'intérieur, le froid lui agrippe le cœur. Elle a du mal à respirer et s'oblige à inspirer profondément. Elle recouvre ses esprits et détaille les inscriptions gravées sur les quatre stèles. Celle de Martin se trouve sur sa gauche, juste au-dessus de celle de son père.

— Bonjour, toi, murmure-t-elle en posant la main sur la pierre glaciale.

Elle s'apprête à lui parler, à lui ouvrir son cœur dans le dérisoire espoir de se libérer de l'étau qui l'oppresse depuis son réveil à l'hôpital...

Aucun son ne sort de sa bouche. Elle cherche ses mots, ses idées, ses sensations, elle ne trouve qu'un grand silence au fond d'elle, à l'image de ce lieu désolé, gris et froid, déserté de toute forme de vie. Elle retire sa main de la pierre dans un réflexe, comme si elle avait peur d'être happée par les ténèbres. Puis elle reste là, pantelante, perdue au milieu du caveau. Les choses ne se passent pas du tout comme elle l'avait imaginé, elle ne décèle même pas la présence de Martin, elle se sent terriblement seule, ressassant deux questions en boucle, lancinantes, que fait-elle là, où est Martin, que fait-elle là, où est Martin ? Elle regrette à présent d'être venue, terrifiée à l'idée que l'empreinte de ce moment efface tous les souvenirs qui le précèdent, les regards et les sourires, les caresses et les soupirs. Elle se concentre pour chasser cette pensée, se rassurer, rien ni personne ne pourra lui enlever ce qu'ils ont vécu. Il faut juste qu'elle pense à autre chose. Elle fouille sa mémoire, à la recherche de jolis moments, leurs échanges, leur complicité, leurs étreintes. Mais les images s'esquivent. Roxane ne parvient pas à fixer la douceur de ce qu'elles étaient. Au lieu de cela, des moments épars de son enfance s'imposent, et pas les meilleurs, le regard vitreux de sa mère, son séjour à l'hôpital suite à la chute, les larmes de Garance, et puis Bugs aussi, son rat, petite bestiole fragile et dépendante, soumise aux ivresses de Judith et à ses menaces.

Roxane chasse l'image de son esprit, du moins elle essaie, car plus elle tente de s'en débarrasser, plus celle-ci s'installe, vivace et précise, à tel point que la jeune femme a maintenant la sensation de sentir son rat, là, sur son épaule, ses petites pattes agrippées à son pull pour ne pas tomber. D'autres souvenirs apparaissent, et bientôt les sensations se télescopent, l'amour, le deuil, la détresse qui ouvre un abîme de solitude, la violence du chagrin, la culpabilité aussi, forte, si forte qu'elle lui plante un poignard dans le cœur.

Roxane se sent partir à la dérive. Elle plaque de nouveau sa main contre la pierre froide du tombeau, pour ne pas tomber. Son esprit s'affole, elle revoit ses mains caresser son rat, doucement d'abord, pendant qu'elle lui dit des mots apaisants – là, tout va bien, calme, calme, je suis là –, puis de plus en plus vite. Ses mains se crispent malgré elle, elles se font lourdes et brutales, l'une serre l'animal dans sa paume tandis que l'autre poursuit des caresses qui n'ont plus rien de tendre. Affolé, Bugs se débat, cherchant à se libérer de cet étau. Alors Roxane accroît la pression tout en continuant de lui parler, reste là, ne bouge pas, fais-moi confiance, c'est mieux comme ça. À présent comprimé dans sa main, l'animal se débat avec fureur. Elle serre, encore et encore, jusqu'à ce que la bestiole, dans un sursaut désespéré, la morde jusqu'au sang. La douleur arrache un cri à la jeune femme, sans pour autant lui faire lâcher prise. Elle saisit alors la tête de Bugs et, d'un coup sec, lui brise la nuque. Le rat se raidit d'un coup dans un craquement d'os, avant de s'affaisser dans la main de Roxane.

— Voilà, c'est fini, murmure-t-elle en s'effondrant au pied du tombeau.

Chapitre 30

— Au cours de cette première séance, nous allons avant tout faire connaissance. J'ai besoin de quelques informations à votre sujet afin de pouvoir établir un bilan médico-chirurgical, morphologique et nutritionnel. C'est une sorte d'état des lieux qui va nous permettre de savoir d'où nous partons, et surtout de définir ensemble où nous voulons arriver.

L'homme installé en face de Garance présente une surcharge pondérale importante et paraît mal à l'aise sur sa chaise.

— Il est important que vous sachiez qu'il n'y a pas de poids idéal, poursuit-elle d'une voix réconfortante. Aujourd'hui, on définit le poids idéal comme celui dans lequel on se sent bien, autant physiquement que psychologiquement. L'un ne va d'ailleurs pas sans l'autre. C'est pour cette raison que, avant toute chose, il faut identifier les problèmes de comportement vis-à-vis de la nourriture. C'est ce que nous allons diagnostiquer au cours du bilan nutritionnel.

La prescription transmise par le médecin traitant ne fait état ni de dérèglements hormonaux ni de problèmes de thyroïde. Garance sait donc que le combat va être surtout psychologique et qu'elle entame avec ce monsieur un long chemin escarpé, jalonné de succès et d'échecs. C'est le type de patient dont la durée du traitement va lui assurer un revenu à long terme. Garance en a besoin. Depuis la tentative de suicide de Roxane, elle a accusé un sérieux déficit : elle a dû annuler beaucoup de rendez-vous, et un certain nombre de ses patients ne sont pas revenus.

— Je vous propose donc de commencer par le bilan médico-chirurgical afin de définir vos antécédents ainsi que les traitements éventuels auxquels vous êtes ou avez été soumis. Avez-vous des questions ? demande-t-elle pour l'encourager à participer plus activement à la séance.

— Non, merci, c'est très clair, répond-il en secouant la tête.

Garance esquisse une moue entendue et ouvre un dossier vierge. Elle s'apprête à continuer lorsqu'une longue plainte se fait entendre, en provenance d'une autre pièce. Malgré les murs, elle est parfaitement audible, impossible à ignorer.

Garance se fige. Elle regarde l'homme en face d'elle et lui sourit, le genre de sourire qui se veut rassurant mais s'excuse en même temps, ne vous inquiétez pas, ce n'est rien, tout va bien.

Une seconde plainte vient très vite la contredire et la force à se lever.

— Je suis désolée, j'en ai pour une seconde, dit-elle en se dirigeant vers la porte de son bureau. J'arrive tout de suite.

Elle sort de la pièce et rejoint aussitôt sa chambre dans laquelle se trouve sa sœur. Celle-ci est recroquevillée sur le lit, défaite, les joues noyées de larmes.

— Roxane ? chuchote Garance en s'approchant d'elle. Ça va ?

Pour toute réponse, une salve de sanglots se déverse sur l'oreiller. Garance s'assied au bord du lit, sans trop savoir quoi faire. Elle pose la main sur l'épaule de sa sœur et tente de la réconforter.

— Courage, petite souris. Ça va aller. Je te promets que ça va aller.

— Reste près de moi, gémit Roxane.

Garance se mordille l'intérieur des lèvres.

— Chérie, dit-elle dans un murmure, je suis en pleine consultation. J'en ai pour une demi-heure, je reviens tout de suite après, promis.

Pas de réaction. Roxane fixe un point imaginaire, quelque part au-delà des draps.

— Attends-moi, OK ? Il y a un patient dans mon cabinet, je ne peux pas rester.

Roxane acquiesce enfin d'un mouvement de tête, qu'elle enfouit ensuite dans l'oreiller pour étouffer une nouvelle rafale de sanglots. Garance soupire, le cœur brisé de voir sa sœur dans cet état. Elle lui promet une fois encore de revenir le plus vite possible et se hâte de rejoindre son cabinet.

La séance est un vrai cauchemar. Malgré les efforts de Roxane pour rester la plus discrète possible, ses pleurs parviennent aux oreilles de Garance et donc de son patient. La diététicienne tente d'en faire abstraction, mais son esprit est accaparé par la présence de sa sœur dans la pièce voisine. Elle peine à se concentrer sur les questions qu'elle pose, et plus encore sur les réponses qu'elle reçoit. Les sanglots assourdis de Roxane rythment et perturbent l'entretien. Qu'ils cessent ou se fassent attendre, Garance les guette.

Bientôt, leur absence la déconcentre plus encore. Son imagination s'affole.

Que fait Roxane ?

Pourquoi ne pleure-t-elle plus ?

S'est-elle endormie ?

Ou bien est-elle en train de faire une bêtise ?

À plusieurs reprises, alors que le silence s'éternise, elle manque d'interrompre une nouvelle fois la séance pour vérifier ce que fait sa sœur.

— Je... Je viens de vous le dire, dit avec douceur le gros monsieur assis en face d'elle.

— Pardon ?

— Vous m'avez posé deux fois la même question, lui explique-t-il, un peu gêné.

Garance ferme les yeux, confuse.

— Je peux revenir une autre fois, si vous voulez, lui propose-t-il avec gentillesse.

La diététicienne le dévisage. Elle mesure son manque de sérieux, ainsi que la piètre image qu'elle offre à ce nouveau patient. Elle doit absolument se reprendre, adopter une attitude plus professionnelle. Elle s'apprête à se ressaisir, lui opposer un refus énergique et reprendre la séance lorsqu'un nouveau sanglot perce la cloison et vient mourir sur le bureau, juste entre elle et son patient.

— Je suis désolée, dit-elle en déposant son stylo. Je... Je crois en effet qu'il vaut mieux reprendre rendez-vous.

Elle ouvre son agenda et propose quelques dates. Son patient en choisit une, elle la note sur un petit carton, puis le raccompagne jusqu'à la porte en se confondant en excuses. Elle ne le fait pas payer, c'est évident. Elle lui assure que cela ne se reproduira plus et lui souhaite une bonne journée.

Lorsqu'elle referme la porte d'entrée, elle sait déjà qu'elle ne le reverra plus. C'est une grosse perte, une vingtaine de séances assurées, peut-être même une trentaine. La jeune femme maîtrise un mouvement d'humeur tandis que son ventre se contracte sous la pression de l'échec. L'écho d'une nausée remonte jusque dans sa gorge, sans qu'elle sache si c'est dû à son stress ou à l'enfant qu'elle porte. Elle soupire à cette pensée, voilà un autre problème à régler au plus vite, on dirait qu'ils s'accumulent. Le temps passe et, avec lui, l'urgence de sortir de l'ornière, cette période pourrie qui semble ne pas avoir de fin.

Tendue à l'extrême, elle serre les dents et se dirige vers la chambre à coucher. Son pas est lourd, elle pèse trois tonnes, un poids qui l'oppresse et entrave sa respiration. À son entrée, sa sœur tourne vers elle un visage repenti. La jeune femme est toujours recroquevillée sur le lit. Roxane l'accueille d'un soupir soulagé, tu es là, enfin. Elle tend la main vers elle et l'invite à la rejoindre. Puis elle lui sourit. Un sourire d'une désarmante candeur, pur, gorgé d'espoir. Un sourire dans lequel se reflète du soulagement, c'est certain, mais aussi une certaine forme de contentement.

Presque de la satisfaction.

Un sourire qui écrase le cœur de Garance.

Chapitre 31

Garance se gare dans la cour intérieure de La Migoule et découvre la vieille bâtisse et ses dépendances. En sortant de sa voiture, elle rassemble ses idées et adopte une attitude énergique. Elle ignore la façon dont Odile a vécu la nouvelle de l'innocence de Roxane, ainsi que son état d'esprit du moment. Odile avait fait apporter le plus gros des affaires de Roxane directement au domicile de Garance, mais il restait quelques effets personnels retrouvés plus tard. Odile avait donc contacté Garance afin de convenir d'un rendez-vous. Lors de leur court échange, ni l'une ni l'autre n'avait prononcé le moindre mot sur les dernières évolutions de l'affaire.

Tandis qu'elle gravit les marches du perron, la jeune femme hésite encore sur la façon dont elle va aborder le sujet qui l'intéresse réellement. Elle marche sur des œufs, d'autant qu'elle est en pays hostile et que Roxane ignore tout de sa démarche.

C'est Maï Ly qui lui ouvre la porte. La domestique lui tend un large carton dont elle se saisit par réflexe. Celle-ci n'a pas le temps d'ouvrir la bouche que Maï Ly la salue et referme aussitôt la porte.

Interdite, la jeune femme regarde la porte close, puis la caisse entre ses mains, volumineuse et encombrante... Enfin, elle se reprend et rugit aussitôt :

— Attendez ! Ouvrez, s'il vous plaît ! Vous m'entendez ? Ouvrez !

Au moment où elle tente de coincer le carton entre son bras gauche et sa hanche afin de tambouriner à la porte, celle-ci s'ouvre une nouvelle fois et Maï Ly la dévisage avec curiosité.

— Je dois parler à Odile Jouanneaux, explique Garance, articulant chaque syllabe comme si Maï Ly était sourde.

La domestique hésite un bref instant, puis elle hoche la tête et la laisse entrer. Une fois dans le hall, elle lui fait signe de patienter avant de disparaître. Elle n'a pas prononcé la moindre parole.

Garance attend. Elle porte toujours le carton, qu'elle se décide à poser dans un coin du vestibule. Lorsque Odile apparaît, celle-ci est en tenue décontractée, un ample gilet de cachemire couvrant une blouse légère et un legging. Ses cheveux défaits donnent à ses traits la douceur du matin, quand le réveil n'est pas loin. De toute évidence, elle ne comptait recevoir personne.

— Je vous serais reconnaissante d'exposer clairement vos attentes quand nous prenons rendez-vous, cela nous fera gagner un temps précieux à toutes les deux.

Puis elle consulte sa montre et ajoute :

— J'ai un quart d'heure à vous consacrer.

Sans perdre plus de temps, Odile invite Garance à la suivre jusqu'au salon. Les deux femmes débouchent dans la jolie pièce ornée de l'imposante cheminée.

— Installez-vous, l'invite la maîtresse de maison en lui indiquant un fauteuil. Vous désirez boire quelque chose ?

— Non merci.

Sans insister, elle prend place en face de la jeune femme.

— Je vous écoute.

Garance se lance :

— Je voudrais tout d'abord vous présenter mes condoléances pour...

— S'il vous plaît, venez-en au fait, la coupe Odile en fermant douloureusement les yeux.

La jeune femme a de plus en plus de mal à contenir son malaise. Elle hésite encore un moment avant de se décider à aller droit au but.

— Entendu. J'aimerais savoir si vous avez retrouvé les carnets de Martin.

— Les carnets de Martin ?

Odile la dévisage comme si elle cherchait à comprendre.

— Vous parlez des cahiers, ceux dans lesquels il écrivait ?

Garance hoche la tête. Odile prend le temps de réfléchir.

— En quoi ces cahiers vous intéressent-ils ? lui demande-t-elle d'un air suspicieux.

— Ma sœur souhaiterait les récupérer.

— Pour quelle raison ?

— J'ai cru comprendre qu'ils avaient une réelle valeur sentimentale à ses yeux, même s'ils sont à l'origine de toute cette affaire et…

Garance s'interrompt, embarrassée par le regard que lui lance Odile.

— Vous pensez réellement que mon fils se serait donné la mort pour obtenir une liberté qu'il possédait déjà ? s'enquiert celle-ci avec gravité. C'est ce que Roxane vous a raconté ?

— Heu… à peu de chose près, oui, bredouille Garance.

Odile esquisse un sourire consterné.

— La police a confronté mon témoignage à celui de votre sœur, dit-elle d'une voix sombre. J'ai donc eu connaissance de sa version des faits. Je peux vous assurer que tout ce que Roxane a raconté au sujet des prétendues ambitions littéraires de Martin n'est qu'une interprétation fantaisiste de la réalité.

Garance ne peut s'empêcher de marquer son étonnement.

— Soyons sérieux, continue Odile. Mon fils était promis à un brillant avenir. Il pouvait faire ce qu'il voulait. Et s'il désirait taquiner le verbe à ses heures perdues, franchement, personne ne s'y opposait.

— Pour autant, Martin souhaitait bien plus que « taquiner le verbe à ses heures perdues », objecte Garance en mimant des guillemets avec ses doigts. Il était fermement décidé à quitter la société pour vivre de sa plume.

Odile éclate d'un rire éraflé d'amertume.

— Ah oui, c'est vrai, j'oubliais : Martin voulait se lancer dans une carrière littéraire et offrir au monde entier la puissance de son talent !

— Dit comme ça, ça semble un peu ridicule, mais, oui, c'était à peu près l'idée, rétorque sèchement Garance.

— Absurde !

— Pourquoi ?

Odile l'observe avec curiosité. Puis, soudain, elle s'abandonne à un ton plus contenu.

— Je ne possède pas les carnets, déclare-t-elle avec sincérité. Je ne les ai pas trouvés. Pour tout vous dire, j'étais persuadée que c'était Roxane qui les détenait.

Elle marque ensuite un bref silence avant d'ajouter :

— En revanche, je les ai lus.

Garance l'interroge du regard.

— Comment dire ? soupire Odile. Ce n'est pas que c'est illisible. Je concède qu'il y a parfois quelques échappées acceptables. Mais franchement, ce n'est pas bon. Le style est ampoulé, le vocabulaire pauvre et répétitif, les métaphores, quand il y en a, sont stéréotypées. Ça n'a pas grand intérêt.

— Ce n'est pas l'avis de Roxane.

— Non, bien sûr que non, sourit Odile avec une certaine tendresse. Roxane et moi, nous n'avons pas toujours été les meilleures amies du monde, c'est un fait. Nous nous sommes affrontées à plusieurs reprises, j'ai cru un moment qu'elle était comme les autres, enfin, vous comprenez, je ne suis pas aveugle, le charme de Martin n'était pas immédiat. Bref. Avec le temps, j'ai appris à la connaître. Roxane, je l'ai compris trop tard, était sincère. Je dois avouer qu'elle aimait réellement mon fils. Et qu'elle le rendait heureux.

— Alors pourquoi ont-ils fait ça ?

La question a fusé, impérieuse et viscérale. Elle prend Odile par surprise. Celle-ci dévisage Garance, elle découvre qu'une autre suit les mêmes errances et se perd, elle aussi, dans un dédale parsemé de doutes. Elle réalise que le fait que Roxane soit en vie n'y change rien.

En cherchant à se donner la mort, les jeunes gens ont détruit beaucoup de choses autour d'eux.

Un carnage, en vérité.

Les deux femmes se font face. Durant un bref moment, elles sont en totale communion. Elles le perçoivent et s'en défendent aussitôt, l'une en détournant le regard, l'autre en reprenant la parole.

— Je l'ignore, répond Odile dans un souffle. Cette question m'obsède. Je suppose que j'ai ma part de responsabilité, même si ça me fait mal de l'admettre. J'étais aveuglée par tout un tas de facteurs qui, pour moi, étaient plus importants que ce qui semblait si essentiel pour Martin. J'ai mis ça sur le compte de sa jeunesse, je me suis dit que ça passerait avec le temps. Je me suis trompée, apparemment, sans quoi mon fils serait toujours là. J'imagine aussi que la fausse couche de Roxane les a fragilisés. Là non plus, je n'ai pas mesuré l'ampleur de ce que ça signifiait pour eux. Et j'ai cru que…

Odile s'interrompt, intriguée par la réaction de Garance : celle-ci vient de tourner vers elle un visage stupéfait.

— La fausse couche de Roxane ? répète-t-elle, abasourdie.

— Vous n'étiez pas au courant ?

Le silence qui suit répond à la question. Derrière son regard, pourtant, l'urgence de se raccrocher à une explication est palpable. Il règne dans la pièce un malaise compact, la sensation d'un trop tard, une embuscade dans laquelle l'une et l'autre sont à présent coincées.

— Quand est-ce que ça s'est produit ? balbutie-t-elle enfin.

— Il y a quatre ou cinq mois.

Ce laps de temps frappe l'esprit de la jeune femme. Elle brûle de savoir ce qui s'est passé, depuis combien de temps Roxane était enceinte, était-ce un accident ou cette grossesse était-elle désirée ? Elle s'aperçoit de l'incongruité de la situation, sonder une étrangère, une ennemie, ça lui arrache la langue et le cœur. L'espace d'un instant, elle est tentée d'afficher une mine entendue, Roxane m'en a parlé, en effet, je suis au courant, je m'en souviens maintenant, sale période…

— Je suis désolée que vous l'appreniez ainsi, murmure Odile comme si elle lisait dans ses pensées. J'ignorais que Roxane vous avait caché cet épisode, sans quoi je ne me serais jamais permis d'en parler.

Garance esquisse un maigre sourire, que peut-elle faire d'autre ?

— Je sais que les choses n'ont pas toujours été simples entre vous, poursuit Odile avec regret. Les relations fra-ternelles sont parfois complexes, sans doute parce que les blessures d'enfance sont les plus difficiles à cicatriser. Roxane est encore jeune, elle a du mal à prendre le recul nécessaire pour pardonner et faire la paix. Mais je suis sûre que…

— De quoi parlez-vous ? la coupe Garance d'une voix étranglée.

De nouveau, Odile dévisage la jeune femme avec éton-nement. Celle-ci ne parvient plus à masquer sa douleur, on dirait un animal blessé qui ne comprend rien à ce qui lui arrive.

— Tout va bien ? s'inquiète la maîtresse de maison.

Garance s'enlise dans les méandres de ses doutes. Ça ressemble à des tentacules qui l'attrapent par les bras, par la gorge, par la taille, elle se débat, incapable de se libérer de cette défiance qui l'oppresse.

— Roxane et moi sommes très proches, nous nous sommes toujours très bien entendues ! parvient-elle à formuler.

Dans sa bouche, à cet instant, cette vérité sonne faux, elle en pleurerait.

Odile l'observe, pleine d'indulgence et de sollicitude. Elle affiche l'assurance de ceux qui savent. Elle ne doute pas. Ce qu'elle avance, elle le tient de source sûre. Le pauvre démenti de Garance résonne comme une mauvaise défense dont les arguments ne reposent sur rien.

— On ne sait jamais comment d'autres surmontent certaines épreuves, reprend Odile avec une insupportable douceur. Même s'il s'agit de quelqu'un de proche. On a l'impression de se connaître par cœur, et un jour, on découvre les rancœurs qu'on nous porte et on mesure l'ampleur du fossé qui nous sépare.

— C'est faux ! s'exclame Garance, révoltée. Je ne sais pas d'où vous tenez ça, mais ça n'a rien à voir avec ce que Roxane et moi vivons depuis que nous sommes toutes petites. Vous n'avez aucune idée de la force du lien qui nous unit ! Nous sommes tout l'une pour l'autre, nous…

Elle s'apprête à dire qu'elles n'ont aucun secret, qu'elles se disent tout, que leur relation est basée sur la confiance et la complicité. Elle s'interrompt, soudain vaincue : Roxane ne lui a révélé ni sa grossesse ni sa fausse couche.

Odile, en revanche, est au courant de tout.

Garance se sent ridicule, trahie, une honte épaisse la submerge, elle étouffe. Elle voudrait partir d'ici, disparaître. Ou alors arracher les yeux de cette femme qui la considère avec tant de commisération.

— Vous avez raison, j'ai dû m'emmêler les pinceaux, je suis désolée, s'excuse bientôt Odile, cherchant de toute évidence à détendre l'atmosphère. Laissez tomber, je raconte n'importe quoi.

Elle lui adresse un sourire réconfortant, et cette insupportable compassion achève de remplir Garance de haine et de rancœur. La jeune femme bouillonne d'autant plus que tout ce qu'elle pourrait ajouter ne ferait que l'enfoncer plus encore. Dépitée, elle se lève, déterminée à mettre fin à l'entretien.

— Merci pour les affaires de Roxane, dit-elle en serrant les dents.

Odile se lève à son tour en hochant la tête, à la fois complaisante et soulagée.

— C'est tout naturel.

Puis elle lui indique la sortie.

Un silence apaisant

Le temps s'est figé dans l'attente du résultat. Après avoir relu la notice, le bâtonnet entre les mains, Roxane ne quitte pas des yeux les deux fenêtres qui ornent l'une des faces. La première, qui sert de témoin, réagit aussitôt : une barre violette apparaît quelques secondes après qu'elle a maintenu la pointe absorbante sous le jet d'urine, attestant que tout se passe normalement. Pour la seconde, il faut attendre cinq minutes. Roxane dépose le test de grossesse sur le bord de la baignoire, fenêtres vers le bas, et en profite pour se reculotter. Elle jette ensuite un œil sur son smartphone afin de calculer le temps qui passe.

Les minutes qui suivent s'écoulent dans une sorte de *no time's land*, un purgatoire intemporel, une période sans forme, sans rythme et sans fin. Roxane ne sait pas très bien si elle souhaite que le temps s'accélère ou si, au contraire, elle donnerait tout pour qu'il s'arrête. Elle s'approche du miroir et observe son reflet, tente de lire dans ses yeux la part d'inquiétude et celle d'espoir, de faire le tri entre ce qu'elle désire et ce qu'on attend d'elle. Par réflexe, elle presse sa poitrine entre ses deux mains. La douleur qui en résulte lui laisse peu de doutes quant au résultat : elle a presque trois semaines de retard, elle est épuisée, elle a mal aux seins et, depuis hier, ses réveils sont nauséeux. Elle n'a pas encore annoncé à Martin la probabilité d'une grossesse et n'a aucune idée de la façon dont il accueillera la nouvelle. Elle ne sait même pas si elle-même a envie d'être enceinte. Elle se sent complètement déchirée entre deux désirs opposés : sa jeunesse lui crie de profiter d'une liberté essentielle à son âge, son amour pour Martin lui murmure d'accueillir ce cadeau de la vie. Quel que soit le résultat, elle tremble de peur et de joie, elle veut et ne veut pas, elle pleure de désespoir et elle rit de bonheur.

Roxane rallume son smartphone.

Quatre minutes.

La patience n'a jamais été son fort.

Elle tend la main vers le test et s'en empare.

La seconde fenêtre présente une bande d'un violet foncé qui ne laisse aucun doute sur son état.

Le reste de la journée passe dans un brouillard à la fois opaque et cotonneux. Il l'agresse et la protège en même temps, il la porte et la noie, il la transcende. Roxane se laisse dériver sur le flot de l'incertitude, tantôt folle de bonheur, tantôt complètement terrifiée. Elle ne sait plus où elle en est, ni ce qu'elle veut. Elle soupçonne que c'est trop tôt, à la fois pour elle et pour Martin, elle devine que leur couple a besoin de vivre encore à deux avant de s'envisager à trois.

Surtout, devenir mère la terrorise. Imaginer qu'on puisse l'appeler « maman » fait naître en elle un mélange de fascination et de dégoût. Il y a cette intimité radicale, un être qui grandit en elle, des liens tissés à jamais, essentiels et nécessaires. Cet enfant lui apparaît comme le plus grand des mystères. Elle a peur de l'aimer follement, tout autant qu'elle craint de ne rien ressentir pour lui.

Plus encore, elle ne veut pas devenir celle qu'elle a tant haïe.

En devenant mère, elle passe dans le camp de l'ennemi.

Mais il s'agit de l'enfant de Martin. Les questions reprennent leur ronde, les doutes, les espoirs. Peut-être qu'avec lui les choses seront différentes ? Peut-être qu'ensemble ils réussiront là où leurs parents ont échoué ?

Éreintée, en fin de journée, elle lâche l'affaire.

C'est Martin qui tranchera.

Elle fera ce qu'il voudra.

Lorsqu'elle entend la porte d'entrée s'ouvrir, son cœur s'emballe dans sa poitrine, il galope, il détale, il décampe, une fuite éperdue, une évasion, affolé. Martin ne pourra pas lui mentir, sa première réaction sera la vraie, elle le saura tout de suite, elle le connaît si bien.

Cette complicité est d'ailleurs réciproque : dès qu'il la voit, il l'interroge.

— Tout va bien ?

Au premier coup d'œil, il a su qu'elle était différente. Roxane ne s'en étonne pas. Tandis qu'il reste les yeux rivés sur elle, sourcils froncés, elle lui tend le test de grossesse comme un trophée.

Martin ne comprend pas tout de suite. Il s'en empare pourtant, y jette un regard intrigué, revient sur elle.

Roxane retient son souffle.

— C'est un test de grossesse, lui explique-t-elle.

Il faut deux ou trois secondes au jeune homme pour que l'information parvienne à sa conscience. Ses traits s'allongent, ses yeux s'arrondissent, il la dévisage. Il baisse une nouvelle fois les yeux sur le bâtonnet.

— Et ça dit quoi ? demande-t-il enfin d'une voix à peine audible.

— Ça dit que j'attends un bébé.

La nouvelle le pétrifie sur place.

Tous deux cessent de respirer. Ils ne se quittent pas des yeux, s'attendent, s'observent, à l'affût, prêts à basculer d'un côté ou de l'autre de l'émoi. Puis un mince sourire se dessine sur les lèvres de Martin. Peut-être même pas un sourire, d'ailleurs. Juste un relâchement.

— Mon bébé ? demande-t-il tandis que son visage s'éclaire, comme illuminé de l'intérieur.

Roxane se contente de hocher la tête en guise de confirmation tandis que le poids du doute se décompose peu à peu dans sa gorge. Et plus les traits de Martin s'épanouissent, plus l'étau qui lui ceinturait la poitrine se desserre, laissant enfin passer l'oxygène qui lui manque depuis plusieurs minutes. Bientôt, c'est une rafale d'ivresse qui déferle sur elle, emportant sur son passage les troubles, les soupçons et autres embarras. L'évidence s'impose alors, elle le savait, elle en était sûre, il ne pouvait en être autrement. Elle sourit à son tour. Leurs allégresses se nourrissent et se répondent, les voilà seuls au monde.

— Tu... Tu es content ? lui demande-t-elle.

— Bien sûr que je suis content ! répond aussitôt Martin sans dissimuler l'émotion qui perce dans sa voix.

— On le garde, alors ?

Il se contente d'éclater de rire.

— Tu voulais en faire quoi ?

Elle rit à son tour en secouant la tête, elle n'en sait rien, elle avait cru que, peut-être, il n'en voudrait pas de cet enfant, c'était possible après tout, ils n'en ont pas parlé et elle ne savait pas s'il en voulait, ils sont jeunes, elle-même n'est pas totalement sûre de ce qu'elle éprouve, entre affolement et euphorie, c'est très confus. Elle se justifie dans une sorte de déferlante, libérant en une fois tout ce qu'elle retient depuis le matin. Les paroles sont comme des flots, ils débordent malgré elle, elle rit et, dans ses éclats de joie, les larmes lui montent aux yeux.

Plus tard, dans la nuit, tandis qu'ils sont couchés l'un à côté de l'autre, abandonnés et enlacés, les démons de Roxane reviennent la hanter. Elle se cramponne au souffle régulier de Martin, telle une bouée qui dérive au milieu de l'océan. La nuit l'étreint, elle cherche ses repères dans le noir, elle se perd, elle s'égare, dans ses espoirs autant que dans ses frayeurs.

Dans son corps, un cœur bat, minuscule, tandis que le sien se débat.

Au plus profond de l'obscurité, ivre de sommeil mais incapable de le trouver, elle se dégage lentement des bras de Martin. À tâtons, elle se dirige vers la porte et sort de la chambre, entraînant dans son sillage les ombres de sa conscience.

Quelques instants plus tard, dans la cuisine, elle se sert un grand verre de whisky, qu'elle vide d'un trait.

Et tandis que l'alcool se rue dans son organisme et la réchauffe de son feu, elle pousse un soupir de soulagement.

Autour d'elle, les démons s'enfuient, ne laissant à leur place qu'un silence apaisant.

Chapitre 32

— C'est quoi, cette histoire de fausse couche ?

Affalée devant la télé, Roxane sursaute. Sur l'écran, un documentaire animalier décrit la forêt amazonienne, immense organisme où les animaux se guettent, se poursuivent, se craignent ou s'évitent, passant sans cesse de la quiétude à la peur, tantôt proies, tantôt prédateurs.

— Qu'est-ce qui te prend ? s'étonne-t-elle en se redressant.

Vêtue d'un legging et d'un tee-shirt qui ne la quittent pas depuis son retour de l'hôpital, elle dévisage sa sœur sans cacher sa surprise. Celle-ci la rejoint en quelques pas déterminés. Elle s'empare ensuite de la télécommande et coupe le son du documentaire.

— C'est quoi, cette histoire de fausse couche ? répète-t-elle d'un ton sec en se plantant devant Roxane.

Roxane reste sans réaction. Sur l'écran, derrière Garance, malgré le calme apparent qui règne sous la canopée, une mante religieuse se jette sur une chenille tendre et colorée. La jeune femme se redresse.

— Tu as parlé à Odile Jouanneaux ? demande-t-elle ensuite d'un air soupçonneux.

— On ne peut rien te cacher.

— Pourquoi ?

— Réponds-moi, Roxane. Tu as perdu un bébé ? Pourquoi tu ne m'as rien dit ?

Sous la rafale de questions, Roxane se blinde, Garance le voit à ses traits. Son regard se voile comme si elle décrochait, elle se met à distance, elle se met à l'abri.

— J'ai juste fait une fausse couche, dit-elle en haussant les épaules. Ce sont des choses qui arrivent, tu sais.

— Tu étais enceinte de combien ?

— Huit semaines environ.

— Pourquoi tu ne m'as rien dit ?

Garance a posé cette dernière question dans un éclat de voix brisée, saturé de reproches. Une crampe lui tord les entrailles, un haut-le-cœur la saisit, on dirait que son passager clandestin ricane et lui rappelle que si Roxane ne lui a rien dit au sujet de son état, elle garde elle aussi le secret de sa grossesse.

— On voulait attendre les trois mois fatidiques avant de l'annoncer, se justifie sa sœur d'une voix sans timbre. Et, tu vois, on a bien fait puisque...

La jeune femme pince les lèvres, comme si elle tentait d'empêcher les mots douloureux de sortir, et donc d'exister.

— Odile Jouanneaux, elle, était au courant ! lâche alors Garance sans plus rien maîtriser du dépit qui l'étreint.

Elle regrette aussitôt cette attaque, elle voudrait pouvoir ravaler ses paroles au moment où elle les prononce.

Roxane baisse la tête.

— Je suis désolée, murmure-t-elle.

— Non, c'est moi, soupire Garance, autant en rage contre elle-même que contre Roxane. Laisse tomber, je ne voulais pas te faire des reproches mais... Odile Jouanneaux m'a appris que tu avais fait une fausse couche et moi je suis tombée des nues devant elle...

— C'est une vraie salope.

Garance attend la suite, un commentaire, une explication. Mais Roxane la regarde sans rien ajouter.

— Et ? insiste-t-elle.

— Et rien ! C'est juste une psychopathe qui manipule tout le monde. Elle est persuadée que j'ai tué Martin, elle est prête à tout pour me le faire payer, quitte à nous monter l'une contre l'autre.

— Elle a l'air de connaître beaucoup de choses sur toi, sur nous, sur notre enfance…

— Tu n'imagines pas ! acquiesce Roxane, révoltée. Elle a enquêté sur moi pour savoir qui j'étais, d'où je venais, ma famille, mes antécédents. Elle savait déjà tout lors de notre première rencontre, par exemple que maman était alcoolique alors que je n'en avais jamais parlé à personne, pas même à Martin.

— Elle n'est pas si bien renseignée que ça, visiblement, persifle Garance en serrant les dents.

Roxane observe sa sœur sans comprendre.

— Selon elle, toi et moi, on ne s'entend pas du tout, précise l'aînée d'un ton pincé. En tout cas, c'est ce que tu lui aurais dit. Elle soutient que nous avons vécu des traumatismes de manière totalement différente, ce qui aurait provoqué une incompréhension mutuelle et nous aurait éloignées l'une de l'autre au fil des ans. Et elle a clairement affirmé que tu m'en voulais pour je ne sais quelle raison.

Garance croise les bras, adoptant malgré elle la posture de celle qui attend des explications.

— Elle t'a manipulée, Garou, se justifie Roxane, à présent sur la défensive. C'est sa manière de faire : diviser pour mieux régner. Et toi, tu as foncé tête baissée dans son piège. Jamais je ne lui ai raconté quoi que ce soit sur notre relation, et certainement pas qu'on ne s'entendait pas. Tu dois te méfier d'elle comme de la peste, elle est dangereuse, tu sais. Vraiment dangereuse !

Quelque chose s'allume dans son regard, un éclat de rancœur, une trace de défiance. Son expression frappe la mémoire de Garance : l'espace d'un court instant, Roxane ressemble à leur mère, elle en a le reflet amer, convaincue que le monde entier lui en veut.

La jeune femme se tait, songeuse. Elle observe sa cadette comme si elle cherchait à lire en elle.

— Tu ne vas pas rentrer dans son jeu ? s'inquiète Roxane tandis que Garance garde un silence circonspect.

Les deux sœurs se dévisagent, et tant de choses passent dans leurs regards, entre le soupçon, le défi, l'incrédulité, la douleur, autant de blessures qui, malgré elles, rongent des liens dont elles n'ont jamais douté jusqu'alors. Garance ne parvient pas à chasser l'idée que sa sœur la tient à l'écart de sa vie depuis de trop nombreux mois.

— Je peux savoir pourquoi vous vous êtes vues ? finit par demander Roxane sans quitter sa sœur des yeux.

— J'ai récupéré le reste de tes affaires.

Roxane se redresse vivement.

— Elles sont où ?

— Dans l'entrée.

La jeune femme se lève et s'y dirige aussitôt.

— Elle t'a rendu les carnets de Martin ?

— Elle est persuadée que c'est toi qui les as.

Roxane s'immobilise.

— C'est faux ! Je suis sûre qu'elle les a. En tout cas qu'elle les avait. Elle a dû s'en débarrasser.

— Elle affirme le contraire.

— Elle ment !

Le regard que lui jette Garance trahit son incrédulité.

— On dirait que tu la défends, murmure Roxane d'un ton accusateur.

— Non, je ne la défends pas. Mais je ne l'accuse pas non plus. N'oublions pas que, dans toute cette histoire, elle fait partie des victimes...

— Odile ? s'exclame Roxane en expulsant un rire glacial. Une victime ?

Elle marque ensuite un temps d'arrêt. Puis, fronçant les sourcils :

— Tu es dans quel camp, exactement ? demande-t-elle sèchement.

Garance se fige. La tournure de la question frappe sa conscience, et l'évidence de la réponse se dérobe malgré elle. Le doute la torture depuis quelque temps, des idées qu'elle chasse d'un côté mais qui reviennent de l'autre, sans répit, les preuves qui s'imposent, les certitudes qui s'esquivent. Bien sûr, son cœur lui dicte de croire sa sœur, mais c'est plus fort qu'elle, elle n'y arrive pas.

Pas complètement, du moins.

— Tu es en train de tomber dans son piège, Garance ! l'alerte Roxane en perdant patience. Odile Jouanneaux ne supporte pas qu'on lui tienne tête, que ce soit ses enfants, ses employés ou même la justice. Elle a décidé que j'étais coupable, elle n'en démordra pas tant qu'elle ne se sera pas vengée d'une manière ou d'une autre. Le fait même que je sois en vie est pour elle la preuve de ma culpabilité. Mais comme l'enquête a reconnu mon innocence, elle a décidé d'attaquer par un autre côté. Et ce côté, c'est toi. Alors, je te le demande encore : tu es dans quel camp ?

— Celui de la vérité, finit par répondre Garance afin d'esquiver une altercation de plus en plus inéluctable.

— « Celui de la vérité », répète Roxane en parodiant l'air grave de sa sœur.

L'aînée s'apprête à répliquer, mais la cadette ne lui en laisse pas le temps :

— Tu m'accuses de quoi ? la tance-t-elle, de plus en plus outrée, et son ton monte dangereusement dans les aigus. De détenir les carnets de Martin ou de l'avoir tué ?

— Non ! s'écrie Garance, cette fois alarmée par le tour que prend la discussion. Je n'ai jamais dit que…

— Si, tu l'as dit ! la coupe Roxane en montant encore d'un cran. Tu ne l'as pas dit avec des mots mais tu l'as dit avec tes yeux, tu l'as dit en allant voir Odile Jouanneaux sans m'en parler, tu l'as dit en prenant son parti, en doutant de ce que je te dis !

— Roxane, chérie, je…, tente encore Garance en s'approchant de sa sœur pour la prendre dans ses bras.

Mais Roxane recule.

— Tu l'as dit et tu le penses ! poursuit-elle, les traits crispés par la rancœur.

Affolée par l'état de sa sœur, Garance cherche par tous les moyens à l'apaiser, mais Roxane est à présent hors d'elle. Sa poitrine se soulève par intermittence, gonflée de rancœur. Garance tente une nouvelle fois de faire un pas vers elle, mais son mouvement décuple la fureur de sa sœur.

— Ne m'approche pas ! crie celle-ci en tendant les bras afin de maintenir la distance entre elles.

— Bon sang, Roxane, calme-toi, s'il te plaît !

— Me calmer ? Tu veux que je me calme alors que tu m'accuses d'avoir tué Martin ?

— Non ! Je te promets que je n'ai jamais pensé une chose pareille. Tu dois me croire, chérie !

— Ne m'appelle pas « chérie », hurle-t-elle plus fort encore, à présent complètement hystérique. Je t'interdis de m'appeler « chérie », ou « petite souris », ou n'importe quoi d'autre ! Je ne suis plus une enfant, je suis une adulte ! Je m'appelle Roxane ! Je m'appelle Roxane ! Tu m'entends ? Je m'appelle Roxane !

Et tandis qu'elle continue de scander son prénom, elle se transforme en tornade, passe une main furieuse sur les étagères de la bibliothèque, déloge les livres et les bibelots, les éjecte de leur emplacement… Garance s'affole, elle la supplie d'arrêter. Celle-ci hurle toujours son prénom, Roxane ! Roxane ! qu'elle accompagne de cris suraigus. Elle se rue ensuite sur le divan et empoigne les coussins qu'elle cherche à déchiqueter. Peine perdue, le tissu est trop solide, elle s'entête pourtant, sans plus de succès, ce qui renforce sa violence, elle s'acharne encore et encore, y jette ses dernières forces, ses derniers cris.

Puis, enfin, sa voix se brise et elle fond en larmes. Son corps est secoué de profonds sanglots tandis qu'elle se recroqueville. Elle tombe à genoux pour ensuite se laisser glisser sur le sol. Entre deux hoquets, elle supplie sa sœur de la croire. Elle lui dit que, sans elle, elle n'y arrivera pas. Si Garance la croit coupable, elle n'aura plus le courage de continuer. Elle aura tout perdu.

Elle se pelotonne à terre et laisse échapper une longue plainte éraillée.

Enfin seulement, Garance peut l'approcher. Elle s'agenouille à son niveau et se met à lui caresser la tête en lui murmurant des paroles apaisantes. Dans le calme revenu, au milieu du chaos, elle s'excuse, elle lui demande pardon, elle lui promet qu'elle n'a jamais douté d'elle.

Sur l'écran du téléviseur, un serpent se camoufle dans la végétation, cherchant ainsi à échapper à son prédateur, un rapace affamé qui tournoie au-dessus de lui dans les airs.

Le sien

— Charles.

— Sérieux ? C'est vieillot, Charles.

— Intemporel, disons.

— Démodé.

— Bon, OK, on laisse tomber Charles. Félix, alors ?

— Tu n'aimes que les vieux prénoms ?

Depuis qu'elle est enceinte, Roxane se voit au bord d'une falaise. À ses pieds, c'est le vide. Un seul faux pas et elle tombe, une chute fatale dont elle ne se relèvera pas. Mais devant elle, c'est l'horizon à perte de vue, l'immensité d'une perspective, la promesse d'un ailleurs.

En considérant sa situation, elle se demande si c'est là que se situe la fameuse « croisée des chemins », lorsque le destin prend un virage radical. Ce moment où tout se joue. Elle a la sensation d'avoir l'éternité devant elle et, pourtant, tout va trop vite. Ses journées ont l'envergure de tous les possibles. En revanche, ses matinées lui donnent la nausée et ses soirées l'épuisent.

— Vas-y, propose quelque chose, toi !

— Mathias.

— Pas mal.

— Ça te plaît ?

— Ce n'est pas ce que je préfère, mais je ne déteste pas.

— OK, je note. À toi.

— Que dis-tu d'Arthur ?

— Non.

— Non ?

— Non.

— Et si c'est une fille ?

— J'ai une faveur à te demander, si c'est une fille.

— Dis-moi.

Martin enveloppe Roxane d'un regard plein d'espoir. Elle l'encourage d'un sourire tendre.

— J'aimerais qu'on l'appelle Odile.

Le sourire de Roxane se fige. Elle le dévisage, cherche la plaisanterie, attend le démenti.

Martin attend, lui aussi.

Une réponse.

Qui ne vient pas.

— Tu comprends, c'est une tradition dans la famille, ajoute-t-il en guise d'explication.

Roxane se glace.

— Quelle tradition ?

— L'aîné porte le prénom du grand-parent du même sexe.

— Alors appelons-la Judith !

La parade est immédiate, elle prend Martin au dépourvu.

— Mais... ta mère est... morte, bredouille-t-il à court d'argument.

— Et alors ? Justement !

— Elle n'en saura jamais rien. Tandis que ma mère...

— OK. Du coup, si c'est un garçon, on l'appelle Jean, vu que ton père est mort et pas le mien. C'est ça ?

Martin se décompose. Il la considère sans rien dire, soudain démuni.

— Tu... Tu n'aimes pas « Odile » ? demande-t-il ensuite.

C'est tout ce qui lui vient à l'esprit.

Roxane le dévisage, ahurie. Martin prend conscience de l'absurdité de sa question, il cherche une autre approche, ne trouve rien, se rend compte de ce que sa demande a de déplacé.

— Oublie ! dit-il aussitôt. Je n'aurais jamais dû te proposer ça.

Mais la déception transpire de ses mots, de ses yeux, de ses gestes, elle renvoie Roxane à son refus. Ils se détournent l'un de l'autre et abandonnent le débat, parce qu'il n'y a rien à ajouter et que tout autre argument ne pourrait que les opposer plus encore. Le mal est fait. Odile plane sur eux avant même de connaître l'existence de cet enfant. Roxane réalise qu'elle porte dans son ventre un Jouanneaux plus qu'un Leprince. En mettant ce bébé au monde, elle entame un nouveau combat, contre elle-même plus que contre Odile : trouver sa place et sa légitimité, devenir la mère d'un Jouanneaux.

Ou peut-être simplement devenir mère.

La chose lui paraît soudain odieuse. Elle ne se reconnaît plus, elle refuse d'endosser ce rôle dont l'écho lui soulève le cœur. Et cela n'a rien à voir avec les nausées matinales, ce dégoût-là lui vient de l'âme. Elle voudrait expurger cette idée de son esprit, celle de représenter pour quelqu'un d'autre l'enfer que sa mère fut pour elle. L'ombre de Judith ricane dans son cœur, elle vocifère dans son âme, elle se contorsionne et s'impose bientôt sous les traits d'Odile.

Martin reprend la liste comme si de rien n'était, il propose des prénoms de fille, Rose, Astrid, Anne, Hélène. Mais la diversion échoue, elle laisse Roxane de marbre et ne trouve plus d'écho. Elle finit par le planter là, avec ses Charlotte et ses Solange, avec ses regrets et ses pardons. Roxane lui en veut, il a tout gâché, il a assombri son horizon, il l'a poussée du haut de la falaise.

Et tandis qu'elle plonge dans le vide sidéral de son existence, elle comprend que ce bébé n'est déjà plus le sien.

Chapitre 33

— Tu comprends, j'ai cru que ça se passait mal avec Martin, murmure Garance alors que Roxane fait une pause dans son récit.

Au milieu du salon saccagé, la jeune femme se confie à sa sœur, comblant les brèches d'une histoire trop écorchée pour tenir en un seul morceau. Elle lui raconte son début de grossesse, cette sensation incroyable qui la dépasse, celle de porter la vie, de se projeter dans le futur, de savoir où elle va. Elle lui décrit cette période durant laquelle elle touche le bonheur du bout du doigt, l'évidence d'une perfection à laquelle elle a droit, enfin. Cet enfant dans son ventre, c'est la preuve indéfectible qu'elle a un avenir avec Martin. Entre eux, la symbiose est parfaite. Ce bébé est un trésor qu'ils conservent jalousement dans les replis de leur amour. Il est leur serment, leur promesse, leur secret.

Et puis, soudain, tout s'écroule. Ce bonheur qu'ils couvent leur échappe, d'un coup, du jour au lendemain, sans qu'ils s'en expliquent la cause.

— Que s'est-il passé ? lui demande Garance.

La cadette porte sur son aînée un regard dévasté. Elle hausse les épaules et secoue la tête comme si elle ignorait la réponse, mais, lorsqu'elle reprend la parole, les choses se remettent en place.

— Un soir, nous étions invités à La Migoule. C'était un de ces dîners auxquels j'étais tolérée, les rares concessions d'Odile à mon sujet. En général, je passais le repas à éviter ses attaques et à slalomer entre ses remarques. Martin et moi avions décidé de ne pas répondre à ses provocations et de prendre notre mal en patience. Nous étions forts de notre amour et de notre secret, Odile ne pouvait rien contre nous, nous nous sentions invincibles.

En racontant, un sourire s'échappe de ses lèvres, comme si l'écho de cette force venait l'habiter encore un peu. Elle se revoit assise autour de la table, entre Adrien et une dame, une des relations politiques des Jouanneaux, ou profession-nelles, ou même amicales, elle ne sait plus, elle s'en fiche. La dame en question a une soixantaine d'années, elle compense en bijoux et en maquillage les atouts que son âge ne lui apporte plus, elle ne parle pas beaucoup et se contente d'acquiescer aux propos de son mari, installé en face d'elle, et qui, lui, tient le crachoir. Martin se trouve juste à côté de lui, il fait donc face à Roxane et échange avec elle de nombreux regards complices.

Comme d'habitude, le repas est parfait. Les plats se succèdent, rivalisant de finesse et d'originalité. Odile aime servir à ses hôtes de nouveaux aliments, et cette fois ne fait pas exception à la règle. Elle parvient toujours à trouver l'ingrédient que personne ne connaît, le goût surprenant, l'association inattendue. Roxane se demande parfois si la nature n'invente pas des produits spécialement pour elle. Comme ce légume dont elle a oublié le nom, qui res-semble à un cornichon, possède la texture d'une poire mais a le goût d'une patate douce. Il est servi sur une sorte d'humus de parmesan rehaussé d'un crumble, c'est complètement improbable mais Roxane n'a jamais rien mangé de meilleur.

Depuis quelque temps, pourtant, ses goûts lui jouent des tours. Certaines saveurs dont elle raffolait avant sa grossesse lui semblent aujourd'hui écœurantes et provoquent des nausées qu'elle peine à dompter. Mais Roxane se domine. Elle ne veut rien laisser paraître, ne laisser aucune occasion à Odile de découvrir l'existence de son petit passager. Elle sait que, à la seconde où celle-ci aura connaissance de son état, elle tissera sa toile autour d'eux. Ce moment arrivera, forcément, mais Roxane tente de le repousser le plus longtemps possible, de profiter du calme avant la tempête. Elle fait donc bonne figure, réprime ses nausées et sourit à l'assemblée.

C'est au moment du plat principal qu'elle commet l'erreur fatale. Autour de la table, on s'extasie sur les assiettes, leur contenu, le fumet qui s'en dégage. Maï Ly procède au service du vin, un nuits-saint-georges qui accompagne un risotto aux asperges, châtaignes d'eau et jambon serrano.

Au moment de remplir le verre de Roxane, celle-ci pose une main péremptoire dessus, l'empêchant d'y verser le vin. Maï Ly esquisse un hochement de tête et passe à la voisine de Roxane.

Le refus de la jeune femme n'a pas échappé à Odile. Cette dernière la dévisage avec surprise d'abord, curiosité ensuite. Roxane lui sourit aussitôt, donnant à leurs regards la facture d'un échange ordinaire.

Au fond d'elle-même, pourtant, elle sait.

Elle sait qu'Odile a un doute. Celle-ci ne la lâche pas des yeux. Elle la détaille, elle l'analyse, elle la scanne, un examen de fond au terme duquel, Roxane en est persuadée, elle a tout compris.

— Elle n'a pas pu savoir comme ça, juste parce que tu as refusé de boire du vin, objecte Garance.

— Elle l'a su, affirme Roxane. Au moment où j'ai décliné le verre, elle a compris que j'étais enceinte. J'avais réussi à passer inaperçue pendant l'apéro en trempant mes lèvres dans une coupe de champagne que j'ai abandonnée sur un coin de cheminée. Mais là, à table, ça n'a fait aucun doute.

Garance garde pendant quelques secondes un silence circonspect.

— Je ne vois pas le rapport avec ta fausse couche, remarque-t-elle ensuite.

Roxane esquisse une moue d'impuissance, pinçant les lèvres en signe d'indécision.

— Peut-être qu'il n'y en a pas, finit-elle par reconnaître. En tout cas, pas de preuve formelle. Mais je n'arrive pas à m'enlever de la tête que cette fausse couche était exactement ce qu'elle souhaitait. Je me méfie tellement d'elle que j'ai l'impression qu'elle plane au-dessus de moi comme un mauvais sort. Le truc, c'est qu'elle nous a réinvités, Martin et moi, trois jours plus tard. Juste lui et moi.

— Et alors ?

— Ce n'était jamais arrivé. Ça faisait sept mois que Martin et moi étions en couple, trois mois que nous vivions ensemble, et jamais elle ne nous avait invités à La Migoule sans satisfaire à une obligation. Encore moins à trois jours d'intervalle.

— Admettons. Mais on peut aussi imaginer que, justement, après trois mois de vie commune et sept mois de relation, elle a compris que votre histoire n'était pas une simple amourette et… Je veux dire, trois mois, ce n'est pas beaucoup. On peut aussi se dire que c'est normal qu'elle n'ait rien organisé avant.

Roxane dévisage Garance, et dans son regard brille un éclat de suspicion, une méfiance qui ne la quitte plus.

— Ne me regarde pas comme ça, se défend aussitôt Garance. J'essaie juste de comprendre ce qui s'est passé.

Un bref silence, puis Roxane reprend son récit :

— Nous sommes donc retournés à La Migoule. Odile était aux petits soins et, chose incroyable, Adrien n'était pas là. Nous avons mangé à trois. J'avais raconté à Martin l'échange de regards avec sa mère trois jours auparavant, j'étais certaine qu'elle était au courant de mon état. Il en doutait, mais il disait que ça n'avait pas d'importance. Qu'elle ne pouvait rien contre nous.

Elle marque une courte pause durant laquelle Garance l'encourage à poursuivre.

— Au moment de me servir du vin, j'ai décliné, bien entendu, soupire-t-elle comme si elle regrettait. Elle a joué la surprise, elle m'a demandé si je faisais un régime sans alcool… Juste après, elle a ajouté un truc du genre : « Ou alors, c'est que vous avez une bonne nouvelle à m'annoncer ! » Elle avait un sourire complice en regardant Martin droit dans les yeux. Ça l'a complètement déstabilisé. Il a rougi, il a bredouillé, il s'est empêtré dans des explications qu'on ne lui demandait pas… Il est tombé dans le piège comme un débutant. Alors, elle, elle a fait celle qui avait tout compris et elle nous a sorti le grand jeu, les yeux émerveillés, elle s'est jetée dans les bras de Martin, elle nous a félicités, puis elle m'a serrée contre elle… Du grand n'importe quoi !

Garance l'interroge du regard, lui signifiant son incompréhension.

— La réaction totalement improbable de la part d'Odile ! lui explique Roxane avec véhémence. Son show, ses larmes, sa prétendue émotion, ça n'avait aucun sens. C'était complètement ridicule, je n'y croyais pas un instant. Je savais que, pour elle, c'était la pire chose qui puisse arriver. Ça impliquait que je devenais un membre à part entière de la famille, que j'intégrais le clan Jouanneaux. Jamais elle n'aurait réagi comme ça si elle n'avait pas eu une idée derrière la tête. Sans compter qu'elle tombait des nues, ce qui était ridicule puisqu'elle était déjà au courant. Martin, lui, y croyait. Et même quand nous sommes rentrés le soir à la maison et que j'ai tenté de lui ouvrir les yeux, il n'en a pas démordu. Il m'a soutenu que sa mère était sincère, que c'était moi qui voyais le mal partout ! On s'est disputés, évidemment...

La voix de Roxane se fêle, elle retient un remous qui fait tanguer sa détermination, les sanglots au taquet, prêts à rappliquer ventre à terre à la moindre esquille de cette histoire qui lui broie les entrailles.

— Toujours est-il que, le surlendemain, je perdais le bébé. Déjà, la nuit précédente, je sentais que quelque chose n'allait pas. Ça tiraillait dans mon ventre, j'avais des crampes qui me faisaient de plus en plus mal, je me sentais anormalement épuisée mais la douleur m'empêchait de dormir. Le lendemain, lorsque je me suis réveillée, les draps étaient tachés de sang.

L'émotion musèle le flux des mots. Au même moment, un spasme tord le ventre de Garance et se transforme en crampe, comme si l'enfant qu'elle portait se révoltait d'un tel récit. Ça lui fait l'effet d'une mauvaise blague, le destin qui s'emmêle les pinceaux, la vie qui se prend les pieds dans le tapis.

Elles restent là, sans parler, donnant à ce silence recueilli le tribut d'un hommage.

— Pourquoi penses-tu qu'Odile est responsable de ta fausse couche ? finit-elle par lui demander dans un murmure timide.

Roxane considère sa sœur comme si sa question était absurde.

— Parce qu'elle l'est ! Comment expliques-tu que, le surlendemain du dîner à La Migoule, le bébé soit mort ?

— Tu l'as dit toi-même : des fausses couches, ça arrive assez souvent, surtout avant la douzième semaine, objecte Garance. Et puis, je ne vois pas trop le lien entre le repas à La Migoule et la mort du fœtus.

Roxane s'anime soudain d'une virulence exaltée.

— Je suis persuadée que, pendant le repas, elle m'a fait ingérer un truc à mon insu, dans mon plat ou dans mon dessert, dit-elle d'une voix maintenant fébrile. Tu sais, un de ces comprimés qu'on prend pour les avortements médicamenteux.

Garance ne peut s'empêcher de lui jeter un regard incrédule.

— Je me suis renseignée, tout concorde, s'obstine Roxane. Le délai, les symptômes, tout ce qui s'est passé par la suite... J'ai vécu exactement ce qu'une femme qui avorte subit. La coïncidence est trop grande. Sans compter sa réaction, ce bonheur ridicule qu'elle affichait, comme si devenir grand-mère avait toujours été son rêve le plus fou.

Garance la considère maintenant sans comprendre, les sourcils froncés.

— Non, mais tu l'as vue ? s'emporte Roxane. Tu trouves qu'elle a le profil de la mamie gâteau ? C'est une bombe, cette femme-là, dans tous les sens du terme. Elle est sur le podium du pouvoir, elle n'a absolument pas l'intention d'en descendre !

— Quel rapport avec ta grossesse ?

— L'arrivée d'une nouvelle génération, c'est l'annonce de son déclin, la direction vers la porte de sortie, argue-t-elle comme si ça tombait sous le sens. Elle n'était pas prête. Et puis surtout, elle n'avait absolument pas l'intention de me faire entrer dans la famille.

Garance réfléchit. L'accusation de Roxane lui semble tirée par les cheveux, presque délirante. Elle repose en tout cas sur peu de preuves tangibles et beaucoup d'interprétations.

— Où se serait-elle procuré une pilule abortive ? demande-t-elle encore. Ce n'est pas vraiment le genre de médicaments qu'on trouve en vente libre !

Roxane laisse échapper un rire d'évidence.

— Tu crois vraiment que c'est un problème pour elle ? Avec toutes les relations qu'elle a, c'est le genre de détail qu'elle règle en quelques coups de fil !

Garance hoche la tête, paraissant accepter la réponse. Elle ne peut toutefois s'empêcher de douter du bien-fondé des arguments de sa sœur. Elle continue de l'observer, le regard préoccupé, sans trop savoir quelle réaction adopter. Quelque chose dans l'attitude de Roxane la met mal à l'aise, cette façon qu'elle a de porter des accusations qui ne reposent sur rien.

— Tu ne me crois pas ? demande Roxane avec une pointe d'agressivité dans la voix.

Surprise par l'hostilité du ton, Garance hésite quelques instants. Trop longtemps, au goût de sa cadette.

— Bordel, Garance ! s'énerve celle-ci. C'est quoi, ton problème ?

Garance tressaille, sa sœur est à fleur de peau, prête à exploser de nouveau. Il est urgent de faire redescendre la pression.

— C'est bon, je te crois ! s'empresse-t-elle d'affirmer. J'essaie juste de…

— Oh non, tu ne me crois pas ! la coupe Roxane d'une voix chargée de rancœur. Pourquoi tu me croirais, d'ailleurs ? Est-ce que j'ai la position sociale d'Odile Jouanneaux ? Non, bien sûr que non ! Est-ce que j'ai le même nombre de zéro sur mon compte en banque ? Non plus ! Alors pourquoi tu me croirais ?

Sa voix dérape dans un virage serré, emportée par la colère.

— Ça n'a rien à voir, Roxane, et tu le sais ! rétorque Garance avec une fermeté forcée. Il faut que tu te calmes, là ! Je ne suis pas contre toi, OK ?

— Ah non ? rugit la jeune femme en montant dans les aigus. Ce n'est pas l'impression que tu donnes ! Depuis le début, tu es du côté des Jouanneaux ! Et je sais parfaitement ce que tu penses au sujet de la mort de Martin !

— Ah oui ? Je pense quoi ?

Un éclair d'aversion traverse le regard de Roxane.

— Que je l'ai tué ! crache-t-elle, amère.

Garance considère sa sœur avec stupeur. Elle veut démentir, apaiser le débat, rassurer Roxane, elle s'apprête à parler...

— La question n'est pas de te croire ou non, parvient-elle enfin à formuler. C'est juste que... il y a certaines questions auxquelles je n'ai pas de réponse...

— Lesquelles ? gronde Roxane dans une fureur bouillonnante. Vas-y, je t'écoute ! Pose-moi tes questions ! Non, parce que si tu n'as pas de réponses, je peux t'en fournir, moi !

Elle se fige, submergée par l'émotion, et porte sur sa sœur un regard halluciné, incrédule et consterné.

— Comment tu peux me croire un seul instant capable d'une chose pareille ? demande-t-elle ensuite en secouant la tête dans un mouvement de refus.

Garance la dévisage.

— Tu veux vraiment le savoir ? Je dois vraiment te rappeler ce que tu as fait à maman ? Parce que, tu vois, à l'époque non plus, je n'ai pas pensé un seul instant que tu serais capable de faire une chose pareille !

Silence soudain, écrasant. Roxane est comme foudroyée sur place. Elle ne quitte pas sa sœur des yeux, elle se noie dans cet échange, perd pied, s'égare vers des rives absurdes.

— Mais... ça n'a rien à voir, finit-elle par balbutier.

— Ah non ? demande Garance. Et c'est quoi, la différence ?

Roxane hausse les épaules, comme si la réponse était évidente.

— Martin, je l'aimais. Je l'aimais de toute mon âme.

Elle s'octroie un court répit avant d'ajouter :

— Tandis que maman, on la détestait. On voulait qu'elle crève, tu te rappelles ? Tu n'as pas cessé de me le répéter pendant des années. « Je veux qu'elle crève, je veux qu'elle crève », tu t'en souviens ? Si je l'ai tuée, c'était pour toi, Garance. Uniquement pour toi.

Le bébé

Le carrefour est particulièrement animé, les klaxons se répondent en chœur, les passants se pressent, la journée bouillonne déjà, on dirait qu'elle marche d'un pas militaire vers le soir.

À la croisée des deux avenues, là où la bouche de métro avale les travailleurs du matin, Roxane et Martin s'arrêtent. C'est ici que leurs chemins se séparent, c'est leur point d'adieu, leur poste d'au revoir. Ils prennent toujours quelques instants avant de se quitter. Ils campent au milieu du trottoir tandis qu'une foule indifférente s'ouvre et les contourne pour se recoller juste derrière eux. Ils s'embrassent et s'étreignent, chacun puise dans l'autre l'amour qui lui manquera tout au long de la journée.

Depuis quelque temps, au moment du départ, en plus de leur cérémonial amoureux, Martin caresse le ventre de Roxane. Sa main se pose là, chaude et tendre et, dans le creux de son oreille, il souhaite une bonne journée à leur enfant.

Ce matin, lorsqu'ils se séparent, Martin lui rappelle qu'ils dînent à La Migoule. Roxane acquiesce, pas de danger qu'elle oublie.

Il s'éloigne vers l'avenue tandis qu'elle dévale les marches de la station de métro. Arrivée en bas, elle passe les portes battantes, prend le couloir du milieu et file dans les artères souterraines. Mais alors qu'elle devrait tourner à gauche pour la ligne 4 en direction de la fac de médecine, elle s'arrête et vérifie l'itinéraire sur les panneaux indicateurs, avant de bifurquer à droite. Quelques couloirs plus tard, elle débouche sur un quai et monte dans la rame qui se présente, justement.

Le trajet est plus long que prévu. Elle se trompe au changement prescrit par son application et se dit qu'elle aurait mieux fait de se fier à son instinct. Ça la conforte dans son choix, suivre son intuition, personne ne sait mieux qu'elle le chemin qu'elle doit emprunter. Elle trace dans les boyaux de la terre, et plus elle se rapproche de sa destination, plus son ventre se noue. Elle ne veut plus penser à rien, ne plus réfléchir, ne plus douter. Elle a pris sa décision.

Enfin, elle descend de la rame et rejoint la surface. Le quartier qui se découvre à elle est bordélique, un enchevêtrement de constructions de tous styles, entre maisons et bâtiments, briques et béton, petites rues qui se contorsionnent, des échoppes côtoient des entrepôts, ça n'a pas de sens, ou plutôt ça en a trop, ça grouille de partout, ça passe de l'odeur du pain frais à celui du poisson qu'on décharge, c'est comme un brouillon d'urbanisme pensé par un adolescent enthousiaste. Roxane se repère comme elle peut, son smartphone à la main, boussole des temps modernes qu'elle tourne dans tous les sens, elle n'y comprend rien mais finit par trouver son chemin.

Arrivée à la bonne adresse, elle pousse la porte et se présente à l'accueil, un bureau derrière lequel une jeune femme la salue d'un sourire chaleureux. Roxane dit qu'elle a rendez-vous. La jeune femme lui propose de prendre place dans la salle d'attente, on va bientôt la recevoir.

C'est sans doute l'instant le plus compliqué à gérer, cette attente informe qui s'étale devant elle. Les secondes ressemblent à des heures, et résonne dans sa tête le clapotis des remords, lancinants, qui ne cesse de l'éclabousser.

Aussi, lorsqu'une grande femme rousse apparaît enfin et lui propose de la suivre, Roxane s'exécute avec soulagement.

Quelques moments plus tard, elle pénètre dans un petit cabinet meublé d'un bureau, ainsi que d'une table d'auscultation que l'on devine derrière un paravent. Après lui avoir indiqué une chaise, la grande femme rousse l'invite à lui confier la raison de sa présence.

La gorge de Roxane s'assèche, comme si la réponse aspirait tout dans son sillage. Parce que les mots qu'on lui demande, elle ne les a encore jamais formulés. Ce n'était jusqu'à présent qu'une nécessité impérieuse, une évidence. Pourtant, lorsqu'elle les prononce, ces mots, elle en mesure toutes les répercussions, des grappes de séquelles qui s'enroulent autour d'elle et l'oppressent.

Alors, rassemblant son courage, elle ferme les yeux et déglutit :

— Je suis enceinte. Et je ne veux pas garder le bébé.

Chapitre 34

On vient de le poser sur le bar, une vodka pour la p'tite dame. Le verre d'alcool rutile devant Garance, elle en caresse les contours du bout des doigts, retardant le moment où elle va le porter à ses lèvres. Fermée au chahut ambiant, elle est assise sur un tabouret, les jambes croisées sur son dépit. Dos cambré, fesses en arrière, poitrine en avant. Elle est perdue dans le décor comme son esprit dans ses pensées. Elle erre entre ses doutes et ses soupçons, la culpabilité de sa sœur, son innocence, ce qu'elle a voulu faire, ce qu'elle a fait. L'esprit de Roxane est une tourbière qui happe à mesure qu'on s'y enfonce. Le jour où sa sœur a fait l'injection fatale à leur mère, l'adolescente a quitté les rives rassurantes de la raison, et Garance n'est pas certaine qu'elle y soit jamais revenue. Elle connaît la fragilité psychologique de Roxane, les dégâts causés par Judith, son enfance mutilée. Elle en mesure chaque jour les séquelles, cette haine qui la ronge jusqu'à lui faire commettre l'irréparable.

Roxane a tué leur mère.

Et Garance sait que, ce jour-là, il n'y a pas que Judith qui a disparu.

Quelque chose s'est brisé, définitivement, qui ne reviendra plus.

Jusqu'à présent, Garance pensait que la vie ferait son œuvre, avec ses béquilles et ses sparadraps, qu'elle permettrait du moins à sa sœur d'explorer ses sillons. Ceux-ci sont devenus brèches, puis fossés, puis crevasses, ils l'ont précipitée dans les profondeurs d'un destin à la dérive. À l'époque, Garance avait remercié le ciel que la justice n'ait pas décelé la vérité. L'insuline injectée dans les veines de Judith n'avait pu être analysée par les experts, l'adolescente avait donc été épargnée par les rouages judiciaires. Mais le crime impuni attendait son heure. Durant toutes ces années, Roxane s'est crue à l'abri du tribunal des hommes. Et ce qu'elle avait réussi une fois, elle s'était peut-être autorisée à le faire une seconde fois.

Voilà les conclusions qui mènent Garance vers les affres de l'horreur : sa sœur connaît parfaitement les effets d'un surdosage d'insuline, une crise cardiaque dont il est pratiquement impossible de déterminer l'origine.

Juchée sur son tabouret, la jeune femme maîtrise un frisson d'angoisse. Si sa sœur a voulu se débarrasser de son compagnon, elle avait la solution à portée d'esprit. Le reste n'était qu'une question d'organisation.

Soudain, un bruit éclate à côté d'elle, ou pas loin, qui l'arrache à ses pensées. Le bar réapparaît autour d'elle, le brouhaha, les gens, la vie. Au même moment, une silhouette s'impose à sa gauche et lui fait remarquer qu'un verre plein, c'est un manque de savoir-vivre. Garance ne comprend pas tout de suite, il lui faut une ou deux secondes pour faire la mise au point sur l'instant.

— En plus, si vous videz votre verre, ça me permettra de vous en offrir un, ajoute la silhouette qui, maintenant, s'accoude au bar avec la ferme intention d'y camper un moment.

Garance hoche imperceptiblement la tête et chasse ses idées grises. Elle saisit ensuite son verre qu'elle vide d'un trait avant de le reposer sur le bar. Puis elle se tourne vers l'homme et lui sourit.

— Je reprendrais bien la même chose, dit-elle d'une voix chaude.

L'homme marque sa surprise d'un haussement de sourcils, il ne s'attendait visiblement pas à ce que ce soit si facile.

— On va bien s'entendre, toi et moi.

Garance acquiesce.

Après tout, elle est là pour ça.

Une demi-heure plus tard, elle s'engouffre dans le réduit exigu des toilettes pour dames, entraînant l'homme dans son sillage. Elle referme la porte derrière lui et se frotte contre son corps, faisant chalouper son bassin, la main plaquée sur son entrejambe. Elle constate la présence d'une bosse et pousse un gémissement de satisfaction. Elle entreprend aussitôt de défaire la ceinture, déboutonne le pantalon puis plonge la main dedans avant de libérer le sexe. L'homme grogne de plaisir. Garance commence à le branler, elle s'active avec méthode, par coups de poignet cadencés, le geste clinique. Lorsque le membre est bien raide, elle sort de la poche de sa jupe une capote qu'elle enfile sur le gland. Pendant toute l'opération, l'homme la regarde faire, la respiration haletante et les yeux mi-clos. Puis Garance se retourne, face au mur, jambes écartées, relevant sa jupe par-dessus ses fesses.

— Prends-moi, souffle-t-elle, impérieuse.

L'homme marque une hésitation, le côté formaliste de l'acte le perturbe un peu. Il lui empoigne les seins par-derrière, qu'il pétrit en enfouissant sa tête dans le cou de sa partenaire, cherchant à dégager du moment quelques pauvres préliminaires expédiés.

— Prends-moi, répète Garance en collant d'autorité ses fesses contre le sexe dressé.

L'homme ne tergiverse plus, il écarte le tissu de la culotte pour s'introduire. Puis il lui saisit les hanches et s'affaire en elle, rythmant son plaisir à coups de bassin. Garance ferme les yeux et se concentre sur ce membre qui la pénètre, le va-et-vient d'un corps anonyme qui l'envahit et l'assiège. Elle plonge sa main dans sa culotte et se caresse, calquant son mouvement sur le tempo de l'homme. Elle guette les signes d'une volupté sauvage qu'elle sait farouche et guide son partenaire de mots clairs et directifs. L'homme s'exécute, il suit les injonctions, il s'applique, plein de bonne volonté.

En deux minutes, tout est plié. Garance connaît un orgasme brutal, sans montée de plaisir, seulement une jouissance fulgurante qui explose en quelques secondes et la laisse pantelante. Juste après, l'homme éjacule. Il reste encore un court instant puis il se retire. Pareil pour la capote dont il se défait. Un bref moment d'indécision, un peu gêné, il regarde autour de lui, avise la poubelle dans laquelle il se débarrasse du préservatif. Puis il prend quelques feuillets de papier toilette pour s'essuyer. Il remonte ensuite son pantalon et se reboutonne. Entre-temps, Garance a rabaissé sa jupe. Elle se tourne vers le miroir pour ordonner sa coiffure. Au moment de sortir, comme il campe devant la porte, elle le regarde enfin, peut-être pour la première fois. Il se tient devant elle, soudain embarrassé par cette promiscuité, il veut dire quelque chose mais rien ne vient. Alors il hoche la tête et murmure :

— Je m'appelle Didier.

Elle soupire. Elle ne veut rien savoir, ni son nom, ni son âge, ni rien qui le concerne.

Elle ne veut rien recevoir.

Et elle ne veut rien donner.

— Moi c'est Roxane, répond Garance.

Un doute

Le réveil est nauséeux. Bouche pâteuse et paupières lourdes, un bourdonnement diffus qui s'incruste dans l'oreille et se répand jusque dans le crâne, tout est lent, et gauche, et plein, ça tangue, c'est pénible, au bord du séisme. Pourtant, rien ne bouge dans la chambre. Rideaux mal tirés, un rai de lumière émerge de l'espace entre les deux tentures, le jour en profite pour s'imposer. Roxane grimace. Elle porte la main à sa tête, puis à son ventre, geste viscéral, sonde ensuite sa gorge, sa poitrine, déglutit. À côté d'elle, Martin est plongé dans un sommeil profond, le visage tourné de l'autre côté. Elle se redresse sur son coude, se penche légèrement au-dessus de lui. En bougeant, elle s'aperçoit que ça colle sous la couette, c'est humide, à la fois chaud et visqueux, elle soulève l'édredon.

Sa culotte et les draps sont maculés de sang.

Ses yeux s'arrondissent de stupeur. Un haut-le-cœur leur fait écho, parce que la quantité de rouge est impressionnante, elle ne s'attendait pas à tant de sombre et de matière. Un mal aigu résonne aussitôt dans son ventre, comme si la vision du sang réveillait la douleur et non l'inverse, ça tire dans tous le sens, entrailles crispées à l'extrême, des crampes à fleur de peau. Roxane étouffe une plainte, sans savoir si elle souffre plus dans sa chair ou dans son âme. Le second comprimé a fait son effet, celui qui expulse l'œuf, elle le sait, elle l'a pris hier soir. Ce n'est que le début, le médecin l'a prévenue, du sang, il y en aura beaucoup, longtemps, elle s'y attend. Mais la réalité de la chose est éprouvante.

Presque aussitôt, un grognement répond à ses maux, Martin bouge à ses côtés, réveillé par son tourment. Il se retourne alors, la considère sans comprendre, son visage embrumé, sourcils froncés sur son incompréhension.

— Qu'est-ce qu'il y a ? demande-t-il d'une voix encore ensommeillée.

Roxane se contente de soulever de nouveau la couette et laisse apparaître le sang, sur elle et tout autour. À son tour il découvre la débâcle, regard vissé sur la tache opaque, interdit, incrédule. Ils se regardent ensuite, ils cherchent dans les yeux de l'autre la force de comprendre, se rendre à l'évidence, il n'y a plus rien à faire.

Juste après, Martin se révolte. Il saute hors du lit, saisit son téléphone et compose un numéro. Il est debout dans la chambre, nu, Roxane lui demande ce qu'il fait, il lui dit de ne pas bouger, il appelle les urgences, il y a peut-être une chance de tout sauver.

— Laisse tomber, c'est trop tard, tu vois bien.

Mais Martin ne voit pas. Il attend que quelqu'un réponde, et d'ailleurs une voix métallique résonne dans le combiné, *Centrale d'urgence, ne quittez pas. Pour l'ambulance ou les pompiers, appuyez sur 1. Pour la police, appuyez sur 2.* Du coup il appuie sur 1 et déjà les sonneries s'élèvent dans le téléphone. Roxane lui demande de raccrocher, ça ne sert à rien, le bébé doit être quelque part dans sa culotte ou sur le drap. Elle se redresse à son tour et le rejoint, elle ressemble à ces personnages de films d'horreur, avec tout ce sang sur elle, ses jambes, ses cuisses, sa culotte et le bas de son tee-shirt, c'est triste à mourir, cette image d'elle qui se tient maintenant devant lui et le supplie de raccrocher, on dirait un cauchemar. Au moment où une autre voix remplace les sonneries et demande en quoi elle peut aider, Martin hésite, jette un regard éperdu à Roxane, puis bredouille une pauvre excuse avant de couper la communication.

Plus tard, ils sont enlacés dans le lit. Le sang est toujours là, aucun d'eux n'a pris la peine d'enlever les draps ni de nettoyer, c'est tout ce qui leur reste de leur bébé. Ils pleurent ensemble, se demandent pourquoi, qu'ont-ils fait pour mériter ça ? Roxane se recroqueville autour de son ventre, Martin la noie de questions, comment elle se sent, a-t-elle mal, comment c'est possible une chose pareille, c'est injuste, il n'arrive pas à y croire. Ensemble ils tentent de comprendre, remontent le temps, établissent la chronologie des événements, cherchent la cause d'un tel drame. Roxane dit que, parfois, les raisons sont mystérieuses, les fausses couches sont fréquentes, il n'y a peut-être pas de responsable, ni elle ni lui, c'est comme ça. Le dîner à La Migoule est évoqué et Roxane devient indécise, elle parle du repas et de la digestion difficile, cette sensation de lourdeur, suivie de crampes, diffuses au début puis de plus en plus intenses.

— Tu te souviens, je me suis couchée dès qu'on est rentrés. Je commençais déjà à avoir mal au ventre, mais je ne voulais pas t'inquiéter. Et hier, je ne me suis pas sentie bien, mais je me suis dit que ça passerait.

Martin la dévisage.

— Tu crois que tu as mangé quelque chose qui a provoqué ça ?

— J'en sais rien…

Échange de regards, ils cherchent dans les yeux de l'autre la confirmation d'un doute, une hypothèse qui s'impose. Martin secoue la tête, c'est impossible, un aliment a-t-il le pouvoir de provoquer une fausse couche ? Roxane rétorque que oui, la sauge est hautement abortive, elle l'a lu quelque part. Martin veut bien y croire mais ils n'ont pas mangé de sauge hier soir, ce dont elle convient, oui, bien sûr, même si c'est bizarre tout de même cette réaction immédiate, des contractions qui se manifestent sitôt le repas terminé. Elle retient une expression de douleur, se referme, Martin est perdu, il veut la prendre dans ses bras mais elle le rejette soudain, les nerfs à vif, ne me touche pas s'il te plaît.

Martin la considère sans comprendre. Roxane se détourne et, avec elle, l'intelligence se délite, celle du cœur et celle de l'esprit.

Un mur s'est dressé entre eux. Ils n'ont rien vu, rien compris, rien anticipé. Les voilà pourtant de part et d'autre d'un avis tranché, l'un qui affirme, l'autre qui conteste. Le ton se fait acerbe, les reproches émergent d'un mot ou d'un regard, l'une qui accuse, l'autre qui réfute. Martin lui demande ce qu'elle sous-entend. Roxane répond qu'elle n'insinue rien, et d'ailleurs fous-moi la paix, elle hausse les épaules, elle rassemble sa détresse et lui tourne le dos. Il ne peut pas comprendre. Martin le vit comme un abus, il n'y est pour rien, lui aussi a mal, lui aussi a perdu ce bébé qui vivait dans son cœur, cet enfant dans lequel il se projetait, pourquoi aurait-elle le monopole de la souffrance ?

— Peut-être parce que ça s'est passé dans mon ventre ? réplique-t-elle avec des aiguilles dans la voix. Peut-être aussi parce que c'est mon sang, ça ?

Elle montre les draps, elle les pointe du doigt, et c'est comme si elle l'accusait encore, comme s'il était responsable. Martin reçoit l'attaque comme un coup de poignard, ça lui fait un trou dans le ventre, on dirait qu'elle cherche à le blesser, au moins autant qu'elle saigne, elle, tu vois comme ça fait mal ? Il grimace sous la douleur, il voudrait retrouver leur connivence, la force qui les unit, qu'est-ce qu'elle a, il ne la reconnaît pas. Il se sent tout nu, il l'est, d'ailleurs, soudain glacé, il fait froid ou c'est moi ? Pas de réponse. Roxane se mure dans un silence lugubre, elle ressemble à un fantôme, toujours vêtue de sang, des nippes de plasma, la tombe de leur enfant. Il cherche autour de lui des vêtements à se mettre, comme pour se protéger d'elle. Il voudrait lui dire d'arrêter, il a compris, il a besoin d'elle, comme elle a besoin de lui, il le sait. Mais quand il la regarde, elle se dérobe encore et fait barrage de sa douleur pour l'exiler.

— Qu'est-ce que tu as ? Pourquoi tu me traites comme ça ?

Elle lui tourne le dos sans lui répondre, ça le rend fou. L'espace d'un instant, il est prêt à la supplier de ne pas le repousser, ça sert à quoi, il est déjà assez malheureux comme ça, pas la peine d'en rajouter. S'ils se disputent, ils auront tout perdu. Alors il insiste, incapable de laisser faire le temps, celui qui guérit les blessures, justement, il veut des réponses, la retrouver telle qu'il la connaît, il est prêt à tout, lui jurer ce qu'elle veut, lui promettre le ciel, la lune, le monde, et même au-delà.

C'est là que Roxane s'effondre. Elle tremble, elle a peur, elle sanglote, elle parle d'Odile, de cette terreur qui l'étreint, la certitude que sa mère lui a déclaré la guerre, elle le sait, elle le sent, à la manière dont celle-ci lui parle et la considère. Sous le regard ahuri de Martin, elle déballe tout, cette oppression constante qu'elle éprouve quand elle est en présence d'Odile, cette sensation d'être jaugée en permanence, analysée, examinée, et puis jugée aussi, parce qu'elle fait tache dans le décor et que, à force d'être à peine tolérée, elle en arrive à vouloir disparaître pour de bon.

Au début, Martin ne comprend rien, attends, de quoi tu parles, c'est quoi, le problème, exactement ? Roxane maîtrise ses nerfs, plutôt mal, d'ailleurs, elle est en équilibre précaire au bord du gouffre, les talons dans le vide, t'es aveugle ou tu le fais exprès ? Elle reprend dans un murmure saturé, sa mère, le nom des Jouanneaux, la société, tout ça, elle n'y a pas sa place, le but est de la dégager. Sauf que, avec sa grossesse, ça devient compliqué. Et là, comme par magie, il n'y a plus de bébé, elle doit lui faire un dessin ?

Les traits de Martin se décomposent, qu'est-ce qu'elle raconte, c'est n'importe quoi ! Roxane explose, elle ricane son dépit et lui résume l'autre soir, le regard d'Odile quand elle a refusé le vin. Martin n'y croit pas un instant, il se lance dans une plaidoirie informe comme s'il attrapait des mots au hasard, jamais, pas possible, c'est faux, ma mère, le bébé, tu te trompes, penser ça, c'est fou, comment, pourquoi. Il tente de la convaincre mais tout s'embrouille dans sa bouche et, loin d'arranger la situation, ses propos décuplent la fureur de Roxane. Alors elle le plante là, elle quitte la chambre et file à travers l'appartement vers la porte d'entrée qu'elle claque derrière elle. Il la suit de près, et les voilà tous les deux dans la cage d'escalier, elle se retourne vers lui et le prend à partie, tu me lâches, barre-toi ou je hurle. Lui est affolé, il tente encore vainement de la calmer, d'autant qu'elle est toujours en culotte et en tee-shirt, maculée de sang, à crier comme si on l'égorgeait. Et, bien sûr, ça ne rate pas, la porte d'en face s'ouvre, et Mme Detriche apparaît, curieuse d'abord, éberluée ensuite, horrifiée enfin. Martin lui dit que tout va bien, mais elle n'a pas l'air de le croire. La vieille dame lui ordonne de rester à distance, ne m'approchez pas, restez où vous êtes, et pendant qu'elle dit ça, elle fait marche arrière, la situation est claire, limpide, sa jeune voisine s'est fait agresser, elle a besoin d'aide, il faut appeler la police ! Elle le regarde avec horreur, baisse les yeux sur sa chemise, Martin suit son regard… Il s'aperçoit qu'il est également taché de sang, celui que les draps et le tee-shirt de Garance ont imprimé sur lui. Les cris de la vieille dame se mêlent à ceux de Roxane. Martin supplie Mme Detriche, il n'a rien fait, voilà, il s'en va, pas la peine de s'affoler. Il regarde Roxane, égaré, il la supplie, arrête, bordel, dis-lui que je n'ai rien fait, tout ce sang ce n'est pas moi, dis-le-lui, merde, dis-lui que je t'aime et que je ne te ferai jamais de mal. L'instant se fige alors, et tout semble maintenant dépendre de Roxane, on dirait qu'elle tient le destin en laisse et qu'elle se demande par où aller, à gauche ou à droite ?

Et puis, tout à coup, elle éclate de rire. Elle affiche une gaieté pleine et franche, ses traits s'étirent, elle rejette la tête en arrière et se laisse aller à cette hilarité miraculeuse, ah, ah, on vous a bien eue, n'est-ce pas, madame Detriche ! Martin et la voisine la considèrent sans comprendre, ils plissent les yeux, ce qui fait rire Roxane plus encore et, entre deux éclats, elle s'excuse, peut-être ne devrait-elle pas rire comme ça, mais si la voisine voyait sa tête ! Puis, se tournant vers Martin, elle lui dit que c'est bon, la blague a assez duré, on arrête les frais sinon elle va vraiment appeler la police. Martin hésite encore, mais finit par sourire, à la fois ahuri et soulagé, prenant la voisine à témoin, mais oui, voyons, c'est vrai, tout ça n'était qu'une plaisanterie. Le sang ? Du ketchup, qu'allait-elle imaginer ? Elle veut voir de plus près, elle veut goûter ?

Mme Detriche les observe un instant, méfiante, pas vraiment ravie. Elle hausse les épaules, franchement ce ne sont pas des blagues à faire, ça n'a rien de drôle, et d'ailleurs, la prochaine fois, elle appelle la police pour de bon et ils s'expliqueront avec les flics. Là-dessus, elle fait demi-tour et rentre dans son appartement en claquant la porte.

Restés seuls, Roxane et Martin se font face, penauds. Roxane baisse la tête et s'approche, on dirait une petite fille barbouillée de framboises. Elle le rejoint et se laisse aller contre lui, elle demande pardon, elle ne sait pas ce qui lui a pris, elle a paniqué.

Pardon. Pardon.

Elle a cru qu'Odile lui avait fait ingérer un comprimé contragestif à son insu, de ces pilules qui vous suppriment un fœtus en moins de temps qu'il ne faut pour les avaler.

Martin secoue la tête, effondré, tu es dingue, ma mère serait incapable de faire un truc pareil.

Alors Roxane le dévisage. Le soupçon assiège son regard et, dans le pauvre sourire qu'elle esquisse, passe la conviction qu'Odile est capable de tout pour arriver à ses fins.

Martin la regarde, l'interroge, la défie. La certitude de Roxane le frappe de plein fouet, elle fait vaciller son assurance, elle saccage son aplomb. Et, dans l'ombre qui traverse ses yeux, flotte à présent la lueur d'un doute.

Chapitre 35

Le sable s'étend à perte de vue. Un désert aride et infini, baigné d'une impitoyable lumière. En regardant autour d'elle, Garance se dit que la mort doit ressembler à ça : une étendue sans fin, sans limite, sans mesure. On a beau marcher, avancer droit devant soi ou même tourner, retourner, contourner, quelle que soit la direction que l'on prend, on a la sensation de faire du surplace. Parce que tout est toujours pareil. Rien ne change, ni à proximité ni à l'horizon. Et pourtant on avance. Malgré soi. Parce que rester là où l'on est n'a aucun sens. Même si avancer n'a pas plus de sens, puisqu'il n'existe aucune direction, pas de droite, pas de gauche, et d'ailleurs par rapport à quoi ? Aucun chemin, aucune route. Pas de départ, pas d'arrivée. Mais Garance avance. Elle ne se pose pas la question, elle marche. Elle ne ressent d'ailleurs rien, ses émotions sont à l'image de ce paysage, à la fois avare et pauvre, elle se sent dure, elle se sent sèche. C'est peut-être pour cela qu'elle marche, se dit-elle, ça l'empêche de s'interroger, que fait-elle là, d'où vient-elle, où va-t-elle, pourquoi, jusqu'où ?

Un bruit d'eau se fait entendre. Garance s'arrête un instant, à l'affût, scrutant les parages, cherchant d'où vient ce clapotis continu, on dirait une cascade, ou alors un ruisseau. Autour d'elle, il n'y a rien, hormis le désert, à perte de vue. Pas la moindre trace de liquide, de fontaine, de rivière, de chute d'eau. Pourtant, le bruit est bien là, elle ne rêve pas, il semble proche et lointain en même temps, suivant la direction vers laquelle elle tourne la tête, on dirait qu'il va et qu'il vient, tels une vague, un flux, un reflux.

Soudain, un autre son lui parvient, d'abord diffus, puis de plus en plus distinct. C'est un appel à l'aide, une prière, une supplication. Garance guette les cris qui lui parviennent par ondées. Et lorsque la voix retentit de nouveau, elle se fige, foudroyée par l'évidence.

Cette voix, c'est celle de Roxane.

Une voix qui à présent se déchire, qui tremble, qui suffoque, mais qui ne cesse d'appeler, de supplier. Roxane est en danger, ça ne fait aucun doute. Et bientôt, Garance comprend : sa sœur est en train de se noyer.

Hébétée, elle tourne sur elle-même, aux aguets, cherchant d'où viennent les appels à l'aide. Elle entend toujours l'eau couler, dont le flux s'accroît de plus en plus mais dont elle ne voit pourtant aucune trace. Garance n'y comprend rien, Roxane l'appelle, paniquée, bientôt submergée, elle l'entend, on dirait que la voix est peu à peu engloutie par les flots. Il faut faire vite, il lui reste peu de temps, elle le sent, mais elle n'a aucune idée de l'endroit où elle se trouve. Alors elle se met à courir au hasard, droit devant elle, affolée, elle l'appelle à son tour, Roxane ! Roxane ! elle n'a plus que le son de la voix pour se guider, c'est sa dernière chance de la trouver, de la sauver. Elle guette la réponse de sa sœur mais sa course l'empêche d'entendre, elle respire fort et vite, haletante, bouleversée, incapable de se concentrer sur la direction du son. Elle file à travers cette plaine infinie, sans savoir si elle se rapproche de Roxane ou si elle s'en éloigne. Elle court de plus en plus vite, comme si elle était poursuivie, c'est stupide, bientôt tout se mélange dans sa tête, que fait-elle exactement, que fuit-elle, pourquoi trace-t-elle ainsi à travers cette plaine sans limite ? Et tandis qu'elle court toujours, submergée par le doute et les questions, elle trébuche, violemment projetée vers le sol, elle tend les bras devant elle pour amortir sa chute mais celle-ci n'en finit pas, elle ne cesse de tomber, elle…

Garance se redresse brutalement dans son lit, hors d'haleine, couverte de sueur. Elle met un moment à reprendre pied dans la réalité. Elle regarde autour d'elle, stupéfaite de se trouver là – où sont passés ce désert absurde, cette lumière éclatante, cette chaleur étouffante ? Malgré le jour qui filtre à travers les tentures, les ombres de sa chambre la plongent dans la confusion, dans laquelle elle patauge quelques instants, elle n'y voit pas grand-chose, encore aveuglée par le souvenir d'une intense luminosité, cherchant des repères sans les trouver. Quelle heure est-il ? Elle jette un œil au réveil posé sur la table de chevet. 15 h 13. Que fait-elle dans sa chambre à cette heure de la journée ? Elle se rappelle s'être couchée sur son lit pour une courte sieste, il devait être 14 heures. L'esprit encore embrumé par la profondeur de son sommeil, la jeune femme rassemble ses souvenirs. Peu à peu, les faits lui reviennent en mémoire, cette intense fatigue qui l'a prise juste après le déjeuner, la forçant à s'allonger.

C'est alors qu'elle perçoit le bruit de l'eau, distinctement, le même que dans son rêve. Elle ne comprend pas tout de suite, comment ce clapotis peut-il être encore là ? Garance doit s'arracher à son hébétude, elle se frotte les yeux avant de rejeter la couverture pour se lever.

Lorsqu'elle met un pied à terre, elle le retire précipitamment avant de baisser les yeux vers le plancher.

Le sol est couvert d'eau, dix centimètres déjà, dont la source provient de la petite salle de bains attenante à la chambre. Ahurie, Garance fixe le flux qui se déverse à flots dans la pièce par la porte entrouverte.

De l'intérieur de la salle de bains lui parvient le bruit du robinet qui coule sans discontinuer.

— Roxane ? appelle-t-elle d'une voix encore pâteuse. Roxane ? Tu es là ?

Pas de réponse.

Garance étouffe un juron tandis que le niveau augmente insensiblement.

— Roxane ? crie-t-elle plus fort.

Silence, si ce n'est le robinet qui libère toujours des litres et des litres.

La porte menant au salon est fermée, raison pour laquelle l'eau s'accumule dans la pièce, mais Roxane devrait l'entendre.

En balayant la chambre des yeux, le regard de Garance s'arrête sur la prise de courant située juste à côté de la salle de bains. La fiche du lampadaire y est enfoncée, à quelques millimètres à peine au-dessus du niveau de l'eau. Chose étrange, l'ampoule éclaire la pièce, jouant avec les reflets de l'eau. Garance fronce les sourcils : elle ne se souvient pas d'avoir allumé la lumière et comprend que le moindre remous risque de noyer la prise électrique.

La complexité de la situation se révèle dans toute l'ampleur de sa menace : traverser la pièce pour rejoindre la salle de bains et couper l'eau du robinet susciterait des remous dans l'eau qui atteindrait le dispositif électrique. Les pieds immergés, elle risque de se faire électrocuter. Ne rien faire est aussi dangereux : en laissant le niveau de l'eau atteindre la prise, elle serait coincée sur le lit, sans savoir si le court-circuit qui en résulterait ferait sauter le disjoncteur.

La jeune femme se raisonne, elle se dit que l'installation électrique doit en être pourvue. Mais son appartement n'est pas des plus modernes, elle n'a aucune idée de la façon dont réagira le circuit électrique en cas de contact avec l'eau, et n'a aucune envie de le tester. Il faut impérativement couper le courant avant que l'eau ne touche la prise.

— Roxane ? hurle-t-elle maintenant à pleins poumons. Réponds-moi !

De l'autre côté de la porte, pas de mouvement, pas de bruit, pas de réaction. Une nouvelle bouffée d'angoisse saisit Garance : le silence de Roxane devient alarmant, pourquoi ne répond-elle pas ?

L'image du corps de sa sœur immergé dans la baignoire traverse son esprit, un flash, un choc, les yeux vides et vitreux, la bouche ouverte dans l'eau dont il ne sort plus la moindre bulle d'air.

Et si Roxane était dans la salle de bains ?

Et si elle était morte, plongée dans la baignoire ?

Affolée, elle scrute la couleur de l'eau. Celle-ci est transparente et ne présente pas de reflets rosâtres. L'espace d'une courte seconde, Garance respire, soulagée. Mais bientôt, la tension reprend le contrôle.

Elle réfléchit à toute vitesse : elle doit agir tout de suite. Marcher dans l'eau jusqu'à la salle de bains pour couper le robinet reste la seule solution immédiate. Elle n'a pas le choix. Roxane est peut-être là, juste à côté, déjà morte ou sur le point de mourir. Peut-être peut-elle encore la sauver.

Garance pose un pied au sol. Le contact avec l'eau est froid et désagréable, rien de plus. Elle avance lentement, un pas après l'autre, cherchant à déplacer le moins d'eau possible. Elle prend conscience de la folie de son geste, prise d'angoisse, un éclair de panique, avant de chasser les images d'horreur qui envahissent sa tête, le corps de Roxane sans vie dans la baignoire, sa propre électrocution, prise au piège d'une pièce inondée. Elle se force à se concentrer sur son objectif, atteindre la salle de bains pour voir si sa sœur s'y trouve, et fermer le robinet. Chaque pas est un supplice, Garance doit tenir compte de l'urgence d'atteindre la baignoire et de la nécessité de se déplacer avec précaution.

Enfin, elle parvient à la porte de la salle de bains. Elle n'a plus qu'un pas à faire avant d'avoir une vue sur la pièce d'eau, un pas qu'elle franchit avec toute la prudence requise…

À son grand soulagement, la pièce est vide. Elle accélère malgré elle, atteint enfin la baignoire et ferme le robinet. Puis elle enlève la bonde afin de laisser l'eau s'écouler par le siphon. Elle se laisse ensuite quelques secondes de répit avant de faire demi-tour, direction la porte du salon. Ses pas restent prudents, même si le niveau se met à baisser, s'écoulant déjà par le jour. Dès qu'elle ouvrira en grand le battant, l'eau se répandra, réduisant les risques d'électrocution. Elle s'exécute donc, pressée de sécuriser le lieu, trouver sa sœur et comprendre ce qui se passe.

Sitôt la porte ouverte, elle la voit. Roxane est recroquevillée sur le divan, la tête entre les genoux, immobile.

— Roxane !

À son nom, la jeune femme sursaute et relève la tête, surprise, tandis que Garance la rejoint.

— Qu'est-ce que tu fabriques ? lui demande-t-elle, ahurie. Ça fait dix minutes que je t'appelle !

Sa sœur la considère avec étonnement, puis regarde autour d'elle, hébétée.

— Il y a de l'eau partout ! continue Garance, la voix de plus en plus haut perchée.

— Mon bain ! s'exclame Roxane, paraissant reprendre pied dans la réalité.

Elle se lève avec précipitation, fait quelques pas en direction de la chambre, patauge bientôt sur le tapis gorgé d'eau.

S'arrête.

Puis, lentement, se retourne vers Garance, les yeux arrondis par la stupeur.

— Je... Je me suis endormie, dit-elle, catastrophée. J'ai oublié de couper l'eau. Oh, Garance, pardon ! Je... Je suis désolée.

Venlafaxine Zydus

Un dernier coup d'œil au complet gris dont il lisse le col et aplatit les poches, pas une tache, pas un pli. Martin adresse un regard confiant à son reflet avant de rassembler ses affaires, ordinateur portable, téléphone, dossiers. Dans la cuisine, l'horloge du micro-ondes lui indique qu'il est dans les temps, largement, même, un bon quart d'heure d'avance. Il hésite à se servir une tasse de café, puis avise la mine défaite de Roxane à la table du petit déjeuner.

— Je file, je suis en retard.

Roxane acquiesce d'un hochement de tête entendu.

— Dépêche-toi, maman ne supporte pas les retards.

Martin ne relève pas, ça ne sert à rien. Ils se sont disputés une bonne partie de la nuit, des résidus de colère jouent les prolongations et la rancœur traîne encore dans les parages. La perte du bébé sape le moral de Roxane, elle est en pleine descente d'hormones, elle a accusé Odile d'être responsable de sa fausse couche, elle a perdu tout sens commun. Martin n'a finalement pas pu lui laisser dire de telles énormités, il a refusé de se taire et le ton est monté. Depuis, l'humeur est maussade, sans qu'il trouve le moyen d'apaiser les tensions. Ça ira mieux ce soir, il l'espère. Il hésite à lui dire qu'il est désolé, qu'il n'y peut rien. Il voudrait l'embrasser, lui souhaiter une bonne journée…

Il se ravise, inutile de prêter le flanc. La querelle ne demande qu'à repartir de plus belle, il le sait, elle couve sous les cernes de Roxane, son regard blessé, ses paupières gonflées par les larmes de la nuit.

— À ce soir, se contente-t-il de dire.

Puis il disparaît sans demander son reste.

Roxane demeure un long moment immobile, le regard fixe, gorgée d'un dépit vorace. Au bout de huit mois d'idylle avec Martin, elle est devenue un caillou dans la chaussure d'Odile Jouanneaux. Un obstacle, un contretemps. Une éclaboussure qui fait tache dans le décor et dont on cherche à se débarrasser. Ses origines modestes, elle l'a vite compris, sont une insulte pour le nom, elle n'a rien d'un trophée que l'on peut exhiber dans les soirées mondaines. Sous des dehors toujours courtois, la mère Jouanneaux tire les ficelles et gère l'emploi du temps de son fils, autorisant quand ça l'arrange la présence de Roxane, c'est-à-dire pas souvent. Elle a toujours une bonne raison pour l'éloigner des activités de Martin, donnant à leur relation le rang d'amourette sans lendemain. Pour ne rien arranger, Roxane finit par s'en vouloir, agacée par ses propres réactions : elle tombe chaque fois dans le panneau et devient une insupportable mégère. Elle râle, elle vitupère, elle prend Martin à partie et le somme de se positionner. Elle le coince entre sa propre volonté et celle de sa mère. Incapable de trancher, Martin louvoie, il biaise, il tergiverse et cherche à gagner du temps. Et elle, elle fait tout ce qu'il ne faut pas et offre la victoire à Odile.

La rage au cœur, la jeune femme se secoue et ravale ses larmes. Elle ne peut pas rester là à pleurer sur son sort, elle doit préparer l'offensive. D'autant qu'elle n'est pas certaine qu'Odile soit la seule responsable de cette situation. Martin a changé depuis quelque temps, il est plus distant, moins patient. Peut-être lui cache-t-il quelque chose, peut-être la trompe-t-il. Elle quitte la cuisine et se dirige vers la chambre à coucher. Dans la penderie, elle fouille les poches des costumes, une à une, celles des vestes et des pantalons. Elle inspecte chaque étagère, sonde les placards, explore les armoires, ouvre des boîtes et des tiroirs, les examine.

C'est là qu'elle trouve les carnets.

Dans le bureau de Martin, elle découvre cinq cahiers dont les pages sont noircies d'une écriture fine et serrée. Intriguée, elle ouvre le premier et s'abîme dans la lecture. Ni vrai journal intime, ni franc récit, ni même poésie, les lignes qu'elle déchiffre relatent l'état d'esprit de leur auteur à travers des événements de sa vie, qu'il romance, néanmoins. C'est une sorte de narration informe et maladroite qui navigue entre le réel et le fantasme, entre le rêve et la réalité, entre le vrai et le faux.

C'est très mal écrit.

À mesure qu'elle tourne les pages, la narration s'emballe. Le style devient chaotique, phrases décousues dont le sens se dérobe à chaque ligne, des mots qui se suivent sans ordre ni logique, une logorrhée indigeste, presque malsaine. Peu à peu, l'écriture elle-même se charge d'un désordre graphique, des lettres tantôt illisibles, tantôt grossières, des traces de fièvre, des taches, des ratures, des trous dans le papier.

Parfois, dans la marge, des dessins.

Ou plutôt des signes, des formes gorgées d'obscurité.

Et puis, au détour d'une page, la graphie s'assagit soudain, comme apaisée. Le récit lui emboîte le pas, Martin revient à une narration linéaire, sujet, verbe, complément. C'est bourré de fautes d'orthographe, de syntaxe et de grammaire, mais du moins ces phrases-là sont cohérentes. Roxane y découvre la mélancolie de son compagnon, ses aspirations secrètes, ses désirs inavoués. Loin du monde des affaires et de la finance, il rêve d'harmonie, d'émotions et de délicatesse. Il s'épanche sur un mal-être qui le traque depuis plusieurs années, les questions qu'il se pose, les rancœurs qui s'accumulent. Il évoque une éducation rigide, dépourvue de tendresse et d'écoute, il se compare à un produit, un capital que l'on investit et dont on attend un rendement. Certaines pages sont chiffonnées, d'autres ondulent sous les souvenirs de larmes perdues.

Elle se reconnaît dans plusieurs passages, sous les traits d'une certaine Sophie. La gorge serrée, elle déchiffre l'amour qu'il lui porte, la place qu'elle tient dans son existence. Les mots de Martin tournent en rond dans la langueur d'une adoration sincère, Roxane en est bouleversée. Malgré la pauvreté du style, l'intensité des émotions marque le papier et le cœur de la jeune femme, comment a-t-elle pu douter de ses sentiments ? Il parle aussi d'Adrien, de l'ombre de la maladie qui plane sur leur famille, du rôle qu'il se voit contraint d'endosser. Il se décrit comme une bête traquée, coincée dans l'embuscade d'un devoir infernal, la jambe prise entre les dents acérées d'un piège à loup. La seule façon pour lui de s'en libérer, dit-il, c'est d'abandonner une partie de lui-même. Il s'épanche sur cette sensation de guet-apens dont il ne sortira pas entier dans le meilleur des cas, vivant dans le pire.

Enfin, alors qu'elle arrive à la fin du cahier, Roxane découvre un feuillet volant. À première vue, il est vierge. Elle le saisit, le retourne… C'est en vérité une prescription médicale. Elle tente de déchiffrer le nom du médicament, reconnaît quelques lettres parmi les mots qui y figurent, devine certaines autres, qu'elle tape aussitôt sur le clavier tactile de son téléphone. Son moteur de recherche lui fait quelques propositions, parmi lesquelles elle identifie celui qui figure sur la prescription : Venlafaxine Zydus. Roxane le sélectionne et ouvre aussitôt la notice électronique…

C'est un antidépresseur destiné à prévenir les récidives chez les personnes ayant déjà présenté plusieurs épisodes de fragilité psychologique et émotionnelle. Il est également prescrit pour les manifestations de l'anxiété, comme les phobies sociales et les attaques de panique.

Roxane reste un long moment sans bouger, les sourcils froncés sur son téléphone, relisant la présentation du médicament, sa posologie, son mode d'emploi et ses effets indésirables. Elle ne comprend pas ce que cette prescription fait dans le cahier de Martin, il doit s'agir du traitement de quelqu'un d'autre, ou alors d'une cure ancienne… Roxane reprend le feuillet et vérifie l'identité du patient.

Il est bien au nom de Martin Jouanneaux.

Et la prescription date de la semaine précédente.

Les conclusions qui en découlent lui paraissent absurdes : elle le saurait, si Martin prenait des antidépresseurs. Malgré tout, la présence du feuillet médical ébranle ses convictions. Elle se lève, se dirige vers le bureau dont elle poursuit la fouille dans chacun des tiroirs.

Quelques instants plus tard, elle découvre une plaquette dont la moitié des opercules déchirés présente des alvéoles vides. Roxane vérifie aussitôt le nom qui y figure…

Venlafaxine Zydus.

Chapitre 36

Ne s'attacher à rien ni personne.

Jamais.

Aimer est une faiblesse.

Garance ressasse ces mots en boucle. Elle s'est installée à une terrasse de café et regarde passer les gens sans les voir. Le cœur figé sur sa hantise, elle se sent comme une proie traquée jusqu'au creux de son repaire. Le cauchemar absolu. Débusquée là où elle se croyait hors d'atteinte.

L'improbable s'est produit.

Alors oui, bien sûr, la version de sa sœur est crédible : un oubli, un simple oubli, Roxane s'est fait couler un bain, elle s'est ensuite installée dans le divan et s'est mise à somnoler, négligeant de couper l'eau. Ce sont des choses qui arrivent. Garance elle-même a déjà évité l'inondation de peu. Mais cette version a la forme d'un travers, une vérité qui se prendrait une gamelle et s'étalerait de tout son long sur le sol détrempé de sa chambre.

— C'est toi qui as allumé la lampe ? lui a-t-elle demandé en cherchant à mettre de l'ordre dans ses idées, alors que Roxane se confondait en excuses.

Sa sœur a aussitôt secoué la tête.

— Quand je suis entrée dans la chambre, elle était déjà allumée.

Garance trébuche à son tour sur cette réponse. Elles sont deux à vivre dans cet appartement. Si ce n'est pas Roxane, ce ne peut être qu'elle-même. Or elle ne se souvient pas d'avoir allumé cette lampe. La chose serait d'ailleurs étrange, on n'allume pas une lumière lorsqu'on s'apprête à faire une sieste.

C'est la reprise de la rengaine, la ronde des doutes, la litanie des questions. Ça tourne en boucle dans sa tête, ça grince, ça se coince dans les engrenages de ses soupçons.

Pourquoi sa sœur aurait-elle fait une chose pareille, la lampe et l'eau, le sol inondé, le risque d'électrocution ?

Et puis, il y a cette sieste inhabituelle. Dormir au milieu de la journée ne lui ressemble pas. Lâcher prise, elle déteste ça, sans compter qu'elle avait du boulot, des bilans à rédiger, des dossiers à mettre à jour. Elle se souvient d'avoir éprouvé une fatigue absolue, une lassitude tyrannique, l'urgence de se coucher, de fermer les yeux quelques instants. Là non plus, elle n'a pas d'explication. Alors oui, bien sûr, ça lui arrive de temps en temps, un gros coup de fatigue, ce n'est pas la première fois. La grossesse, les tensions de ces derniers jours, le surcroît de travail que la présence de Roxane occasionne, l'inquiétude pour l'avenir, un sommeil perturbé… Tout cela l'épuise, elle doit se rendre à l'évidence.

En fait, rien n'est illogique. Si on réfléchit bien, ça se tient. C'est possible. C'est même assez banal.

La méfiance s'insinue pourtant dans chacune de ses réflexions. C'est plus fort qu'elle. Garance établit dans sa tête des associations qui la submergent. À commencer par ce luminaire allumé. Ce détail ne cesse de la tarauder, il ricane, il résonne. Il y a cette impression que, entre Roxane et elle, la méfiance a pris le pas sur l'amour. Et puis, il y a ce regard que sa sœur lui a lancé lorsqu'elle a appris qu'on avait enterré Martin sans elle. Cet abîme dans ses yeux, ce vide, ce trou, ce néant. Comme si son âme l'avait désertée, à présent imperméable à leurs liens, à leur passé, à leur attachement. Roxane l'avait regardée comme une ennemie, terrible coup d'œil chargé d'accusations et de haine. Est-il possible que sa cadette ait nourri envers elle une rancœur à ce point virulente qu'elle entretienne maintenant des désirs de vengeance ?

Le cœur de Garance se serre, plein d'amertume et de regrets. Comment en sont-elles arrivées là ?

Ne s'attacher à rien ni à personne.

Jamais.

Aimer est une faiblesse.

— Votre café, mademoiselle.

Garance sursaute. Le serveur dépose une tasse devant elle, qu'elle considère avec surprise. Elle lève ensuite un œil intrigué vers lui tandis qu'il lui tend le ticket, cherchant à encaisser. Garance s'exécute, non sans ressentir un malaise grandissant.

— Excusez-moi, dit-elle en lui tendant la monnaie. C'est moi qui vous ai commandé ce café ?

Le garçon lui jette un regard circonspect.

— Yep. Il y a moins de trois minutes.

Elle hoche la tête, songeuse. Et tandis que le serveur s'éloigne vers d'autres additions, Garance doit se rendre à l'évidence : elle n'a aucun souvenir d'avoir commandé le moindre café.

Une tentative de suicide

L'eau ruisselle sur son corps, chaude et abondante, emportant avec elle les tensions avant de disparaître dans le siphon. Roxane savoure les délices de la douche, elle y traîne longtemps, passant du jet de pluie relaxant au jet de massage stimulant.

Coup de sonnette.

La jeune femme grommelle, elle hésite, elle n'attend personne...

Tant pis.

Elle retourne à sa douche, offre son visage aux gerbes d'eau et s'octroie encore quelques minutes de ravissement.

Lorsqu'elle sort enfin, elle se sèche grossièrement puis s'enveloppe dans une grande serviette moelleuse. Elle quitte ensuite la salle de bains pour rejoindre le salon, encore trempée, les cheveux mouillés.

En pénétrant dans la pièce, la surprise lui arrache un cri.

Devant elle, installée dans un fauteuil, Odile Jouanneaux la considère d'un air grave.

— Qu'est-ce que vous faites là ? glapit Roxane.

— J'ai sonné, vous n'avez pas répondu, répond calmement Odile.

— Qui vous a ouvert ?

— Personne. J'ai les clefs.

La jeune femme ouvre de grands yeux où se disputent l'incompréhension et la révolte.

Les relations entre les deux femmes sont tendues. Jusqu'à il y a peu, elles maintenaient un semblant d'entente, une connivence apparente, de quoi se côtoyer en termes courtois. Depuis la fausse couche, pourtant, l'heure n'est plus aux accords tacites. Une défiance s'est ouvertement installée entre elles, et Roxane s'est retranchée derrière sa douleur pour tenir Odile à distance.

À présent, face à elle, elle l'affronte la tête haute, juchée sur sa prudence.

— Vous voulez quoi ?

Roxane se tient debout au milieu du salon, toujours ruisselante, serrant contre elle les pans de la serviette. Odile prend un moment pour la détailler sans discrétion, s'attardant délibérément sur certaines parties de son corps, ses épaules, sa poitrine, ses hanches, ses jambes, comme on jauge les qualités d'un cheval de course. Cet examen déplacé devrait embarrasser la jeune femme, mais elle le supporte sans s'y soustraire et défie sa belle-mère d'un regard frondeur. Sa jeunesse lui sert d'armure, elle l'affiche, elle l'exhibe, elle est d'une beauté insolente, elle transpire la fierté et l'impertinence.

Odile esquisse un mince sourire, de ceux derrière lesquels se cachent ceux qui n'ont pas le dernier mot.

— Comment allez-vous ? lui demande-t-elle ensuite en indiquant son ventre d'un mouvement de menton.

— Bien, répond sèchement Roxane.

— Je suis désolée de ce qui est arrivé. Les fausses couches sont malheureusement monnaie courante.

Les deux femmes s'observent un court instant.

— Cela dit, vous ne trouvez pas que vous êtes encore un peu jeunes pour avoir un enfant ? ajoute Odile avec une certaine douceur.

— De quoi je me mêle ? riposte Roxane.

Odile la dévisage, visiblement surprise par son hostilité. Elle hésite quelques secondes puis, croisant les bras sur sa poitrine, lui demande dans un soupir retenu :

— Que se passe-t-il, Roxane ? Je ne sais pas pourquoi, je vous sens sur la défensive ces derniers temps.

C'est au tour de Roxane d'être décontenancée par la réaction d'Odile : celle-ci adopte une attitude conciliante qui la déstabilise.

Comme la jeune femme tarde à répondre, Odile poursuit sur le même ton :

— Alors c'est vrai, vous avez raison, je me mêle sans doute de ce qui ne me regarde pas. Mais Martin est mon fils et je ne peux pas m'empêcher de m'inquiéter pour lui.

— Martin est un grand garçon. Il sait prendre ses décisions tout seul.

— Tout à fait d'accord ! admet Odile. Je ne veux pas m'imposer, ni dans sa vie ni dans votre couple. Mais c'est comme ça, Roxane, une mère s'inquiète toujours pour son enfant, quel que soit son âge.

Elle marque une courte pause avant d'ajouter :

— Vous verrez quand vous...

Elle indique de nouveau le ventre de Roxane d'un mouvement du menton avant de remarquer l'ombre qui traverse ses traits. Leurs yeux se croisent et, dans ceux de Roxane, brille une lueur de haine.

— Ne me regardez pas comme ça, je n'ai rien dit de mal, se défend aussitôt Odile. Beaucoup de femmes font des fausses couches. Moi-même, j'en ai fait deux avant d'être enceinte d'Adrien, et une avant Martin. Ça ne m'a pas empêchée d'être mère.

Elle la considère ensuite avec bienveillance.

— Vous aurez des enfants, Roxane, j'en suis certaine. Mais pourquoi ne pas profiter de votre jeunesse ? Vous avez toute la vie devant vous, l'un comme l'autre.

— Dites plutôt que ça vous arrangerait bien, réplique la jeune femme, que le ton doucereux de son interlocutrice agace ouvertement.

— Qu'est-ce qui m'arrangerait bien ?

— Que Martin et moi ne fassions pas de gosse maintenant.

— Parce que ça vous arrangerait, vous ?

Odile défie Roxane, en attente d'une réponse. Surprise par la question, celle-ci hésite.

— Soyez sincère, Roxane, reprend Odile. À votre âge, on ne rêve pas de faire des enfants. Plus aujourd'hui, en tout cas. Vous avez autre chose à faire que changer des couches à longueur de journée. Ou alors c'est que vous aviez d'autres projets.

Roxane ne réagit pas, mâchoire serrée sur son embarras, la sensation d'être en terrain miné, de risquer une explosion au moindre faux pas. Odile enchaîne, le ton chargé de regrets.

— Je ne sais pas quelle image vous avez de moi, ni ce qui éveille en vous une telle animosité à mon égard. Mais vous vous trompez sur mes intentions. Nous ne sommes pas obligées d'être amies, mais là, j'ai clairement l'impression que vous me prenez pour une ennemie. Si vous avez quelque chose à me reprocher, crevons l'abcès et parlons-en !

Roxane s'attarde un instant, comme si elle cherchait à lire dans ses pensées, de plus en plus ébranlée par cette gentillesse dont elle se méfie.

— Vous saviez que Martin prenait des antidépresseurs ? lui demande-t-elle soudain.

La question désarçonne Odile.

— C'est lui qui vous a dit ça ?

— Oui, ment Roxane sans quitter son interlocutrice des yeux.

Odile hoche la tête, songeuse.

— Oui, je suis au courant.

— Depuis quand ?

— C'est à Martin de répondre à cette question…

— S'il vous plaît, insiste Roxane d'une voix ferme.

Elle s'apprête à défendre son point de vue mais, à sa grande surprise, Odile ne se fait pas prier plus longtemps.

— Quand il était petit, Martin était un enfant plein de fantaisie. J'ai très vite su qu'il n'était pas fait du même bois que son frère. Pas même du nôtre, à son père et à moi. Il était plutôt rêveur et faisait preuve d'une sensibilité inédite dans notre famille. Il éprouvait une attirance pour l'art, je le voyais bien, que ce soit la musique, le dessin ou la sculpture. Croyez-le ou non, je n'ai pas hésité : je l'ai inscrit à des cours afin qu'il puisse se former aux différentes techniques d'apprentissage et manier à sa guise le crayon, le pinceau ou la terre.

Roxane ne peut dissimuler son étonnement. Jamais elle n'aurait pensé qu'Odile ait un jour permis à l'un de ses fils de se familiariser avec un art quelconque.

— Ça vous surprend tant que ça ? demande Odile à qui la moue de la jeune femme n'a pas échappé. Vous avez décidément une fausse image de moi. Je ne suis pas un monstre, Roxane. Si l'un de mes enfants est attiré par un domaine précis, je ferai tout pour lui permettre d'y accéder, même si je ne suis pas d'accord avec ce choix.

Roxane ne peut dissimuler ses doutes, qu'Odile fait semblant de ne pas remarquer.

— À quatorze ans, Martin a suivi des cours de dessin et de sculpture, reprend-elle comme si de rien n'était. Il avait un besoin démesuré de s'exprimer à travers une forme d'art. J'avais réussi à lui obtenir une place dans la classe d'un très bon professeur, reconnu pour son talent et ses qualités pédagogiques. Les premiers mois, Martin a été transfiguré. Il revenait de ces cours absolument enchanté. Je trouvais même qu'il gagnait en confiance et en sérénité, lui qui était plutôt timide et renfermé.

Elle marque une courte pause avant de reprendre :

— Ça n'a duré que quelques semaines. Très vite, il est devenu taciturne, plus encore qu'auparavant. Je voyais bien que quelque chose n'allait pas. Parfois même, il refusait de se rendre aux cours, prétextant un mal de tête ou du travail pour l'école. Ça ne lui ressemblait pas. J'ai cru que ce n'était pas grave, une petite crise passagère, après tout il entrait dans l'adolescence, la puberté commençait à vampiriser ses émotions. J'ai cherché à savoir ce qui se passait, mais il restait vague, me soutenait que tout allait bien, ou alors était carrément fuyant. Au bout de quelques semaines, j'ai décidé de prendre rendez-vous avec son professeur.

Odile est plongée dans ses souvenirs, absorbée par les émotions qu'ils provoquent. Comme à son habitude, elle cadenasse tout avant de reprendre son récit.

— L'homme n'était pas un mauvais bougre, même si son discours m'a paru déplacé. En gros, il m'a soutenu que Martin ne possédait pas la moindre compétence pour les arts graphiques. J'ai objecté que le talent n'était pas une aptitude exceptionnelle, mais bien une capacité qui ne demandait qu'à être nourrie et entretenue par le travail. Et ce travail, c'était à lui de l'encourager chez mon fils, chez nos enfants en général. Même si certains talents s'imposent, beaucoup d'entre eux sont plus discrets, ils se cachent derrière une envie, un désir, un besoin. C'est à nous alors de les cultiver chaque jour pour qu'ils s'épanouissent et offrent le meilleur rendement possible.

Roxane remarque que, même pour parler d'art, Odile use d'un vocabulaire propre aux affaires.

— Il me semblait que Martin éprouvait ce besoin, cette envie nécessaire à l'épanouissement de son talent et que c'était là l'essentiel, continue Odile. Le reste suivrait, forcément. L'important était qu'il croie en lui. Le professeur n'a pas rejeté ma théorie, il était même plutôt d'accord avec moi. C'est en tout cas ce qu'il m'a soutenu. Il était bien décidé à continuer à lui donner cours, sans jamais le décourager de suivre cette voie. Il m'avertissait seulement que Martin n'était ni aveugle ni idiot, et qu'il n'avait besoin de personne pour constater que le résultat de son travail n'était pas à la hauteur de ses ambitions. En se comparant aux autres élèves, il apparaissait évident que, sur l'échelle des aptitudes, il était bon dernier.

Odile plonge ses yeux dans ceux de Roxane afin de retenir toute son attention.

— Les semaines qui ont suivi ont été particulièrement éprouvantes. Perturbé par ce que sa raison lui dictait, Martin se raccrochait pourtant à de faux espoirs. Et c'est à moi qu'il est venu demander conseil, cherchant à savoir ce que je pensais de ses dessins et s'il avait un avenir dans ce domaine. J'étais encore persuadée que le talent jaillirait d'un travail acharné et d'une confiance en soi à toute épreuve. J'ai donc contourné l'évidence : je lui ai assuré qu'il avait des qualités indéniables et que ses esquisses étaient prometteuses. Je n'avais pas l'impression de lui mentir, je prenais juste un peu d'avance sur la vérité puisque, j'en étais certaine, ses aptitudes se révéleraient grâce à ce discours encourageant. Il y a cru, bien sûr, j'étais sa mère, je ne pouvais pas me tromper.

Elle soupire, avant d'ajouter :

— Encore moins lui mentir.

Roxane fronce les sourcils tandis qu'Odile poursuit :

— Malheureusement, les choses se sont très mal passées. Parce que, en effet, la vérité a fini par s'imposer, d'une façon bien plus féroce que si moi ou son professeur avions été sincères avec lui. Il faut être franc avec ceux qui vous aiment le plus. Sinon, ce sont les autres qui se chargent de leur remettre les yeux en face des trous. Et là, ça peut faire très mal. Parce que ceux-là s'expriment sans indulgence. Ils balancent la vérité crue, et qu'importe les dégâts. C'est ce qui s'est passé pour Martin. Je n'ai pas pris mes responsabilités, quelqu'un d'autre s'en est chargé à ma place.

— Que s'est-il passé ?

— Martin a présenté ses travaux à un jury extérieur, en fin d'année. Les membres du jury ne lui ont fait aucun cadeau. Ils ont démoli son travail et lui ont conseillé de changer d'orientation.

Roxane grimace, exprimant une peine rétrospective.

— Comment a-t-il réagi ?

Le regard d'Odile se perd dans le souvenir de cette douloureuse période.

— Au début, plutôt bien. En tout cas, pas trop mal, étonnamment. C'est par la suite que les choses se sont gâtées. Cet épisode, en apparence banal, l'a beaucoup fragilisé. Nous ne nous en sommes pas aperçus tout de suite car, comme beaucoup de dépressifs, il possède une capacité réelle à donner le change. Au fil des semaines, pourtant, son état psychologique s'est détérioré.

Elle s'interrompt un bref instant avant de conclure dans un murmure :

— Il a ensuite fait une sévère dépression qui s'est soldée par une tentative de suicide.

Chapitre 37

Son trousseau à la main, les yeux rivés sur la serrure, Garance se tient devant la porte de son appartement depuis plusieurs minutes. Immobile. Incapable d'ébaucher le geste d'y introduire la clef.

Incapable d'ouvrir cette porte.

Elle se raisonne pourtant, concentrée : c'était un accident, un oubli, Roxane ne l'a pas fait exprès, ça peut arriver à tout le monde. Mais les mots se dissipent sitôt formulés, ils partent en fumée sans laisser d'empreintes. Les doutes en profitent pour s'installer, de plus en plus solides, ils se font soupçons, défiance, ils la tourmentent sans répit. Elle a beau les chasser, ils reviennent toujours. Alors elle se concentre plus encore, ressassant des arguments qui, en vérité, ne trouvent que peu d'écho. Roxane ne peut pas lui vouloir du mal ! Elle en a la conviction. Du moins, elle le pense…

Pour quelles raisons sa sœur chercherait-elle à lui nuire ? Dans quel but ? Lui en veut-elle toujours d'avoir gardé sous silence la date d'enterrement de Martin ? Garance secoue la tête : elles s'aiment depuis leur plus tendre enfance, elles sont à la fois complémentaires et essentielles l'une à l'autre. Elles sont sœurs, de sang, de cœur et d'âme. Liées à jamais, indissociables et solidaires.

Immobile sur le palier, debout devant sa porte, Garance cherche encore à se convaincre de tout ce qui leur appartient, leur enfance et leurs galères, leurs rêves et leurs cauchemars, tout ce qu'elles ont vécu, les rires et les pleurs, les espoirs et les peurs, tout ce qu'elles sont, amies, confidentes, alliées, complices. Sœurs.

Mais la sauce ne prend pas. Les ingrédients se dissocient, et la jeune femme ne parvient plus à y croire. Garance doit se rendre à l'évidence : leur complicité est moribonde. En analysant la situation, elle achève de dégringoler les marches des quelques certitudes qu'elle conservait à bout de cœur, envers et contre tout. Les soupçons qui la rongent depuis le drame lui apparaissent maintenant sous un nouveau jour. Alors que, jusqu'ici, elle culpabilisait d'éprouver cette suspicion latente envers sa sœur, comme une trahison à leurs serments, un parjure à leur enfance, elle s'aperçoit que, en vérité, c'est Roxane qui est à l'origine de cette défection. C'est Roxane qui la trahit.

C'est Roxane qui se méfie d'elle.

Roxane, sa petite souris.

Les yeux toujours rivés sur la serrure de la porte d'entrée, Garance s'enfonce lentement dans l'arborescence de ses déductions. Elle se rappelle les allégations qui pèsent sur Odile, cet avortement forcé dont Roxane la tient pour responsable, l'accusant de lui avoir fait avaler à son insu une pilule abortive. Cette théorie tient plus du délire que d'une quelconque réflexion cohérente, elle confère à sa sœur un caractère paranoïaque qui semble se confirmer au fil des jours.

Oui, c'est ça.

Roxane est parano.

Elle voit le danger là où il n'existe pas et attribue aux autres des mauvaises intentions qu'ils n'ont pas, la forçant à douter de tout et de tout le monde, jusqu'à tenir sa propre sœur à distance. Leurs récentes altercations n'ont pas arrangé les choses, et les soupçons de Garance ont laissé entre elles des traces amères. Celle-ci se pose maintenant la question de savoir jusqu'où Roxane est prête à aller pour se protéger.

Elle en est là de ses réflexions lorsque la porte s'ouvre soudain, laissant apparaître Roxane.

— Qu'est-ce que tu fabriques ? s'exclame-t-elle avec impatience. Ça fait trois plombes que tu fais le pied de grue devant la porte. Je t'attends, moi !

Son ton est enjoué, ses yeux pétillent de malice, elle arbore un sourire énigmatique, comme si l'épisode de l'inondation n'était déjà plus qu'un détail sans importance. Décontenancée, Garance hausse les épaules.

— Je réfléchissais.

Elle s'apprête ensuite à entrer, mais Roxane lui barre le passage.

— Stop ! lui intime-t-elle. Tu dois d'abord fermer les yeux.

Garance la dévisage sans comprendre.

— Ferme les yeux ! insiste Roxane.

Et comme sa sœur ne réagit pas, elle ajoute :

— J'ai une surprise pour toi.

Garance n'en revient pas. Les sautes d'humeur de sa sœur sont de plus en plus fréquentes, elles font le grand écart entre l'euphorie et la dépression.

L'aînée dissimule un soupir. Elle n'est pas d'humeur à ce genre de facéties, le cœur lourd, bien trop sur la défensive pour se laisser aller à s'amuser avec sa cadette. Elle n'a pourtant pas la force de s'opposer à la volonté despotique de celle-ci. Elle ferme donc les yeux, plus par dépit que par curiosité.

Roxane lui saisit aussitôt la main et, l'entraînant avec elle, pénètre dans le vestibule.

Tandis qu'elle marche à l'aveuglette, les mains tendues devant elle et le pas incertain, Garance sent une appréhension sourde lui tordre le ventre.

Elle pile et rouvre aussitôt les yeux.

— Ne regarde pas ! lui rappelle Roxane, faussement autoritaire.

Après quelques secondes d'hésitation, l'aînée s'exécute de nouveau pendant que sa cadette la guide en direction du salon.

Quelques pas de plus, et Garance s'immobilise encore, le corps tendu et les yeux grands ouverts.

— Mais qu'est-ce que tu fais ? s'impatiente Roxane. Je t'ai dit de fermer les yeux !

— Écoute, je n'ai pas envie de jouer, se défend-elle, un peu sèche. Montre-moi simplement ce que tu as à me montrer.

— Mais non ! réplique Roxane en se faisant enjôleuse. C'est plus gai si tu découvres tout en une fois. J'ai tout bien préparé.

Et sans attendre de réponse, elle lui plaque la paume sur les yeux et saisit le poignet de sa sœur pour l'entraîner à sa suite. Mais Garance résiste. Elle reste figée sur place, sans ébaucher le moindre pas.

— Garou ! s'agace Roxane. Avance, c'est pas compliqué !

Garance dégage brutalement son poignet et son visage des mains de sa sœur. Puis elle la regarde fixement, comme si elle lui demandait l'impossible. Les deux jeunes femmes s'observent, Garance pétrifiée, Roxane déroutée, les sourcils froncés.

— Qu'est-ce qui te prend ? demande celle-ci avec une lenteur suspicieuse.

Le ton a changé : il s'est teinté de déception et de froideur. Prenant sur elle, Garance serre les dents tandis que Roxane lui saisit de nouveau le poignet et ébauche deux autres pas. Mais le cœur n'y est plus, Garance le sent bien, les mouvements sont plus secs, moins enjoués. De plus, sitôt que Garance avance, emmenée malgré elle par la poigne de sa sœur, un étau d'angoisse la prend à la gorge.

— Je ne peux pas ! dit-elle en se dégageant, les yeux grands ouverts.

— Tu ne peux pas quoi ? glapit Roxane. Fermer les yeux ?

Elle a posé la question comme une accusation. Garance ne répond pas, elle se contente de se détourner, lasse, pour rejoindre le salon.

— Ça veut dire quoi ? reprend Roxane, talonnant sa sœur pour l'empêcher d'avancer. Pourquoi tu ne peux pas fermer les yeux ? En quoi c'est compliqué de fermer les yeux ?

Tout en vitupérant, elle s'est plantée devant Garance et la prend maintenant à partie. Coincée, celle-ci est bien forcée d'affronter sa cadette.

— Tu veux vraiment le savoir ? demande-t-elle.

— S'il te plaît, oui, ça m'intéresse, réplique aussitôt Roxane d'un ton vindicatif.

— L'inondation, le lampadaire allumé... Tu as déjà oublié ?

— C'était un accident ! s'insurge Roxane. Je ne sais pas comment te le faire comprendre ! Je...

Elle s'interrompt, marquant son désarroi, avant de secouer la tête en fronçant les sourcils.

— Et puis, je ne vois pas le rapport avec le fait de fermer les yeux, ajoute-t-elle, dépitée. C'est quoi, ton problème ?

Garance ne répond pas. Durant quelques secondes, les deux sœurs oscillent entre le doute et l'incompréhension, l'une en attente, l'autre en défense, toutes deux suspendues à cet entracte. Mais à mesure que le silence perdure, l'indicible prend forme et devient reproche, menace et sommation.

Les yeux de Roxane s'arrondissent, ils lisent tout ce dont Garance l'accuse, elle n'en revient pas, abasourdie, les traits figés. Elle ouvre la bouche, horrifiée, secoue la tête, tente de se récrier, de se défendre, mais aucun son ne sort. De son côté Garance ne dit rien, ne réfute rien, ni volte-face ni démenti. Elles demeurent là une éternité encore, ou bien quelques secondes seulement. Puis, soudain, Roxane, décroche comme on s'arrache à un sortilège et fait demi-tour en direction de la porte d'entrée. Juste après, elle sort de l'appartement en claquant violemment la porte derrière elle.

À présent seule dans le vestibule, Garance sursaute.

Elle demeure là sans bouger, le cœur battant, à l'affût des bruits, celui des pas de Roxane qui s'éloignent à toute vitesse dans la cage d'escalier, martelant les marches de sa colère. Et lorsque enfin ils disparaissent, absorbés par les étages inférieurs, Garance se permet de respirer de nouveau. Elle se remet en mouvement et avance lentement jusqu'au salon, curieuse de découvrir ce que sa sœur voulait lui montrer, piège ou surprise, elle n'en sait rien.

En pénétrant dans la pièce, elle s'arrête sur le seuil et regarde autour d'elle.

À première vue, elle ne remarque rien.

Tout est à sa place, dans un ordre parfait.

L'espace d'un instant, elle s'interroge sur les intentions de Roxane avant de comprendre que la surprise réside justement dans l'absence de changement : de l'inondation, il reste bien sûr des traces d'humidité éparses, mais le gros du dégât des eaux a été méticuleusement résorbé, épongé et séché.

Indestructible

La souffrance du néant.

Comment le vide peut-il faire mal à ce point ?

Roxane pense à ces membres amputés qui continuent de faire souffrir leur propriétaire. Des bras et des jambes qui n'existent plus mais dont on éprouve la présence avec tout ce qu'elle implique de perceptions sensibles. On appelle ça des douleurs fantômes.

Son bébé est aujourd'hui une douleur fantôme.

Malgré le temps qui passe, elle ne parvient pas à oublier. Son ventre garde en lui la trace de l'enfant qui n'est plus. À défaut de couver son œuf, elle nourrit en son sein une rancœur grandissante. Les raisons qui l'ont poussée à mettre fin à sa grossesse sont comme des tentacules qui se collent à elle et l'empêchent de progresser. Elle tient Odile pour responsable de son choix et rumine les moyens de régler ses comptes.

— Tu ne m'as jamais parlé de tes cours d'art…, dit-elle à Martin lorsque, le soir même, elle évoque la visite de sa mère.

— Sujet douloureux, se justifie-t-il.

Il cherche à esquiver la discussion mais Roxane ne lâche pas le morceau.

— Ta mère m'a dit que tu avais fait une tentative de suicide.

Martin soupire.

— Ma mère ferait bien de la fermer, parfois.

— C'est vrai ?

— Quoi ? Qu'elle ferait bien de la fermer ?

— Non, la tentative de suicide.

Le jeune homme hésite un bref instant.

— Oui, finit-il par répondre.

— Pourquoi tu as voulu mourir ?

— Va savoir, répond-il dans un haussement d'épaules.

Roxane le fixe comme si elle attendait la suite. Martin l'affronte sans broncher : à l'évidence, il n'en dira pas plus.

— Quand j'ai dû renoncer à cette carrière de danseuse dont je rêvais depuis toujours, j'ai eu l'impression que je n'y survivrais pas. Cette sensation d'absence absolue, un trou noir qui dévore tout autour de lui, le vide partout et surtout en moi, impossible à combler… Plus rien n'a de sens, plus rien n'a de forme, de lumière, d'odeur. Tout est tellement lisse, et plat. Tout est gris.

Martin la regarde sans rien dire. Elle, elle parle sans le quitter des yeux, et ses mots sont l'écho de sensations enfouies depuis toujours.

— C'est comme si on était au milieu d'une plaine déserte à perte de vue. Pas de relief, pas d'horizon, juste une ligne qui se découpe entre la terre et le ciel. Impossible de prendre une direction. Marcher ou bouger n'y change rien, c'est la même chose. Où qu'on soit, on est perdu.

Martin se baigne dans ses paroles, jamais personne n'a saisi avec une telle précision l'essence même de ce qu'il éprouve. Il la contemple comme le naufragé découvre l'île au loin, la terre promise, la fin de l'errance. À ce moment-là, elle lui sourit avec une telle douceur qu'il sent ses défenses se fissurer, faisant vaciller sur sa base cet échafaudage qui lui permet de tenir debout.

Roxane se rapproche et pose sa main sur sa poitrine. Elle sent son cœur battre sous sa paume, et ça lui rappelle celui qui palpitait dans son ventre. Elle se souvient de cette sensation de toute-puissance lorsque, lors de leur première visite chez la gynécologue, celle-ci lui avait fait entendre les battements de cœur du bébé au stéthoscope, lointains mais frénétiques. On aurait dit que la vie imprimait son rythme au centre même de son être. Une force incroyable avait émané d'elle, un aplomb à nul autre pareil, l'évidence d'avoir trouvé un sens à son existence. Elle se souvient d'avoir pensé, l'espace d'un instant, que tant que le cœur de son enfant battrait, elle se sentirait invincible.

C'est là, à ce moment précis, qu'elle comprend d'où Odile tire sa force.

Elle se rapproche encore de Martin et pose sa tête contre lui.

— J'ai trouvé tes antidépresseurs, murmure-t-elle ensuite.

Il la dévisage, sourcils froncés, quelques secondes incrédules, puis se dégage d'elle. Elle n'esquisse aucun geste pour le retenir.

— Et tes carnets, ajoute-t-elle d'une voix calme.

Elle ne sait pas ce qui lui fait le plus d'effet. Tout ce qu'elle voit, c'est qu'il se referme soudain, les traits sombres et la mâchoire crispée.

— Tu les as lus ?

— Non, ment-elle. Mais j'aimerais beaucoup.

Silence. Il la considère maintenant avec suspicion, elle soutient son regard, preuve de sa bonne foi.

— Si tu ne veux pas que je les lise, je ne le ferai pas, jamais, ajoute-t-elle d'une voix douce. Je comprendrai, je n'insisterai pas.

Il se détend un peu, hoche la tête et esquisse un sourire. Puis elle revient contre lui et l'embrasse avec une infinie tendresse. Quand leurs lèvres se séparent, elle l'observe comme on découvre une blessure, on dirait qu'elle évalue les dégâts. Elle lui dit qu'elle est désolée, qu'elle ne savait pas pour les antidépresseurs. Elle lui demande si ça va, s'il se sent bien. Il répond par l'affirmative, oui, ça va, mieux encore depuis qu'elle est dans sa vie.

— Tu les prends depuis ta tentative de suicide ?

Il hausse les épaules en acquiesçant.

— Ça fait plus de dix ans ? demande-t-elle encore. Tu crois que tu en as encore besoin ?

— J'en sais rien.

Elle pose sur lui un regard de victoire, les yeux brillants. Elle lui murmure ensuite que ce qui l'a séduite chez lui, la première fois qu'ils se sont vus – tu te souviens la séance photo ? Il acquiesce, comment pourrait-il oublier ? –, c'est l'aplomb qu'il dégageait, une force tranquille, une présence compacte.

À présent elle le bouffe des yeux, on dirait qu'elle vibre, elle se serre un peu plus contre lui. Elle lui parle dans un souffle fébrile, elle lui dit des choses folles, elle sait ce qu'il éprouve, cette nécessité impérieuse d'être ce qu'on attend de lui, peur de décevoir, peur de se tromper, peur de faire mal. Elle connaît la chanson, ils sont pareils. Les camisoles psychologiques, elle connaît. Le regard d'une mère, ses espoirs, ses attentes, ça vous met à genoux une bonne partie de votre vie, pire qu'une fracture ouverte.

En fait, c'est faux.

Les liens du sang, l'hérédité, la filiation, tout ça.

Des conneries.

Il ne doit rien à personne.

Juste à lui-même.

Les médocs ?

Il n'en a pas besoin, elle en est persuadée. On lui a fait croire que. Mais rien à voir. Il est plus fort que ça. Ça l'empêche d'être lui. Et elle, c'est lui qu'elle aime. Son antidépresseur, c'est elle. Elle veut être son médoc, son remède, son miracle. Elle veut le soigner. Elle veut le sauver.

Ensuite elle se tait. Son silence est plus convaincant encore. Elle ferme les yeux, puis elle tend les lèvres vers lui, en guise de pacte. Il contemple ce visage idéal, cette peau sublime, cette aura lumineuse, cette fille incroyable, abandonnée devant lui, il se dit que c'est fou, que c'est vrai, qu'elle a raison. Cette force qu'elle décèle en lui, il la sent enfin, là, pour de vrai, comme révélée par son regard à elle.

Personne ne peut plus rien contre lui.

Il est indestructible.

Chapitre 38

Garance est debout au milieu de son salon bien rangé. Elle se mordille la lèvre inférieure, le remords la saisit par le cœur, il l'essore comme un torchon informe, il le tord, ça fait un mal de chien et ça n'a pas de fin. L'inondation n'est plus qu'un souvenir dont les traces humides vont disparaître avec les jours. La vérité n'est finalement rien d'autre, juste une empreinte qui s'efface avec le temps.

Les soupçons de Garance se délitent, soudain creux et sans fondement, la forçant à se rendre à l'évidence : le seul meurtrier dans une affaire de suicide, c'est la victime.

Ce constat la mortifie.

Elle retourne dans sa chambre et s'assoit sur le lit, plongée dans ses pensées, des pistes qu'elle explore pour rattraper le coup, et maintenant elle fait quoi, elle dit quoi ? Un fossé se creuse entre Roxane et elle, bientôt infranchissable, et elle, tout ce qu'elle trouve à faire, c'est accuser sa sœur et la rejeter. Un sentiment de solitude s'enroule autour de sa gorge, l'appartement désert, le silence qui résonne, elle n'a personne à qui parler, confier ses doutes et ses questions.

Dans son ventre, ça remue, un flux, une marée, un ressac, qui la berce d'une nausée latente.

À présent couchée sur le côté, elle regarde autour d'elle comme si elle cherchait quelqu'un, une main secourable, une oreille attentive. On dirait qu'elle vérifie par acquit de conscience. Roxane a déplacé quelques meubles pour éponger le sol, d'autres objets sont eux aussi en transit, ils attendent que tout soit sec pour retrouver leur place.

Dans un coin de la pièce, un carton est posé sur le fauteuil, que Garance remarque seulement. Elle le reconnaît, c'est celui que lui a remis Odile, qui contient les affaires de Roxane. Sa sœur ne l'a pas vidé. Elle n'y a même pas touché.

Garance se redresse, le soulève et le pose sur le lit puis, sans faire le détail, elle le vide sur la couette. Quelques vêtements et objets se déversent, un pull, deux pantalons, des bas, une chemise, un peignoir rose fuchsia, une trousse de toilette, des bijoux de pacotille, quelques livres, deux coques de téléphone aux tons criards, un agenda, deux chargeurs, des fournitures de cours, des photos…

Parmi celle-ci, des clichés de Roxane et Martin, des instants de bonheur, des jeux de regards, complices et joyeux, des éclats de rire. D'autres apparaissent, qui viennent d'un autre temps, Roxane enfant, elle doit avoir dix ans, juchée sur ses pointes et vêtue d'un tutu. Gracieuse, tellement délicate. Dans ses yeux brille un feu de certitude, elle fixe l'objectif et affronte le monde. Il y a encore d'autres photos, Garance les passe en revue, dont certaines sont comme des échos qui vibrent au plus profond de son âme. Sa sœur et elle grandissent sous ses yeux, elles ont six et deux ans, puis dix et six, ou encore treize et neuf, elles s'allongent, elles se métamorphosent, elles se tiennent par la main, par la taille, par le cœur. Sur quelques clichés, il y a Judith parfois, Jean rarement. Mais ils sont là, comme des fantômes endimanchés, ils impriment le papier d'un souvenir défraîchi dont les traits adoucis par le temps tentent de réécrire l'histoire.

Garance déglutit. Chacun des visages de Roxane provoque en elle des soupirs de nostalgie, non pas que les périodes aient été plus jolies qu'aujourd'hui, mais elles lui rappellent l'époque d'une complicité sans faille, une affection indéfectible et réciproque, un attachement exclusif, à la vie à la mort.

La dernière photo la représente à l'âge de seize ans. À côté d'elle, Roxane en a douze. Elles posent toutes les deux devant l'objectif de leur mère, Garance s'en souvient, une des rares fois où Judith les a photographiées avec bienveillance. Roxane possède encore ce corps monotone, sans forme, la peau sur les os, celui d'une enfant qui a grandi trop vite. Ses cheveux sont tirés vers l'arrière, réunis sur sa nuque en un chignon serré. À l'évidence, elle s'apprête à aller à son cours de danse. L'accident n'a pas encore eu lieu, tous les espoirs sont permis.

Au dos de la photo, Garance découvre une inscription qui fait état de la date, ainsi que quelques mots. Elle reconnaît l'écriture de sa mère, qu'elle a toujours eu du mal à déchiffrer. Elle y lit son prénom ainsi que celui de sa sœur, à la suite de quoi Judith a écrit : « mes filles adorées », suivi d'un cœur dessiné, un peu maladroit, mais parfaitement reconnaissable.

La tendresse de la formule ne fait aucun doute, elle décuple le malaise de Garance, elle la submerge d'un remords cuisant. Maîtrisant son émoi, la jeune femme retourne la photo et la range parmi les autres. Puis elle les abandonne sur le lit, au milieu des affaires de Roxane.

Elle s'apprête à tout remettre dans le carton quand un autre objet attire son attention. À première vue, on dirait un feutre. Mais Garance ne s'y trompe pas, elle connaît cet objet par cœur. Quelque chose remonte de ses tripes jusqu'à sa poitrine.

En le saisissant, le doute n'est plus permis : c'est bien un stylo à insuline. Elle déglutit, sourcils froncés sur ses appréhensions, elle enlève le capuchon, tourne la mollette pour en vérifier le contenu…

Il ne reste pas d'unités dans la cartouche. Garance l'extrait du stylo et la regarde fixement.

Impossible de savoir quand elle a été utilisée la dernière fois.

En revanche, ce dont elle est certaine, c'est que Roxane n'a aucune raison de posséder un dispositif pour faire des injections d'insuline.

Du moins, aucune raison légale.

Chapitre 39

— Vous pensez que Roxane a tenté de… de vous tuer ?

— Je… Ce n'est pas ce que j'ai voulu dire, mais…

Garance s'interrompt. Elle hésite, cherche ses mots avant de hausser les épaules.

— En fait, je n'en sais rien. Je ne pense pas. C'est juste que…

— Oui ?

— J'ai du mal à la reconnaître. Depuis sa tentative de suicide, je découvre une Roxane qui m'est complètement étrangère. Du coup, je ne sais plus très bien si c'est elle qui a changé ou si c'est moi qui refusais de la voir telle qu'elle est vraiment.

La psychologue attend que Garance précise sa pensée. Comme celle-ci n'ajoute rien, elle hoche la tête en signe de compréhension avant de pousser ses investigations plus loin.

— Roxane a-t-elle des raisons de vous en vouloir ?

— Aucune ! répond Garance un peu trop précipitamment.

— Mais vous vous posez des questions, résume la psychologue.

Le silence de Garance est éloquent.

— Ce dégât des eaux aurait clairement pu virer au drame.

— Roxane m'assure que c'était un accident…

— Comment se passe votre cohabitation ?

— Bien, répond Garance avec force, comme pour se convaincre elle-même.

La psychologue l'observe d'un air sceptique. Garance est à l'agonie, déchirée entre la fidélité indéfectible qu'elle voue à sa sœur et les doutes qui ne cessent de la tarauder.

— Pourquoi êtes-vous là, mademoiselle Leprince ?

La question la prend de court. Elle s'apprête à répondre, puis, soudain découragée, elle soupire.

— OK, c'est vrai. Ça ne se passe pas très bien. Et, oui, j'envisage la possibilité que Roxane me veuille du mal.

— Pourquoi ?

Garance secoue la tête en cherchant ses mots. La réponse à cette question va la mener sur le terrain d'une vérité qu'elle n'est pas sûre de vouloir creuser.

— Parce que… Parce que je ne suis plus si certaine de son innocence dans la mort de Martin Jouanneaux.

Voilà, elle l'a dit. Elle a formulé l'indigne pensée qui la ronge depuis plusieurs jours. Elle a verbalisé ses soupçons et, par la même occasion, renforcé un sentiment de trahison de plus en plus encombrant.

Annelise Chamborny ne cache pas son étonnement.

— Les analyses sont pourtant formelles, objecte-t-elle. La dose de morphine injectée à Martin Jouanneaux n'est pas la cause de sa crise cardiaque.

— C'est vrai. Mais ce n'est peut-être pas la seule injection que Roxane lui ait faite.

— C'est-à-dire ?

— Vous vous souvenez de ce qui est arrivé à ma mère ? Son décès, je veux dire…

— Une overdose d'insuline, c'est ça ?

Garance hoche la tête.

— On n'a jamais vraiment su s'il s'agissait d'une erreur de dosage ou d'un suicide.

— Je m'en souviens, en effet.

351

La jeune femme rappelle à la psychologue les effets d'un apport extérieur d'insuline ainsi que la difficulté d'interprétation de la glycémie après la mort d'un individu.

— Ce qui est certain, conclut-elle, c'est qu'une overdose d'insuline peut provoquer une crise cardiaque.

Elle marque une pause avant d'ajouter avec gravité :

— Et qu'elle est ensuite indétectable.

Annelise Chamborny la dévisage avec attention, prenant la mesure de ce qu'elle est en train de lui révéler. Garance, elle, tente d'apaiser les battements de son cœur. Un vertige la saisit, elle sait qu'elle vient de briser les scellés qui protégeaient le pacte qui la lie à sa sœur. Elle n'a pas trahi Roxane, elle garde pour elle le secret de sa culpabilité, celui du meurtre de Judith du moins, ainsi que la présence du stylo à insuline dans les affaires de Roxane, mais la tournure des événements l'empêche aujourd'hui de se voiler plus longtemps la face : la mort de Martin est le second décès dont les causes impliquent directement sa sœur.

— Vous êtes en train de me dire que Roxane a peut-être bel et bien assassiné Martin Jouanneaux en lui administrant une dose létale d'insuline, après avoir fait l'injection de morphine ?

— Je dis en tout cas que c'est une possibilité.

— Qu'attendez-vous de moi ?

— Je n'en sais rien. Je ne peux plus garder ça pour moi, mais je suis incapable d'aller trouver les flics et de leur balancer cette info. D'un autre côté, je n'arrive pas à faire comme si de rien n'était. Je suis complètement angoissée, entre mes soupçons et ma loyauté envers Roxane. Sauf que je ne parviens plus à la regarder sans me demander si c'est une meurtrière ou non. Je…

À mesure qu'elle parle, son débit s'affole, sa voix monte dans les aigus, ses phrases se contorsionnent, garrottées par l'émotion. Elle finit par s'interrompre, à bout de souffle. Annelise Chamborny la considère gravement.

— Vous voulez quoi, exactement ?

— Savoir.

— Vous êtes sûre ?

Garance acquiesce d'un mouvement de tête. La psychologue pose sur elle un regard grave.

— Alors je peux peut-être vous aider. Mais, après cela, il sera impossible de faire machine arrière.

Petit garçon

Quarante-cinq minutes.

Ça fait quarante-cinq minutes que Martin se tient là, assis à son bureau, figé devant son cahier, le stylo à la main. Autour de lui, l'absence. Pas seulement celle des pensées ou des mots, que dire, pourquoi et aussi comment. C'est une absence de sens, quand on regarde autour de soi et que plus rien ne fait écho. Un sablier qui s'écoule, que l'on ne peut plus retourner et qui se vide inexorablement. Il finit par déposer son stylo, caresse la page blanche, profite du contact avec le papier, soupire. Se rassure comme il peut. C'est une simple panne, une avarie passagère. Ça arrive aux meilleurs.

N'empêche. Depuis que Roxane le pousse à faire lire ses textes afin de les publier, les phrases se dérobent. Ça fait deux semaines qu'il n'arrive plus à écrire. Les idées se coincent quelque part entre sa tête et sa main, ou alors elles se perdent en chemin, elles fuguent, elles disparaissent. Et quand elles sont encore là, claires dans son esprit, c'est la façon de les exprimer qui lui échappe. Il passe un temps interminable à compulser le dictionnaire des synonymes afin de trouver le bon verbe, hésitant entre plusieurs mots pour, en fin de compte, lâcher l'affaire et refermer le cahier, abruti de fatigue. La veille, au bout de trois heures infructueuses, épuisé par ce vide qui lui bouffe le cœur, il s'est contenté de remplir sa page de traits fébriles et informes. Besoin de cacher tout ce blanc, le dissimuler derrière le chaos qui le ronge, le salir aussi, peut-être.

À mesure que les jours passent, le rien dans sa tête prend une ampleur inquiétante. Martin se raccroche à quelques mots lancinants qu'il se répète en boucle, c'est normal d'avoir la pression, il n'a jamais écrit que pour lui, sans aucune intention d'offrir sa prose à d'autres yeux que les siens. Ceux de Roxane sont déjà de trop. Sensation d'imposture sous le regard de celle qu'il aime, elle doit se méprendre, c'est sûr, aveuglée par l'amour, il est loin d'avoir le talent qu'elle lui prête. Seulement, il n'ose pas la détromper. Alors il se raccroche à ce malentendu, avec la peur au ventre d'être bientôt démasqué.

La page blanche devant lui le rend dingue, il a faim, sans trouver la moindre miette d'idée à se mettre sous la plume. Alors il se lève, rejoint la fenêtre devant laquelle il se poste et fouille le paysage des yeux.

Quatre étages plus bas, le trottoir déroule son ruban parsemé de piétons. Il suit la trajectoire des uns et des autres, ceux qui tracent droit devant, ceux qui allongent le pas ou ceux qui tournent au coin de la rue. Ceux qui cherchent leur chemin ou ceux qui traversent au rouge. Son regard accroche cette mère et son enfant, elle le tient par la main et avance à pas retenus, calquant ses foulées sur celles du petit. Parfois, il lâche la main de sa mère et dévie de sa trajectoire, quelques pas à gauche, stoppant soudain sans raison apparente ou tournant sur lui-même. Derrière lui, la mère attend, elle le suit des yeux ou, lorsqu'il s'éloigne trop, elle s'attache à ses pas. Puis elle reprend sa main et l'entraîne dans la bonne direction, avec douceur et patience. Ils mettent dix bonnes minutes à atteindre le bout de la rue, puis ils disparaissent au coin.

Martin continue de fixer le point où ils s'en sont allés, le front collé à la vitre. Le souvenir du petit garçon persiste sous ses yeux, ça lui troue le cœur, bouleversé par cette scène pourtant banale, la poitrine saturée d'un chagrin confus, ses paupières qui se gonflent, les larmes qui se pressent dans sa gorge, et lui soudain qui chiale, le corps secoué de sanglots profonds, longtemps, longtemps, bien longtemps après le passage du petit garçon.

Chapitre 40

Odile tourne les pages. Les feuilles glissent sous ses doigts, tatouées de mots, arabesques gravées dans le papier. Sous l'encre palpite l'âme de Martin. Ses phrases le racontent, récit chaotique d'une souffrance indicible, un mal venu du fond des âges, aux premières lueurs d'une existence méprisée. Odile retient son souffle. Si elle a déjà lu certains passages, de ceux que Martin lui a livrés pour la convaincre de ses qualités littéraires, d'autres dévoilent leur terrible vérité. Certains paragraphes l'accusent de près ou de loin, elle, ses gestes, ses regards, ses paroles, des intentions qu'il lui donne et dont elle n'a pas la moindre idée, des moments qu'il interprète et dont elle a d'autres souvenirs.

Les carnets de Martin. Trouvés sur les étagères du bureau du jeune homme, à la société. Ses écrits bien rangés au milieu des manuels de gestion et autres précis économiques, son cœur étalé sur ces pages, qu'Odile a récupérés le lendemain même du drame et qu'elle a rangés dans la bibliothèque de La Migoule, parmi les autres livres. À la vue de tous. Une colonne de reliures aux épaisseurs et aux tons distincts, des mots, des lettres, des émois, parmi lesquels se cachent les tourments de son fils. Ils se tiennent là comme des sentinelles, droits comme des « i », depuis des jours, derniers témoins d'une vie à présent éteinte. Les ouvrir est une épreuve à laquelle Odile s'est obligée ce matin. Assise sur le lit dans l'ancienne chambre de Martin, elle relit dix fois les mêmes lignes, cherche un autre sens aux termes choisis, déplore des versions étranges qu'elle déchiffre en apnée.

Il ne parle pas en son nom propre, bien entendu. Parmi des poèmes imprécis, entre un billet d'humeur morose et une allégorie délavée, il s'épanche dans des textes plus personnels, où l'émotion prend le pas sur le récit. Il raconte les affres d'un jeune homme dont l'existence vogue entre une mère vorace et des ambitions frugales. Il raconte une route sans virage, un ruban de goudron qui file droit devant, à perte de vue. Il raconte les rêves qui s'aventurent sur ce chemin trop droit, les premières bosses et les premiers creux. Il raconte Roxane aussi, à peine camouflée sous les traits d'une certaine Sophie, étudiante en droit.

Leur rencontre est une éruption, elle provoque dans sa vie un séisme majeur. Sophie est belle à se damner et elle pose sur lui un regard inédit, entre fièvre et curiosité, avide de savoir et de comprendre. Jamais une fille ne l'a regardé comme ça. Ce n'est pas qu'il soit laid, mais il manque d'ampleur, il est sans relief, dépourvu de densité. Insignifiant. Il existe à peine. Les femmes n'ont pour lui, au mieux, qu'une bienveillance polie. Et celles qu'il a connues plus intimement n'ont pas réussi à lui cacher leur cupidité.

Roxane – enfin, Sophie – lui rend la vue. Elle éclaire devant lui l'immensité d'un paysage dont chaque perspective le remplit de fièvre. Elle l'entraîne dans son sillage et ensemble ils explorent une vie riche de promesses et d'imprévus. Surtout, il ne doute ni de ses sentiments ni de ses intentions. Pour la première fois, il sent qu'on l'aime pour lui. Il ignore ce que cette fille peut bien lui trouver, il n'a rien d'autre à offrir qu'un nom et une situation, si peu en comparaison avec ce qu'elle est en droit d'attendre. De la sécurité en bandoulière. Cette fille-là, c'est du feu, ça le brûle rien qu'à la regarder. En plus, elle l'aime. Ensemble ils rient, ils découvrent, ils écoutent, ils parlent, ils jouent, sans parler du reste. Il ne comprend rien à ce qui lui arrive mais il s'en fout.

De page en page, Martin s'abandonne. Entre deux émerveillements, il revient sur son enfance, qu'il décrit de manière clinique, une bonne éducation, un toit, de la nourriture pour le corps et pour l'âme. Rien pour le cœur. Un père absent et distant, une mère faussement maternelle, qui emprunte aux codes du foyer la relation qu'elle entretient avec ses fils. Il parle un peu d'Adrien, pour le plaindre surtout, il l'observe avec curiosité, il le traite de produit dérivé. Il considère le fossé qui les sépare, sidéré d'avoir partagé le même ventre. Il s'étonne de sa propre présence dans cette famille, que fait-il là, qui sont ces gens, quelle langue parlent-ils ?

C'est là qu'il trouve le terreau commun sur lequel ils ont poussé, Roxane et lui. Il compare leurs enfances, raconte la mère alcoolique et le père absent. La famille de Roxane n'a rien à voir avec les Jouanneaux, bien entendu : alors que lui-même se compare au vilain petit canard, chez les Leprince, c'est plutôt la rose et le fumier. Et pourtant. Martin y voit une similitude, tous deux s'insurgent contre cette erreur du destin, comment peut-on se tromper à ce point ? Roxane et lui sont issus des mêmes blessures.

Le nez plongé dans le carnet, Odile déglutit. Malgré la tempête qui saccage tout à l'intérieur, son visage reste de marbre. Elle parcourt les lignes et sa lecture s'étrangle sous les reproches, les accusations, les blâmes, les rejets. Elle ne se reconnaît pas dans ce portrait de mère toxique, se défend d'y trouver une quelconque vérité, c'est facile aussi de faire parler les morts à travers la confession d'un moment. Comment être certaine que ces mots reflètent une vérité objective ? Les enfants sont ingrats, c'est même là le socle de leur fonction. De surcroît, le texte sonne creux. Si le fond est d'une incontestable tristesse, la forme se défile et transforme le tout en une complainte amère. Ça frôle le ridicule. Ses mots rabotent ce qui dépasse, la cime des lettres comme le sommet des émois, faisant de ce texte la chronique d'un pauvre enfant riche. Douleurs de pacotille et révoltes grotesques. En le lisant sans être personnellement pris à partie, on n'arrive pas à le plaindre. La cuillère en argent qu'il a dans la bouche déforme ses propos et alourdit son style.

Odile poursuit sa lecture en serrant les dents, c'est injuste, son fils n'a jamais manqué de rien et c'est comme ça qu'il la remercie ? Elle se drape dans son offense, elle qui s'est battue pour offrir le meilleur à ses enfants, c'est tout de même un comble. D'autant que, au fil des pages, le jeune homme se révolte, et ses propos contestataires débordent, ils coulent, ils s'incrustent dans les recoins dérobés de ses rancœurs. Parfois, des feuilles sont noircies de lignes chaotiques, entremêlées de dessins et de signes, une calligraphie égarée, des traits hagards. Ça dure quelques pages, puis le calme revient, les mots s'apaisent, tout comme le tracé, retrouvant la monotonie du style et la pauvreté d'une prose maladroite.

Et puis, il y a ce passage où Martin mêle les deux mères à son récit, celle de son personnage et celle de Sophie – enfin, de Roxane –, toutes deux ogresses, chacune à leur manière, dans la misère ou dans le luxe, folie débridée ou raison trop rigide. C'est là qu'il évoque le décès de Judith, l'instant où tout bascule, ce drame dont personne ne sait s'il s'agit d'un suicide ou d'un accident. Une crise cardiaque dont les origines restent obscures, overdose d'insuline, autopsie expédiée, et cette pauvre femme enterrée dans la foulée. Il décrit les effets de l'injection, les traces qui s'effacent et l'incertitude qui s'installe. Il s'attarde sur les questions qui se posent, et puis aussi sur la réponse des experts, ou plutôt leur absence de réponse, conférant à leur rapport une miraculeuse impunité.

Durant quelques mots, il traîne encore sur le doute de Sophie – enfin, de Roxane – qui se demande si le cœur de sa mère s'est arrêté par erreur ou par arrêt de l'arbitre.

Odile redresse la tête et son regard se perd dans le flot de ses pensées. C'est tôt, trente-huit ans, pour mourir d'une crise cardiaque...

Et soudain, elle se dit que les gens, pourtant jeunes, ont une étrange tendance à mourir d'une crise cardiaque dans l'entourage proche de Roxane.

Et que, ça, c'est loin d'être un hasard.

Lequel

Les premières gorgées sont toujours les plus réconfortantes. L'alcool enflamme les papilles qui s'étirent, affriolées, il ressuscite les sens comme au réveil d'une sieste. C'est si bon que les lampées se succèdent, le liquide se rue dans l'organisme, il inonde le corps et entraîne avec lui les émotions dans une course effrénée, un tourbillon de sensations, l'ivresse aux trousses. C'est chaud et piquant à la fois, les perceptions s'enflamment en même temps que les problèmes s'évanouissent, la tête tourne un peu, le regard se trouble, tout devient plus joli, les angles s'arrondissent, les ondes fluctuent, on dirait une houle gracieuse qui va et qui vient, comme dans une image de paradis perdu. Au moment où les membres sont bien détendus, le cerveau suit le mouvement : il lâche prise à son tour parce que, soudain, plus rien n'est grave, ni le temps qui passe, ni le regard des autres, ni même les rancœurs qui s'attardent dans les consciences assoupies.

Roxane se sent bien. L'alcool comble le vide laissé par le bébé, il lui réchauffe le creux du ventre, il file entre les griffes du remords. La jeune femme devient sûre d'elle, elle n'a plus rien à prouver à personne et encore moins à elle-même. Hier s'évanouit dans un trou de mémoire, demain se profile comme une promesse. Quand elle boit, tout devient possible.

Martin n'est pas aussi enthousiaste. Dès qu'elle se sent bien, il se renferme, soudain distant, limite désagréable. Il devrait se réjouir plutôt, partager avec elle ces moments d'abandon, en profiter, même, ensemble ils pourraient savourer toute cette langueur, ou encore se vautrer dans l'exaltation de l'oubli. Au lieu de quoi, il lui bat froid. Il aiguise un dédain qu'elle n'accepte pas. Du haut de son nom, il devient un insupportable con prétentieux, ce qu'elle ne manque pas de lui faire remarquer. Alors les mots se déboîtent, ils dévient, se font maussades, entre sarcasme et colère. Les éloges cèdent la place aux griefs, tous deux se couvrent de reproches, Martin part de plus en plus tôt le matin et rentre de plus en plus tard le soir, Roxane passe ses journées à faire les cent pas autour de ses rancœurs. Le cercle devient vicieux, et d'ailleurs ils tournent en rond, tous les deux agrippés à leur vérité. Les paroles se chargent de venin, ils s'écorchent, ils se déchirent. La dégringolade est aussi vertigineuse que le sommet était élevé.

De plus en plus, l'alcool évite la chute : c'est une perche à laquelle Roxane se raccroche régulièrement. Elle affirme qu'elle contrôle tout et, pendant qu'elle dit ça, sa voix chancelle et se vautre, elle savonne ses mots, ils glissent et entraînent ses phrases dans des tessitures grotesques. Elle tient bon pourtant, avec une pointe d'arrogance dans les yeux, elle lève le menton, la preuve que tout va bien. C'est à ce moment que son équilibre la trahit, elle titube légèrement, ou parfois même carrément, et tout ce qu'elle vient de prouver s'effondre comme un château de cartes. Alors elle se déballonne d'un haussement d'épaules ou d'un rire faux, oui, bon, d'accord, j'ai peut-être un peu trop bu.

Au début, quand le constat s'impose, la soirée est déjà bien avancée. Mais au fil des semaines, il est de plus en plus tôt. Ces derniers temps, quand Martin rentre à la maison, l'alcool a déjà agrafé l'esprit de Roxane. Ça le rend fou, et malheureux aussi, il ne supporte pas de la voir comme ça. Il lui en veut, pourquoi fait-elle ça ? Elle est son pilier, la seule à savoir quels obstacles il doit surmonter pour survivre. Il a besoin d'elle, de ce qu'elle est vraiment en dedans, pas seulement ce corps affolant, les cheveux d'or et le regard de braise, il la veut tout entière, elle, son cœur et son âme. Elle, elle rigole, mon Dieu ce que tu es sérieux, viens t'amuser un peu, je te sers un verre ? Elle minaude et se colle à lui, elle lui sourit de tout près, les yeux dans les yeux, et bientôt il craque, parce que cette fille le rend dingue, de haine et d'amour, de désir et de rejet. C'est le moment où tout bascule, dans les cris, dans les soupirs. Elle l'aspire dans son ivresse comme une spirale dans un tourbillon, ils s'aimantent et se repoussent, tour à tour chasseur et proie.

Mais le temps finit par user cette passion qui déborde de partout. Quoi qu'ils fassent, ils sont voués à se perdre. Les cris s'épuisent, ce qui hier semblait folie d'amour paraît aujourd'hui juste un peu cinglé et deviendra demain une routine agaçante que l'un des deux cherchera à fuir.

Reste juste à savoir lequel.

Chapitre 41

Les premières allusions à la fin apparaissent peu après le récit de la fausse couche de Roxane. Dans son dernier carnet, Martin évoque cet épisode comme l'échec de trop, injuste et douloureux. Les pages qui suivent livrent à Odile la lente décrue d'une humeur déjà instable, dont le jeune homme cache les reliefs sous une attitude lisse.

Il y a cette anecdote qu'il relate dans une marge, on dirait un oubli. Il a vingt-deux ans, il vient de commencer son stage dans la société et se familiarise avec l'univers financier. Il demande à sa mère l'âge de Louis, son secrétaire et fidèle bras droit. Odile avoue son ignorance et l'évalue à la louche, elle propose quarante-cinq ans ou pas loin, à vue de nez, prudente. Plus vraiment quarante, pas encore cinquante, une moyenne raisonnable, elle ne doit pas être loin de la bonne réponse. Martin s'étonne, Louis travaille depuis plusieurs années pour elle, ils se côtoient au quotidien et elle ne connaît pas son âge ? Odile botte en touche, l'âge importe peu si le travail est bien fait. Martin ne relève pas, si ce n'est pour lui apprendre que Louis a trente-cinq ans, pas plus. Tête d'Odile. Il fait plus vieux. Puis elle passe à autre chose.

Odile n'a aucun souvenir de cet épisode. Martin le situe quelques mois auparavant, elle veut bien l'admettre, c'est possible. Il s'épanche ensuite sur cet écart de dix ans entre la réalité et l'apparence. Il donne raison à sa mère : Louis paraît avoir quarante-cinq ans. C'est bien là qu'il veut en venir, les chiffres et les graphiques aspirent la jeunesse de ceux qui les manipulent.

Odile ferme les yeux, il y a cette repentance dans son regard, pardon, pardon au petit garçon qu'il était, pardon de lui infliger ça, pardon à l'adolescent qui rêvait. Le dernier carnet trahit la détresse de son fils, entre feuillets déchirés et calligraphie chancelante, des mots qui saignent, des traits qui grimacent. Il y parle de son quotidien au bureau, un enfer sans fin à l'image des couloirs qu'il arpente à longueur de journée sans comprendre ce qu'il fait là – les lignes et les angles, tout est droit, pas d'oblique, pas de courbe.

Sourire.

Dire bonjour, au revoir, merci, pardon.

Martin dépeint les lumières au néon, les pièces aveugles dont les seules fenêtres sont celles d'un écran. Il évoque les regards qui le dénoncent, lui, l'imposteur. Il maudit ce nom qu'il porte comme les chaînes d'un forçat, avec ce bruit de ferraille qui le précède partout. Il observe ces gens qu'il côtoie chaque jour, étranges et ambigus, dont le seul point commun est un complet gris.

Quand il l'évoque, ce complet gris, il l'appelle le linceul.

Il raconte cette langue dématérialisée dans laquelle on lui parle, les CFO (prononcer ciefo), les AMF, les LBO (qu'il prononce « le billot »), ISR, BCE, CIF, EBE, BFR, KYC, et autre PER, successions de lettres qui remplacent les mots, abréviations obscures, initiales nébuleuses, dont l'ordre et la prononciation anglaise achèvent de brouiller les pistes. Il décrit les chiffres qui envahissent ses pensées, qui prolifèrent et lui grignotent le cerveau, ça le bouffe, ça le vide.

Ça le tue.

À présent, les mots dérapent. Ils entraînent avec eux la conscience du néant, comme une frontière que Martin passe sans vraiment s'en rendre compte. Les pages se tournent à mesure que les jours défilent. Pas de date si ce n'est le nom des jours, mais les quelques feuillets qu'il reste à lire annoncent la fin. Au fil des lignes, Martin s'abandonne à l'ivresse de ne plus rien devoir à personne si ce n'est à lui-même. Pas même à Sophie – enfin, à Roxane. Il parle de l'alcool qui prend de plus en plus de place dans la vie de sa compagne, de ses yeux vagues quand il rentre du boulot le soir, du lamento distordu de sa voix, de ses absences, et même de son rire qui stagne dans sa gorge comme de l'eau croupie. Son quotidien n'est plus qu'une fuite, le bureau, l'appartement, sa femme, sa mère. Les gens. Il s'en veut, il se déteste, il énumère les promesses de l'enfance, quand il envisageait l'âge adulte comme la fin du calvaire. Le constat est amer : les années n'apportent pas la sagesse, encore moins la bienveillance. Les enfants qui le raillaient autrefois sont devenus grands et l'accablent toujours autant. Rien n'a vraiment changé, ni les rumeurs qui bruissent ni les jalousies qui s'égarent. Lui qui pensait se diriger vers la fin de l'errance comprend que la ligne d'arrivée n'est pas là.

Qu'elle n'est nulle part.

Sauf peut-être là où il n'y a plus rien.

Le point de rupture se déclenche un jour en fin d'après-midi, un mardi, alors qu'il rentre plus tôt du boulot. C'était il n'y a pas si longtemps, trois semaines, tout au plus. Roxane cuve déjà, elle est affalée sur le divan, elle somnole, perdue dans les vapeurs de l'alcool. Il hésite à la réveiller avant de se raviser : tant qu'elle somnole, elle ne parle pas, elle ne rit pas. Elle ne pleure pas non plus, ni ne crie, elle repose, et ce calme le répare, lui, comme un baume nécessaire aux plaies causées par leurs disputes. Il la contemple, navré du spectacle, et ça lui fait un trou au milieu du cœur.

Ainsi abandonnée, elle ressemble à un ange.

Martin imagine pourtant le combat qui fait rage derrière ses paupières closes.

À côté d'elle, posé sur la table basse, son portable. Qui vibre soudain. Martin s'en saisit et fait glisser l'écran d'accueil. Le menu s'affiche, Roxane vient de recevoir un texto. Le nom qui apparaît lui est inconnu.

Dilemme. Quelques secondes en arrêt. L'envie d'aller voir plus loin, puis, juste après, l'hésitation, avec son cortège de remords. Peur de savoir mais encore plus de ne pas savoir : pourquoi Roxane se réfugie-t-elle dans l'alcool, que lui cache-t-elle, que fuit-elle ? Pourquoi a-t-elle changé à ce point ? Elle s'éloigne chaque jour un peu plus, et lui, il reste là comme un con, sans rien faire. Il subit. Sans se battre. Sans comprendre.

Martin chasse les voix qui le sermonnent et ouvre le message, souffle suspendu le temps que le texte s'affiche.

« Bonjour, nous vous rappelons votre RDV au cabinet dentaire Grignard et Declerc, le 14/10 à 17 h 30. Ne pas répondre à ce SMS. »

La tension retombe aussitôt. Mais la machine est lancée. Si la réponse à ses questions n'est pas là, peut-être est-elle ailleurs. Le jeune homme ouvre les messages un à un, il épluche les contacts de Roxane, remonte le fil des conversations dont il déroule les échanges du bout de l'index. Très vite, il doit bien l'admettre, il n'y a là que des discussions sans ambiguïté, qui s'appauvrissent au fil des mois. Ces derniers temps, Roxane n'a que peu de contacts avec le monde extérieur. Le dernier message date d'une dizaine de jours. Seuls quelques appels de sa sœur, Garance, reviennent à intervalles réguliers. En les consultant, Martin remarque qu'ils durent peu de temps. La jeune femme est plus que jamais isolée.

Comme pour répondre à ce constat, Roxane gémit en se tournant. Martin se fige puis, alors qu'elle retombe dans son inertie éthylique, il reprend l'étude des échanges contenus dans le smartphone. Il ouvre WhatsApp dont il survole les discussions. À l'instar de la messagerie, elles s'espacent avec le temps et n'abordent pour la plupart que des sujets sans intérêt, entre partages de photos et demandes d'informations.

Jusqu'à cette conversation avec un contact du nom de Doc Gynéco.

Martin fronce les sourcils. Le chanteur des années quatre-vingt-dix s'impose à son esprit, sans qu'il comprenne le lien avec Roxane, elle n'aime ni le rap ni les frasques de ce genre de personnages. Il ouvre la conversation et saisit quelques phrases parmi les derniers échanges. Il s'agit de conseils médicaux répondant aux questions que pose Roxane. Elle décrit des pertes de sang assez importantes ainsi que des crampes au niveau du bas-ventre. Doc Gynéco la rassure, c'est normal, ça fait partie des effets du Misoprostol. Il répète ensuite l'importance de ne pas prendre de bain pendant trois semaines et d'éviter tout rapport sexuel durant la même période. Il lui rappelle enfin leur rendez-vous du lendemain pour le premier contrôle. Roxane le remercie.

Martin relit les messages plusieurs fois, sans vraiment comprendre. Son esprit bloque sur ce nom, le Misoprostol. Il s'empare de son propre smartphone et tape le nom du médicament dans le moteur de recherche. Les premières informations ne lui évoquent pas grand-chose, Wikipédia place le médicament dans la famille des prostaglandines PGE1 pour traiter les ulcères d'estomac et prévenir les gastrites dues à un traitement anti-inflammatoire non stéroïdien. Martin fait ensuite défiler les résultats, il survole d'autres infos, avant de tomber sur un site dont le titre laisse peu de doutes : « Avortement par autoadministration de Misoprostol, un guide pour les femmes ».

À la lecture de ces lignes, un sentiment de gâchis envahit Odile, d'incompréhension aussi, pourquoi Roxane a-t-elle fait ça. Gorge nouée, un poids dans le ventre. Elle ferme les yeux et reste figée sur le lit, le carnet à la main. Quand elle les rouvre, il lui faut tourner la page.

« Le monde cesse de battre autour de moi. »

C'est la seule phrase lisible. Celles qui suivent sont raturées, assiégées d'encre, tachées, trouées. Impossible de lire les mots sous le déluge. La feuille entière ressemble à une mise à sac, carcasses de traits dont on ne reconnaît rien. Il s'en dégage une impression de saccage, la déliquescence d'une âme.

Celle d'Odile dégouline jusque dans sa gorge. Les mots suppliciés forment un tableau de peines, ils prennent corps, pour la première fois peut-être, une sensation étrange qui l'étreint et la fissure de part en part. Vite, elle tourne la page, elle veut effacer la vision infernale, fuir la douleur de son enfant.

Au verso, les phrases reviennent, lisibles, comme si de rien n'était, si ce n'est les marques gravées sur le papier, des cicatrices en direct du recto. Martin continue de décrire sa colère, sa souffrance, sa rancœur. Par dépit, il efface la conversation entre Doc Gynéco et Roxane sur WhatsApp, comme pour faire disparaître cette trahison. Il décrit ensuite l'immensité de sa détresse, désormais acquise, parce que rien ne peut dépasser une telle désillusion. Il déroule une guirlande de questions, parmi lesquelles s'insinue l'intérêt de poursuivre la route.

Comme les traits sur le papier, l'idée s'imprime. Elle trace son sillon dans l'esprit. Chaque fois qu'elle passe, elle le marque un peu plus. Bientôt, Martin s'y accroche. Ce qu'il évoquait à demi-mot quelques pages auparavant s'écrit à présent en toutes lettres. Il veut tout quitter. Pas seulement la société, la famille ou même Roxane, il veut partir pour de bon. Ne plus revenir. Jamais.

Le cœur d'Odile se décroche.

Une fois de plus, les doigts tremblants, elle tourne la page, seule manière d'effacer l'indicible.

Les lignes qui se découvrent à elle la glacent de la tête aux pieds. Ce sont les dernières. Celles qui précèdent la fin. Celles qui l'annoncent. Celles qui achèvent le récit.

Du haut de la page de gauche jusqu'au bas de celle de droite, l'espace est couvert de chiffres. Les numéros s'alignent les uns à la suite des autres, comme de bons petits soldats. Pas un ne dépasse. Il y a dans cette succession de signes mathématiques quelque chose d'effrayant. Leurs proportions sont égales et régulières. Chacun d'eux présente un tracé parfait, comme une répétition à l'infini. Tout le contraire des pages qui précèdent, dont le chaos explosait de vie, quand le souffle se fait bourrasque et détruit tout sur son passage. Ici, tout est figé, froid, immobile. À la difformité des phrases s'oppose la perfection des chiffres.

Ils ont gagné.

Les mots de Martin sont morts.

Chapitre 42

— Vous semblez aller beaucoup mieux, ça fait plaisir de vous voir comme ça.

Tandis qu'elle prend place en face de Roxane, Annelise Chamborny lui adresse un chaleureux sourire. La jeune femme le lui rend tout en la remerciant d'un signe de la tête. S'ensuivent les échanges d'usage, entre constats et questions, afin d'obtenir un bref aperçu de l'état psychologique de la patiente. Celle-ci se prête à l'exercice, elle répond avec honnêteté, sonde ses émotions, prend le temps de choisir ses mots. De l'autre côté de son bureau, la psychologue l'écoute avec attention. Elle oriente l'entretien sur différents aspects du processus de résilience, les mécanismes mis en place pour surmonter la douleur et la culpabilité. Jusqu'à cette question qui, au milieu du protocole médical, semble s'être trompée de porte.

— Éprouvez-vous de la colère ou de la rancœur envers votre sœur ?

— Envers ma sœur ? s'étonne Roxane. Qu'est-ce que ma sœur vient faire là-dedans ? Et...

Prise de court, la jeune femme s'interrompt et considère son interlocutrice avec une curiosité froissée.

— Pourquoi vous me posez cette question ?

— Pourquoi pas ? demande à son tour la psychologue.

— Non, pas du tout, répond-elle à contrecœur. Je n'ai aucune raison d'en vouloir à Garance...

— Comment se passe votre cohabitation ?

Roxane soupire.

— J'imagine que, si je suis là, c'est que ça ne se passe pas si bien que ça.

— C'est votre avis ?

— Ce serait idiot de ma part de dire le contraire.

— Pourquoi pas, si c'est ce que vous ressentez ?

— Non, ce n'est pas ce que je ressens. C'est en effet tendu entre Garance et moi.

— Vous en connaissez les raisons ?

— J'en ai une vague idée, oui.

— Vous voulez en parler ?

— J'ai le choix ?

— Bien sûr que vous avez le choix. Je n'ai jamais forcé personne à parler contre son gré. Mais il me semble important de ne pas ajouter de la tension à un état déjà très oppressant.

Roxane soupire une nouvelle fois et prend appui contre le dossier de son siège, bras croisés devant elle en guise de bouclier.

— Qu'est-ce que vous voulez savoir ?

— Quel est votre état d'esprit vis-à-vis de votre sœur, en ce moment ?

— Normal, rétorque la jeune femme en haussant les épaules. C'est elle qui semble avoir un problème avec moi. J'imagine d'ailleurs qu'elle est à l'origine de cette entrevue ?

— Oui et non. Il était prévu que nous fassions un premier bilan une semaine après votre sortie d'hôpital. Néanmoins, je ne vous cacherai pas que, en effet, votre sœur et moi, nous nous sommes vues.

Roxane acquiesce d'un bref mouvement du menton.

— Vous dites que c'est votre sœur qui a un problème avec vous, continue la psychologue. Qu'entendez-vous par là ?

Roxane la considère d'un air songeur, paraissant analyser une situation préoccupante. Puis, soudain, elle se lance :

— Je pense que Garance me soupçonne d'avoir tué Martin.

Elle prononce cette phrase comme si chaque mot lui demandait un effort d'élocution.

— En tout cas, elle ne croit plus en mon innocence, ajoute-t-elle ensuite d'une voix sourde.

— A-t-elle des raisons d'en douter ?

Roxane garde le silence sans quitter la psychologue des yeux. Impossible de répondre à cette question sans trahir le secret de la mort de Judith, la complicité de Garance dans ce crime et sa propre culpabilité.

— Je sais qu'elle a eu un contact avec Odile Jouanneaux qui, elle, est persuadée de ma culpabilité, finit-elle par expliquer. Garance est très froide avec moi depuis cette entrevue.

— Vous pensez donc que votre sœur a été influencée par les convictions d'Odile Jouanneaux ?

— Ça me paraît clair.

Annelise Chamborny s'apprête à réagir, mais Roxane ne lui en laisse pas le temps :

— Écoutez, je n'ai pas le courage de jouer aux devinettes. Je suppose que Garance s'est confiée à vous et qu'elle vous a fait part de ses soupçons. Alors je vous propose de gagner du temps : vous me racontez sa version des faits et je vous donne la mienne. Qui, au demeurant, est toujours la même.

La psychologue se renverse à son tour dans son fauteuil et observe sa jeune patiente pendant quelques instants.

— Votre sœur a en effet évoqué la possibilité que vous soyez responsable de la mort de Martin Jouanneaux, finit-elle par avouer.

Roxane accuse le coup.

— OK. Et elle justifie ça comment ?

— Elle émet l'hypothèse que vous lui ayez injecté une dose létale d'insuline après lui avoir fait l'injection de morphine.

La jeune femme écarquille les yeux, marquant ainsi sa stupéfaction.

— Cette dose d'insuline aurait selon elle provoqué l'arrêt cardiaque de votre compagnon, ajoute Annelise Chamborny. Avec l'énorme avantage de ne laisser aucune trace dans l'organisme, puisque l'insuline est pratiquement indécelable *post mortem*.

Cette supposition résonne comme un coup de feu dans l'esprit de Roxane. Elle est maintenant figée sur sa chaise, fixant la psychologue d'un regard ahuri, incapable du moindre geste. Les pensées se télescopent dans sa tête, dont le premier constat l'anéantit littéralement : sa sœur est allée bien plus loin que de vagues doutes sans fondement. Elle a élaboré une hypothèse crédible qui l'incrimine directement. De plus, elle a parlé d'insuline à la psychologue, évoquant sans aucun doute la mort de leur mère et, qui sait, son implication, sa responsabilité, sa culpabilité...

L'angoisse la saisit par le revers de la raison. Malgré tout, elle se force à retrouver son calme, à ne rien laisser paraître, à cadenasser ses émotions.

Au fond d'elle-même, une tempête de doutes et de questions se déchaîne.

Quelle version Garance a-t-elle livrée ?

Jusqu'où sont allées ses confidences ?

L'a-t-elle dénoncée ?

La croit-elle réellement coupable de la mort de Martin ?

Elle n'a pas le temps de mettre de l'ordre dans ses idées qu'Annelise Chamborny reprend de la même voix calme, presque désincarnée :

— Vous en pensez quoi ?

— C'est complètement absurde, parvient-elle à articuler.

— Peut-être, admet la psychologue. Et je ne demande qu'à le croire. Mais cela nous pose tout de même un sérieux dilemme. Avez-vous déjà entendu parler de l'article 29 du code d'instruction criminelle ?

— Non.

— C'est une loi qui m'oblige à transmettre au procureur tout renseignement relatif à un crime ou un délit dont j'aurais connaissance.

Devant l'expression affolée de Roxane, Annelise Chamborny lève la main dans un signe d'apaisement.

— En revanche, ajoute-t-elle aussitôt, je suis tenue au secret professionnel pour tout ce qui concerne les informations échangées avec mes patients, en vertu de l'article 458 du code pénal. Or, votre sœur n'est pas ma patiente. Je n'ai aucune obligation de discrétion vis-à-vis d'elle. Mon devoir m'incite donc à livrer ces nouvelles données au procureur de la République afin de les verser au dossier Jouanneaux, et peut-être même de rouvrir l'enquête.

Elle attend que cette information fasse son chemin dans l'esprit de Roxane avant d'ajouter :

— Par contre, vous êtes ma patiente. C'est envers vous que j'ai un devoir de discrétion. Et vous le savez, Roxane, tout ce que vous me dites dans cette pièce ne peut en sortir sans votre accord, en vertu de ce fameux article 458 du code pénal sur le secret professionnel.

Roxane déglutit.

— Et ? demande-t-elle d'une voix faible.

— Quels que soient les aveux que vous me ferez, je ne peux les divulguer à personne. Pas même au procureur de la République.

Un silence compact s'installe dans la pièce tandis que les mots de la psychologue résonnent dans l'esprit de Roxane. De l'extérieur, elle n'a aucune réaction. À l'intérieur en revanche, c'est le chaos. Son apparente impassibilité lui permet de ne pas s'écrouler.

La trahison de Garance est une bombe dont la déflagration la dévaste.

— Je suis là pour vous aider, Roxane, poursuit la psychologue avec une grande douceur. Et votre sœur aussi. Nous ne voulons en aucun cas vous nuire, ni même vous abandonner. Quoi que vous ayez fait, nous pouvons l'entendre. Mais il faut nous parler.

La voix d'Annelise Chamborny la bouleverse, son timbre si doux, comme une mélodie envoûtante, un sortilège, presque une berceuse. Il s'en dégage tant d'indulgence et de bienveillance que, l'espace d'un instant, Roxane se sent dériver vers les rives de l'abandon. Ne plus lutter. Se laisser hypnotiser par cette voix et la suivre jusqu'au bout. Faire ce qu'elle dit, dire ce qu'elle veut. Qu'importe la suite. Quoi qu'il se passe, quoi qu'elle décide après ne peut être qu'un soulagement.

— Votre sœur vous aime, profondément, ajoute Annelise Chamborny, et sa voix se fait plus fascinante encore. Elle s'inquiète beaucoup pour vous. Elle est démunie, sans savoir quoi faire pour vous apaiser. Mais ce dont elle est certaine, c'est que vous avez besoin d'aide.

Roxane ferme les yeux.

— Laissez-nous vous aider, Roxane. Nous ne voulons que votre bien. Vous pouvez nous faire confiance. Parlez-nous. Déchargez-vous de ce fardeau trop lourd. Vous verrez, vous vous sentirez beaucoup mieux après.

Les larmes débordent maintenant pour se répandre sur ses joues, elle ne sait pas très bien sur qui elle pleure, si c'est sur elle, sur Garance, sur Martin.

Sur leur amour moribond, sur leurs souvenirs et leurs promesses.

Sur cette vie qui ne respecte rien, ni les rêves ni même les cauchemars.

Sur cet avenir qui n'est plus, elle le sait à présent.

Les quelques jours qui viennent de passer ne sont qu'un sursis volé.

— Je ne veux pas aller en prison, sanglote-t-elle en portant sur la psychologue un regard désespéré.

— Vous n'irez pas en prison, je vous en fais le serment !

Annelise Chamborny lui prend la main comme pour sceller un accord entre elles, la forçant à la regarder.

— Parlez-moi. D'accord ? lui dit-elle dans un murmure. Je vous promets que tout ira mieux après.

Roxane sanglote toujours, les yeux rivés sur la psychologue. Elle hésite encore quelques infimes secondes puis, terrassée, acquiesce d'un hochement de tête.

Dans sa gorge

Roxane consulte sa montre pour la quatrième fois en une minute. Il est minuit. Le temps se moque d'elle, il cavale puis s'arrête, comme s'il jouait à « un, deux, trois, soleil ! » sans pour autant respecter les règles. Les nerfs à fleur de peau, elle compose une fois de plus le numéro de Martin sur son téléphone, hésite à passer ce énième appel qui basculera sur sa messagerie, elle le sait déjà. Elle se déteste. Elle ressemble à ces folles qui harcèlent leur mec et dont on rit dans les soirées branchées, vaguement condescendant, la pauvre, elle se ridiculise, elle ferait mieux de laisser tomber.

Mais c'est plus fort qu'elle.

Elle établit la communication.

Au bout de trois sonneries, la messagerie se déclenche.

Elle raccroche, la gorge nouée et l'estomac en bouillie.

Repas d'affaires, lui a dit Martin. Des gens autour d'une table qui ne sont pas ce qu'ils semblent être. Des discussions déguisées, des sous-entendus, des doubles sens, des allusions. On parle business sans en avoir l'air. Une soirée détendue en apparence. En vérité, tout le monde sera en alerte. Négociation sous haute tension, jeux de regards, stratégie, le tout dissimulé derrière des sourires et des toasts, des hochements de tête, des accords de principe. Roxane n'y a pas sa place.

— Ta mère y sera ?

Martin hésite avant de répondre, oui, logique, c'est la patronne. Roxane encaisse, évidemment, elle comprend mieux pourquoi elle ne peut pas faire partie de la fête. Martin soupire, ce n'est pas une fête, loin de là, il le jure, et non, ce n'est pas à cause d'Odile. Roxane affiche ouvertement son scepticisme, mais oui, c'est ça, bien sûr. Le dépit change de camp, Martin est désolé, elle ne doit pas le prendre comme ça, il rentrera tôt, il le promet.

La jeune femme finit par lâcher l'affaire, que peut-elle faire d'autre. Mais le doute est là et prend le contrôle de son discernement. Parce qu'elle se cache la vérité, elle le sait. Elle doit commencer à regarder les choses en face. Elle doit arrêter de croire aux contes de fées.

Au fil des jours, au fil des heures, Roxane envisage le pire. Son histoire avec Martin patauge dans les marécages de l'habitude, pense-t-elle, de ces usures qui lassent, quand les évidences deviennent des efforts et que les absences sont désormais plus longues que le temps passé ensemble. Martin lui échappe, elle le sent bien, le temps a érodé l'intensité de leur amour de la même manière qu'il ternit un vernis trop brillant. Ça n'a ni queue ni tête, c'est abscons, une erreur du destin, une épreuve sans doute, qu'ils doivent surmonter comme ils l'ont fait pour la fausse couche... Mais cette fois Martin n'est pas là. Il traite, il transige, il négocie. Elle s'accroche, elle ne lâche rien, elle n'est pas de celles qui abandonnent, elle se chauffe d'un bois sec et plein, qui brûle fort et longtemps. Elle sait que l'ombre d'Odile plane au-dessus d'eux, que Martin suit aveuglément. La jeune femme tente de lui faire entendre raison, ils doivent résister, s'insurger, ne pas tomber dans le piège, leur amour en vaut la peine. Martin se retranche derrière ses devoirs, ce n'est pas le bon moment, ils sont en pleines négociations, un contrat juteux, une transaction délicate. Elle lui rappelle ses objectifs, ses ambitions... Mais l'argument ne porte pas, Martin se contente d'acquiescer, oui, bien sûr, il n'a pas oublié. Pourtant, les mots attendront. Il lui demande de lui faire confiance, il doit gérer ce virage sans risquer de tout perdre. L'héritage familial pèse sur ses épaules, il n'est pas de ceux qui fuient leurs responsabilités. Tout ça demande du temps, il leur doit bien ça.

Alors, Roxane fait exactement ce qu'il ne faut pas, l'aigreur, les reproches, les larmes, les cris. L'alcool est désormais son compagnon le plus fidèle. Elle a coupé les ponts avec son entourage, personne pour être le témoin de sa déchéance. Plus de garde-corps, plus de garde-folle. Le pire, c'est qu'elle en a conscience, mais c'est plus fort qu'elle, c'est comme un sortilège qui l'envoûte et prend le contrôle de ses réactions, ça la rend dingue, au propre comme au figuré.

La voilà seule au milieu de la nuit, plongeant tête baissée dans la face sombre de ses incertitudes. Elle attend Martin, son amour, son prince, ou alors n'est-ce déjà plus que le souvenir d'une idylle moribonde, quand le dépit ronge tout sur son passage, les rires, les caresses, les mots doux, les promesses. Elle se souvient avec nostalgie des premiers temps, désormais inaccessibles, ceux qui donnent le *la*, ceux autour desquels on gravitera pour toujours sans plus jamais les atteindre. La rage et la douleur se mêlent à la nuit, elles malmènent son attente, elles transforment le décor autour d'elle, elles jettent une ombre lugubre sur ce qui fut et ce qui est.

N'y tenant plus, la jeune femme reprend son téléphone et sélectionne un autre contact dans son répertoire. Le nom d'Odile apparaît sur l'écran, ça lui fait un mal de chien, elle ne veut pas et pourtant elle sait qu'elle va le faire. Elle va piétiner sa dignité, elle va cracher sur sa fierté. Tant pis. Elle veut en avoir le cœur net.

Une fois de plus, les sonneries retentissent dans le silence de sa solitude. À chacune d'elles, Roxane manque de raccrocher, terrorisée à l'idée qu'Odile réponde autant qu'à celle qu'elle ne réponde pas. Et lorsque enfin sa voix résonne à l'autre bout de la ligne, la jeune femme retient son souffle.

— Roxane ? s'exclame Odile sans cacher sa surprise.

Roxane ferme les yeux, les traits crispés sur sa honte.

— Désolée de vous déranger à cette heure-ci, dit-elle en cherchant désespérément à guider son élocution en ligne droite. J'essaie de joindre Martin. Il est à côté de vous ?

— À côté de moi ? s'étonne Odile. Pourquoi serait-il à côté de moi ?

Un silence interloqué fait écho à cette réponse. Roxane se sent soudain dégrisée.

— Tout va bien ? demande encore Odile tandis que le silence s'éternise.

— Je... Martin m'a dit qu'il avait un repas d'affaires, ce soir, bredouille la jeune femme, confuse.

— Un repas d'affaires ? Pour la société ?

— Oui...

Nouvelle pause, marquant une hébétude qui s'attarde maintenant de part et d'autre de la ligne téléphonique.

— Écoutez, reprend Odile au bout de trop longues secondes d'un muet embarras. Je ne sais pas quoi vous dire, si ce n'est que, à ma connaissance, aucun repas d'affaires n'était prévu ce soir.

Roxane sent le sol s'ouvrir sous ses pieds tandis que son cœur remonte dans sa gorge.

Chapitre 43

Le silence a pris possession des lieux, autant dans le bureau de la psychologue que dans l'esprit de Roxane. Annelise Chamborny attend, elle a tout son temps, dit-elle, elle est là pour ça, rien ne presse. La démarche doit être personnelle, c'est important. Parler sous la contrainte ne résoudra rien. Elle rappelle son devoir de discrétion : rien de ce que dira sa patiente ne pourra sortir de cette pièce sans son accord.

Quand elle s'adresse à Roxane, c'est toujours de cette voix douce et apaisante, dépourvue de toute pression. Elle est d'une disponibilité absolue. Comme si personne d'autre n'existait.

Roxane reste là, immobile, assise sur sa chaise. Elle tente d'analyser ce qu'elle éprouve, entre ce qu'on attend d'elle et ce qu'elle va révéler. Ce qui la surprend, c'est ce grand calme qui l'habite à présent. Elle ne ressent plus rien, ni peur ni regret. Sa décision est prise, la meilleure depuis longtemps, celle qui marquera sa délivrance. Ne plus mentir, ne plus faire semblant.

— Vous voulez plus de temps ? lui propose la psychologue.

La question semble étrange, Roxane la dévisage avec curiosité, de quel temps parle-t-elle ? Elle jette un œil à sa montre et s'aperçoit que ça fait plus d'un quart d'heure qu'elle est là, sans bouger, sans rien dire.

— Non, je voudrais écrire, répond-elle sur le ton de l'évidence.

— Mais oui, pourquoi pas. Je vais vous donner une feuille.

Roxane acquiesce, en guise d'accord autant que de merci. Quelques minutes plus tard, la voilà attablée devant sa lettre, un stylo à la main. Elle fouille dans sa tête et cherche ses mots, ceux qui remonteront le cours de son histoire, ceux qui traceront la route jusqu'à la terrible vérité.

La première ligne est la plus difficile à coucher, par où commencer ? Un mot lui vient en tête, il tourne en boucle, il impose ses deux syllabes.

Pardon.

Elle demande pardon.

Pardon pour ce qu'elle a fait, pour ce qu'elle a dit, pour ce qu'elle a pensé. Elle s'adresse à sa sœur, Garance, son âme, son âme sœur. Elle traduit en signes graphiques des sentiments qu'elle ne s'était jamais avoués. Elle cherche la façon dont elle peut le mieux raconter des troubles qui n'ont même pas de nom. Des émotions dont elle ignorait tout jusqu'à cet instant, tant elles faisaient partie d'elle, tant elles étaient elle, camouflées dans chacun de ses gestes, chacune de ses paroles. Comment expliquer ce qui ne peut s'exprimer ? Les mots sont réducteurs, on leur demande de traduire l'immensité d'un ressenti, ils ne font qu'entraver une gamme infinie de sensations dans une signification unique et commune.

Le temps suspend son cours, il se noue à la main de Roxane. Son stylo marque le papier de ses doutes, elle ne cesse d'hésiter, elle passe d'un terme à un autre, le détermine par d'autres mots, rature, griffonne, trace les paroles qui érigent ses souvenirs. Elle ne comprend pas bien comment, armée de si maigres outils, vingt-six lettres à assembler selon un ordre défini, elle peut rendre la puissance du feu qui la consume. Pour la première fois, elle éprouve le mélange d'euphorie et de frustration dont lui parlait Martin. Quand elle demande pardon à sa sœur, elle ne veut pas seulement s'excuser, elle veut accuser aussi, se défendre, raisonner, regretter.

Elle veut se venger.

De sa mère d'abord, qui a brisé son destin sans l'once d'une conscience.

Cette femme à qui elle doit la vie et à qui elle a donné la mort.

Cette chute interminable dans les abîmes de sa rancœur.

Et cette vindicte, justement, qui devait suivre Judith dans la tombe.

Mais la quiétude tant espérée n'a pas été au rendez-vous. Quelle injustice que celle de devoir vivre dans la douleur d'une insatiable amertume tandis que la coupable, la fautive, la responsable de tant de souffrances, elle, repose en paix.

De cette première rencontre avec la mort, Roxane comprend que celle-ci ne peut être une réponse : elle n'apaise que celui qui mérite le tourment.

Ça y est, son esprit se libère enfin. Des lettres s'ébauchent sous sa plume, elles se lient entre elles et se font vocables, des sons qui résonnent dans sa tête, pourvus de sens. Les syllabes deviennent phrases, elles tissent leur récit, elles racontent et décrivent, elles entraînent avec elles le combat d'une raison. Roxane ne parvient pas à rendre complètement la justesse de son histoire, impossible, parce que ce récit-là devrait se composer de soupirs, de silences, de teintes, de grain, d'éclats aussi, et qu'il manque la voix pour dire les mots et marquer les virgules, pour laisser entendre les parenthèses, pour taire les points.

Enfin, le stylo ralentit sa course et finit par s'immobiliser. Dans la tête de Roxane, pourtant, les mots poursuivent leur danse, ils charrient des images, des gestes, des souvenirs.

Des pages aussi, celles du dernier carnet de Martin, qu'Odile lui a fait parvenir.

Et qu'elle a lues.

L'accusation est manifeste, Odile la tient pour responsable de la mort de Martin. Qu'importe l'autopsie, les analyses de sang, d'urée, d'humeur vitrée, les empreintes et autres traces d'ADN.

Martin est décédé d'un arrêt cardiaque, ce cœur que Roxane a brisé.

De la même manière qu'elle a ôté la vie au bébé qu'elle portait.

Lorsqu'elle lève les yeux de sa lettre, Roxane croise le regard d'Annelise Chamborny. Bref instant de surprise, elle avait presque oublié sa présence. Puis elle lui tend ses feuillets.

La psychologue s'en saisit.

— Puis-je la lire maintenant ?

Roxane acquiesce.

— Il faudra la donner à ma sœur.

— Vous le ferez vous-même.

La suite se fragmente en une multitude d'instants éclatés. Tout va très vite, c'est peut-être pour ça que, quand Annelise Chamborny le racontera plus tard, il ne lui restera que des bribes de gestes, des flashs, des éclairs d'impression.

La psychologue tient la lettre dans la main, la droite, si ses souvenirs sont bons. Elle baisse les yeux pour y déchiffrer la première ligne. Dans son champ périphérique, elle perçoit que Roxane fait demi-tour et se dirige vers le fond de la pièce. Du moins le croit-elle un instant, avant de comprendre que, en vérité, sa patiente rejoint la fenêtre. Elle a juste le temps de remarquer la rapidité avec laquelle la jeune femme se déplace, celle-ci court presque, soudain si pressée, c'est étrange de se mouvoir ainsi après toute cette immobilité...

« Garance, ma sœur, mon âme, mon âme sœur... »

Au moment où ces mots résonnent dans sa tête, Annelise entend le bruit de la fenêtre que l'on ouvre. Les châssis sont d'un modèle ancien, en bois, et la poignée ovale pivote sur elle-même dans un grincement caractéristique. Les bruits de la rue envahissent la pièce, clameurs citadines, des voitures qui passent, un chien qui aboie, un klaxon qui insiste.

C'est au moment où Roxane grimpe sur l'appui de fenêtre que l'ordinaire bascule. Tout va très vite, pas un moment d'hésitation, pas un instant de doute. Pas une seconde pour réagir. Annelise Chamborny tourne la tête vers la fenêtre, elle voit Roxane enjamber la balustrade, une jambe après l'autre, avant de sauter dans le vide. Elle se précipite vers elle, trop tard, le temps de contourner son bureau, elle la voit ouvrir les bras comme pour s'envoler, elle la voit se jeter dans le ciel.

L'espace d'un sourire, elle la voit fermer les yeux.

Elle a la grâce d'un ange.

Son corps reste en suspens, une éternité ou une fraction de temps.

Puis il disparaît, avalé par le vide.

La seconde d'avant, Roxane était dans la pièce.

Celle d'après, elle n'est plus.

Le flacon de morphine

Bruit de clef dans la serrure. Enfin. Roxane se redresse, sursaut vital, le cœur repart, les pensées se déplient, elle entend la porte qui s'ouvre, Martin est là, il est rentré, merci mon Dieu, elle n'y croyait plus. Elle prend appui sur ses coudes pour s'extirper du divan, se redresser en tout cas, se rassembler surtout. Mais les murs tanguent autour d'elle, c'est dingue, tout se décompose, le temps, les mouvements, on dirait un bug. Elle en rirait si elle n'avait été si oppressée, ça fait des plombes qu'elle attend, imaginant le pire, l'accident, l'adultère, la disparition pure et simple sans explication, l'avenir qui se dérobe, cette nuit interminable qui se répand sur les heures comme une flaque de boue en laissant des traces partout. Elle parvient tout de même à se mettre debout. Au bout de quelques secondes, les murs se stabilisent, tant mieux, il ne manquerait plus qu'elle s'effondre devant lui ou, pire, qu'elle rende le contenu de son estomac. Sur ce, elle réprime un rot.

Quand Martin apparaît, elle est debout au milieu du salon. Un miracle. Elle avise la bouteille de vodka sur la table, dont il ne reste qu'un fond, puis le verre par terre devant le divan, lui en revanche tout à fait vide. Merde. Trop tard pour les ranger. La tête lui tourne, un relent d'alcool envahit sa bouche, qu'elle ravale illico histoire de faire illusion, c'est absurde, OK, mais au point où elle en est... Martin la regarde, elle affronte son regard, elle va lui dire qu'elle sait tout, il lui a menti, un prétendu repas d'affaires, tu me prends pour une conne, où tu étais, avec qui ?

Elle ouvre la bouche, mais Martin s'avance vers elle, il titube et manque de trébucher, il a le corps tout mou, et ses yeux zappent aux quatre coins de la pièce comme s'il avait peur de se faire attaquer. Pendant un moment, elle ne comprend pas ce qui se passe, elle l'observe en plissant les yeux, prudente, avant de comprendre qu'il est encore plus soûl qu'elle.

De fait, le jeune homme fait quelques pas de travers puis s'affale sur le divan qu'elle vient de quitter.

Il est complètement cuit.

Pendant un moment, Roxane est à deux doigts de rigoler parce que, Martin bourré, ça, c'est vraiment la meilleure. Le souvenir des heures qu'elle vient de passer dans le silence et l'angoisse la rappelle à l'ordre, son mec qui la trompe, c'est sûr, elle l'imagine en train de s'envoyer en l'air avec une garce, le genre de pétasse avec de gros nichons, et rien que cette image lui lacère le cœur. Pas question de balayer toute cette souffrance d'un éclat de rire, ce serait trop facile.

— J'ai appelé ta mère, je sais très bien qu'il n'y avait aucun repas d'affaires prévu ce soir. Alors c'est simple : tu me dis où tu étais et avec qui, sinon je me casse.

Là, elle retient son souffle, les yeux écarquillés sur son audace. Elle le dévisage. S'il lui dit de se casser, elle aura l'air fin, parce qu'elle sait qu'elle sera incapable de partir. Elle aura juste l'air débile à rester plantée là devant lui sans bouger. D'autant qu'elle n'est pas certaine qu'il la rattrape avant qu'elle atteigne la porte. S'il la prend au mot, elle va se déballonner, elle le sait déjà. Quelle pitié. Elle en est là. Elle doute d'elle plus encore que de lui, elle n'a aucune volonté, aucune dignité.

Elle maîtrise une contorsion de la bouche et attend la réaction.

Pour l'instant, il l'observe, plutôt surpris par l'ultimatum. Ça bricole dans son cerveau, ça se voit, on dirait qu'il pèse le pour et le contre. Mais tout s'embrouille soudain, comme si l'alcool reprenait le contrôle et le menait par le bout du nez.

— J'ai passé la soirée avec un éditeur, finit-il par avouer.

L'ivresse le rend arrogant, c'est insupportable. N'empêche, ça la déstabilise complètement, cette réponse. Roxane ne dit rien, elle attend une explication, elle concentre son attention sur lui, ses mots, ses gestes. Elle a du mal à le croire, elle vient de passer une partie de la nuit à se dire qu'il lui a menti et à gérer le séisme qui en découle, quelle déconvenue, quelle désillusion, pas Martin, merde, pas lui, pas eux. L'alcool n'aide pas, c'est sûr, Roxane rumine, les pensées se distendent puis se rétractent sans ordre ni logique, d'ailleurs elle s'aperçoit qu'il parle toujours, elle en était restée au coup de l'éditeur, et cette simple information résonne encore dans son cerveau sans qu'elle parvienne à focaliser son attention sur la suite. Ses paroles vont et viennent comme des oiseaux dans la pièce, parfois immobiles, parfois affolés, à voler comme des fous, à se cogner partout, aux murs, au plafond, dans les lampes aussi, tout ce qui se trouve sur leur trajectoire et jusqu'à s'assommer en fonçant droit sur la fenêtre. Martin parle du temps qui se dérobe et qu'il faut voler justement, pas voler comme des oiseaux mais comme des voleurs, et c'est là qu'elle comprend pourquoi elle a pensé aux oiseaux, à leurs ailes qui s'agitent, à ce bruit qui se débat, flap, flap, flap. Elle est sur le point de repartir à la dérive de ses délires, emportée par le ressac de l'alcool, mais la voix de Martin revient à la charge et chasse les volatiles, leurs ailes et leurs envolées aux quatre coins de ses cauchemars. Lui, il s'agrippe à ses pensées, il n'arrête plus de parler malgré la pente glissante sur laquelle ses mots se vautrent, sa langue qui dérape, et puis le chant lancinant de ses phrases portées par l'ivresse, l'air de rien. Ses propos passent d'une idée à l'autre, mais, quoi qu'il dise, il en revient toujours à la même chose, sa carrière, son avenir, les chiffres contre les mots, les Jouanneaux, la force du nom, le poids de l'honneur. Il n'en peut plus, il perd son temps, il se noie, il n'aura jamais la paix, sa mère ne lâchera rien. La société Jouanneaux & fils, c'est sa création, son bébé, tu comprends, peut-être même plus qu'Adrien et moi, ses propres fils, de chair et de sang.

Roxane acquiesce, oui, elle sait.

Martin reprend la parole, il parle de cet éditeur avec lequel il a dîné et auquel, il y a deux semaines, il a confié ses textes, histoire d'avoir un retour. Au cours du repas, celui-ci a évoqué le potentiel de ses écrits, cette façon que Martin a d'explorer ses émotions à travers son narrateur, comme on gravit les marches d'un escalier. Alors oui, il ne le lui a pas caché, il y a pas mal de maladresses, beaucoup de passages à retravailler, mais le principal est là : la densité du style, la richesse du contenu, cette façon de dépeindre les personnages et de leur donner vie, on y croit, c'est fort, c'est vrai. D'autres faiblesses au niveau de la structure, mais rien de grave, ils verront ça ensemble. En attendant, il ne doit rien lâcher. L'éditeur lui propose de retravailler le texte en fonction de ses remarques et de le lui soumettre de nouveau d'ici quelques semaines.

À mesure qu'il parle, Roxane le dévisage, troublée, comme à l'affût. Lui, il pérore un peu, le verbe dynamique malgré l'alcool, le geste haut, de ceux que les guerriers commettent au retour d'une victoire, après tout il serait bien con de ne pas en profiter.

Passé l'effet de surprise, Roxane secoue la tête, sans voix, elle ne sait pas quoi dire, c'est incroyable, elle ne s'y attendait pas du tout, ça alors, c'est dingue…

— Ça t'étonne ? s'enquiert-il, intrigué.

— Non, pas du tout, se récrie-t-elle. Je… Je le savais, je l'ai toujours su, bien sûr ! Ça devait bien finir par arriver un jour.

Un bref silence la prend de court, qu'elle cherche à combler de joie et de félicitations, mais les mots s'esquivent et le ton n'y est pas, ça sonne faux, quelle pitié.

— Et maintenant ? lui demande-t-elle ensuite pour faire diversion.

Martin se tait, il ménage ses effets, il la regarde comme on apporte un cadeau, les mains derrière le dos, laquelle tu choisis, la gauche ou la droite ?

— Je vais écrire ! dit-il enfin d'un air d'évidence.

— Et ta mère ? Et ton boulot ?

Les yeux de Martin se voilent, sa bouche se tord, lèvres pincées sur un dépit soudain. Il a bien réfléchi à la question depuis qu'il a serré la main de l'éditeur en sortant du resto.

Roxane croise les bras, curieuse, tandis que Martin la considère avec gravité.

Le silence qui suit est un requiem.

Quand il se remet à parler, d'une voix maintenant atone, il dit qu'il n'a plus le choix, il doit penser à lui, la question ne se pose même pas, il est ailleurs, il est plus loin. Ses yeux sont graves, ils reflètent une raideur qui contraste avec la mollesse de ses mots.

En face de lui, Roxane l'observe, l'œil trouble et l'écoute instable : l'alcool les unit autant qu'il les sépare, ils sont aussi bourrés l'un que l'autre mais leurs ébriétés n'ont rien en commun.

Ils font ivresse à part.

Martin s'accroche à une idée.

— Le problème est double, explique-t-il en agitant l'index et le majeur. Quitter Jouanneaux & fils est une chose, les trahir en est une autre. Dans « Jouanneaux & fils », je suis le fils. Je ne peux pas démissionner, tu comprends ?

Il marque une courte pause avant d'ajouter, l'œil brillant :

— En revanche, je peux me mettre en arrêt maladie.

— Ah oui ? raille Roxane, pas convaincue. Et comment ?

— Burn out, répond-il dans un haussement d'épaules, mimant l'évidence. Le mal du siècle. Psychologiquement, ça se tient. De toute façon, c'est pas comme si j'étais indispensable. Pour la plupart des actionnaires, je suis seulement le pantin de ma mère. C'est juste que je ne peux pas affaiblir sa position.

Roxane en convient. Martin poursuit son raisonnement, il tient le cap même si les sons pataugent, ils éclaboussent les pensées. Pendant qu'il parle, il sort de sa poche un flacon et une seringue qu'il tend à sa compagne.

Elle les prend par réflexe, sans comprendre, baisse les yeux sur l'étiquette, déchiffre l'inscription.

Morphine.

Elle relit le mot plusieurs fois, les sourcils froncés, c'est quoi, ce truc ?

Lui, il la couve d'un regard fiévreux. Ensuite il explique, sa voix tremble, il est comme désincarné, il déglutit et se reprend, il faut qu'elle comprenne, c'est la seule solution.

— Quelle solution ?

Il sort une enveloppe de la poche intérieure de son complet gris, sur laquelle est écrit le nom de sa mère.

Odile Jouanneaux.

— C'est quoi ? demande Roxane sans comprendre.

— Ma lettre de suicide.

Roxane le dévisage, les yeux grands ouverts sur un truc qui lui échappe, c'est quoi, ce délire ?

— Tu veux te suicider ? articule-t-elle à grand-peine.

— Non, justement, répond-il d'une diction incertaine. Je veux vivre. C'est juste un leurre, un piège. Une mise en scène, si tu veux.

Sa prononciation patine, elle imprime à ses paroles une mélodie lancinante.

De son côté, Roxane secoue la tête, sans comprendre. Patient, il lui expose son plan : s'injecter de la morphine, mais pas une dose mortelle, juste assez pour faire croire que. Dans sa lettre, il reste évasif, il dit qu'il est désolé, mais c'est trop lourd pour lui, ce n'est la faute de personne, si ce n'est la sienne. Il perd pied, il est paumé, il s'égare, retranché derrière une fragilité que personne ne songera à attaquer. Il demande pardon.

— Parce que, quand tu veux mourir, finalement, plus personne n'a prise sur toi.

Il cherche ses mots, lesquels se noient dans les rouages de ses projets. Il expulse un rot mouillé avant d'esquisser un sourire tordu. Roxane se tient devant lui, elle l'observe avec une curiosité horrifiée, immobile, désincarnée, bloquée quelque part entre incrédulité et rejet. Alors Martin repart dans ses raisonnements, il la prend par les mains et les sentiments, il s'est renseigné, burn out, reconnaissance médicale, protection juridique, rupture conventionnelle.

— En gros, quand tu es reconnu dépressif par un professionnel de santé, tu es protégé juridiquement. C'est ce qui s'est passé avec mon frère. J'ai des antécédents, ça va le faire comme sur des roulettes. Diagnostic, dépression sévère ou burn out, on verra, arrêt maladie. Fin de l'histoire. Ma mère devra juste me trouver un remplaçant, mais personne n'osera l'attaquer de front. Elle devra sauver les meubles, elle a l'habitude, je ne m'inquiète pas pour elle. On s'injecte de la morphine et on s'étend sur le lit avec nos lettres d'adieu. Simple, efficace et…

— « On » ? demande Roxane

Martin acquiesce d'un vigoureux hochement de tête. Ses yeux brillent, il la regarde avec la fièvre de ceux qui savent, à la fois confiant et nerveux parce que convaincre est une mission éreintante, ça demande du temps, de l'énergie, il n'a ni l'un ni l'autre. Il est bourré, il en conserve une vague conscience, il se sent exténué. Il a juste envie de s'injecter cette foutue morphine dans les veines et s'endormir. Ensuite, tout sera réglé. Magique.

— Je dis « on », c'est juste comme ça, tu fais comme tu veux. C'est seulement que si on le fait à deux, pour le coup, on nous prendra au sérieux. C'est toi qui fais les injections, de toute façon. Tu contrôles tout, conclut-il comme si ce dernier argument allait tout régler.

Roxane l'écoute, elle comprend les mots mais, une fois assemblés, leur sens devient opaque. Tout se confond dans sa tête, elle décèle les failles de ce drôle de plan, le piège dans le piège, ses alarmes retentissent, attention danger, et pourtant ses angoisses sont comme des bulles de chewing-gum qui éclatent et se dégonflent sitôt qu'elles prennent trop d'ampleur : Martin est là, devant elle, il n'est pas parti, il ne l'a pas trompée, que veut-elle de plus ?

D'un geste impatient, il lui indique le flacon de morphine qu'elle tient toujours à la main.

— En plus, tu sais faire des piqûres. C'est surtout pour une question de crédibilité.

Quelques secondes qui flottent, Roxane perdue dans ses pensées, cette image d'eux allongés sur le lit, silhouettes immobiles, pas un bruit, pas un souffle.

— On ne peut pas s'injecter de morphine maintenant, se contente-t-elle d'objecter. On est trop bourrés.

— Pas grave, on fait ça demain.

Simple. Il lui sourit. Puis il se soulève à grand-peine, manque de se vautrer au sol, se retient de justesse à l'accoudoir du divan, se redresse enfin. Il la rejoint, équilibre précaire, regard triomphant, de ces victoires indécises auxquelles on s'accroche, pourtant. Il l'entraîne ensuite vers la chambre, non sans dévier quelques fois, et elle, elle se laisse emmener, elle le suit, elle dérive derrière lui, déjà résignée.

Elle tient toujours la seringue et le flacon de morphine.

Garance, mon âme, mon âme sœur.

Pardon.
Pardon pour ce que j'ai dit, pour ce que j'ai fait, pour ce que j'ai pensé. J'aurais préféré te convaincre d'une autre façon.
Depuis mon réveil à l'hôpital, on m'accuse par défaut. Désormais, pour moi, le simple fait d'être en vie est la démonstration évidente de ma culpabilité. Je compte du coup sur ma mort pour apporter la preuve irréfutable de mon innocence.
En vérité, tout cela est sans intérêt à présent, à l'heure où tu lis ces lignes, les reproches, les charges, les plaintes n'ont plus aucune importance pour moi. Odile en est pour ses frais, je la laisse seule avec ses démons, les miens viennent de m'emporter.
Je suis coupable, sans doute. Coupable d'avoir aimé, d'avoir menti, d'avoir guidé les choses vers des chemins obscurs, ceux dont j'avais envie d'explorer les détours. Ce n'était pas la bonne route, je le comprends aujourd'hui. Je me suis aventurée vers des contrées interdites et je le regrette, mais ce qui est fait est fait.
Je suis coupable de la mort de Bugs.
Je suis coupable de la mort de maman.
Je suis coupable de la mort de mon bébé.

Et, d'une certaine manière, je suis coupable de la mort de Martin.

Non pas de la façon que l'on croit, celle dont on m'accuse depuis que je me suis réveillée à l'hôpital. Au contraire, j'ai tenté de le sauver, malgré lui. J'ai voulu déjouer le destin, le forcer à vivre. J'ignore tout de ce qui s'est passé, la raison pour laquelle son cœur a lâché à un âge où il bat à corps perdu.

J'ai toujours dit la vérité.

J'aurais pu survivre à ce drame, surmonter l'absence de mon amoureux, n'être plus qu'un corps qui bouge, un cœur qui bat. J'aurais même pu retrouver le goût de vivre, un jour, dans longtemps. Mais sans toi, ma Garou, sans ta confiance, sans notre complicité, sans cette loyauté que nous nous vouons l'une à l'autre depuis le jour de ma naissance, je n'en ai pas la force.

J'ai décidé de m'en aller. J'aurais dû le faire avec Martin. Le suivre jusqu'au bout de sa détresse. Remplir la seringue d'une dose létale et assumer ma faute. Car si je ne suis pas coupable de l'acte de sa mort, je le suis sans doute des raisons qui l'ont poussé à prendre cette décision. Une partie du moins. Je l'ai dupé, d'une certaine manière, j'ai orienté ses choix, j'ai manipulé sa volonté. J'ai du sang sur les mains, c'est certain. Depuis ma sortie d'hôpital, je laisse des traces partout où je passe, je casse les cœurs, les gens, les meubles, les objets, toute cette vaisselle que de simples fêlures finissent par briser. Je n'ai pas compris le danger qu'il encourait à vouloir plus, à vouloir mieux. Pas de cette façon, en tout cas. Ou pas à ce moment-là. J'ai pris les rênes d'un cheval fou et je n'ai pas su le maîtriser. Mon crime est là.

Odile est la véritable meurtrière. Elle ne l'admettra jamais, il n'empêche. Plus que moi, elle a mené son fils à sa perte. Elle a exigé de lui des compétences qu'il n'avait pas, elle a détruit ses rêves, elle a garrotté ses espoirs. Elle lui a menti, elle l'a trop rabaissé ou trop valorisé, selon ses intérêts propres, mais jamais elle ne l'a estimé à sa juste valeur. Il n'était pour elle qu'un Jouanneaux, un bon petit soldat sacrifié à la gloire du nom. Et quand il a appelé à l'aide, elle a été sourde à ses cris de détresse. Elle a failli sur tous les plans, à commencer par celui de mère, elle est allée au-delà de la négligence.

Son délit remonte à l'enfance de ses fils, peut-être même au-delà. Il a pris sa source dans son narcissisme, son aveuglement, son ambition démesurée. Dans un suicide, où est la victime, où est le bourreau ? En vérité, le criminel est ailleurs. Nous le savons mieux que quiconque, Garou, notre enfance a, elle aussi, été piétinée par une mère nocive aux agissements toxiques.

La blessure était là, déjà bien présente. L'avarie a commencé il y a longtemps, à l'heure des premiers pas. Odile est un roc sur lequel viennent se briser les navires les plus solides. Elle n'est pas de celles qui vous encouragent à vous jeter à l'eau, la main tendue pour prévenir la noyade. Elle est de celles qui vous poussent et vous regardent vous agiter, bientôt submergé par les flots et la panique, vas-y, débats-toi, c'est comme ça qu'on apprend. Martin, lui, n'était qu'un esquif quand elle a commencé à le détruire. Ça fait des années qu'il chavire plus qu'il ne vogue. Elle l'a sabordé dès sa plus tendre enfance, soi-disant pour le rendre fort et brillant, un Jouanneaux, à son image. En vérité, elle n'a cessé de le couler. Parce qu'il n'était pas à la hauteur, du moins pas à la sienne. Odile est de ces gens qui écrasent sous prétexte d'élever, portant aux nues des principes d'un autre temps.

Alors, oui, j'ai ma part de responsabilité dans la mort de Martin. Mais elle en est le premier moteur. En vivant à côté de lui, j'ai découvert les dépressions d'un cœur à la dérive. L'influence de sa mère a érodé jusqu'à ses bases les plus intimes. Ses fondations prenaient l'eau depuis trop *d'années. Je n'ai pas réussi à le repêcher, c'était trop lourd. Malgré tout l'amour que je lui portais.*

Qui est le véritable meurtrier d'un être qui se suicide ?

Lui, sans doute.

Et puis tous les autres, aussi.

Je m'apprête à remettre cette lettre à Annelise Chamborny. Mes aveux donc. Les voici, dans toute l'ampleur de leur terrible vérité. Dans quelques instants, je me dirigerai vers la fenêtre et je ferai le grand saut, prendre mon envol, enfin. Rejoindre Martin.

Tu n'es pas là.

Tant pis.

Adieu, je t'aime.

Ta sœur, Roxane.

La pénombre

Roxane et Martin sont allongés sur le lit, on dirait qu'ils répètent leur rôle, celui qu'ils tiendront dans une heure ou deux. Les lettres trônent déjà sur les tables de chevet. La nuit se désagrège en miettes de temps, des langueurs qui s'imposent puis se décomposent. La conscience lui emboîte le pas, elle profite des dernières ivresses pour s'évader, elle glisse sur la méprise que l'alcool offre encore en faisant son dernier tour de piste. Sur la base de leurs consommations d'alcool respectives, la jeune femme a estimé à deux heures le laps de temps à attendre pour s'injecter la morphine sans danger. De toute façon, vu la dose fournie par Martin, ils ne risquent pas grand-chose : même s'ils s'injectaient la totalité du flacon, la mort ne prendrait pas la peine de poser un œil distrait sur eux.

Roxane pense au pluriel car, oui, elle veut faire partie du tableau. Elle a très vite pris sa décision, elle n'avait pas le choix de toute façon, c'est ce qu'elle a dit, elle l'a même pensé, Martin qui se « suicide » tout seul chez eux, sous ses yeux, ça n'a pas de sens. Il s'est contenté de hocher la tête et, dans son regard, l'évidence de cette issue n'a fait aucun doute.

Ensuite ils n'ont pas su trop quoi faire. L'alcool les engourdissait, ils somnolaient comme s'ils prenaient quelques forces avant de monter sur scène. Roxane s'est blottie contre Martin, elle s'est mise à lui caresser le torse, puis sa main est descendue vers son ventre, et plus bas encore, avant de se loger dans l'entrejambe et de jauger l'effet de sa présence.

Sous le pantalon, le calme plat.

Martin s'est excusé, il n'avait pas la tête à ça. Roxane a acquiescé d'un sourire contenu, oui, bien sûr, elle comprenait, pareil pour elle, en fait. Martin lui a promis des lendemains lubriques, des apnées délicieuses, des cris de plaisir. La nouvelle de leur tentative de suicide fera grand bruit, il imagine déjà le scandale. Le tapage qui en découlera ajournera les ambitions dévorantes de sa mère. Après ça, ils seront libres, plus rien ne les empêchera de profiter de tout et surtout d'eux-mêmes.

Ensuite, l'attente s'est poursuivie, oisive, les paupières lourdes, les yeux qui se ferment, les pensées qui se voilent et s'éloignent, on dirait une silhouette qui disparaît dans le brouillard.

Maintenant, il est 2 heures du matin. 2 h 07 exactement. Martin se redresse sur un coude et la secoue. Roxane s'est endormie, la tête sur le côté, la respiration profonde.

— C'est bon, tu crois ? lui demande-t-il en chuchotant.

Elle le regarde sans comprendre, quoi c'est bon, qu'est-ce qui est bon ? Très vite, les souvenirs l'assaillent, la morphine, la mise en scène, le tout pour le tout. Elle jette un œil aux chiffres du réveil, fait un rapide calcul dans sa tête, cligne des yeux. Elle a la bouche pâteuse, la tête lourde, les idées plombées. Oui, maintenant c'est bon. De fait, elle est complètement dégrisée. La sobriété se rue sur elle, féroce, elle ricane et la réprimande, arrête tes conneries, cette mise en scène de suicide, c'est du grand n'importe quoi.

Dans le silence de sa conscience, Roxane en convient.

Alors elle se retourne vers Martin et le dévisage, prête à aborder le sujet, le faire changer d'avis, lui faire entendre raison. Comme si elle avait donné le coup d'envoi, Martin se redresse également, la coupant dans son élan. Il s'assied sur le lit et se tourne vers elle pour lui dire qu'il arrive, il en a pour deux minutes.

Juste avant de se lever, il lui propose de préparer la première injection en attendant.

Puis, sans attendre sa réponse, il se met debout et s'éloigne. Elle, elle dit OK. Comme si la bataille était perdue d'avance. Et sans doute l'est-elle puisqu'elle répète OK. Ensuite elle le regarde disparaître derrière la porte de la salle de bains attenante. Le silence lui semble soudain sinistre, et le froid qui la saisit au cœur la fait frissonner. La chambre lui évoque un décor en carton-pâte dont les trois quarts sont plongés dans la pénombre.

Chapitre 44

Garance se tient debout devant le corps de Roxane, allongé dans son cercueil, dans la chambre mortuaire. Elle le détaille sans y croire, on dirait que sa petite sœur dort. L'embaumeur a fait un travail exceptionnel, c'est à peine si on devine les dégâts provoqués par la chute de la jeune femme, camouflés sous les soins et le maquillage. Roxane est égale à elle-même, sublime, on ne peut s'empêcher de s'extasier sur la perfection de ses traits et la douceur de son visage. On a l'impression qu'elle va se réveiller d'une minute à l'autre, s'étirer et adresser un joyeux bonjour à la cantonade.

— Bonjour...

Jean vient de se placer à côté de sa fille aînée. Il la salue dans un murmure, sans la regarder, les yeux déjà rivés sur le corps de sa cadette.

— Je suis venu le plus vite que j'ai pu, ajoute-t-il comme pour justifier sa présence.

— Elle ne va pas s'enfuir..., lui fait froidement remarquer Garance.

Jean ne répond pas, il se contente de se recueillir, pareil pour Garance, ils se tiennent tous les deux là, côte à côte, sans bouger, sans parler, adressant en silence un dernier adieu à la jeune femme qui repose devant eux. Garance éprouve une sorte de confusion affective, entre un chagrin spectral et un sentiment de culpabilité imposé, l'index pointé sur elle, c'est elle, c'est sa faute ! Une crampe se tortille en passant par là, qu'elle chasse en secouant la tête, il est trop tard pour pleurer et pourtant elle ne voit pas trop ce qu'elle peut faire d'autre.

— Ça devait finir comme ça, forcément, murmure encore Jean.

Garance se retient de réagir, de demander à son père ce qu'il veut dire par là. Elle se tait finalement, pas le courage d'affronter les arguments spécieux, les regrets de pacotille, les contritions en kit, à quoi bon ?

Dans un suicide, où est la victime, où est le bourreau ?
Qui est le véritable meurtrier d'un être qui se suicide ?
Lui, sans doute.
Et puis tous les autres, aussi.

Dans sa lettre, Roxane l'incrimine à demi-mot, elle le sait. Ses soupçons ont eu raison de cette force qui les protégeait jusqu'alors, du dehors et du dedans, des autres et de leurs parents. Garance tente de faire barrage, elle repousse les accusations, refusant d'endosser la responsabilité de ce geste ultime. En vain. Les doutes se transforment, ils deviennent des aiguilles qui éperonnent sa raison, celle-ci s'affole, elle se débat, elle s'épuise, elle se cogne aux quatre coins de sa conscience.

Qui a tué Martin ? Sa mère ou Roxane ? La société Jouanneaux & fils ou les principes rigides d'Odile ? Le poids d'un nom ou celui d'une ambition démesurée ? Lui-même ?

Qui est le véritable meurtrier de Roxane ? L'absence des uns et la présence des autres entrent dans le box des accusés. Judith et ses bouteilles d'alcool plaident coupables, elles n'ont plus rien à cacher ni à perdre, elles tendent leurs poignets sans résister, presque **soulagées.**

On leur passe les menottes et on les emmène, condamnées à perpétuité.

En revanche, Jean et sa négligence se défendent bec et ongles, ils réfutent toute responsabilité, ils n'ont rien à voir là-dedans. Ce déni les condamne par défaut, ce qu'ils contestent également, il n'y a rien à tirer de ce côté-là.

Il y a aussi Garance et son amour hors norme, le seul qu'elle ait jamais dispensé, sa prudence, ses soupçons, ce lien indestructible qu'elle a tissé avec Roxane depuis leur plus tendre enfance et qui a fini en nœud coulant autour de la gorge de sa petite sœur.

Et puis, il y a Martin. En y réfléchissant, Garance mesure l'ampleur de sa responsabilité. Cette histoire à laquelle personne n'a vraiment cru, à laquelle en tout cas on a prêté de mauvaises intentions, salissant par défaut les sentiments de l'une et la fragilité de l'autre, interprétant et réprouvant des mots, des regards et des silences. D'aucuns diront que ce couple mal assorti était condamné d'avance.

Quel gâchis !

Et quelle ironie !

Car si Roxane était accusée du meurtre de Martin, Garance se dit que, en définitive, Martin est le véritable coupable de la mort de Roxane.

En mourant, Roxane a eu gain de cause : elle est passée du statut de bourreau à celui de victime.

— Je t'attends dehors, murmure Jean, arrachant sa fille à ses réflexions.

Elle ne réagit pas. Jean se détache du cercueil et quitte lentement la pièce. À sa grande surprise, Garance lui emboîte le pas. L'instant d'après, ils se retrouvent dehors, encombrés chacun par la présence de l'autre, sans trop savoir quoi dire. Jean se dandine d'un pied sur l'autre, il hésite, cherchant à déterminer l'humeur de sa fille ainsi que son état d'esprit.

— On va se boire un café ? tente-t-il finalement.

Garance le dévisage, d'abord étonnée.

Puis elle acquiesce d'un signe de tête.

Homicide volontaire

Dans la salle de bains, sitôt la porte refermée derrière lui, Martin s'adosse au battant. Une fois seul, il fouille en lui, sonde ses émotions à la recherche d'une sensation, quelque chose, n'importe quoi. L'absence totale d'émoi l'intrigue, c'est étrange de ne rien ressentir, comme s'il avait un trou à la place du cœur. En même temps, il doit bien le reconnaître, c'est mieux que cette douleur acide qui lui a rongé l'estomac durant toute la soirée. Il éprouve le vague souvenir d'une oppression, mais, franchement, rien en comparaison de l'étau qui lui pesait sur la poitrine et sur la gorge. Soulagé, il relève les yeux et accroche son reflet dans le miroir, se regarde avec surprise, avec curiosité même, tente un vague sourire et, dans ses prunelles, passe la question qui le taraude : va-t-il vraiment le faire ?

Le visage de l'éditeur s'imprime sur la surface lisse du miroir, effaçant le sien et son allure ahurie. Les traits de l'homme s'animent, il parle avec cet air de tout savoir, sûr de lui, rien à prouver à personne. Dans la salle d'un restaurant chic, de part et d'autre d'une table nappée de blanc, entre l'entrée et le plat principal, l'éditeur rentre dans le vif du sujet. La soirée déroule son fil dans la mémoire de Martin, les bruits environnants, le tintement des couverts, le brouhaha des discussions, les odeurs, les regards.

— J'ai donc lu les textes que tu m'as soumis, a-t-il lancé en le tutoyant comme le ferait une vieille connaissance. L'auteur est un de tes amis ? Quelqu'un de ta famille ? Un proche ?

— Rien de tout ça, lui a assuré Martin. Juste un collègue.

— OK, je comprends mieux. C'est un collègue influent ?

— Pas tant que ça.

— Tant mieux.

Martin ne comprend pas trop où veut en venir cet homme auquel, il y a quinze jours, il a en effet confié ses textes en lui faisant croire qu'ils étaient d'un autre, un collègue de la boîte, quelqu'un de sa connaissance qui taquinait le verbe depuis un certain temps et désirait passer à la vitesse supérieure. Le collègue en question les lui avait confiés, avait-il menti, convaincu que Martin saurait quoi en faire, il connaissait tant de gens. À son tour, celui-ci les avait remis à l'éditeur lors d'un cocktail dînatoire, de ces réceptions mondaines où les univers se mélangent.

Martin a usé de ce stratagème pour recevoir un véritable retour sur ses écrits, authentique et sans concession. C'est la malédiction des gens de pouvoir que celle de ne jamais savoir ce que l'on pense d'eux avec sincérité. Quel que soit l'interlocuteur, il y a ce doute qui teinte son propos, que celui-ci soit positif ou négatif, sur lequel planent les intérêts des uns et les avantages des autres.

— Je ne vais pas tourner autour du pot, Martin, a poursuivi l'éditeur de ce ton complice que partagent ceux qui détiennent le pouvoir. C'est impubliable. Franchement. Ce n'est ni fait ni à faire, c'est lourd, c'est vain, c'est sans intérêt. Le style est pauvre et ampoulé, la lecture est pénible, je n'ai pas réussi à dépasser les vingt premiers feuillets. Navré si cet avis te met dans l'embarras. Tu trouveras sans doute mieux que moi les mots pour convaincre ton collègue de ne pas trop miser sur son « talent ».

Il a mimé des guillemets avec les doigts tandis que dans sa voix a résonné l'écho d'une ironie cinglante.

Dans le reflet du miroir de la salle de bains, Martin se scrute, livide. Les paroles de l'éditeur se plaquent maintenant sur ses souvenirs et, avec elles, les sensations se réveillent. C'est moite, c'est perfide, il en a la nausée. Il entend de nouveau la peste qui s'échappe de cette bouche sans lèvres, comme un nuisible, une bête immonde qui détruit tout sur son passage. Il ressent encore le mal qu'il a enduré sans rien dire, pendant tout le repas, en souriant, même, piégé par sa propre imposture. Il revit le vide qui l'a gagné, sa gorge qui s'est pétrifiée, ses poumons qui se sont décrochés. Un moment, il a essayé d'adoucir la morsure de cette vérité à laquelle il s'est refusé de croire, tant la violence des mots lui a semblé gratuite et infondée.

— Pourtant, certaines personnes parmi ses proches ont lu ses textes et leur ont trouvé des qualités, a-t-il objecté.

— Ah oui ? a raillé l'éditeur, sceptique. Lesquelles, par exemple ?

Martin a haussé les épaules, délibérément imprécis.

— Le style par exemple, ou même l'univers en général.

L'éditeur a éclaté de rire avant de balayer d'un geste cette possibilité.

— Il n'y a rien de plus hypocrite que les proches d'un artiste. Je peux t'assurer que personne ne peut trouver ça bon. Que ce soit le fond ou la forme, c'est mauvais, point barre. Et si quelqu'un lui a dit le contraire, c'est que cette personne s'est bien foutue de lui. Non mais, franchement ! Tu as lu ?

Pris de court, Martin a secoué la tête, déjà honteux.

— Tu devrais, ne fût-ce que les trois premières pages. C'est édifiant. Rien ne tient la route, ça manque de structure, c'est d'un ennui sans nom, sans compter qu'on frôle le ridicule à chaque paragraphe. On n'en a rien à faire de rien, ni des motivations du narrateur, ni de ses scrupules, ni de ses incertitudes. Un mec qui passe son temps à se demander s'il doit lâcher son boulot pour écrire, franchement...

L'éditeur a fait un geste d'indifférence. Puis il a continué de pérorer, il s'y connaissait en duplicité, les gens qui n'osent pas dire la vérité de peur de faire du mal, par pitié ou par paresse, parce que c'est plus facile de mentir. Lui, en revanche, c'est son métier de remettre les ambitions à leurs places. Il en avait redescendu de leur piédestal, de ces auteurs persuadés d'être le nouvel Hugo ou le Proust de demain. Il riait en avalant ses huîtres, la bouche pleine, sans cesser de raconter les fâcheux de son quotidien, ces plumitifs du dimanche et leurs rêves, leur soif de reconnaissance, leurs aspirations créatrices. Pour qui se prenaient-ils ? Ce n'est pas parce qu'on aligne trois phrases dans un fichier Word qu'on sait écrire !

Martin a expulsé un rire sans joie, histoire de donner le change. L'autre ne s'est rendu compte de rien, du moins lui a-t-il semblé, même si, à un moment, il l'a dévisagé avec suspicion.

— Ça ira ? lui a-t-il demandé.

— Ça ira quoi ? s'est enquis Martin sans comprendre ce qui devait aller.

— Pour lui dire la vérité.

— Oh, ça !

Le jeune homme a hoché la tête avec toute la conviction dont il était capable : pour ça, pas de crainte à avoir, il la lui dirait, la vérité, quelles qu'en soient les conséquences.

Trop affairé à étaler ses certitudes, l'éditeur n'a pas remarqué son teint livide, son souffle court, son regard absent. Le néant venait de le happer. La voix de Roxane a résonné dans sa mémoire, ses yeux émerveillés, son sourire béat, c'est merveilleux, je n'ai jamais rien lu d'aussi beau...

Elle s'est bien moquée de lui.

Depuis le début, elle le mène en bateau, il le comprend seulement.

Comment a-t-il pu être assez sot pour croire ce qu'elle disait ?

Il s'est fait avoir comme un débutant.

Et maintenant ?

Rien. Plus rien.

Il n'a plus rien à perdre.

Ne reste que ce désir fou de tout détruire autour de lui.

À présent, face à lui-même, dans la salle de bains, Martin déglutit. Il affronte son reflet, le regard haineux et le sourire torve.

De la poche intérieure de sa veste, il sort un objet allongé, une sorte de stylo dont il enlève le capuchon. Il y appose une aiguille, extraite elle aussi de sa poche. Il se regarde une nouvelle fois dans le miroir, les yeux vides et le cœur sec. Il baisse ensuite son pantalon et applique le stylo contre sa cuisse. Puis il sélectionne le nombre maximal d'unités et procède à l'injection. Il épuise la cartouche, avant de réitérer l'opération avec deux autres qu'il vide totalement.

Après, il attend. Devant lui, dans le reflet du miroir, son visage est blême, c'est à peine s'il se reconnaît. Un vertige le saisit, il se retient de justesse au lavabo, déglutit, sent une nausée fulgurante lui remonter des entrailles, manque de vomir. Il se retient au mur pour ne pas s'effondrer, la pièce tangue dangereusement autour de lui, il est sur le point de lâcher prise mais bientôt le sol et les cloisons se stabilisent.

À présent, ça va mieux. Il saisit alors son rasoir et entreprend d'entailler sa cuisse, là où l'injection a marqué sa peau. Le sang perle aussitôt, qu'il éponge avec un coton, avant d'y apposer un pansement, comme pour une blessure sans importance. Il fait quelques pas vers la porte, sur laquelle se trouve un crochet. Le peignoir rose fuchsia de Roxane y est suspendu ; dans la poche, il glisse le stylo à insuline ainsi que les cartouches vides. Puis il sort de la pièce.

Tandis qu'il rejoint la chambre où l'attend Roxane, il imagine le produit envahissant son organisme et entamant sa mortelle progression. Il ne sait pas très bien combien de temps ça va prendre, mais il escompte que, dans quelques heures, il succombera à un arrêt cardiaque, faisant du même coup accuser Roxane d'homicide volontaire.

Chapitre 45

Odile apprend la nouvelle de la mort de Roxane en plein comité de direction. Un texto illumine brièvement son smartphone posé devant elle, affichant sur l'écran tactile les premiers mots du message : « C'est avec une infinie tristesse que... »

La curiosité la pousse à l'ouvrir pour en découvrir le contenu, connaître la raison de cette infinie tristesse, savoir de quoi...

« ... je vous annonce le décès de ma sœur Roxane Leprince. Les funérailles auront lieu... »

Le reste du message se noie dans une stupeur ébahie. Odile fixe les mots sur son téléphone, incapable d'en détourner le regard. La première émotion qui l'étreint est un soulagement viscéral, la sensation que justice a été rendue. Enfin.

— Votre avis sur la question, Odile ? lui demande-t-on à l'autre bout de la table.

Rappelée à l'ordre, elle considère son interlocuteur avec étonnement.

— Pardon ?

— Le dossier Farrel...

La question reste en suspens, en général il n'est pas nécessaire de préciser des termes qu'Odile connaît par cœur. Cette fois pourtant, elle dévisage son vis-à-vis sans comprendre. Un silence confus règne de part et d'autre de la table de réunion.

— ... Vous validez les conditions ? spécifie-t-on encore, légèrement intrigué par son manque de réaction.

Le regard d'Odile reste vide, comme si on lui parlait une langue étrangère. Les autres personnes présentes autour de la table commencent à l'observer plus attentivement, surpris à leur tour par son attitude. Elle se sent bientôt au centre de toutes les attentions, pourtant incapable de se reconnecter à l'ordre du jour en général, à la question qu'on lui pose en particulier.

— Ça va, Odile ? lui demande-t-on enfin, avec une bienveillance inquiète.

Cette simple phrase ouvre alors les vannes d'un brasier émotionnel. Une lame de fond s'abat sur elle, la prenant de court. Elle éprouve une souffrance intense, à la manière d'une flèche qui lui transperce la poitrine. Elle se tend, pétrifiée par un mal aux échos inconnus, cherchant avec désespoir un apaisement qu'elle sait déjà impossible.

La voici enfin, cette douleur qu'elle attend depuis la mort de son fils. Mordante, féroce, tentaculaire. Une vague de détresse lui coupe le souffle, agrippe ses poumons et l'empêche de respirer pendant de longues secondes, à tel point que, lorsqu'elle parvient à happer un peu d'air, elle manque de perdre l'équilibre. Son estomac est ensuite mis à rude épreuve. Il se retourne comme un gant de toilette, la forçant à se plier en deux. Enfin, son crâne subit une pression insoutenable, compressé par l'étau de l'angoisse, la terreur d'appréhender l'avenir. Elle voudrait tout arrêter, replonger dans l'absence de sensations...

Trop tard.

Son esprit a enclenché le processus, une mécanique imparable que plus personne ne peut enrayer, pas même elle.

Odile affronte l'évidence de ce que sera désormais sa vie : une amputation à vif, un manque éternel.

Un vide impossible à combler.

Autour de la table, on s'inquiète. On l'encercle de mots et d'attentions, on lui demande si elle a besoin de quelque chose, on l'aide à rejoindre son bureau, on l'allonge sur le canapé. Par réflexe, elle répète que tout va bien, elle n'a besoin de rien. Mais alors que les phrases se succèdent, vides de sens, des larmes débordent sur ses joues, accompagnant des sanglots qui éclaboussent sa voix. Bientôt, son visage se ratatine en même temps que son corps. Elle refuse qu'on appelle un médecin, elle n'a rien, peut-on la laisser seule ?

Enfin on quitte la pièce.

À présent face à elle-même, Odile laisse libre cours à son chagrin.

Elle pleure comme elle n'a plus pleuré depuis l'enfance.

Elle sanglote à gros éclats, la poitrine secouée par un mal profond qui lui semble infini.

Elle ouvre la bouche dans un cri muet, elle ferme les yeux et serre les poings, elle étouffe d'une tristesse insondable.

Son corps n'est plus qu'un interminable frisson.

Elle se recroqueville comme si elle cherchait à prendre le moins de place possible, elle hoquette, elle s'effondre.

Elle s'émiette.

Elle n'est plus qu'une silhouette dont on ne distingue plus grand-chose, peut-être les membres, et encore.

Elle le comprend seulement : en mourant, Roxane emporte avec elle tout ce qui lui restait de Martin.

— Allez-y, madame, on y est presque !

Malgré la fatigue, Garance rassemble ses dernières forces. Elle bloque sa respiration et se met à pousser au niveau du bassin, comme on le lui a appris durant les séances de préparation à l'accouchement.

— Encore un effort ! poursuit l'obstétricienne.

Garance gémit. Elle se hait, s'injurie, abasourdie par sa propre connerie, pourquoi a-t-elle gardé le bébé ? Qu'est-ce qui lui est passé par la tête quand elle a pris cette décision absurde ? À présent confrontée à la réalité de son choix, elle est terrorisée, mise au pied du mur sans possibilité de faire marche arrière. Elle voudrait dire qu'elle s'est trompée, qu'elle n'a pas pris la mesure de ce que ça représentait, qu'elle fera une mère désastreuse, qu'il faut tout arrêter...

— Poussez !

Alors Garance pousse. Elle a la sensation que sa chair se déchire, que ses os se disloquent, qu'elle va mourir si on lui demande encore le moindre effort...

— Courage, ajoute le médecin, comme si elle avait lu dans ses pensées.

La jeune femme prend une grande inspiration qu'elle bloque avant de pousser de toutes ses forces, en même temps qu'elle expulse un cri de rage. Elle dégouline de sueur, d'ailleurs il fait chaud dans cette salle, elle a la sensation de se liquéfier, elle voudrait plonger dans un bain frais, ou alors ouvrir les fenêtres, présenter son visage au vent, se lever et partir en courant. Une sage-femme se tient de l'autre côté de la table d'accouchement, qui la seconde avec douceur et efficacité. De temps à autre, elle lui éponge le front et lui murmure des paroles de soutien.

— Voilà, comme ça, très bien, vous êtes parfaite. D'ailleurs, le bébé arrive, on voit déjà la tête. C'est bientôt fini.

— On attend la prochaine contraction et on pousse encore, l'encourage la toubib. Tenez bon.

Garance voudrait lui dire que, à partir de maintenant, il ne faut plus compter sur elle, désolée mais elle n'en peut plus, il va falloir se débrouiller autrement. Elle tourne la tête vers la sage-femme, s'apprête à ouvrir la bouche, à demander pitié... Le sourire encourageant de celle-ci la muselle. Alors elle profite de ce maigre répit pour souffler, soumise à la dictature des contractions de plus en plus proches, dont les manifestations ne lui laissent désormais que quelques secondes de calme entre deux. La péridurale a terrassé la douleur, encore heureux, Garance ne sait même pas comment elle aurait survécu sans. Reste cet épuisement absolu, l'anéantissement méthodique de la plus petite trace d'ardeur, elle n'a plus la moindre énergie, rien, le vide, le néant.

— Maintenant ! l'informe l'obstétricienne avec vigueur.

À ces mots, Garance se sent anéantie. Pourtant, à sa grande surprise, elle trouve des miettes de volonté qui traînent là, oubliées quelque part tout au fond d'elle-même. Alors elle se remet à pousser, que peut-elle faire d'autre ? Elle pousse avec l'énergie du désespoir, elle s'accroche tant bien que mal, elle ne lâche rien.

— Il est là ! dit encore la toubib, galvanisée par l'arrivée imminente du bébé. Un dernier effort, vous y êtes !

Garance puise plus profond encore, elle extirpe ses ultimes ressources, arrachant du fond de ses entrailles un cri de guerre. Les minutes qui suivent la plongent dans une sorte d'inconscience, tout se mélange autour d'elle, les paroles d'encouragement de l'obstétricienne, les gestes de la sage-femme et ses propres plaintes.

Et soudain, tout s'arrête en effet. Une fois la tête passée, le corps suit avec une facilité déconcertante. Garance se serait écroulée si elle n'était déjà couchée, elle n'est plus qu'une enveloppe désormais vide. On lui pose le bébé sur le ventre, petit corps tout recroquevillé qu'elle considère sans émotion particulière, anéantie de fatigue. Elle s'abandonne, à présent tout entière rivée au miracle en train de se produire, cet enfant qui est sorti d'elle, son corps qui s'est ouvert, cette vie éclose, cette existence qu'elle offre au monde.

— C'est une petite fille, annonce l'infirmière.

Garance acquiesce d'un hochement de tête, oui, elle sait. L'obstétricienne la félicite, elle enchaîne les gestes professionnels, coupe le cordon, éponge les différents liquides organiques, attend le placenta, ne cesse de dire que tout va bien, le bébé est magnifique, la sage-femme confirme, tout le monde s'agite autour d'elle. Garance n'en revient pas, ça y est, elle l'a fait, elle est arrivée au bout de cette torture, elle n'a plus mal, elle a mis un enfant au monde, elle est vivante, c'est incroyable.

— Vous pouvez la prendre contre vous, l'informe la sage-femme après que la gynécologue a coupé le cordon.

Garance ne comprend pas tout de suite, de quoi parle-t-elle, prendre qui ? Mais déjà l'infirmière saisit le petit corps posé sur son ventre et le remonte vers la poitrine. La jeune femme n'a d'autre choix que de l'enlacer, geste instinctif, primaire, viscéral.

À ce contact, à la fois chaud et gluant, Garance frémit. Alors elle baisse la tête vers le bébé et la découvre, ahurie. La première chose qui la frappe, c'est cette épaisse chevelure sombre qui coiffe un visage laiteux aux traits plissés, encore fermé au monde qui l'entoure, et pourtant étrangement tendu vers sa mère. La petite tête semble la chercher, la humer. Garance ne peut s'empêcher de la sentir à son tour, le nez posé contre le crâne, tout chaud, dans un mouvement d'exploration autant que d'amour.

La reconnaissance est immédiate. Un lien se tisse à la seconde, à la fois invisible et pourtant palpable, une odeur, un élan, une chaleur. Garance pose ensuite sa joue contre le front de son enfant, elle la palpe de son visage, elle la renifle, elle la regarde. Le bébé se laisse faire, on dirait qu'elle s'offre. Mère et fille se découvrent, rivées l'une à l'autre, seules au monde.

— Elle est magnifique, dit la sage-femme. Comment allez-vous l'appeler ?

Garance ne la quitte pas des yeux. Quelque chose s'allume dans son cœur, une flamme dont elle n'a éprouvé qu'une seule fois l'ardeur, un feu qui s'est allumé la première fois qu'elle a rencontré Roxane.

— Elle s'appelle...

Elle hésite, gorgée d'amour et d'évidence.

— Elle s'appelle Alice.

L'infirmière hoche la tête et lui sourit avec douceur.

— C'est un très joli prénom.

L'enfant et la maman s'abîment dans un peau à peau ensorcelant. Garance ne cesse de contempler sa fille, à la fois abasourdie et incrédule : c'est elle qui a conçu cette merveille ? Elle fouille les traits du bébé, chaque seconde passée à la contempler l'émerveille plus que la précédente, elle ne veut rien manquer, tout connaître d'elle, le teint, la texture, le modelé, l'odeur, les formes, chaque creux et chaque courbe, elle sait déjà qu'elle aimera tout chez cette enfant, absolument tout, que rien, jamais, ne lui sera étranger, ni les joies ni les peines, ou alors peut-être quelques défauts, mais uniquement parce qu'elle refusera de les voir. Leur histoire sera pareille à une image sépia, lumière tamisée, on n'y distinguera ni les accrocs ni les défauts, à peine les ombres. Le reste n'aura pas d'importance, pas de poids, pas d'échos, il n'y aura que des rires et des sourires, abandonnant derrière elles les faiblesses, les doutes et les fêlures.

Remerciements

Merci à mon amie et éditrice Céline Thoulouze pour cette nouvelle aventure, merci de m'avoir laissé le temps, sans jamais me mettre la pression, et sans jamais douter de moi.

Merci à ma coscénariste Sophia Perié pour m'avoir soutenue pendant ces mois de doutes et d'incertitude, pour m'avoir rassurée, écoutée et conseillée.

Merci à Laurent Philipparie, fidèle au poste, comme toujours, quelles que soient les circonstances, merci pour ta lecture au scalpel et tes solutions judicieuses. Tu me sauves chaque fois.

Merci à Paul Colize pour l'idée des titres de chapitre.

Merci à Laurent Crenier, diabétologue, qui a répondu si gentiment à mes questions avec une incroyable rapidité de réaction et une surprenante disponibilité.

Merci à ma Team, mes « sakmus », mes amis Karine, Céline, FX et Xavier, pour avoir toujours été là quand j'en avais besoin.

Et puis un clin d'œil à la nymphe gracieuse et la semaine des Belges en Bourgogne.

Pour en savoir plus
sur les Éditions Plon
(catalogue, auteurs, vidéos, actualités…),
vous pouvez consulter
www.plon.fr
www.lisez.com

et nous suivre sur les réseaux sociaux

 Editions Plon

 @EditionsPlon

 @editionsplon

MIXTE
Papier issu de
sources responsables
FSC® C003309

L'éditeur de cet ouvrage s'engage dans une démarche
de certification FSC® qui contribue à la préservation
des forêts pour les générations futures.
Pour en savoir plus :
www.editis.com/engagement-rse/

Achevé d'imprimer en France par CPI en mars 2022
N° d'impression : 3047846